몬테크리스토 백작 5

몬테크리스토 백작 5

알렉상드르 뒤마

오증자 옮김

민음사

5권 차례

어머니와 아들 · 9

자살 · 20

발랑틴 · 36

고백 · 49

아버지와 딸 · 70

혼인 서약서 · 85

벨기에로 가는 길 · 104

종(鐘)과 병(甁)의 여관 · 115

법률 · 136

유령 · 154

로쿠스타 · 166

발랑틴 · 176

막시밀리앙 · 187

당글라르의 서명 · 203

페르라셰즈의 묘지 · 222

분배 · 245

사자굴 · 272

재판관 · 285

중죄 재판 · 301

기소장 · 312

속죄 · 325

출발 · 341

과거 · 364

페피노 · 386

루이지 밤파의 메뉴 · 404

용서 · 416

10월 5일 · 426

옮긴이의 말 · 453

『몬테크리스토 백작』에 나오는 주요 인물들

- **에드몽 당테스** 파라옹 호의 일등 항해사. 이프 성의 죄수였다가 14년 만에 탈옥하여 몬테크리스토 백작이 된다. 신드바드, 자코네 씨, 월모어 경, 부소니 신부 등으로 가장한다.
- **파리아 신부** 로마 추기경의 비서였다가 체포되어 이프 성에 감금된 죄수. 에드몽 당테스의 결정적인 조력자.
- **메르세데스** 에드몽 당테스의 약혼녀. 나중에 모르세르 백작 부인이 된다.
- **페르낭 몬데고** 메르세데스의 사촌오빠. 나중에 모르세르 백작이 된다.
- **알베르 드 모르세르** 페르낭과 메르세데스의 아들
- **당글라르** 파라옹 호의 회계였다가 나중에 파리의 은행가로 성공하여, 남작 칭호를 얻는다.
- **제라르 드 빌포르** 검사. 누아르티에 드 빌포르의 아들로, 자신의 야망 때문에 당테스가 종신형에 처하게 한다.
- **가스파르 카드루스** 에드몽 당테스의 이웃. 양복장이였다가 퐁뒤가르 여관 주인이 되지만 살인을 저지른다.
- **루이 당테스** 에드몽 당테스의 아버지
- **모렐 씨** 파라옹 호의 선주
- **막시밀리앙 모렐** 모렐 씨의 아들
- **쥘리 모렐** 모렐 씨의 딸
- **누아르티에 드 빌포르** 나폴레옹을 신봉하는 급진파
- **르네 드 생메랑** 제라르 드 빌포르의 첫번째 부인
- **발랑틴** 제라르 드 빌포르와 르네 드 생메랑 사이의 딸. 막시밀리앙 모렐을 사랑한다.
- **바르톨로메오 카발칸티** 몬테크리스토 백작이 지어낸 가공의 인물
- **베네데토** 제라르 드 빌포르의 사생아. 바르톨로메오의 아들, 안드레아 카발칸티 공작으로 행세하지만 나중에 사기꾼에다 탈옥수임이 밝혀진다.
- **엠마뉘엘 레이몽** 모렐 상사의 직원. 나중에 쥘리 모렐과 결혼한다.

- **엘로이즈** 제라르 드 빌포르의 두번째 부인
- **에두아르** 엘로이즈와 제라르 드 빌포르의 아들
- **바롱 당글라르** 당글라르의 아내
- **외제니 당글라르** 당글라르의 딸. 결혼을 거부하고 자유를 찾아 떠난다.
- **루이즈 다르미** 외제니의 성악 선생
- **카르콩트** 카드루스의 아내. 마들렌이라고 불리기도 한다.
- **프란츠 데피네** 왕당파인 케넬 장군의 아들. 알베르 드 모르세르의 친구이다.
- **보샹** 《앵파르시알》의 편집장. 알베르 드 모르세르의 친구이다.
- **라울 드 샤토 르노** 알베르 드 모르세르의 친구
- **당드레** 왕당파 경시총감
- **드 보빌** 감옥 순시관. 나중에 양육원의 수납 과장이 된다.
- **자코포** 죈아멜리 호의 선원
- **파스트리니** 로마의 호텔 주인
- **가에타노** 로마의 선원
- **쿠쿠메토** 산적 두목
- **카를리니 디아볼라치오** 쿠쿠메토의 부하
- **리타** 카를리니의 약혼녀
- **루이지 밤파** 양치기 소년. 나중에 로마의 산적이 된다.
- **테레사** 루이지 밤파의 약혼녀
- **알리 테베린** 자니나의 총독
- **바실리키** 알리 테베린의 아내
- **하이데** 알리 파샤와 바실리키의 딸로, 몬테크리스토 백작의 노예가 된다.
- **베르투치오** 몬테크리스토 백작의 집사
- **바티스탱** 몬테크리스토 백작의 시종
- **알리** 누비아 인으로 몬테크리스토 백작의 노예
- **아델몬테 신부** 시칠리아의 신부

어머니와 아들

 몬테크리스토 백작은 다섯 사람의 청년들에게 우수와 위엄이 넘치는 미소로 인사한 다음, 모렐과 엠마뉘엘을 데리고 마차에 올랐다.
 결투장에는 알베르, 보샹, 그리고 샤토 르노만이 남았다.
 알베르는 별로 어색한 빛도 없이, 방금 자기가 한 행동을 어떻게 생각하느냐는 듯한 눈으로 두 사람을 쳐다보았다.
 「정말이지」하고 보샹이 보다 민감해서랄까 아니면 보다 솔직해서랄까, 먼저 입을 열었다. 「우선 축하하네. 그런 불쾌한 사건이 이렇게 뜻밖의 해결을 보게 되다니」
 알베르는 잠자코 생각에 잠겼다. 샤토 르노는 그저 단장으로 구두코만 툭툭 치고 있었다.
 「가지?」 어색한 침묵이 흐르자 그가 말했다.

「그러지」 보상이 대답했다. 「그런데 가기 전에 알베르에게 경의는 표해야 할 게 아닌가? 그는 오늘 정말 신사적인…… 쉽지 않은 관용을 보여주었으니」

「응, 그래!」 샤토 르노가 대답했다.

「그만큼 자기 자신을 억제할 수 있다니」 하고 보샹이 말을 이었다. 「굉장한 일이지!」

「암, 나 같으면, 도저히 그렇게는 못했을 거야」 하고 자못 의미심장하고 냉담한 어조로 샤토 르노가 말했다.

「자네들은 모를 거야」 알베르가 말을 막았다. 「몬테크리스토 백작과 나 사이에 어떤 중대한 일이 있었다는 걸 말이야」

「알아, 알아」 하고 보샹이 이내 대꾸했다. 「하지만 우리 주변의 건달들은 자네의 그 영웅주의를 이해하지 못하겠는걸. 자넨 조만간 자네의 건강을 해치고 수명을 줄여가면서까지, 무척 열심히 저들에게 설명을 해주어야 할 거야. 내가 친구로서 충고 한마디 해줄까? 자네, 나폴리나 상트페테르부르크 같은 조용한 곳으로 떠나게. 그런 데선 명예라는 문제를 가지고 우리 파리 사람들처럼 그렇게 미치광이처럼 크게 떠들지는 않으니까. 거기 가서 권총 연습을 충분히 하게. 또 끊임없이 사단, 삼단의 방어 태세와 역습(逆襲)을 익혀두게. 그리고 프랑스엔 오륙 년쯤 지나 자네가 유유히 돌아올 수 있을 만큼 사람들이 이 사건을 잊어버렸을 만한 때, 그리고 자네로서도 자신이 생길 때 돌아오게. 샤토 르노, 어때, 내 말이 맞지?」

「응, 나도 동감일세」 샤토 르노가 대답했다. 「결말이 없는 결투란 진짜 결투라고 할 수 없지」

「고맙네」 알베르는 차가운 미소를 띠며 대답했다. 「자네의 충고에 따르지. 이건 자네들이 권해서가 아니라, 나 자신이 프랑스를 떠나고 싶어서야. 그리고 내 입회인이 되어준 것에 대해 고맙게 생각하네. 이 일은 내 가슴에서 사라지지 않을 걸세. 그런데 그런 말을 듣고 보니 앞으론 그 말만 내 마음속에 남을 것 같군」

샤토 르노와 보샹은 서로 얼굴을 마주 보았다. 두 사람은 같은 인상을 받았던 것이다. 그리고 방금 알베르가 감사의 뜻을 말한 그 어조에는 확고한 결심이 엿보여서, 더 이상 얘기를 계속하면 모든 사람들의 입장이 퍽 난처해질 것 같았다.

「그럼, 안녕히」 하고 보샹이 불쑥, 아무렇지도 않은 듯이 알베르에게 손을 내밀며 말했다. 그러나 알베르는 여전히 꿈속에서 깨어나지 못하는 것 같았다.

그는 상대방이 손을 내민 데 대해서 아무런 반응도 보이지 못했다.

「가겠네」 이번에는 샤토 르노가 왼손에는 단장을 들고 오른손으로는 인사를 하며 말했다.

알베르의 입술은 겨우 「안녕히」라는 말만 입속으로 중얼거렸을 뿐이었다. 그러나 그의 눈길은 더욱 웅변적이었다. 거기에는 억누른 노여움과 오만한 경멸, 그리고 고매한 분개의 빛이 어리어 있었다.

두 사람의 입회인이 마차에 오른 후에도 알베르는 잠시 꼼짝도 않고 침통한 얼굴로 서 있었다. 그러더니 하인이 나무에 매어놓은 말 고삐를 끄르고 가볍게 안장으로 뛰어올랐다. 그러고는 파리로 가는 길을 달리기 시작했다. 십오 분 후에 그는 엘데 가의 저택에 이르렀다.

말에서 내릴 때 그는 아버지의 침실 커튼 너머로 아버지의 창백한 얼굴을 본 것 같았다. 알베르는 한숨을 쉬며 고개를 돌렸다. 그리고 자기 방으로 들어갔다.

방으로 돌아온 그는 마지막으로 화려한 실내를 둘러보았다. 그것들은 어렸을 때부터 그의 생활을 감미롭고 행복하게 해주던 것들이었다. 그는 또 벽에 걸려 있는 그림들을 바라보았다. 그림 속의 얼굴들은 마치 자기를 보고 미소짓는 듯했으며, 그 풍경들은 다채로운 색채로 사뭇 생동하는 것만 같았다.

그는 어머니의 초상화를 틀에서 빼어 둘둘 말았다. 그러자 그림을 끼웠던 금빛 액자만이 시커멓게 텅 비어버렸다.

이어서 그는 훌륭한 터키제 무기와 영국제 총, 일본제 도자기며 여러 가지 장식이 붙은 컵, 그리고 프셰르와 바리의 서명이 든 동상들을 정리한 후, 장롱들을 열어보고 일일이 자물쇠를 채웠다. 그리고 이번에는 서랍 하나를 열어놓고는 그 속에다 주머니에 있던 돈을 모조리 털어넣고 컵이며 보석 상자며 선반들을 장식했던 보석들까지 모조리 넣은 후, 그 모든 물건들의 목록을 정확하게 정리했다. 마지막으로 그는 테이블 위에 가득했던 책이며 서류들을 정리했다. 그리고 책상 위에서 가장 눈에 잘 띄는 곳에 그의 물품 목록을 놓아두었다.

알베르가 일을 시작하자, 들어오지 말라고 명령을 내렸는데도 한 하인이 그의 방에 들어왔다.

「뭐야?」 알베르는 화가 났다기보다는 슬픈 어조로 물었다.

「죄송합니다」 하인이 말했다. 「방에 들어오지 말라고 하셨습니다만, 나리께서 절 부르시기에」

「그래서?」 알베르가 물었다.

「도련님의 말씀도 듣지 않고 직접 나리께 갈 수가 없어서 왔습니다」
「그건 왜?」
「나리께선 제가 도련님을 모시고 결투장에 갔던 사실을 알고 계신 것 같아요」
「그럴지도 모르지」 알베르가 말했다.
「나리께서 절 부르신 것은 필경 거기서 일어났던 일을 물으시려는 것 같은데요. 뭐라고 여쭐까요?」
「사실대로 대답해」
「그럼, 결투는 안하셨다고 말씀드릴까요?」
「내가 몬테크리스토 백작께 사과드렸다고 해. 어서 가봐」
하인은 절을 하고 방을 나갔다.
알베르는 다시 목록을 작성하기 시작했다.
그 일이 막 끝났을 때, 안뜰에서 말발굽 소리와 유리창을 울리는 마차 바퀴 소리가 났다. 그는 창가로 가보았다. 아버지가 마차에 오르더니 밖으로 나가는 것이 보였다.
모르세르 백작이 나간 뒤로 대문이 닫히자마자, 알베르는 어머니의 방으로 갔다. 자기가 온 것을 알릴 사람이 없어, 그는 어머니의 침실까지 들어갔다. 알베르는 눈앞에 보이는 광경에 짐작되는 바가 있어, 가슴이 뭉클해져서 문어귀에서 발을 멈추었다.
이심전심이라고나 할까, 어머니 메르세데스는 방금 아들이 한 것과 똑같은 일을 하고 있었다. 모든 것이 정리되어 있었다. 백작 부인은 레이스, 장신구, 보석, 의류, 돈을 모두 서랍 속에 챙겨넣고는, 장롱의 열쇠들을 정성스럽게 모아놓고 있었다.

알베르는 이러한 준비 상태를 보고 이내 눈치를 챘다. 그는 어머니의 목을 얼싸안으며, 「어머니!」 하고 외쳤다.

그 두 사람의 표정을 어느 화가가 그렸다면, 분명 한 폭의 명화가 될 수 있었을 것이다.

사실 알베르 자신의 경우에는 아무런 두려움도 생기지 않았고 비장한 결심의 결과라 생각될 뿐이었건만, 일단 어머니의 경우가 되고 보니 그는 두려워지지 않을 수 없었다.

「뭘 하고 계십니까?」 하고 그는 물었다.

「넌 뭘 하고 있었느냐?」 이번에는 어머니가 물었다.

「어머니!」 알베르는 너무 가슴이 메어와서 말을 하지도 못하고 그저 소리만 지를 뿐이었다.

「어머니는 저하고 다릅니다! 어머니께서는 저와 같은 결심을 하시면 안 됩니다! 어머니, 전 어머니와 이 집에 작별 인사를 드리려고 왔습니다」

「알베르, 나도」 하고 메르세데스는 대답했다. 「나도 떠나겠다. 실은 네가 나하고 같이 가주려니 하고 생각하고 있었단다. 내가 잘못 생각한 건 아닐까?」

「어머니」 알베르는 단호하게 말했다. 「전 어머니께 제가 택한 운명을 밟으시게 하고 싶진 않습니다. 저는 이제부터 이름도 재산도 없는 생활을 하게 됩니다. 그런 괴로운 생활을 실행하는 첫 단계로, 우선 제 힘으로 생활할 수 있을 때까지 먹을 식량을 친구에게 가서 꾸어볼 생각입니다. 그래서 전 이 길로 프란츠에게 가서, 꼭 필요한 돈을 얼마간 빌려볼까 합니다」

「아니, 네가!」 메르세데스가 소리쳤다. 「네가 빈곤한 생활을 하다니! 끼니 걱정을 해야 하다니! 오, 그런 소린 아예 마라. 이 어미의 결심이 무너지겠다」

「하지만 제 결심은 흔들리지 않습니다」 알베르가 대답했다. 「저는 젊습니다. 저는 강합니다. 그리고 용기가 있다고 생각합니다. 그리고 어제 의지라는 것이 어떤 것인가를 깨달았습니다. 아, 어머니, 이 세상에는 굉장히 큰 고통을 겪는 사람들도 있습니다. 그러고도 죽지 않고 살아남아서, 하늘이 주신 모든 행복의 약속이 무너져버린 황무지에, 그리고 하느님이 주신 모든 희망이 다 사라져버린 폐허 위에 새로운 운명을 세우는 사람들이 있습니다. 저는 그걸 알게 되었습니다. 저는 그런 사람들을 실제로 보았습니다. 적의 손에 의해 심연에 던져지고도, 힘차고 영광스럽게 다시 일어서서 지난날의 승리자들을 그 심연 속으로 던져버린 사람들을 보았습니다. 안 됩니다. 어머니, 전 오늘부터 과거와 결별하고 그 과거로부터 아무것도 받아들이지 않겠습니다. 이름조차도 말입니다. 왜냐하면, 어머니, 어머니는 아시겠죠? 전 다른 사람 앞에 서면 얼굴을 붉히지 않을 수 없는 그런 이름을 가질 수가 없습니다」

「알베르」 하고 메르세데스가 말했다. 「그 일은 실은, 만약 내가 좀더 강했더라면 너한테 권하고 싶던 일이로구나. 내 약한 목소리가 못하고 있던 말을 네 양심이 대신 해주었구나. 네겐 친구들이 있지만 당분간 그 사람들과 인연을 끊도록 해라. 하지만 이 어미를 생각해서 결코 절망해서는 안 된다. 알베르, 네 나이엔 인생은 아직 아름다운 법. 네 나이 이제 겨우 스물둘이니 말이다. 그리고 너같이 순수한 마음을 가진 사람은, 이름도 깨끗해야 할 필요가 있다. 그러니 네 외할아버지의 이름을 쓰도록 해라. 에레라라는 이름이다. 알베르, 난 너의 사람됨을 잘 알고 있다. 넌 어떤 길을 걸어가더라도 얼마 안 있어 그 이름을 빛낼 거야. 그때 가선 지금까지 불행했던 만큼 더욱 훌륭한 모습으로 다시 세상에 나타나다오. 오, 그리고 설령 내 기대가 어긋나서 그렇게 되지 못한다 하더라도, 내게 그 희망만은 갖게 해다오. 지금 내겐 그 생각밖엔 없고 장래라는 것이 없으니 말이다. 이집 문턱을 넘으면 내 앞엔 죽음만이 있을 뿐으니까」

「어머니의 뜻대로 해보겠습니다」 하고 알베르는 대답했다. 「저도 어머니와 같은 희망을 가지고 있습니다. 하느님의 노여움도 이처럼 순결하신 어머님과 죄 없는 저의 뒤를 쫓지는 않을 겁니다. 일단 결심이 섰으니 한시바삐 실행에 옮겨야겠습니다. 아버지께선 삼십 분쯤 전에 외출하셨습니다. 집안을 시끄럽게 하거나 설명을 늘어놓지 않아도 될 좋은 기회입니다」

「내 그럼, 기다리마」 하고 메르세데스가 말했다.

알베르는 곧 한길로 뛰어나가 마차를 불러왔다. 그 마차로 두 사람이 집을 떠날 셈이었던 것이다. 그는 생테르 가에 가구가 딸린 조그만 집 한 채가 있던 것이 생각났다. 거기에서라면, 어머니가 검소하지만 그래도 정돈된 생활을 할 수 있으리란 생각이 들었다. 그는 어머니를 찾으러 집으로 되돌아왔다.

마차가 집 문 앞에 다다라 알베르가 차에서 내리려는데, 한 사나이가 그에게로 가까이 오더니 편지 한 장을 전했다.

알베르는 그 사나이가 몬테크리스토 백작 댁의 사람이라는 것을 알아보았다.

「백작께서 보내시는 겁니다」 베르투치오가 말했다.

알베르는 편지를 받아 읽었다.

편지를 다 읽고 나서 그는 눈으로 베르투치오를 찾았다. 그러나 베르투치오는 알베르가 편지를 읽는 사이에 이미 어디론가 사라져버렸다.

알베르는 눈물이 글썽해져서, 깊은 감동과 뻐근한 가슴으로 메르세데스의 방으로 돌아갔다. 그러고는 아무 말 없이 어머니에게 그 편지를 내놓았다.

메르세데스는 편지를 읽었다.

알베르 씨

내가 지금 자신을 포기하려는 당신의 계획을 다 알고 있다는 사실을 당신이 안다면, 내가 얼마나 세심하게 신경을 쓰고 있는지도 알게 될 것입니다. 당신은 이제서야 자유의 몸이 되었습니다. 부친 모르세르 백작 댁을 떠나 당신이 가시는 곳으로 어머니까지 모시고 가려고 하십니다. 그러나 알베르 씨, 잘 생각해 보십시오. 고귀한 마음을 가진 당신은 당신의 어머니로부터 보답할 수 없을 정도의 은혜를 입고 있습니다. 인생과 싸우는 것은 당신만으로 족합니다. 거기에 따르는 고통도 당신 혼자 감수해야 합니다. 당신이 처음으로 감당해야 할 노력에 따르는 고난을 어머니까지 겪게 하지는 마십시오. 왜냐하면 어머니께선 지금 당하고 계신 불행에 조금도 책임이 없기 때문입니다. 그리고 하느님은 죄 없는 사람이 죄인의 책임을 지는 것은 원치 않으시니까요.

나는 두 분이 빈손으로 엘데 가의 저택을 떠나시려는 것을 알고 있습니다. 내가 어떻게 그걸 알게 되었는지는 알려 하지 마십시오. 그저 내가 그것을 알고 있다는 것만 아시면 됩니다.
 알베르 씨, 내 말을 들어보십시오.
 지금으로부터 이십사 년 전, 나는 기쁨으로 가슴이 부풀어 내 조국에 돌아왔습니다. 알베르 씨, 내게는 그 당시 약혼자가 있었습니다. 나는 한 청순한 처녀를 열렬히 사랑하고 있었지요. 그래서 내가 쉬지 않고 애써 번 50루이(1루이는 24프랑——옮긴이)의 돈을 그 여자를 생각하며 가지고 돌아왔지요. 그 돈은 그 여자를 위한 것이었기 때문에, 나는 그 돈을 그 여자에게 줄 생각이었습니다. 바다란 장래를 맡길 수 없는 곳이라는 것을 알았던 나는, 그 보물을 아버지가 살고 계시던 마르세유 멜랑 가의 조그만 집 뒤뜰에 묻어두었습니다.
 알베르 씨, 당신 어머니께선 그 집을 잘 알고 계십니다.
 최근 파리로 오는 길에 나는 마르세유를 지나왔지요. 나는 가슴 아픈 추억의 그 집에 가보았습니다. 그리고 그날 밤, 나는 우리의 보물이 묻힌 그 뜰 한구석을 삽으로 파보았지요. 보물이 든 쇠 상자는 여전히 그 자리에 있더군요. 아무도 손을 안 댔던 것입니다. 그것은 내 아버님께서 내가 태어나던 날 심어 놓은 무화과 나무 그늘의 한쪽 구석에 있습니다.
 그러니 알베르 씨, 지난날 내가 사랑하던 여자의 생활과 안녕을 위해 마련해 둔 그 돈이, 오늘날 이상하고도 괴로운 인연으로 같은 목적에 쓰이게 된 것입니다. 오! 알베르 씨, 내 기분을 이해해 주십시오. 그 가련한 여자에게 몇백만 프랑이라도 줄 수 있는 내가, 사랑하던 그녀와 헤어진 후부터 초라한 내 집 지붕 아래 잊혀진 채 묻혀 있는 검은 빵 한 조각밖에 드릴 수 없는 이 마음을 말입니다.

알베르 씨, 당신은 도량이 넓은 사람입니다. 그러나 어쩌면 자존심과 원한으로 사리를 잘 판별하지 못하실지도 모릅니다. 만약 당신이 내 뜻을 거절하신다면, 또 내가 드릴 권리를 가지고 있는 것을 다른 사람에게서 구하신다면, 난 이렇게 말할 겁니다. 당신의 아버지 때문에, 무서운 굶주림과 절망 속에 죽어간 어떤 사람의 자식이 당신 어머니께 드리는 생활비를 거절한다면, 그건 매우 옹졸한 생각이라고 말입니다.

어머니가 편지를 다 읽고 나자, 알베르는 창백해진 얼굴로 꼼짝 않고 어머니의 결정을 기다리고 있었다.
  메르세데스는 뭐라고 말할 수 없는 눈으로 하늘을 우러러보았다.
  「받겠다」하고 메르세데스는 말했다.「그분은 내가 수도원에 들어갈 입회금을 치러주실 권리가 있어」
  그러자 편지를 가슴에 댄 어머니는 아들의 팔을 잡고 자신도 뜻밖일 정도의 힘찬 발걸음으로 층계를 향해 걸어갔다.

자살

 그러는 동안 몬테크리스토 백작 쪽에서도 엠마뉘엘과 막시밀리앙을 데리고 시내로 돌아왔다. 돌아오는 길은 활기에 차 있었다. 엠마뉘엘은 전쟁 뒤에 평화가 잇따라올 수 있었던 기쁨을 연방 감추지 않았다. 그리고 자기의 박애 취미를 큰소리로 떠들었다. 모렐은 마차 한쪽 귀퉁이에 앉아 매제가 신이 나서 떠드는 것을 마냥 내버려두었다. 그리고 자신도 똑같은 기쁨을 느끼면서도 그 기쁨을 눈빛 속에만 간직하고 있었다.
 트론 시문에서 베르투치오가 기다리고 있었다. 그는 보초처럼 꼼짝도 않고 제자리에 서 있었다.
 몬테크리스토 백작이 마차 문으로 고개를 내밀고 낮은 소리로 몇 마디 말을 건네자 집사는 다시 사라져버렸다.
 「백작님」 루아얄 광장에 다다르자 엠마뉘엘이 입을 열었다.

「전 저희 집 문 앞에서 내리게 해주십시오. 제 처가 백작님이랑 저 때문에 불안해할 텐데, 한시바삐 가봐야죠」

「백작님의 승리를 보여주는 것이 우스꽝스럽지만 않다면」하고 막시밀리앙은 말했다.「백작님을 집에 초대하는 게 어떨까? 하지만 백작님께서도 걱정하고 있는 사람들을 안심시켜 주어야 할 테니까. 다 왔군. 엠마뉘엘, 백작님께 인사하고 그냥 가시게 해드리세」

「잠깐만」하고 백작이 말했다.「그렇게 두 분이 다 도망가 버리시면 안 됩니다. 엠마뉘엘 씨는 어서 아름다운 부인 곁으로 가서 제 안부도 좀 전해 주십시오. 그리고 막시밀리앙 씨, 당신은 샹젤리제까지 나하고 같이 가십시다」

「그러시죠」막시밀리앙이 대답했다.「마침 저도 댁 근처에 볼일이 있으니까요」

「점심때까지 돌아올 겁니까?」엠마뉘엘이 물었다.

「아니」막시밀리앙이 대답했다.

마차 문이 다시 닫히자, 마차는 길을 떠났다.

「어떻습니까? 제가 행운을 가져왔지요?」막시밀리앙은 백작과 단 둘이 있게 되자 이렇게 말했다.「그렇게 생각하지 않으세요?」

「그렇고말고요」백작이 대답했다.「그래서 이렇게 늘 같이 있고 싶은 거라오」

「정말 기적적이야!」막시밀리앙은 자기 생각에 자기가 대답하는 듯 이렇게 말했다.

「뭐가요?」백작이 물었다.

「아까 있었던 일 말입니다」

「그렇소」 백작은 미소를 띠며 대답했다. 「정말 그 말이 옳습니다. 기적적이었지요」

「결국」 하고 막시밀리앙은 말을 이었다. 「알베르 씨가 용감한 사람이죠」

「용감하고말고요」 백작이 말했다. 「칼이 머리 위에 와 떨어지게 됐는데도, 그냥 자던 사람인 걸요」

「예전에도 그 사람이 두 번이나 결투를 했는데, 모두 훌륭히 싸운 사실을 알고 있지요」 막시밀리앙이 말했다. 「그것하고 오늘 아침 일을 비교해 보십시오」

「모렐 씨, 그게 다 당신의 힘입니다」 하고 백작은 웃으면서 대답했다.

「알베르 씨는 군인이 아니라 참 다행입니다」 모렐이 말했다.

「그건 또 왜요?」

「결투장에서 사과를 한다는 게!」 젊은 대위는 고개를 저으며 말했다.

「아니, 당신까지 보통 사람들 같은 편견에 빠져들려고 하시오? 알베르 씨는 용감했으니, 비겁해질 수도 없으리라고 생각지 않으시오? 그 사람에겐 오늘 아침에 그런 처사를 해야 할 만한 어떤 이유가 있었으니, 그 행동은 다른 행동에 비해 훨씬 영웅적이었다고는 생각지 않소?」 백작은 다시 다정하게 말했다.

「하긴 그렇습니다」 막시밀리앙이 대답했다. 「하지만 전 스페인 사람들이 하는 말을 하고 싶습니다. 〈오늘의 그는 어제의 그보다는 용감하지 못했다〉는 말 말입니다」

「막시밀리앙 씨, 점심이나 같이 하지 않겠소?」 백작은 화제를 끊기 위해 이렇게 말했다.

「아닙니다. 열시엔 가봐야 합니다」
「그럼 점심 약속이 있으시군?」
모렐은 빙그레 웃으며 고개를 저었다.
「그렇다면 어디서든 점심은 드셔야 할 게 아니오?」
「하지만 배가 고프지 않을 경우엔요?」 청년이 대답했다.
「내가 알기엔 그처럼 식욕을 싹 가시게 하는 데는 두 가지 감정밖엔 없다고 보는데, 그중 하나는 슬픔이오. 하지만 굉장히 명랑해 보이는 걸 보면, 그건 아니겠고. 또 하나는 사랑이지요. 그런데 전에 고백하신 일에 비추어볼 때, 아무래도……」
「사실」 하고 막시밀리앙은 쾌활하게 대답했다. 「아니라곤 말 못하겠습니다」
「그런데 그 얘기는 못해 주시겠단 말이군요?」 백작은 강한 어조로 말했다. 그 점으로 보아 백작이 그 비밀을 얼마나 알고 싶어하는지 짐작할 수 있었다.
「오늘 아침 제가 무얼 생각하고 있다고 말씀드렸죠?」
백작은 대답 대신 청년에게 손을 내밀었다.
청년은 말을 이었다. 「제 마음은 뱅상 숲에서 백작과 헤어진 후로는 다른 곳으로 달리고 있습니다. 그 길은 바로 지금부터 찾아가는 길입니다」
「가보시오」 백작은 느릿느릿 말했다. 「어서 가보시오. 하지만 한 가지 부탁이 있소. 만약 당신 일에 무슨 장애가 생기거든 내 생각을 해주시오. 나란 인간은 이 세상에서 어떤 힘을 가지고 있다는 것, 그리고 내가 사랑하는 사람들에게는 기꺼이 그 힘을 써보고 싶어한다는 것, 그리고 모렐 씨, 내가 당신을 좋아하고 있다는 것을 말이오」

「알겠습니다」 청년이 말했다. 「전 마치 어린아이들이 필요할 때만 부모를 생각하듯, 그 사실을 기억하겠습니다. 백작님이 필요할 때가 오면, 반드시 그런 순간이 오리라 생각됩니다만, 곧바로 당신께 알려드리겠습니다」

「알겠소. 내 그 약속 잊지 않고 간직하겠소. 자, 그럼 잘 가시오」

「안녕히 계십시오」

그때 마차는 샹젤리제 저택 앞에 도달했다. 백작은 마차 문을 열었다. 막시밀리앙은 도로의 포석 위로 뛰어내렸다.

베르투치오가 계단 앞에서 대기하고 있었다.

막시밀리앙은 마리니 가 쪽으로 사라졌다. 백작은 급히 베르투치오 앞으로 걸어갔다.

「어떻던가?」 하고 백작은 물었다.

「네!」 하고 집사는 대답했다. 「부인께선 집을 떠나시려 하고 계십니다」

「따라오게」

몬테크리스토 백작은 베르투치오를 서재로 데리고 갔다. 그리고 앞서 말한 그 편지를 써서 그에게 내줬다.

「빨리 가보게」 하고 백작은 말했다. 「그리고 하이데에게 내가 돌아온 것을 알리도록」

「저 여기 있어요」 하고 하이데가 말했다. 마차 소리를 듣고 내려온 하이데는 백작이 무사히 돌아온 것을 보더니 얼굴이 환하게 밝아졌다.

베르투치오는 밖으로 나갔다.

하이데는 그처럼 초조하게 기다리던 백작이 돌아온 것을 본 순간, 사랑하는 아버지를 다시 만난 딸의 감격과 애타게 그리던 애인을 다시 만난 애인의 감격을 동시에 맛보았다.

몬테크리스토 백작도 겉으로는 하이데만큼 내색하지 않았지만, 그녀 못지않게 기쁘기 그지없었다. 오랜 세월 동안 고통받은 마음에 기쁨이란, 햇빛에 말라버린 땅 위에 내리는 이슬과 같은 것이다. 그러한 가슴과 대지는 그들에게 내리는 비를 빨아들이면서도 겉으로는 나타내지 않는 법이다. 며칠째 백작은 오래전부터 믿어지지 않던 한 가지 사실을 깨닫게 되었다. 그것은 이 세상에 두 사람의 메르세데스가 있다는 것과 자기가 아직도 행복해질 수 있다는 사실이었다.

행복에 불타는 백작의 눈이 하이데의 눈물 젖은 눈을 열렬하게 바라보고 있는데, 갑자기 문이 열렸다. 백작은 눈살을 찌푸렸다.

「모르세르 씨입니다!」 바티스탱은 마치 그 말 한마디면 설명이 다 되는 듯 그렇게만 말했다.

과연, 백작의 얼굴은 다시 환해졌다.

「어느 쪽이야? 자작이시든가, 백작이시든가?」

「백작이십니다」

「오!」 하이데가 소리쳤다. 「그럼 아직도 끝이 안 났단 말씀인가요?」

「끝났는지 안 끝났는지는 나도 몰라」 백작은 하이데의 손을 잡으며 말했다.

「다만 내가 아는 건, 이젠 아무것도 겁낼 게 없다는 거야」

「하지만 그자는 짐승만도 못한 인간이에요」

「그 사람은 나한텐 어떻게도 못할 사람이야」 하고 백작은 말했다.「걱정이었던 건, 그 사람 아들하고 상대해야 했을 경우야」

「그래서 제가 얼마나 걱정했는지 아마 모르실 거예요」하고 하이데는 말했다.

백작은 미소를 지었다.

「돌아가신 아버님의 무덤에 걸고」하고 백작은 하이데의 머리 위로 손을 내밀면서 말했다.「내 맹세하지. 설령 불행한 일이 일어난다 하더라도, 절대로 나한테는 일어나지 않을 거야」

「그 말씀을 하느님의 말씀이라 생각하고 믿겠어요」하이데는 백작에게 이마를 내밀며 말했다.

백작은 그 맑고 아름다운 이마에 입맞춤했다. 그 입맞춤은 두 사람의 가슴을 동시에, 한쪽은 격렬하게, 또 한쪽은 은밀하게 뛰게 했다.

「오, 신이시여!」백작은 중얼거렸다.「아직도 제게 사랑을 허락해 주시는 겁니까! ……모르세르 백작을 객실로 모셔라」백작은 하이데를 뒷계단으로 데리고 나가며 바티스탱에게 말했다.

이 방문에 대해 한마디 설명해 두는 것이 좋으리라. 백작으로서는 예측했던 것이었지만, 독자들에게는 전혀 뜻밖의 방문일 테니까.

앞서 말한 대로 메르세데스는 알베르가 자기 방에서 재산 목록을 작성하는 동안 자기도 그와 비슷한 것을 만들고 있었다. 모든 것을 깨끗이 정리해 두고, 서랍을 잠그고, 열쇠를 한데 모으고 있던 메르세데스는 복도로 난 햇빛을 받아들이는 문 유리창에 창백하고도 음산한 얼굴이 나타난 것도 깨닫지 못하고 있었다. 그 창으로는 안이 다 들여다보일 뿐만 아니라 얘기 소리까지 들렸다. 그러니 필경 소리를 죽이며 몰래 숨어서 들여다보고 있던 그 사람은, 모르세르 부인의 방에서 일어난 일을 모조리 보고 들었던 것이다.

창백한 얼굴의 사나이는, 그 유리문에서 모르세르 백작의 침실로 들어갔다. 그리고 침실에 이르자 안뜰로 난 창문의 커튼을 올렸다. 그는 십 분 가량 꼼짝도 않고 입을 다문 채 자신의 심장의 고동을 들으며 못박힌 듯 서 있었다. 그에게는 그 십 분이 무척 긴 것 같았다.

바로 그때였다. 결투에서 돌아온 알베르는, 커튼 뒤에서 자기가 돌아오는 것을 엿보고 있는 아버지의 모습을 발견했다. 그는 얼굴을 돌렸다.

백작은 눈을 커다랗게 떴다. 그는 알베르가 몬테크리스토 백작에게 심한 모욕을 가했다는 것, 그리고 그러한 모욕이라면 세계 어느 나라에서도 목숨을 거는 결투가 벌어진다는 것을 알고 있었다. 그런데 알베르가 무사히 돌아온 것이다. 그렇다면 분명 자기의 복수를 해준 것이 틀림없었다.

형언하기 어려운 기쁨의 빛이 음침하던 백작의 얼굴을 빛나게 했다. 그것은 마치 태양이, 그의 침대라기보다는 차라리 무덤이라고 할 수 있는 구름 속으로 사라져가기 전에 마지막으로 발하는 빛을 연상케 하는 것이었다.

그러나 앞에서도 말한 바와 같이, 백작은 아들이 승리를 보고하러 자기 방으로 올라오기를 기다렸다. 그러나 허사였다. 결투에 나가기 전에 아들이 명예를 회복해 주려는 아버지를 만나러 오지 않았던 것은 알 만했다. 그러나 명예를 회복하고 온 지금, 어째서 아들은 아버지의 품속으로 달려들지 않을까?

알베르의 얼굴을 볼 수 없던 아버지는 그때서야 하인을 불렀다. 알베르가 그 하인에게, 가서 아무것도 숨기지 말고 모르세르 백작에게 사실대로 아뢰라고 명령한 것은 앞서 말한 바이다.

십 분 후, 현관 계단 위에 모르세르 장군의 모습이 나타났다. 그는 군대식으로 깃 달린 검은 프록코트에 검은 바지, 검은 외투를 입고 있었다. 그는 무엇인가 미리 명령을 내렸음에 틀림없었다. 왜냐하면 그가 계단의 맨 아래 층계에 이르자, 준비가 갖춰진 마차가 차고에서 나와 그의 앞에 와서 우뚝 섰기 때문이다.

그러자 하인이 두 자루의 검을 싼 군용 외투를 내다가 마차 안에 던졌다. 그러고는 마차 문을 닫고 자기도 마부 곁에 가서 앉았다.

마부는 마차 앞으로 몸을 내밀며 명령을 기다렸다.

「샹젤리제로!」 모르세르 장군이 말했다. 「몬테크리스토 백작 댁으로, 빨리!」

말들은 채찍을 받으며 세차게 달렸다. 그리하여 오 분 후에는 이미 백작의 집 앞에 멈추었다.

모르세르 백작은 손수 마차 문을 열었다. 그리고 마차가 미처 서기도 전에 젊은 사람처럼 땅 위로 뛰어내렸다. 그는 초인종을 누른 후, 하인과 함께 열려 있던 문으로 들어갔다.

곧 바티스탱이 몬테크리스토 백작에게 모르세르 백작의 방문을 알렸다. 그러자 몬테크리스토 백작은 하이데를 데리고 나가며, 모르세르 백작을 객실로 들이라고 일렀다.

모르세르 장군이 객실을 세 번 왔다갔다하고서 뒤를 돌아보니, 문어귀에 몬테크리스토 백작이 서 있었다.

「아, 모르세르 씨였군요!」 몬테크리스토 백작은 침착하게 말했다. 「내가 잘못 들은 게 아닌가 했더니만」

「그렇습니다. 바로 저올시다」 모르세르 장군은 무섭게 입을 떨며 제대로 발음하지도 못하며 대답했다.

「그렇다면」 하고 백작은 말했다. 「어떻게 이렇게 이른 시간에 찾아와 주셨는지 궁금하군요」 백작이 말했다.

「오늘 아침 제 아들아이와 결투를 하셨던가요?」 장군이 물었다.

「그걸 알고 계셨나요?」 백작이 대답했다.

「게다가 제 아들이 당신과 결투해서 당신을 죽일 생각을 할 충분한 이유가 있었다는 것도 저는 알고 있습니다」

「과연, 훌륭한 이유야 있었지요! 그런데도 불구하고 저를 죽이지 않았을 뿐만 아니라, 결투조차 하지 않았습니다」

「하지만 그 아이는 당신을 제 아버지의 명예를 훼손한 데다 지금 우리 집안을 위협하고 있는 무서운 파멸을 가져온 장본인으로 보고 있지요」

「그건 사실이죠」 백작은 예의 그 무섭도록 침착한 태도로 말했다. 「단, 그것은 부차적인 이유이지 직접적인 이유는 아니지요」

「그렇다면 그애에게 사과나 변명이라도 하셨던 게 아닙니까?」

「아니, 난 아무 소리도 안했습니다. 사과를 한 건 오히려 댁의 아드님이었습니다」

「어째서 그렇게 나왔다고 생각하십니까?」

「아마 이 사건에 있어선 나보다도 더 죄가 있는 어떤 인간이 있다는 확신에서 비롯된 행동이었겠죠」

「그 인간이라는 게 누군데요?」

「그 사람의 부친이지요」

「좋습니다」 장군은 얼굴빛이 새파래지며 말했다. 「원래 죄 있는 자는 자기에게 죄가 있는 것을 인정하려 들지 않는 법이죠」

「알고 있습니다…… 그러니 지금 이런 일이 일어날 줄 알고 있었지요」

「그럼 제 아들아이가 비겁한 인간이 될 줄 알았단 말씀인가요!」 하고 장군은 소리쳤다.

「알베르 씨는 조금도 비겁하지 않습니다」 하고 백작은 말했다.

「칼을 손에 들고, 그 칼 앞에 불구대천의 원수를 두고도 싸우지 않았는데 그게 비겁하지 않다고요? 그놈이 지금 여기 없는 게 원통합니다. 내 입으로 그 소릴 해주게 말입니다!」

「모르세르 씨」 하고 몬테크리스토 백작은 차갑게 말했다. 「지금 댁의 가정의 사소한 일들을 제게 들려주려고 여기에 오신 건 아니리라 생각되는데요. 그런 말씀은 아드님에게나 가서 하시죠. 아마 아드님께서도 할말이 있을 테니까요」

「맞습니다」 하고 장군은 미소를 지을 듯하더니 이내 표정을 지우며 대답했다. 「그 말씀이 맞습니다. 내가 온 건 그 때문이 아닙니다. 내가 온 것은, 나도 당신을 원수로 보고 있다는 것을 알리러 온 겁니다. 당신을 본능적으로 증오하고 있다는 것을 말하려고 온 겁니다. 당신이란 인간을 안 이래, 늘 당신을 증오해 온 것 같다는 것을 말하려고 온 거지요. 그리고 마지막으로 요새 젊은이들은 결투하려고 들지 않으니, 이젠 우리끼리라도 결투하지 않을 수 없다는 걸 말하러 온 겁니다…… 어떻게 생각하십니까?」

「좋습니다. 그리고 아까 이런 일이 일어날 줄 알았다고 한 것도, 실은 이렇게 찾아오실 줄 알고 있었다는 얘기였지요」

「마침 잘됐군요…… 그럼, 준비는 다 되셨나요?」

「준비야 늘 되어 있지요」

「우리 두 사람 중 하나가 목숨을 잃을 때까지 싸우는 거지요?」 장군은 분노에 이를 악물고 말했다.

「우리 둘 중, 누구 한 사람이 목숨을 잃을 때까지요」 백작은 가볍게 고개를 끄떡이며 되풀이해서 말했다.

「그럼, 가십시다. 입회인은 필요 없으니」

「하긴」 몬테크리스토 백작의 대답이었다. 「필요 없겠군요. 서로 너무도 잘 아는 사이니까」

「천만에」 장군이 말했다. 「오히려 서로 알지 못하는 사이니까 그러는 거죠」

「허어! 한번 얘기해 볼까요?」 몬테크리스토 백작은 상대방이 견딜 수 없어하는 예의 그 냉담한 태도로 이렇게 말을 이었다. 「당신은 워털루 전쟁 전날 군대를 탈주한 페르낭이란 군인이 아니시던가요? 당신은 스페인에서 프랑스 군대의 안내자요, 첩보자였던 페르낭 중위가 아니시던가요? 당신은 은인인 알리를 배반하고 적에게 팔아먹은 후, 암살까지 한 페르낭 대령이 아니시던가요? 그리고 이런 여러 가지 역할을 한 페르낭이 합쳐져서 현재 프랑스 귀족이며, 육군 중장인 모르세르 백작이 되신 게 아닌지요?」

「오!」 이 말에 장군은 마치 붉게 달군 쇠뭉치로 얻어맞은 듯 신음했다. 「오! 이 천하에 못된 놈아! 내 목숨을 빼앗아가려는 지금, 내 수치까지 들춰내다니! 그렇다. 네가 날 모르고 있다고는 말한 적 없다. 이 악마 같은 놈, 난 알고 있어. 네가 내 과거의 어둠 속에 숨어들어 어떤 빛을 받고 읽었는지는 모르지만, 내 과거를 한 페이지 한 페이지 다 읽었겠지. 하지만 이런 치욕을 당하고 있는 내가, 그렇게 겉만 번지르르한 너보다는 그래도 명예를 아는 사람이다. 그래, 네가 날 알고 있다는 건 나도 알고 있다. 그러나 보석을 휘감고 다니는 건달 같은 너는, 내가 알지 못해. 넌 파리에서 자칭 몬테크리스토 백작이라고 행세하고 있지! 이탈리아에서는 선원 신드바드, 몰타에서는 또 뭐라고 행세를 했더라? 그까짓 건 아무래도 좋다. 다만 난 너한테 네 진짜 이름을 밝히길 요구한다. 너의 그 많은 이름 중에서 내가 알고 싶은 건 네 본명이야. 결투장에서 내 칼로 네 심장을 찌를 때, 그 이름을 불러줄 테니」

몬테크리스토 백작의 얼굴은 무섭도록 창백해졌다. 그의 갈색 눈은 뜨거운 불꽃으로 변했다. 그는 방 옆에 붙은 화장실로 달려가더니, 삽시간에 넥타이와 프록코트와 조끼를 벗어버리고, 뱃사람들이 입은 조그만 윗도리에 선원 모자를 쓰고, 모자 밑으로 그 길고 검은 머리를 늘어뜨리고 돌아왔다.

이렇게 무섭고도 냉혹한 태세로, 그는 팔짱을 끼고 장군 앞으로 걸어왔다. 장군은 몬테크리스토 백작이 갑자기 자리를 뜬 이유를 몰라서 그가 돌아오기만을 기다리고 있었다. 장군의 이는 빠득빠득 갈리며, 다리는 후들후들 떨려왔다. 한 발자국 뒤로 물러서다가, 그만 잘 펴지지도 않는 손으로 테이블을 짚으며 간신히 몸을 지탱하고 섰다.

「페르낭!」하고 백작이 소리쳤다. 「나의 수없는 이름 가운데서 너를 쓰러뜨릴 이름은 단 하나면 충분하다. 그 이름이 뭔지 짐작하겠지? 아니, 차라리 기억하느냐고 묻는 편이 좋겠군. 내 모든 슬픔과 괴로움도, 오늘 네게 복수를 할 수 있다는 기쁨으로 내 얼굴을 다시 젊어지게 했을 테니까. 더구나 네가 내 약혼자…… 메르세데스와 결혼한 후 수없이 꿈에 보아온 얼굴일 테고」

장군은 고개를 뒤로 젖히고 두 손을 벌리면서 아무 소리 못하고, 다만 이 무시무시한 망령을 뚫어지게 바라볼 뿐이었다. 그러고는 몸을 기대려고 벽 쪽으로 가서, 벽을 짚고 천천히 문까지 미끄러져 뒷걸음질로 문을 빠져나갔다. 나가면서 그는 기분 나쁘게 서글프고도 비통한 이 한마디 소리밖엔 지르지 못했다.

「에드몽…… 당테스!」

그러고는 사람의 소리라고는 할 수 없는 깊은 한숨을 내쉬며 건물의 입구까지 가자, 술 취한 사람처럼 안뜰을 빠져나가 하인의 팔 안에 쓰러지면서 들리지도 않는 작은 소리로 중얼거렸다.

「집으로! 집으로!」

집으로 돌아가면서 신선한 공기를 마시자 다시 정신이 들었다. 하인들에게 사나운 꼴을 보이고 만 수치를 생각하자, 그는 다시 정신을 가다듬을 수 있었다. 그러나 가는 길은 짧아서 집이 가까워짐에 따라 다시금 마음의 고통이 되살아나는 것을 느겼다.
 집에서 조금 떨어진 곳에 마차를 세우고 내렸다. 집 대문은 활짝 열려 있었다. 합승 마차 한 대가 이렇게 으리으리한 집에 불려온 것이 어울리지 않는 듯, 마당 한가운데 어색하게 서 있었다. 모르세르 장군은 눈이 휘둥그레져서 그 마차를 바라보았다. 그러나 누구에게 물어볼 용기도 나지 않아, 그대로 자기 방으로 돌아갔다.
 사람 둘이 층계를 내려오고 있었다. 백작은 황급히 자기 서재로 뛰어들어가 그들과 마주치는 것을 피했다.
 그것은 아들의 팔에 의지하고 내려오는 메르세데스였다. 이들 모자는 집을 떠나는 참이었다.
 그들은 이 초라한 사나이의 바로 코앞을 지나갔다. 커튼 뒤에 숨어 있던 그는 메르세데스의 비단옷이 몸에 스친 것 같은 느낌이 들었다. 그리고 그의 얼굴 위에는 방금 아들이 한 말의 따뜻한 입김이 와 닿는 것 같았다.
「기운을 내세요. 어머니! 어서 가세요. 여긴 이젠 우리 집이 아니에요」
 말소리는 들리지 않게 되고, 발걸음도 사라져갔다.
 장군은 커튼을 움켜쥐며 몸을 세웠다. 그는 아내와 아들에게서 동시에 버림받은, 남편이자 아버지로서의 울음이 터져나오는 것을 억지로 참았다.
 이윽고 마차의 철문 소리와 이어서 마부의 말소리가 들려왔다. 그러더니 마침내 무거운 쇠바퀴 구르는 소리가 유리창을 흔들었다. 그는 침실로 달려갔다. 자기가 이 세상에서 가장 사랑하던 사람들을 한번 더 보기 위해서였다. 그러나 메르세데스도 알베르도, 이 쓸쓸한 집과 버림받은 아버지이자 남편에게 마지막 눈길, 석별의 인사나 후회, 즉 용서해 주기 위해 마차의 창에서 고개 한번 내미는 일 없이 그대로 떠나버렸다.

그리하여 마차 바퀴가 대문의 포석 위를 구를 때, 한 방의 총소리가 울려나왔다. 이어서 폭발의 힘에 깨어진 장군의 침실 유리창으로 시커먼 연기가 새어나왔다.

발랑틴

 막시밀리앙 모렐이 어디에 볼일이 있었는지, 그리고 누구네 집으로 갔는지는 가히 짐작할 만한 일이다.
 막시밀리앙은 몬테크리스토 백작과 헤어지자, 천천히 빌포르의 집으로 걸어갔다.
 그렇다, 천천히 걸어간 것이다. 오백 보만 가면 되는 거리에, 시간은 삼십 분이나 남아 있었기 때문이다. 이렇게 시간이 남을 만큼 여유 있었지만, 그는 급히 백작과 헤어졌다. 어서 자기 혼자만의 생각으로 빠져들고 싶었기 때문이다.
 그는 누아르티에 노인의 점심 시중을 드는 발랑틴의 그 성스러운 임무를 방해하고 싶지는 않았다. 누아르티에 노인과 발랑틴은 그에게 일주일에 두 번 방문할 것을 허락해 주었다. 그래서 그는 지금 그 권리를 행사하러 가는 길이었다.

그가 도착했을 때 발랑틴은 그를 기다리고 있었다. 여자는 불안해서 거의 정신이 나간 사람처럼 그의 손을 잡고, 할아버지 앞으로 데리고 갔다.

이처럼 거의 정신이 나갈 정도로 불안했던 이유는 세상에서 떠들고 있는 모르세르 사건 때문이었다. 모두들 (세상에는 비밀이 없으니까) 오페라 극장에서 일어난 일을 알고 있었다. 빌포르 가에서도 일단 그런 사건이 일어난 이상, 싫어도 결투를 하지 않을 수 없으리라는 것을 의심하는 사람은 아무도 없었다. 발랑틴은 여성의 직감으로 막시밀리앙이 몬테크리스토 백작의 입회인이 되리라는 것을 짐작했다. 그리고 이미 소문이 자자한 막시밀리앙의 용기라든가, 백작에 대한 그의 깊은 우정을 미루어볼 때, 과연 그가 자기가 맡은 수동적인 역할에만 그칠 것인가 하는 두려움이 발랑틴을 괴롭혔던 것이다.

그러니 그 일에 대해서 얼마나 자세하게 열심히 물었을 것이며, 설명하고 듣고자 했을 것인가는 가히 짐작할 만한 일이다. 그리하여 모렐은 그 무서운 사건이 뜻하지 않게 다행한 결과로 끝났음을 알게 된 발랑틴의 눈에서 이루 말할 수 없는 기쁨을 읽을 수 있었다.

발랑틴은 모렐에게 노인의 옆에 앉을 것을 권하고, 자기도 노인이 발을 올려놓고 있던 걸상에 앉으며 말했다. 「이젠 우리 얘길 해볼까요? 막시밀리앙, 할아버지께서 이 집을 나가서서 빌포르 가 밖에다 집을 얻으셨으면 하신다는 건 알고 계시죠?」

「그건 나도 알고 있어요」 막시밀리앙이 대답했다. 「그리고 나도 그 생각엔 대찬성입니다」

「그렇다면!」 하고 발랑틴은 말했다. 「계속해서 찬성을 해주세요. 할아버지께선 다시 그 생각을 하고 계시니까요」
「거, 잘됐는데!」막시밀리앙이 말했다.
「그런데 할아버지께서 집을 나가는 이유를 뭐라고 하시는지 아세요?」
누아르티에 노인은 발랑틴에게 잠자코 있으라는 듯한 눈길을 보내왔다. 그러나 발랑틴 쪽에서는 할아버지의 그것을 보지 못했다. 그녀의 눈과 시선과 미소는 모두 막시밀리앙에게 쏠려 있었기 때문이다.
「오! 할아버지께서 드시는 이유가 어떤 것이든 난 좋다고 생각합니다」하고 막시밀리앙은 말했다.
「아주 근사한 이유랍니다」발랑틴이 대답했다. 「할아버지께선 이 포부르 생토노레의 공기가 제게 좋지 않다는 거예요」
「하긴」막시밀리앙이 말했다. 「발랑틴, 할아버지 말씀이 옳아요. 대략 보름 전부터 당신 건강이 퍽 나빠진 것 같아요」
「네, 약간은 그렇기도 해요」발랑틴이 대답했다.
「그래서 할아버지께서 제 의사가 되어주신 거예요. 그리고 할아버진 모르는 게 없으시니까, 전 할아버지 말씀을 믿고 있어요」
「그럼, 정말 어디가 아픈 거요?」막시밀리앙은 급히 물었다.
「어디가 아프다는 게 아니에요. 그저 몸이 좀 노곤할 뿐이에요. 식욕도 없어지고, 위가 무언가에 적응하려고 애를 쓰는 것 같은 느낌이에요」
누아르티에 노인은 손녀의 말을 한마디도 놓치지 않고 들었다.
「그럼 그 이상한 병에는 어떤 치료를 하고 있죠?」

「그야 아주 간단하죠」하고 발랑틴은 대답했다.「할아버지한테 가져오는 물약을 매일 아침 한 숟갈씩 먹는 거예요. 한 숟갈씩이라곤 하지만, 처음 시작할 땐 그랬다가 요새는 네 숟갈씩 마셔요. 할아버지께선 그 약이 만병통치약이라고 그러시던데요」

발랑틴은 방긋 웃었다. 그러나 그 웃음에는 무엇인가 슬픔과 괴로움의 빛이 깃들여 있었다.

막시밀리앙은 사랑에 취한 듯 여자를 잠자코 바라만 보고 있었다. 발랑틴은 아름다웠다. 그러나 그 창백한 얼굴에는 윤기가 없었고, 그 눈은 여느 때보다도 더욱 불타고 있었다. 보통때는 진줏빛처럼 하얗던 손도 오랜 세월에 노랗게 찌들은 양초 같았다.

막시밀리앙은 시선을 발랑틴에게서 누아르티에 노인에게로 옮겼다. 노인은 그 이상하고도 깊은 지혜가 담긴 눈길로 사랑에 빠져 있는 손녀를 바라보고 있었다. 그러나 노인의 눈에도 막시밀리앙이 보는 것처럼 손녀가 속으로 무엇인가 병고를 겪고 있는 흔적이 보였다. 그 흔적은 너무 미미한 것이라 보통 사람들의 눈에는 드러나지 않았지만, 할아버지와 애인의 눈에는 역력히 드러났던 것이다.

「하지만」하고 막시밀리앙은 말했다.「벌써 네 숟갈씩 마신다는 그 물약은 할아버님을 위해 조제된 게 아닐까요?」

노인은 뭔가 물어보려는 듯한 눈으로 손녀를 보았다.

「글쎄 그래요, 할아버지」발랑틴이 말했다.「아까도 여기 내려오기 전에 설탕물을 한 컵이나 마시고 왔어요. 그런데 반 밖에 못 마시고 그만두었다니까요. 그 물까지 어찌나 썼던지」

노인은 얼굴빛이 변했다. 그리고 무슨 말을 하고 싶다는 듯이 신호를 보냈다.

발랑틴은 일어나서 사전을 찾으러 갔다.

노인은 눈에 보이도록 불안한 표정으로 손녀의 뒷모습을 바라보았다.

과연 손녀의 머리에는 피가 거슬러 올라, 뺨이 빨갛게 상기되어 있었다.

「어머!」하고 발랑틴은 여전히 명랑한 태도를 잃지 않고 말했다. 「이상한데요. 눈이 핑 도는군요. 햇빛이 눈 속으로 비쳐 들었나 몰라?」 발랑틴은 창문의 손잡이를 잡으며 말했다.

「햇빛도 비치지 않는데요」 막시밀리앙은 발랑틴의 몸이 불편한 것보다 노인의 얼굴 표정에 더욱 신경을 쓰며 이렇게 말했다.

그러고는 발랑틴에게 달려갔다.

발랑틴은 미소를 지었다.

「염려 마세요, 할아버지」하고 그녀는 할아버지에게 말했다. 「막시밀리앙, 당신도 걱정 마세요. 아무것도 아닌 걸요. 그리고 이제는 나았어요. 그런데 저 소리 좀 들어보세요. 마당에서 들려오는 것은 마차 소리가 아닌가요?」

발랑틴은 방문을 열고 복도의 창으로 달려가더니, 다시 급히 되돌아왔다.

「맞았어요」하고 발랑틴은 말했다. 「당글라르 부인하고 그 댁 따님이 찾아왔어요. 자, 그럼 안녕히 가세요. 전 가봐야 해요. 이리로 날 찾으러 올 테니까요. 손님들을 제가 붙잡지는 않을게요」

막시밀리앙은 눈으로 발랑틴의 뒤를 따랐다. 그리고 그녀가 문을 닫는 것을 본 후 빌포르 부인과 함께 그녀의 방으로 통하는 작은 계단을 올라가는 소리를 들었다.

발랑틴이 사라지자, 노인은 막시밀리앙에게 사전을 가져오라는 신호를 했다. 청년은 노인의 말에 따랐다. 그는 발랑틴의 도움으로 노인의 의사를 이내 이해할 수 있게 훈련되어 있었다.

그러나 아무리 훈련이 되어 있었기로서니, 알파벳 스물넉 자 중에 몇 자를 가려내어 단어 하나하나를 사전에서 찾아내 노인의 생각을 다음과 같은 말로 만드는 데는 십 분이나 걸렸다.

〈발랑틴의 방에 있는 컵과 물병을 찾아오라.〉

막시밀리앙은 곧 벨을 눌러 바루아 대신 일하고 있는 하인을 불렀다. 그리고 누아르티에 노인의 이름으로 그 일을 명령했다.

하인은 이내 되돌아왔다.

컵과 물병은 깨끗이 비어 있었다.

노인은 또 무엇인가를 말하고 싶어했다.

「어째서 컵과 물병이 비어 있지?」 노인은 이렇게 물었다. 「발랑틴은 반밖에 안 마셨다고 했는데」

이 질문을 풀이하는 데도 오 분이 걸렸다.

「전 모르겠습니다」 하인이 대답했다. 「발랑틴 아가씨 방에 하녀가 있었는데 아마 그 여자가 마셨나 봅니다」

「그 하녀에게 물어보게」 막시밀리앙이, 이번에는 노인의 눈에서 그 뜻을 알아채고 말했다.

하인이 방을 나갔다. 그러더니 이내 되돌아왔다.

「발랑틴 아가씨께선 마님 방으로 가시느라고, 아가씨 방을 지나가셨습지요」하고 하인은 말했다. 「그런데 가시는 길에 목이 마르시다며 잔에 남아 있던 물을 드셨다는군요. 물병의 물은 에두아르 도련님이 오리가 있는 못에다 쏟으셨답니다」

노인은 마치 가지고 있는 돈을 모두 단 한번에 거는 도박꾼처럼 하늘을 우러러보았다.

그뒤로부터는 문만 바라보며 시선을 옮기지 않았다.

발랑틴은 과연 당글라르 부인과 그 딸을 만났다. 두 사람은 빌포르 부인의 말대로 부인의 방으로 안내되었다. 그래서 발랑틴이 자기 방을 지나가게 되었던 것이다. 발랑틴의 방은 에두아르의 방을 사이에 두고 같은 층에 있었기 때문이다.

손님으로 온 두 여인은 무엇인가 보고하러 왔음이 분명했다. 그들은 딱딱하고 사무적인 태도로 들어왔다.

같은 무리의 사람들 사이에서는 조금만 달라져도 이내 알아채는 법이다. 빌포르 부인 쪽에서도 이런 딱딱한 태도에 똑같이 딱딱한 태도로 응답했다.

바로 그때 발랑틴이 들어와서, 또 한번 인사가 오갔다.

「실은」하고 당글라르 남작 부인은, 두 처녀들이 서로 손을 잡는 사이에 입을 열었다. 「외제니가 곧 카발칸티 공작과 결혼을 하게 돼서, 그걸 맨 먼저 알리려고 이렇게 딸아이를 데리고 왔어요」

당글라르는 이 공작이라는 칭호를 고집해 왔다. 속물 은행가인 그에게는 그 칭호가 백작보다 훨씬 낫다고 생각되었던 것이다.

「정말 진심으로 축하합니다」빌포르 부인이 대답했다.

「카발칸티 공작께선 상당한 재능이 있는 분 같던데요」

「네, 그래요」 남작 부인은 미소를 띠며 말했다. 「우리끼리만 하는 얘기지만, 공작은 아직 자기가 지닌 진정한 가치를 다 발휘하지 않고 있는 거예요. 좀 특이한 성격이어서, 우리 프랑스 사람들이 첫눈에 보기엔 그저 평범한 이탈리아나 독일의 귀족으로 보이지만, 실은 무척 기품 있고 머리도 여간 좋은 분이 아니랍니다. 그리고 저의 주인 양반 말씀이 재산도 엄청나다는군요」

「그리고 또」 외제니는 빌포르 부인의 앨범을 뒤적이며 말했다. 「어머니가 그분에게 특별히 더 열심이시라는 것도 덧붙여 말씀하셔야죠」

「그리고 외제니 양도 물론 열심이겠지요?」 빌포르 부인이 말했다.

「전요!」 외제니는 변함없이 착 가라앉은 어조로 말했다. 「전혀 그렇지 않아요. 전 타고난 성격이, 누가 됐든 남자의 비위를 맞춘다든가 살림을 한다든가 하는 거하곤 거리가 먼걸요. 전 원래 예술가 기질을 갖고 태어나서, 마음이고 몸이고 생각이고 모두 자유로워야만 해요」

외제니가 이런 말을 딱 부러지게 하는 것을 듣고 발랑틴은 얼굴을 붉혔다. 겁이 많은 발랑틴에게는, 여자다운 수줍음이라곤 찾아볼 수 없는 외제니의 이러한 성품이 이해가 안 되었던 것이다.

「하지만」 하고 외제니는 말을 이었다. 「좋든 싫든 간에 결혼을 하게 되고 보니, 알베르 씨로부터 경멸당한 일을 하느님께 감사할 뿐이에요. 그런 일이 없었더라면, 명예를 잃어버린 사람의 아내가 될 뻔했으니까요」

「그건 사실이에요」 남작 부인은 귀부인들에게서 흔히 볼 수 있는, 그리고 평민들과 자주 대하면서도 좀체로 없어지지 않는 그 야릇한 솔직성을 보이며 말했다.「그건 사실이에요. 모르세르 가에서 주저하지 않았더라면, 얘는 알베르와 결혼했겠지요. 모르세르 장군은 아주 열심이었으니까요. 심지어는 얘 아버지한테 와서 강요를 하다시피 한 걸 용케 빠져나왔지만요」

「하지만」 하고 발랑틴이 조심스레 물었다.「아버지의 수치가 아들에게까지 미칠까요? 제 생각에 알베르 씨는 아버지의 반역죄와는 아무 상관도 없는 것 같던데요」

「그게 그렇질 않아요」 냉정한 외제니가 말했다.「알베르 씨에게도 책임이 있어요. 그러니까 어제 오페라 극장에서 몬테크리스토 백작에게 결투 신청을 해놓고서 오늘 결투장에서 사과를 한 거예요」

「설마!」 빌포르 부인이 말했다.

「그런데 글쎄」 당글라르 부인은 앞서와 똑같이 솔직한 태도로 말했다.「그게 확실하단 말씀이에요. 그가 사과했을 때 입회했던 드브레 씨한테 들었는걸요」

발랑틴도 그 일은 알고 있었다. 그러나 아무 말도 하지 않았다. 문득 그 말 한마디에 다시 자기 일이 머릿속에 되살아난 그녀는 모렐이 기다리고 있는 누아르티에 노인의 방으로 생각이 되돌아갔다.

이렇게 깊은 생각에 잠겨 있던 발랑틴은, 얼마 전부터 화제에도 끼지 않고 있었다. 조금 전에 화제에 올랐던 이야기를 그대로 되풀이해 보라고 해도 아마 못했을 것이다. 그때 갑자기 당글라르 부인의 손이 발랑틴의 팔을 건드려 발랑틴의 상념을 깨어놓았다.
「왜 그러세요?」 발랑틴은 당글라르 부인의 손가락이 닿자 마치 전기라도 통한 듯이 몸을 떨었다.
「발랑틴」 하고 남작 부인이 말했다. 「어디가 아픈 모양이지?」
「제가요?」 발랑틴은 펄펄 끓는 이마로 손을 가져가며 말했다.
「그래요. 이 거울 좀 들여다봐요. 잠깐 사이에도, 계속해서 몇 번씩 얼굴이 빨개졌다 하얘졌다 하는데」
「정말」 하고 외제니가 소리쳤다. 「얼굴빛이 아주 창백한데!」
「오! 염려 말아요, 외제니, 벌써 며칠째 그런 걸요」
발랑틴같이 수를 쓸 줄 모르는 여자도, 이때야말로 이 방을 빠져나가기에 절호의 기회라는 생각이 들었다. 게다가 빌포르 부인이 그녀의 뜻을 거들어주었다.
「어서 들어가 보아라」 하고 부인은 말했다. 「정말 아픈 모양이니, 두 분께선 양해해 주실 테니 걱정 말고. 가서 냉수 한 컵 마시면, 곧 괜찮아질 거다」
발랑틴은 벌써부터 물러가려고 몸을 반쯤 일으키고 있다가 외제니에게 키스를 하고, 당글라르 부인에게도 인사를 했다. 그러고는 방을 나갔다.
「저애 때문에」 발랑틴이 밖으로 나가자 빌포르 부인은 이렇게 말했다. 「저는 여간 걱정이 아니랍니다. 저러다가 갑자기 무슨 일이라도 당할까 봐 말이에요」
한편 발랑틴은, 자신도 모를 일종의 흥분 상태에서 에두아르가 무엇인가 짓궂은 말을 거는데도 아무 소리 않고 에두아르의 방을 지나 자기 방을 통해서 작은 계단까지 왔다. 그녀는 계단을 하나하나 내려가 마지막 세 단까지 와서 막시밀리앙의 목소리를 들었다. 그때 갑자기 눈앞이 희미해지며 다리가 뻣뻣해져 계단을 헛디뎠다. 손에는 난간을 짚을 기력조차 없어져, 몸을 벽에 부딪히며 마지막 세 계단을, 내려왔다기보다는 숫제 굴러 떨어졌다.

막시밀리앙은 단숨에 달려와 문을 열었다. 그리고 발랑틴이 층계참에 쓰러져 있는 것을 보았다.

그는 번개처럼 발랑틴을 안아다가 안락의자에 앉혔다. 여자는 다시 눈을 떴다.

「어머! 정말 내가 왜 이렇게 서툴게 굴죠?」

발랑틴은 열에 들떠서 말했다.「제가 제 몸을 가눌 줄도 모르는가 봐요! 층계참까지 계단이 세 개나 남아 있던 걸 잊어버리다니!」

「다치진 않았어요?」막시밀리앙이 소리쳤다.「아니, 어찌된 일이지요?」

발랑틴은 주위를 둘러보았다. 그리고 누아르티에 노인의 눈에 깊은 공포의 빛이 떠오른 것을 보았다.

「염려 마세요, 할아버지」발랑틴은 억지로 웃음을 지어 보이며 말했다.「아무것도 아닌 걸요, 아무것도 아니에요······ 잠깐 어지러웠을 뿐이에요」

「또 어지러웠다고요?」막시밀리앙은 두 손을 모으며 말했다.「발랑틴, 조심해야 합니다. 제발 부탁이오」

「괜찮아요」발랑틴이 말했다.「이젠 나았다고 그러지 않았어요? 그리고 아무것도 아니었다고도 말씀드렸는데. 자, 이젠 제가 뉴스를 하나 알려드릴게요. 일주일만 있으면 외제니가 결혼을 한대요. 그리고 사흘 후엔 약혼 파티가 있다나요. 우리

아버지, 어머니, 저, 모두 초대될 거예요…… 적어도 제 생각엔 그럴 것 같아요」

「우린 언제나 그런 일을 걱정하게 될까요? 오! 발랑틴, 당신은 할아버님께 무슨 일이든 부탁할 수 있으니 제발, 할아버지께서〈이제 곧〉이라는 대답을 하시도록 노력해 봐요!」

「그럼 절더러 할아버지한테 빨리 말씀을 하시도록, 그리고 기억을 되살려 내시도록 하란 말씀이세요?」하고 발랑틴이 물었다.

「맞았어요」막시밀리앙이 큰소리로 말했다.「빨리 그렇게 좀 해봐요. 당신이 내 사람이 되기 전엔, 항상 당신이 도망쳐 갈 것만 같은 생각이 드니」

「오!」발랑틴은 경련하듯이 몸을 떨면서 대답했다.

「정말이지 막시밀리앙, 당신은 너무 겁쟁이시군요. 장교인데다가, 사람들 말에 의하면 무서운 게 없다는 분이시면서」

이렇게 말하며 그녀는 괴로운 듯이 날카로운 웃음을 까르르 웃었다. 그리고 뻣뻣해진 두 팔을 뒤틀며 고개를 안락의자 위로 떨어뜨리는가 싶더니, 그대로 꼼짝 않고 굳어버렸다. 신이 누아르티에 노인의 입술에서 막아버린 공포의 외침은 노인의 눈으로 튀어나왔다.

막시밀리앙은 그것을 알아차렸다. 어서 도움을 청하라는 뜻이었다.

그는 초인종을 잡아당겼다. 발랑틴의 방에 있던 하녀와 바루아의 뒤를 이은 하인이 동시에 달려왔다.

발랑틴의 얼굴빛이 너무나 창백해지고 싸늘하게 움직이지 않는 것을 보자, 그들은 얘기도 채 듣지 않고 이 흉가에서 시시각각으로 느껴오던 공포감에 사로잡혀 사람 살리라는 소리를 지르며 복도로 뛰어나갔다.
 바로 그때 당글라르 모녀는 자리를 일어서던 참이었다. 두 사람은 그 이유를 알게 되었다.
 「아까 말씀드린 대로지요!」하고 빌포르 부인은 말했다.「불쌍한 것 같으니!」

고백

그때 빌포르 씨가 서재에서 밖에서 들려오는 비명 소리를 들었다. 「무슨 일이냐?」

막시밀리앙은 눈으로 누아르티에 노인에게 어떻게 했으면 좋겠느냐고 물었다. 노인은 다시 냉정을 완전히 회복하고 난 뒤였다. 그는 청년에게 눈으로 조그만 방을 가리켰다. 그 방은 전에도 한번 이와 비슷한 경우를 당했을 때 몸을 숨겼던 방이었다.

그는 즉시 모자를 집어들고 허둥지둥 그 방으로 뛰어들어갔다. 그러자 복도에서 검사의 발소리가 들려왔다.

빌포르는 성급히 방안으로 들어오더니, 발랑틴에게로 달려가 두 팔로 딸의 몸을 안았다.

「의사를! 의사를…… 다브리니 씨를 불러와!」 하고 빌포르가 소리쳤다.「아니, 내가 가지」

그러고는 방을 뛰쳐나갔다.

다른쪽 문으로는 막시밀리앙이 달려 들어왔다.

무시무시한 기억이 되살아나 그의 가슴을 때렸던 것이다. 그의 머릿속에 생메랑 후작 부인이 죽던 날 밤, 빌포르 씨와 의사 사이에 오가던 이야기가 생각났다. 발랑틴에게 나타난 증상은 그 정도는 다소 약하더라도, 바루아가 죽기 전에 일어났던 증세와도 같은 것이었다.

동시에 그의 귀에는 불과 두 시간 전에 몬테크리스토 백작이 해준 말이 울려오는 것 같았다.

〈무슨 일이건, 내가 필요한 일이 생기거든 내게로 오시오. 도움이 될 수 있을 테니.〉

그 생각이 떠오르자 그는 삽시간에 포부르 생토노레에서 마티뇽 가로 뛰어갔고, 다시 마티뇽 가에서 샹젤리제 거리로 달려갔다.

한편 빌포르는 이륜 마차를 타고 다브리니의 집 앞에 도착했다. 그가 하도 세게 초인종을 흔드는 바람에 문지기가 질겁해서 달려나왔다. 빌포르는 입을 열 사이도 없이 곧장 층계로 달려갔다. 문지기는 그를 잘 알고 있는 터였으므로, 그대로 들여보내면서 큰소리로 외쳤다.

「서재에 계십니다, 검사님. 서재에 계세요!」

빌포르가 이미 문을 열고 난 뒤였다. 열었다기보다는 부수고 들어갔다는 편이 옳을 것이다.

「아!」하고 의사는 말했다.「당신이었군요!」

「그렇소」빌포르 씨는 문을 닫으면서 대답했다.「우선 하나

묻겠는데, 여긴 우리 두 사람밖에 없지요? 선생, 내 집은 아무래도 저주받은 집인가 보오」

「아니, 무슨 말씀을 그렇게 하십니까?」 의사는 겉으로는 태연한 척하면서도 내심 적이 놀라서 말했다. 「또 누가 편찮으신가요?」

「그렇소!」 빌포르는 떨리는 손으로 자기 머리카락을 움켜쥐며 대답했다. 「그래요!」

다브리니는 〈내 뭐라고 합디까!〉 하는 듯이 눈길을 보내왔다. 그러고 나서 느릿느릿 입술을 움직여 다음과 같이 물었다.

「대체 누가 죽어가고 있습니까? 하느님 앞에 우리들의 약한 점을 고발하는 새로운 희생자는 또 누구입니까?」

빌포르의 가슴에서는 비통한 흐느낌이 용솟음쳐 올랐다. 그는 의사에게 다가가서 의사의 팔을 잡으며, 「발랑틴이오!」 하고 말했다. 「이번에는 발랑틴의 차례입니다」

「따님이?」 의사는 슬픔과 놀라움에 큰소리로 외쳤다.

「당신 짐작이 틀렸다는 걸 이제 아시겠죠?」 검사는 중얼거리듯 말했다. 「괴로워하는 그애 머리맡에 가서, 그애를 의심했던 일을 사과해 주십시오」

「저를 부르러 오실 땐」 하고 의사는 말했다. 「늘 때가 늦었지요. 그러나 그건 그렇고, 가야겠습니다. 자, 어서 가십시다. 댁을 노리고 있는 적에게 단 일 초라도 시간 여유를 주면 안 될 테니까요」

「선생, 이번만은 내가 마음이 약하다고 탓하진 못하실 겁니다. 이번엔 세상없어도 살인자를 찾아내서 경을 칠 테니 말입니다」

「자, 복수를 생각하기 전에 우선 희생자를 구해 내도록 하십시다」하고 의사가 말했다.

이렇게 해서, 빌포르를 태우고 온 이륜 마차는 다시 의사 다브리니를 함께 태우고 전속력으로 돌아왔다. 그와 때를 같이 하여, 막시밀리앙은 몬테크리스토 백작의 문을 두드렸다.

백작은 서재에 있었다. 그리고 베르투치오가 급히 가져온 편지를 근심스럽게 읽고 있었다.

불과 두 시간 전에 헤어진 막시밀리앙이 찾아왔다는 소리에 백작은 고개를 들었다.

막시밀리앙에게도 백작에게도 그 두 시간 동안 많은 일이 일어났었음이 틀림없었다. 백작과 헤어질 때는 입술에 미소를 띠며 떠났던 청년이 돌아올 때는 얼굴이 일그러져서 왔으니 말이다.

백작은 자리에서 일어나 청년 앞으로 다가갔다.

「무슨 일이오, 막시밀리앙?」하고 백작은 물었다.「얼굴빛이 나쁘고, 이마엔 땀이 비 오듯 흐르니」

청년은 안락의자에 앉는다기보다는 푹 쓰러졌다.

「네, 그래요」청년이 대답했다.「급히 달려왔습니다. 드릴 말씀이 있어서요」

「댁에서는 모두 안녕들 하시죠?」백작은 누가 봐도 이내 알 수 있는 성실하고 친절한 어조로 물었다.

「감사합니다. 백작님, 감사합니다」청년은 얘기를 꺼내기가 퍽 거북한 듯 대답했다.「네, 집은 모두 평안합니다」

「다행이군요. 그런데 무슨 할말이?」백작은 더욱 걱정스러운 얼굴로 말을 이었다.

「네, 있습니다. 전 지금 죽음의 그림자가 찾아든 집에서 이리로 달려온 길입니다」

「모르세르 씨 댁에서 오시는 길이오?」 백작이 물었다.

「아니에요」 청년이 대답했다. 「왜, 모르세르 댁에서 누가 죽었습니까?」

「모르세르 장군이 조금 전에 권총 자살을 했답니다」 백작이 대답했다.

「원, 저런 끔찍한 일이!」 막시밀리앙이 부르짖었다.

「하지만 그 부인이나 알베르에겐 그렇게 불행한 일도 아닙니다」 백작이 말했다. 「명예를 더럽힌 아버지나 남편으로 남아 있기보다는 차라리 죽는 편이 그들에겐 낫지요. 피로 치욕을 씻은 셈이 되니까요」

「모르세르 백작 부인이 불쌍하십니다」 막시밀리앙이 말했다. 「그분이 정말 안됐어요. 참 좋은 분이신데!」

「알베르 씨도 동정해야 해요. 막시밀리앙 씨, 그 부인의 아들도 그럴 자격이 있는 사람이니까요. 그건 그렇고, 어서 아까 그 얘기로 돌아갑시다. 이렇게 뛰어오셨으니, 내가 필요하게 된 무슨 일이 있는지요?」

「네, 도움을 청하러 왔습니다. 하느님이 아니라면 도와줄 수 없을 일이지만 백작이라면 도와주실 수 있으리라고, 마치 미친 사람처럼 믿고 뛰어왔습니다」

「어서 얘기해 보시라니까요」 백작이 대답했다.

「그런데」 하고 청년은 말했다. 「이런 비밀을 사람의 귀에 대고 말해도 괜찮을지 어쩔지 모르겠습니다. 하지만 운명이 이를 명하고 있습니다. 그리고 정말 어쩔 도리가 없어서」

청년은 말을 멈추고 주저했다.

「당신은 내가 당신을 좋아하고 있다는 걸 믿소?」

백작은 다정하게 두 손으로 청년의 손을 잡으며 물었다.

「오, 그 말씀을 들으니 용기가 납니다. 그리고 이 속에서 (막시밀리앙은 손을 가슴에 얹으며 말했다) 당신에게 비밀을 감추고 있으면 안 된다고 말하는군요」

「맞았소. 하느님이 당신 가슴에 말씀하시는 거요. 그리고 당신의 심장 또한 당신에게 말하는 거지요. 어서 그 가슴속에서 하고 있는 말을 내게 그대로 말해 보시오」

「백작님, 당신이 하시는 일인 것처럼 해서 백작도 잘 알고 계신 집에 바티스탱을 보내어, 어떤 사람의 안부를 물어봐 주지 않으시겠습니까?」

「좋도록 하세요. 내 몸도 뜻대로 하실 수 있는데, 하물며 내 하인쯤이야」

「오! 그녀의 건강이 회복된다는 확신이 없는 한, 저도 살지 못할 거예요」

「바티스탱을 불러드릴까요?」

「아닙니다. 제가 가서 얘길 하죠」

막시밀리앙은 밖으로 나가 바티스탱을 부르더니, 무엇인가 낮은 소리로 수군거렸다. 하인은 그 말이 끝나자 이내 달려나갔다.

「자, 얘기했소?」 백작은 청년이 돌아오는 것을 보고 물었다.

「네, 이젠 마음도 진정된 것 같습니다」

「난 얘길 기다리고 있는데?」 백작은 웃으며 말했다.

「압니다, 말씀드리죠. 어느 날 밤, 전 후원의 나무숲에 몸을 숨기고 있었습니다. 제가 거기 있으리라곤 아무도 짐작 못 했겠죠. 그런데 그때 사람들이 제 곁을 스쳐 지나가더군요. 그 사람들의 이름은 잠깐 비밀로 해두겠습니다. 용서하십시오. 그들은 아주 낮은 소리로 수군수군 얘길 하더군요. 그러나 전 그들의 얘기에 관심이 많았기 때문에 한마디로 놓치지 않고 다 들었습니다」

「얼굴빛까지 나빠지고 몸서리 치는 걸 보니, 그 얘기는 뭔가 불길한 얘기 같군요」

「네, 아주 불길한 얘기였습니다! 제가 숨어 있던 그 집에, 바로 얼마 전에 초상이 났었지요. 그리고 제가 엿듣고 있던 그 두 사람 중 하나는 그 집의 주인이고, 또 한 사람은 의사였습니다. 그때 그 주인은 의사에게 자기 마음이 몹시 두렵고 괴롭다는 사정 얘기를 하더군요. 왜냐하면 불과 한 달 사이에 그 집안에는 뜻하지 않은 죽음이 벌써 두번째로 일어났기 때문이지요. 마치 그 집안에 죽음의 천사가 깃들여, 하느님의 분노라도 사고 있는 듯이 말입니다」

「허어!」 백작은 청년을 응시하며 말했다. 그리고 슬그머니 안락의자를 그늘 쪽으로 돌려 얼굴은 어둠 속에 묻히게 하는 반면, 청년의 얼굴은 빛의 반사를 받게 하였다.

「그래요」 청년은 말을 이었다. 「한 달 사이에 그 집안에선 사람이 둘이나 죽었답니다」

「그래, 의사는 뭐라고 말하던가요?」 백작이 물었다.

「의사 말은…… 의사 말은 그 죽음이 결코 자연사가 아니라, 아무래도 이유가……」

「그 이유는?」

「네, 독약 때문이라고 그러더군요」

「그래요?」 백작은 가볍게 기침을 하며 말하였다. 그는 마음의 동요를 크게 느꼈을 때, 이를테면 얼굴이 붉어졌다든가 창백해졌다든가, 또는 그가 주의를 기울여 얘기를 듣고 있다는 사실을 감추려고 할 때면 늘 그런 기침을 하는 것이었다. 「막시밀리앙 씨, 그런 얘길 정말 들으셨소?」

「네, 들었습니다. 그리고 의사는 또 이런 말도 하더군요. 만약 그런 일이 또다시 일어나는 날엔 법에 고발하는 수밖에 없다고요」

백작은 지극히 냉정하게 그 얘기를 듣고 있었다. 아니 어쩌면 그런 것처럼 보였는지도 모른다.

「그런데!」 하고 막시밀리앙은 다시 입을 열었다. 「세번째로 사람이 또 죽었습니다. 그때는 집주인도 의사도 일절 아무 소리도 하지 않았습니다. 그런데 또 어쩌면 네번째로 또 사람이 죽을지도 모르게 되었어요. 이 비밀을 알고 있는 저는 어떻게 하면 좋을까요?」

「막시밀리앙 씨」 하고 백작은 말했다. 「지금 한 이야기라면 우리들 누구나 다 뻔히 알고 있는 사건처럼 들리는군요. 난 당신이 그 얘기를 들었다는 집을 알고 있어요. 적어도 그 비슷한 경우도 알고 있고. 그 집에는 후원이 있고, 집주인이 있고, 의사가 있고, 뜻하지 않던 기이한 죽음이 몇 번씩 생기고…… 어떻습니까? 비밀 얘기를 엿듣지 않고도, 들은 당신이나 마찬가지로 훤히 알고 있지요? 그렇다고 내가 그 얘기에 양심에 걸리는 데라도 있어서 그런 줄 아시오? 천만에. 난 그런 일과는 아무 상관도 없는 사람이오. 아까 그 집에는 신의 분노가 죽음의 천사를 내렸다고 말씀하셨는데, 그게 근거 없는 상상이라고 말할 사람이 어디 있겠어요? 그러나 꼭 보아야 할 사람이 보고 싶어하지 않은 일이라면, 보지 않는 편이 좋습니다. 그 집을 찾아든 것이 신의 분노가 아니라 신의 심판이라면, 모르는 척 하세요. 하늘의 심판을 받도록 내버려두는 거죠」

막시밀리앙은 몸이 오싹했다. 백작의 그 어조에는 무엇인가 불길하고도 엄숙한, 그리고 섬뜩한 것이 들어 있었기 때문이다.

그리고 백작은 도저히 같은 사람의 입에서 나왔다고는 생각이 안 될 만큼 전혀 다른 음성으로 말을 이었다. 「게다가, 그런 일이 또 일어나지 않는다고 어찌 말할 수 있겠소?」

「그런 일이 지금 일어나고 있다니까요!」 청년은 소리쳤다. 「그래서 이렇게 뛰어온 게 아닙니까?」

「그래, 내가 어떻게 해드렸으면 좋겠소? 이를테면 검사에게라도 가서 그 얘길 해달란 말씀인가요?」

백작은 이 마지막 말을 분명하게, 쩡쩡 울리도록 강하게 발음했다. 청년은 그 소리에 자리에서 벌떡 일어서며 큰소리로, 「백작께선 제가 지금 누구 얘길 하고 있는지 알고 계시죠?」하고 말했다.

「물론이죠. 내가 그 사실을 좀더 분명하게 말해 드리죠. 아니, 그보다는 그 사람들의 이름을 대겠소. 어느 날 밤 당신은 빌포르 씨 집 후원을 걷고 있었지요. 아까 얘기 같으면 그날은 생메랑 후작 부인이 죽던 날 밤이었소. 당신은 빌포르 씨와 다브리니 씨가, 생메랑 후작의 죽음과 그에 못지않게 놀라운 후작 부인의 갑작스런 죽음에 대해 얘기하는 것을 들은 거지요. 다브리니 씨는 그게 분명 독살이 틀림없으며, 그것도 두 사람다 독살당한 게 틀림없다고 말했습니다. 그후로 당신은 이 비밀을 말해야 좋을지, 가만히 있어야 좋을지 혼자서 마음을 타진해 보고, 스스로의 양심에 저울질해 왔던 것이오. 그러나 지금은 중세가 아닙니다. 성 베임(중세 독일의 비밀 법정——옮긴이)도 없고 비밀 법관도 없습니다. 그 사람들에게 뭘 기대한단 말이오? 〈양심이란 뭘 하는 거냐?〉고 스턴(영국의 작가——옮긴이)이 말한 그대로지요. 그들이 자거들랑 그냥 자도록 내버려두는 거예요. 잠을 못 자서 얼굴이 파래져도 그냥 내버려두는 거고. 그리고 잠을 못 잘 만한 후회할 짓은 아무것도 하지 않은 당신은 그냥 푹 주무시고」

막시밀리앙의 얼굴에는 무서운 고민의 빛이 떠올랐다. 그는 백작의 손을 잡고 말했다.

「하지만 그 일이 또 일어나고 있는걸요!」

백작은 막시밀리앙이 이처럼 마음을 가라앉히지 못하는 것이 이상스러워, 청년을 주의 깊게 바라보며 말했다.「그렇다면 일어나게 내버려두어요. 그 집안은 아트레우스 가(그리스 비극에 등장하는 가문으로, 탄탈로스의 손자뻘이다. 선조의 죄과 때문에 자손들이 모두 고통을 당한다——옮긴이)니까. 하늘의 재판에 따라 그 선고를 받는 거니까요. 애들이 만든 종이 인형들처럼, 입으로 한번 훅 불기만 하면 수가 이백이더라도 모조리 쓰러져버릴 겁니다. 석 달 전에 생메랑 후작, 두 달 전엔 후작 부인, 최근엔 바루아, 이번엔 누아르티에 아니면 발랑틴 차례겠지요」

「그 사실을 알고 계셨군요?」 막시밀리앙이 너무나 두려워하는 바람에, 하늘이 무너져도 끄떡하지 않을 몬테크리스토 백작도 가슴이 서늘해져 왔다. 「알고 계시면서 잠자코 계셨군요!」

「그게 나와 무슨 상관이 있다고!」 백작은 어깨를 으쓱해 보이며 말을 계속했다. 「내가 그 사람들을 잘 알기나 하나요? 그러니 하나를 살리려고 다른 하나를 희생시킬 필요가 있겠습니까. 안 될 말이죠. 난 범인과 희생자 중에 누구 편도 아니니까요」

「하지만, 전! 전!」 청년은 괴로움에 못 이겨 울부짖었다. 「전 사랑하고 있습니다!」

「사랑하다니, 누굴?」 백작은 벌떡 일어나더니, 뒤틀리는 듯이 하늘을 향해 번쩍 든 청년의 두 팔을 잡았다.

「죽도록 사랑합니다. 미칠 듯이 사랑해요! 그녀가 눈물 한 방울이라도 흘리지 않게 하기 위해서라면, 제 온몸의 피를 다 흘려도 좋을 만큼 사랑합니다. 그런데 그녀가 지금 독살을 당하고 있는 거예요! 저는 하느님과 당신에게 묻고 있는 겁니다. 어떻게 하면 그녀를 구해 낼 수 있겠느냐고요!」

몬테크리스토 백작은 포효하는 듯한 소리를 내었다. 그것은 상처 입은 사자가 울부짖는 것을 들어본 사람이나 상상할 수 있는 소리였다.

「가엾구나!」 이번엔 백작이 두 손을 비틀며 말했다. 「가엾게도 왜 하필이면 발랑틴을 사랑한단 말인가? 그 저주받은 집안의 딸을!」

막시밀리앙은 일찍이 그런 표정은 본 적이 없었다. 백작의 그처럼 이글이글 타오르는 눈을 본 일이 없었다. 도처에서 전쟁이나 살인이 일어나는 알제리의 밤에 눈앞에서 수없이 공포의 빛을 보아왔건만, 바로 자기 곁에서 이처럼 음산한 불길을 본 적은 없었던 것이다.

그는 움찔 뒤로 물러섰다.

한편 백작은 그처럼 심한 격정을 터뜨리고 나더니, 마치 내부에서 발산하는 불빛이 어지러운 듯 잠시 눈을 감았다. 그러는 사이에 그는 세찬 힘으로 정신을 가다듬었다. 그러자 폭풍우로 부풀었던 가슴의 동요도 차츰 가라앉기 시작했다. 먹구름이 지난 뒤 거품을 뿜는 거친 파도가 햇빛에 누그러지는 모양 그대로였다.

이러한 침묵과 명상, 그리고 갈등이 약 이십 초 동안 계속되었다.

그러고 나서 백작은 창백해진 얼굴을 다시 들었다.

그는 좀 전과 거의 변함이 없는 목소리로 말했다.「아시겠지만 신은 자신이 내리는 무서운 일에 무관심한, 지극히 오만한 인간과 지극히 냉담한 인간들을 가차없이 벌하시는 겁니다. 냉정하고 호기심에만 가득 찬 입회인으로서 이 불길한 비극을 관조해 오던 내가, 마치 악의 천사처럼 비밀의 그늘 뒤에 숨어서 (그리고 이 비밀이란 돈 있는 사람이나 권력 있는 사람에겐 지키기 쉬운 법이지만) 인간이 저지르는 죄악을 비웃어오던 내가 이번에는 꿈틀꿈틀 기어가는 것을 바라만 보던 그 뱀에게 되려 물린 것 같은 기분이오. 게다가 심장까지 물린 것 같은 느낌이오!」

막시밀리앙은 나직하게 신음을 내었다.

「자, 자」백작은 다시 말을 이었다.「그렇게 한탄할 것까진 없어요. 대장부답게 강해져야 합니다. 희망을 가지시오. 내가 있으니까, 내가 보살펴드릴 테니까」

청년은 서글프게 고개를 저었다.

「희망이란 말을 내가 했소. 아시겠소?」하고 백작은 소리쳤다.「난 절대로 거짓말을 하지 않는다는 것, 그리고 내가 의도한 것은 틀림없이 성사된다는 걸 알아야 합니다. 지금이 정오군요. 막시밀리앙 씨, 오늘 오신 게 마침 정오인 것을 하느님께 감사해야겠군요. 오늘 저녁이나 내일 아침이 아닌 게 다행이란 말이에요. 자, 내가 하는 얘기를 잘 들어보시오. 지금이 정오입니다. 만약 발랑틴 양이 지금 이 시간까지 죽지 않았다면, 그 여자는 사는 겁니다」

「오, 오!」청년은 부르짖었다.「죽어가는 걸 보고, 이렇게 와버렸으니!」

백작은 손으로 이마를 짚었다.

무서운 비밀로 가득 찬 그 머릿속에서는 어떤 일이 일어났을까?

동요할 줄 모르면서도 지극히 인간적인 그 마음속에 빛의 천사가 무슨 말을 한 것일까? 아니면 암흑의 천사가 말을 걸어온 것일까?

이것은 하느님만이 아시는 일.

백작은 다시 한번 고개를 들었다. 그리고 이번에는 그의 얼굴이 마치 잠에서 깨어난 어린애의 얼굴과 같이 평화로웠다.

「막시밀리앙 씨」하고 그는 말했다.「조용히 집으로 돌아가시오. 그리고 한마디 해두겠는데, 공연히 들먹거리거나 무슨 일을 꾀해 본다거나 얼굴에 근심의 빛을 나타내지 마시오. 소식은 내가 전해 줄 테니, 자, 어서」

「아!」하고 청년은 말했다.「어떻게 그렇게까지 냉정하실 수 있으십니까? 그럼, 백작님께선 죽음을 어떻게 하실 수 있단 말인가요? 당신은 인간 이상의 사람이란 말씀인가요? 당신은 천사인가요? 하느님인가요?」

어떠한 위험 앞에서도 절대로 물러설 줄 모르던 막시밀리앙이건만, 몬테크리스토 백작 앞에서만은 이상한 두려움에 사로잡혀 뒤로 물러서고 말았다.

그러나 백작은 몹시 쓸쓸하면서도 다정한 미소를 띠고 그를 바라보았다. 그것을 본 청년은 눈에 눈물이 고여오는 것을 느꼈다.

「내겐 능력이 있습니다」하고 백작은 대답했다.「날 좀 혼자 있게 해주겠소?」

막시밀리앙은 몬테크리스토 백작이 주위 사람들에게 늘 발휘해 온 비상한 힘에 압도되어, 이 말을 거역할 용기가 나지 않았다. 그는 백작의 손을 꼭 잡더니 밖으로 나갔다.

그러나 문 앞까지 나온 그는, 막 마티뇽 거리에서 이쪽을 향해 급히 달려오고 있는 바티스탱의 모습을 보고 그를 기다리기 위해 발을 멈추었다.

한편 빌포르와 의사 다브리니는 부랴부랴 집으로 왔다. 그들이 돌아왔을 때 발랑틴은 계속 실신 상태에 빠져 있었다. 의사는 환자에게 필요한 검진을 했는데, 이미 비밀을 알고 있었기 때문에 더욱 면밀하게 진찰했다.

빌포르는 의사의 눈과 입에서 눈을 떼지 않고, 진찰 결과만을 기다리고 있었다. 누아르티에 노인은 손녀보다도 창백해진 채 빌포르보다도 더 열심히 진찰 결과를 초조하게 기다렸다.

그리고 온몸으로 무엇인가를 알아내고 느껴보려고 애썼다.

이윽고, 다브리니의 입에서 천천히 「아직은 살아 있습니다」라는 말이 새어나왔다.

「아직은, 이라니요!」 빌포르가 외쳤다. 「선생, 그게 무슨 끔찍한 말씀이오?」

「그렇습니다」 하고 의사는 말했다. 「다시 한번 말씀드리지만, 아직은 살아 있습니다. 아직 살아 있다는 게 놀랍군요」

「그럼 이젠 살아난 겁니까?」 아버지 빌포르가 물었다.

「그렇죠. 살아 있으니까요」

그 순간 다브리니의 눈은 누아르티에 노인의 눈과 마주쳤다. 노인의 눈이 너무나 큰 기쁨과 수많은 생각으로 빛나고 있어서 의사는 가슴이 선뜻했다.

의사는 발랑틴을 다시 안락의자에 눕혔다. 발랑틴의 입술은 어찌나 핏기가 가시고 창백해졌는지 얼굴의 다른 부분들과 구별하기 어려울 정도였다. 의사는 꼼짝않고 노인만 바라보고 있었다. 노인은 그의 행동 하나하나를 지켜보며 그 뜻을 해석하려 하는 듯 했다.

「빌포르 씨」 하고 의사는 말했다. 「발랑틴 양의 하녀를 불러 주십시오」

빌포르는 손으로 발랑틴의 머리를 받치고 있다가 내려놓고, 하녀를 부르러 몸소 나갔다.

빌포르가 방 문을 나서자마자 의사는 노인 곁으로 다가갔다.

「뭔가 제게 하시고 싶은 말씀이라도 있습니까?」 하고 그는 노인에게 물었다.

노인은 의미심장하게 눈을 껌벅거렸다. 그것은 그가 긍정의 뜻을 표시할 수 있는 유일한 방법이었다.

「저한테만요?」

「그렇소」 누아르티에의 대답이었다.

「그럼 제가 여기에 남아 있겠습니다」

바로 그때 빌포르가 하녀를 데리고 돌아왔다. 하녀 뒤로는 빌포르 부인이 걸어오고 있었다.

「아니, 얘가 어쩌다 이렇게 됐단 말예요?」 하고 부인이 소리쳤다. 「내 방을 나가면서 몸이 불편하다고는 그랬지만, 이렇게 심각할 줄은 몰랐는데」

그리고 나서 부인은 눈물을 글썽거리고, 친어머니 같은 사랑의 빛을 보이며 발랑틴의 곁으로 와서 손을 잡았다.

다브리니는 계속 누아르티에 노인만 쳐다보고 있었다. 그는 노인의 눈이 커다랗고 둥그레지며, 뺨이 창백해지고 떨리면서 이마에 땀이 흐르는 것을 보았다.

「오!」 의사는 노인의 시선을 좇아 빌포르 부인에게 눈을 고정시키며 말했다. 부인은 또 이런 소리를 했다.

「자기 침대에 눕히는 게 낫겠군. 파니, 이리 오너라, 아가씨를 눕히자」

의사는 부인의 말대로 해야 노인과 단둘이 남게 되리라 생각하고, 과연 그렇게 하는 편이 좋겠다는 의사를 표시했다. 그러나 환자에게 자기가 처방해 준 약 이외에는 아무것도 먹이지 말라고 명령했다.

발랑틴은 침대로 옮겨졌다. 그녀는 이제 의식을 회복하긴 했지만 몸이나 입은 움직일 수 없는 상태였다. 발작으로 인하여 수족이 완전히 마비되어 버린 것이다. 그러나 할아버지에게

만은 눈으로 아는 체할 수 있었다.
　노인은 발랑틴이 들려나가는 것이 마치 자기 정신을 빼앗기는 것인 양 안타까운 표정이었다.
　의사는 환자의 뒤를 따라 나가 처방전을 써주었다. 그리고 빌포르에게 직접 마차를 타고 약국에 가서 보는 앞에서 약을 지어가지고, 발랑틴의 방에 와서 기다리라고 말했다.
　그는 다시 한번 발랑틴에게 아무것도 먹이지 말라고 이른 후에, 누아르티에 노인의 방으로 내려갔다. 문을 조심스럽게 닫고 아무도 없는 것을 확인한 후에, 「자」 하고 의사는 말했다. 「발랑틴 양의 병에 대해 뭔가 알고 계신 것이 있는 거죠?」
　「그렇소」
　「그럼, 말씀해 주십시오. 시간이 없습니다. 제가 묻는 데 대답해 주셔야겠습니다」
　노인은 무엇이든 대답하겠다는 눈치를 보였다.
　「오늘 발랑틴 양에게 이런 일이 일어나리라는 걸 미리 짐작하고 계셨던가요?」
　「그렇소」
　의사는 잠시 생각한 후에 노인의 곁으로 다가서며, 「제가 이런 말씀을 드리는 걸 용서해 주십시오」 하고 입을 열었다. 「하지만 이렇게 무서운 일을 당한 이상, 조그만 일 하나라도 소홀히 넘겨서는 안 되겠기에 그럽니다. 노인께선 바루아가 죽는 걸 목격하셨던가요?」
　노인은 눈길을 하늘로 보냈다.
　「어째서 그 사람이 죽었는지 아시겠습니까?」 의사는 노인의 어깨에 손을 얹으며 물었다.

「알고 있소」 노인이 대답했다.

「그 사람의 죽음이 자연사라고 생각하십니까?」 노인의 굳어 버린 입술 위에 미소 같은 것이 스치고 지나갔다.

「그럼, 바루아가 독살당했다는 생각은 안 드셨습니까?」

「들었소」

「그 사람이 먹은 독약이, 그 사람을 죽이기 위해서 누가 갖다놓았던 것이라고 생각하십니까?」

「아니지」

「그럼, 바루아를 죽인 인물이 다시 누군가를 죽이려고 했던 것을 오늘 발랑틴 양이 마신 거라고는 생각지 않으십니까?」

「그렇소」

「그럼, 발랑틴 양도 죽을까요?」 의사는 노인을 찬찬히 바라보며 물었다.

그리고 그 말에 노인의 표정이 어떻게 변하는지 지켜보고 있었다.

「천만에」 노인은 만만치 않은 점쟁이의 예측조차 어긋나게 할 듯이 의기양양한 표정으로 대답했다.

「그럼, 희망을 가지고 계십니까?」

「그렇소」

「어떠한 희망을?」

노인은 눈으로 그 말에는 대답을 할 수가 없다는 뜻을 표시했다.

「아, 참, 그렇지」 의사는 중얼거렸다.

그러더니 다시 노인을 향하여, 「노인께선, 범인이 이젠 체념해 버릴 거라고 생각하시나요?」 하고 말했다.

「아니」

「그럼, 그 독약이 발랑틴 양에게는 듣지 않을 거라고 생각하시나요?」

「그렇소」

「하지만 누군가 발랑틴 양을 독살하려고 독약을 먹였던 것이라는 건 알고 계시겠죠?」

노인은 눈으로, 그 점에 있어서는 의심할 여지가 없다는 뜻을 표시하였다.

「그럼, 어떻게 발랑틴 양이 살아날 것이라는 생각을 하실 수 있단 말입니까?」

노인은 어느 한쪽만을 뚫어지게 바라보았다. 의사는 노인의 시선을 좇았다. 그리고 노인의 눈이 매일 아침 노인에게 들여오는 물약 병에 가 있다는 것을 알았다.

「오, 오!」 의사는 대번에 알아채었다. 「그럼……」

노인은 그 말이 끝나기도 전에, 「그렇소」 하고 대답했다.

「발랑틴 양에게 독약에 대해서 면역성을 길러주시려고……」

「그렇지」

「조금씩, 조금씩 평소에 습관을 들였으니까……」

「그래, 그래, 그래」 노인은 자기의 뜻이 상대방에게 전달된 것이 몹시 기뻤던 것이다.

「그럼, 제가 드리는 그 물약 속에 용담독이 들어 있다고 제가 말했던 것을 들으셨군요?」

「그렇지」

「그래, 그 약에 익숙해지게 해서 독약의 효과를 반감시키려고 하셨던 건가요?」

노인의 눈에 먼젓번과 똑같은 승리감에 찬 기쁨이 떠올랐다.
「그래서 결국은 성공하신 거로군요?」 하고 의사는 소리쳤다.
「그렇게 예방을 해주셨으니 망정이지, 안 그러셨더라면 발랑틴 양은 죽었을 겁니다. 손 하나 쓰지 못하고 무자비하게 독살을 당하는 거죠. 발작이 그렇게 심했는데도 그저 잠깐 흔들흔들하는 정도로 끝나고 말았으니까요. 적어도 이번 일로는 죽지 않을 겁니다」
무한한 감사의 빛으로 하늘을 우러러보는 노인의 눈은 인간적인 것을 넘어선 듯한 기쁨으로 환하게 빛났다.
그때 빌포르가 돌아왔다.
「여기」 하고 그는 말했다. 「가져오라고 하신 약을 지어왔습니다」
「이 약은 직접 보는 앞에서 지어오셨지요?」
「네」
의사는 약병을 받아 손바닥에다 몇 방울을 떨어뜨려 맛을 보았다.
「됐습니다」 하고 의사는 말했다. 「발랑틴 양의 방으로 올라갑시다. 제가 모두에게 지시를 내리겠습니다. 당신이 직접 누구든 제 지시를 어기지 않도록 감독해 주셔야겠습니다」
의사가 빌포르와 함께 발랑틴의 방으로 돌아왔을 때, 빌포르의 바로 옆집에는 이탈리아 신부 한 사람이 찾아왔다. 몸가짐이 단정하고 침착하면서도 경건한 그 신부는, 그 집에 세를 얻으러 온 것이다.
교섭이 어떻게 되었는지 모르지만, 어쨌든 그 집에 살고 있던 세 세대가 두 시간 후에는 전부 이사를 갔다. 거리의 소문으로는 그 집의 주춧돌이 제대로 놓여 있질 않아서 곧 무너질 지경이었다는 것이다. 그러나 새로 세든 사람은 그러한 소문에도 불구하고, 그날로 저녁 다섯시쯤 초라한 가구 몇 가지를 싣고 이사를 왔다.

  계약은 이 년, 육 년, 구 년, 이렇게 세 가지로, 세를 들어오는 사람에 의해서 결정된다. 그리고 관례대로 육 개월의 집세를 선불로 냈다. 새로 세를 든 사람은, 앞서 말한 대로 이탈리아 사람인데 이름은 자코모 부소니였다.

  즉시 인부들이 불려왔다. 그리고 그날 밤 교외에 나갔다가 늦게 돌아오던 몇 사람의 행인들은, 기초가 흔들리는 그 집의 토대를 석공이며 목수들이 착착 수리해 가는 것을 보고 모두들 놀라워했다.

아버지와 딸

 당글라르 부인이 딸 외제니와 안드레아 카발칸티와의 결혼을 빌포르 부인에게 정식으로 알리러 온 일은, 앞에서 본 대로이다.
 그런데 이러한 중대 사건의 관계자 전원에 의해 내려진 결정 내지 결정 비슷한 이 결과가 정식으로 발표되기에 앞서, 독자들에게 꼭 이야기해 두지 않으면 안 될 하나의 사건이 있었다.
 그러니까 독자들은 한걸음 다시 뒤로 물러서서, 그 대사건이 일어났던 날 아침, 당글라르 남작이 자랑스럽게 여기고 있던 금빛 찬란한 그의 객실로 되돌아가 주기를 바란다.
 당글라르는 바로 그 객실 안을 아침 열시쯤 벌써 몇 분째 왔다갔다하고 있었다. 깊은 생각에 잠긴 그는 눈에 띄게 초조한 모습으로 문 하나하나를 눈여겨보면서, 어디에서 조그만 소리라도 나면 발을 멈추곤 하였다.
이윽고 그는 더 이상은 참을 수가 없어 하인을 불렀다.
「에티엔」 하고 그는 말했다. 「어째서 외제니가 날더러 여기 와서 기다리라고 그랬지? 그리고, 왜 이렇게 오래 기다리게 하는 거지?」
이렇게 언짢은 기분을 털어놓고 나니 그는 다소 마음이 가라앉았다.
외제니는 잠에서 깨자마자 아버지에게 할말이 있다며 그 금빛 찬란한 객실에서 만났으면 한다는 말을 전했던 것이다. 이런 이상한 행동, 특히 지극히 공식적인 그 방법 때문에 당글라르는 다소 놀랐다. 그래서 딸의 말대로 즉각, 자기가 먼저 객실로 들어온 것이다.
에티엔은 이내 심부름을 마치고 돌아왔다.
「아가씨의 하녀 말이」 하고 에티엔은 말했다. 「아가씨께서 화장을 다 마치셨으니, 곧 오실 거랍니다」
당글라르는 그럼 좋다는 뜻으로 고개를 끄떡였다. 그는 세상 사람들에게나 하인들에게, 자기가 좋은 사람이며 마음 약한 아버지인 것처럼 보이려고 애를 썼다. 그것은 그의 연극에서 인기를 끌기 위해 그가 애써 보여주려고 하던 얼굴의 일면이었고, 자기 자신을 위해서 선택한 표정이었다. 고대극에 나오는 아버지의 옆얼굴처럼 한쪽은 입술이 위로 말리면서 웃는 것같이 보이는가 하면, 다른 한쪽은 입술이 아래로 처지며 공연히 울먹울먹하는 듯한 그 표정은 그에게 더할 나위 없이 어울렸다.
그러나 여기서 한마디 서둘러 말해 둘 것은, 다정할 때의 위로 말리면서 웃는 듯 보이는 입술도, 결국은 아래로 축 처지며 울먹이기라도 하는 듯이 모양이 바뀌고 마는 것이다. 따라서 대개의 경우 호인과 같던 그의 표정은 씻은 듯이 사라지고, 난폭한 남편이나 무서운 아버지로 변하고 만다.

「할말이 있다니, 빌어먹을, 할말은 무슨 할말이야?」 하고 그는 중얼거렸다. 「그리고, 왜 내 서재로 오지 않고? 할말이라니, 도대체 무슨 소릴 하려고?」

그가 초조해하며 머릿속으로 수없이 이런 생각을 되씹고 있을 때, 문이 열리며 외제니가 들어왔다. 외제니는 검은 꽃을 수놓은 검은 공단 옷에, 모자는 쓰지 않았으나 장갑은 끼고 마치 이탈리아 극장에라도 가는 듯한 모습으로 나타났다.

「외제니, 무슨 일이냐?」 당글라르가 물었다. 「내 서재가 더 좋은데 어째서 이 객실에서 만나자는 거냐?」

「그건 아버지 말씀이 옳아요」 딸은 아버지에게 앉으라는 손짓을 하며 말했다. 「아버지의 그 두 가지 질문이 바로 이제부터 할 얘기의 초점입니다. 그러니까 제가 그 두 가지 질문에 대답해 드리죠. 그리고 보통 관례와는 달리 두번째 질문에 먼저 대답해 드리죠. 그게 좀 덜 복잡하니까요. 제가 이 객실에서 뵙자고 말씀드렸던 건, 은행가의 서재라는 그 불쾌한 분위기를 피하고 싶었기 때문이었어요. 막대한 금액이 기입되어 있는 그 출납부라든가 요새의 문같이 꽉 잠긴 서랍이라든가 어디서 온 건지 모를 산더미 같은 지폐 뭉치라든가 영국, 네덜란드, 스페인, 인도, 중국, 페루 같은 데서 온 편지 뭉치들은, 대개의 경우 아버지의 머리를 이상하게 만들어 이 세상에는 사회적인 지위나 예금주들의 여론보다도 더 중요하고 신성한 것이 있다는 걸 잊어버리게 하니까요. 그래서 전 이 방을 택한 거예요. 이 방에는 보시다시피, 아버지와 어머니, 그리고 제 초상화가 있어요. 그리고 풍경화며 마음을 포근하게 감싸주는 목가적인 그림들이 모두 훌륭한 틀에 끼워져 있지요. 전 주위 환경의 영향력이라는 걸 아주 중요하게 생각해요. 물론 아버지 같은 분에게 그런 것을 기대한다면 안 될지 모르겠지만, 어쨌든 전 예술가예요. 그러니 그런 공상쯤 하는 건 이상할 게 없겠죠?」

「오냐, 알겠다」하고 당글라르는 대답했다. 이러한 긴 대사를 천연스럽게 조용히 들으면서도 그는 늘 자기대로 머릿속으로 생각을 하는 사람이어서, 열심히 생각의 실마리를 뽑아내느라 한마디도 알아듣지 못했다.

「이제는 아버지의 두번째 질문에 대해서는 확실히 밝힌 겁니다. 적어도 대개는 밝혀졌다고 볼 수 있지요」외제니는 마음이 흔들리는 기색이라곤 조금도 없이, 그 태도라든가 말투에 그녀 특유의 남성적인 냉정함을 잃지 않고 말했다. 「아버지께서도 제 설명에 만족하신 것 같군요. 그럼, 이제부터 첫번째 문제로 돌아가겠습니다. 아버지께서는 제가 왜 아버지를 만나뵙겠다고 했는지를 물으셨죠. 거기에 대해 한마디로 답해 드리죠. 저는 안드레아 카발칸티 백작과 결혼하고 싶지 않아요」

당글라르는 의자에서 펄쩍 튀어올랐다. 그 반동으로 눈과 팔이 동시에 하늘을 향해 올라갔다.

「그래요」외제니는 여전히 침착하게 말을 이었다. 「놀라셨지요? 다 알고 있어요. 그 시시한 얘기가 시작된 후로 저는 아직 한마디도 반대 의사를 표명해 본 일이 없으니까요. 하지만 전 여차하면 제게 의논 한마디 안했던 사람들이나 제 뜻에 맞지 않는 일에 대해서는, 언제든지 분명하게 솔직한 의견을 밝힐 수 있어요. 그러나 이번 일에 제가 그처럼 조용하게 있었던 것에는, 철학자들 말을 빌려 수동적으로 나왔던 것에는, 다른 이유가 있었던 거예요. 그건 온순하고 충실한 딸로서…… (이렇게 말하는 외제니의 붉은 입술에는 가벼운 미소가 떠올랐다) 아버지께 복종하려고 그랬던 거예요」

「그런데?」 하고 당글라르가 물었다.

「그런데」 하고 딸은 말을 계속했다. 「저는, 힘 자라는 데까지는 노력해 봤어요. 그런데 지금 그 여차하면, 이라는 때가 온 거예요. 무척 애를 써봤지만, 복종할 수 없습니다」

「그렇지만」 하고 당글라르가 말했다. 머리가 둔한 그는 딸의 냉정한 태도에서 볼 수 있는, 충분한 생각과 결의가 드러난 그 가차없는 논리에 우선 압도된 것 같았다. 「싫다는 이유가 뭐냐?」

「이유라고요?」 딸이 대답했다. 「아, 그건, 그 사람이 다른 사람들보다 더 못생겼다든지 불쾌한 인상을 준다든지 해서는 아니에요. 안드레아 카발칸티 씨는, 사람의 용모나 풍채만 보는 사람들 눈엔 충분히 훌륭하게 보일 거예요. 그렇다고 제가 그 사람보다 더 마음에 두고 있는 사람이 있는 것은 아니고요. 그런 건 여학생들이나 갖다 댈 이유지요. 전 아무도 사랑하고 있지 않아요. 그건 아버지도 아시죠? 전 도대체 왜 절대적인 이유도 없는데, 영원한 반려자라는 사람에게 평생 동안 방해를 받으며 살아야 하는지 모르겠어요. 어느 현인이 이렇게 말했지요. 〈여분의 것은 갖지 말라〉고요. 이 두 가지 금언을 저는, 라틴어와 그리스어로까지 배웠습니다. 하나는 분명 파이드루스(기원전 1세기 그리스의 학자——옮긴이)의 말이고, 또 하나는 비아스의 말일 거예요. 그러니 아버지, 저는 필요없는 짐은 바닷물에 던져버릴 생각이에요. 인생이란 본래 우리들의 희망을 끊임없이 난파시키는 거니까요. 그저 그뿐입니다. 그래서 자신의 의지만 가지고, 인생을 완전히 혼자 그러니까 완전히 자유롭게 살아가겠어요」

「저런 불쌍한 것!」당글라르는 얼굴빛이 달라지며 말했다. 그는 오랜 경험으로 갑자기 들이닥친 이 반발이 얼마나 완강한 것인지 알고 있었기 때문이다.

「불쌍하다고요!」딸이 되받았다.「불쌍하다고요? 천만의 말씀입니다. 하긴, 그런 과장된 표현은 어디까지나 연극일 뿐, 진심에서 우러난 말씀이 아닐 거예요. 오히려 그와 반대로, 전 행복해요. 저한테 도대체 부족한 게 뭐가 있습니까? 사람들은 저를 아름답다고들 말하지요. 그것만으로도 전 남들한테 대접을 받을 수 있어요. 전 대접받는 건 좋아해요. 대접을 받게 되면 얼굴이 환해지고, 얼굴이 환해지면 주위 사람들이 저를 더 아름답게 볼 테니까요. 게다가 전 머리가 좋고 감수성이 뛰어나서, 일반 사람들의 생활 속에서 좋은 것을 끌어내서 제 생활 속에 끌어들일 수가 있어요. 마치 원숭이가 푸른 호두를 깨고, 그 속의 것을 꺼내는 것처럼 말이에요. 게다가 전 부자예요. 왜냐하면 아버지께선 프랑스에서 이름난 재산가요, 저는 그런 아버지의 외딸이니까요. 그리고 아버지께선 포르트 생 마르탱 극장이나 괴테 극장의 무대에 나오는 아버지처럼, 손자를 안 낳는다고 해서 딸들한테 유산을 안 주실 그런 분은 아니니까요. 게다가 용의주도한 법률 덕에 저는 어떤 사람과 강제로 결혼하지는 않아도 될 뿐만 아니라, 절대로 유산을 모조리 빼앗길지도 모른다는 걱정은 하지 않아도 됩니다. 이렇게 희극 대사에 나오는 것처럼 아름답고 머리 좋고 재능까지 겸비한 데다가 부자이기까지 하니, 이야말로 행복한 게 아닐까요? 그런데 어째서 절 불쌍하다고 그러세요?」

당글라르는 오만한 웃음을 띠고 있는 딸의 모습을 보고, 버럭 소리를 지르지 않을 수 없었다. 그러나 그걸로 끝나고 말았다. 대답을 기다리는 듯한 딸의 눈길과 뭔가 묻는 듯이 찌푸려진 아름다운 검은 눈썹을 보자, 그는 조심스레 생각을 돌려보았다. 그리고 신중함이라는 무쇠 손에 눌리어, 이내 마음을 가라앉힐 수 있었다.

「과연」 당글라르는 미소를 띠며 입을 열었다. 「넌 지금 네가 자랑한 그대로다. 단 한 가지만 빼놓고 말야. 그게 뭔지 지금 당장 얘기할 생각은 없다. 네 추측에 맡기기로 하겠다」

외제니는 자기 머리 위에 씌워져 있는 그토록 훌륭한 화관에 꽃장식 하나가 빠졌다는 소리를 듣고는 깜짝 놀라 아버지의 얼굴을 쳐다보았다.

「얘야」 하고 당글라르는 말을 이었다. 「너 같은 처녀가 왜 결혼하지 않을 결심을 하게 됐는지, 그 기분은 충분히 네가 설명해 주었다. 그럼, 이번엔 아버지인 내가 어째서 너를 결혼시킬 생각을 하게 됐는지를 설명해 주마」

외제니는 고개를 숙였다. 그러나 그것은 얌전하게 경청을 하겠다는 복종적인 딸의 태도가 아니라, 당장에라도 반박할 말을 기다리는 적수 같은 태도였다.

「얘야」 당글라르는 말을 이었다. 「아버지가 딸한테 시집 가라고 하는 데는, 결혼을 원할 만한 어떤 이유가 있는 법이다. 사실, 아까 네가 말한 대로 손자를 봄으로써 자기 생명을 이어가겠다는 우스운 생각에 사로잡힌 사람들도 있긴 하지. 난 그런 약한 마음은 없다. 내, 너한테만 하는 말이지만, 난 집안 재미란 것엔 거의 관심이 없는 사람이다. 넌 이런 나의 무관심이라는 걸 이해할 수도 있고 그걸 죄악으로 여기지도 않을 만큼 생각이 깊은 애니까, 이건 너한테만 고백하는 거야」

「좋아요」 외제니가 말했다. 「좀더 솔직하게 말씀하시죠. 전 그러는 편이 좋으니까요」

「오!」 하고 당글라르는 말했다. 「일반적으로 솔직한 게 좋다는 너의 그 뜻엔 찬성할 수 없지만, 사정이 사정이니만큼, 나도 그렇게 솔직하게 나가려 하고 있다는 것만은 너도 알겠지? 그러니 얘길 계속하겠다. 난 너를 위해서 그랬던 건 아니야, 사실 말이지, 그때 난 네 생각은 조금도 하지 않았어. 난 네가 솔직한 걸 좋아하니까 이런 말도 하는 거다. 나한텐 네가 꼭 그 신랑을 택해야만 할 이유가 있었단다. 그건 지금 내가 서두르고 있는 거래상의 계획 때문이었어.

그러니 날 원망하진 말아다오. 그것도 따지고 보면, 너 때문에 그렇게 한 거니까. 너처럼 은행가의 사무실처럼 불쾌하고 시적인 멋이 전혀 없는 곳에는 발도 들여놓고 싶지 않다는 예술가에게, 숫자 얘기 같은 걸 하는 나도, 실은 좋아서 그러는 건 아니다. 그런데 그런 은행가의 사무실이라는 데서, 엊그제만 해도 네가 매달 나한테서 용돈으로 받아 쓰고 있는 1,000프랑 때문에 왔었지만 말이다, 결혼 같은 건 안하겠다는 젊은 사

람들도 많은 걸 배우게 되는 거야. 예를 들면 이건 네 신경과
민을 생각해서 이 방에서 얘기해 주는 거지만, 신용이란 것은
은행가에겐 정신적 육체적 생명이고, 신용이야말로 은행가를
지탱해 주는 힘이란다. 마치 호흡이 인간의 육체를 살게 해주
는 것과 똑같은 거야. 그 문제에 대해선 언젠가 몬테크리스토
백작도 내게 설교를 해준 일이 있는데, 난 그 말을 잊을래야
잊을 수가 없다. 신용을 잃으면 은행가는 시체나 다름없어지는
거야. 그런데 논리에 밝은 딸을 가지고 있는 걸 자랑으로 여기
는 바로 나에게, 그런 위험이 코앞에 닥쳐오고 있단 말이야」

외제니는 그 말을 듣고 고개를 숙이고 있다가 갑자기 벌떡
일어섰다.

「파산이란 말인가요?」 하고 그녀가 물었다.

「그래, 바로 그거다. 그거야」 당글라르는 손톱 끝으로 가슴
을 쥐어뜯으며 말했다. 그러면서도 거친 얼굴 위에는, 비정하
긴 하나 재주 있는 사람다운 미소를 띠었다.

「파산이다! 맞았어!」

「아!」 외제니가 소리쳤다.

「그래, 파산이야! 이젠 잘 알겠느냐? 비극 시인이 말하는
〈공포에 찬 비밀〉이란 걸 말이다. 그런데 이 불행이, 너로 인
해서 어떻게 하면 조금이라도 가벼워질 수 있는지, 그 얘기를
좀 들어다오. 이건 나를 위해서가 아니라, 다 너를 위해서 하
는 말이다」

「어머나!」 하고 외제니는 외쳤다. 「아버지는 사람 얼굴을 전
혀 볼 줄 모르시나 봐요. 지금 제가 아버지가 말씀을 듣고, 저
때문에 한탄하고 있는 줄로 아세요? 파산을 한다고요! 그게 저

와 무슨 상관이 있어요? 제겐 제 재능이 남아 있는데요. 제가, 파스타나 말리브랑, 그리시(모두 당시에 유명했던 오페라 가수이다――옮긴이)처럼 10만이나 15만 프랑 정도의 연수입을 혼자 힘으로 못 벌 줄 아세요? 아버지 재산이 얼마나 되는지는 모르지만, 여태 아버진 그런 돈을 제게 주어보신 적도 없지만 말이에요. 게다가 그런 돈은 아버지가 눈살을 찌푸리고 잔소리를 하면서 주셨던 불과 1만 2,000프랑 정도의 돈과는 달라서, 박수 갈채와 꽃다발과 함께 척척 굴러 들어올걸요. 싱글싱글 웃으시는 걸 보니 믿지 않으시는 모양이지만, 설령 그런 재능이 제게 없다 하더라도 제겐 어떠한 보물에도 필적할 만한 그리고 자기 보존의 본능보다도 더 강한, 독립에 대한 갈망이 있어요. 제가 슬퍼하는 것은 결코 저 때문이 아니에요. 전 어떤 일을 당해도 척척 헤쳐나갈 수 있어요. 책이라든가 연필, 피아노 같은, 비싸지도 않고 어느 때고 손에 넣을 수 있는 물건들은 그대로 남을 거예요. 그럼 아버지, 제가 어머니 때문에 상심하고 있는 줄 아세요? 그것도 잘못 보신 거예요. 제 생각이 틀리지 않는 한, 어머니는 아버지에게 닥쳐올 재난에 대비해서 다 손을 써놓고 있을걸요. 그러니까 어머니한테도 아무 피해도 없이 지나갈 거예요. 어머니는 벌써 안전한 곳으로 피신하셨어요. 그리고 어머니가 재산 걱정을 안해도 되도록 손을 쓴 건, 절 위해서 그런 건 아니에요. 어머니는 제가 자유를 사랑한다는 것을 핑계로 제 일은 일체 제 맘대로 하게 내버려두고 있는걸요. 아버지, 전 어려서부터 제 주위에서 일어나는 일들을 너무나 많이 보아왔어요. 그리고 그런 걸 잘 너무 알게 되다 보니, 불행 같은 걸 당해도 필요 이상으로 마음 쓰지 않게 된 거예요. 철이 들면서 저는 누구의 사랑도 받지 못했어요. 그러니 자연히 저 또한 아무도 사랑하지 않았지요. 잘됐지요, 뭐! 이젠, 제 얘기는 다 해드린 셈이에요」

당글라르는 노여움으로 얼굴빛이 새파래졌다. 그러나 그 노여움이라는 것이 부모로서의 사랑을 배반당했다는 데서 오는 것은 아니었다. 「그럼, 넌 나를 파산시키고 말겠다는 거냐?」

「아버지를 파산시킨다고요?」 하고 딸은 말했다. 「제가 아버지를 파산시키려 한다고요? 그게 무슨 말씀이시죠? 전, 못 알아듣겠는데요」

「그래? 그렇다면 일말의 희망이 보이는구나. 내 얘길 좀 들어봐라」

「말씀하세요」 외제니는 아버지를 똑바로 쳐다보며 말했다. 아버지는 딸의 그 강한 시선에, 눈길을 떨구지 않으려고 애를 썼다.

「카발칸티 씨는」 하고 당글라르는 말을 이었다. 「너와 결혼할 생각이다. 그리고 너와 결혼하게 되면, 네게 300만 프랑이라는 돈을 가져오는 거야. 그래서 그 돈을 내 은행에 넣어두는 거지」

「아! 거 참 잘됐군요!」 외제니는 장갑 두 짝을 마주 비비면서 경멸조로 말했다.

「내가 그 300만 프랑을 어떻게 할까 봐 그러니?」 하고 당글라르는 말했다. 「천만에! 그 300만 프랑으로 적어도 1,000만 프랑을 만들어보려고 하는 거야. 난 어느 동업자와 함께 철도 시설권을 손에 넣었다. 이건 그 옛날 로우가 영원한 투기꾼인 파리 사람들을 기상천외의 미시시피 계획으로 끌고 들어갔을 때와 같은, 대번에 어마어마한 성공을 거둘 수 있는 이 시대에 유일한 사업이다. 내 계산에 의하면, 옛날 사람들이 오하이오 호반의 황무지를 1아르팡씩 샀듯이, 이번엔 철도 전선의 100만 분의 1씩을 사들이는 거야. 이건 담보가 있는 투자니까, 이게 바로 진보라는 거다. 다시 말하면 투자액에 따라서, 적어도 열 근, 열다섯 근, 스무 근, 백 근이라는 철이 자기 것이 된단 말이야. 그래서 난 앞으로 일 주일 내에, 내 몫으로 400만 프랑을 내놓아야 한다. 100만 프랑이 곧 1,000만, 1,200만이 된단 말이다」

「그렇지만, 그저께 제가 아버지한테 갔던 건, 아버지도 그건 똑똑히 기억하고 계시지 않아요?」하고 외제니는 말했다. 「그때 550만 프랑을 입금하시는 걸 봤는데요. 그리고 그 액수의 채권 두 장을 제게 보이시면서, 제가 그걸 보고도 눈이 휘둥그레지지 않는다고 놀라지 않으셨어요?」

「그랬지. 하지만 그 550만 프랑은 내 돈이 아니라, 내가 사람들의 신용을 얻고 있다는 증거에 지나지 않는 거야. 대중적인 은행가라고 해서 난 자선원 관계자들의 신용을 얻고 있다. 그 550만이라는 돈도, 실은 그쪽의 돈이란다. 다른 때 같으면 그 돈을 서슴지 않고 쓸 수도 있겠지. 그러나 지금은 크게 손해를 본 것을 다들 알고 있는 판이고, 또 아까도 말했듯이 내 신용도 서서히 떨어지기 시작했거든. 얼마 있으면, 자선원 사무국에서 기탁금을 내놓으라고 할거야. 그때 그 돈을 내가 다른 데다 유용한 것이 드러나면, 난 불명예 파산을 하는 거지. 파산도 파산 나름이야. 파산해서 나중에 득이 되는 경우면 모르되, 아주 파멸하고 마는 경우라면 큰일이다. 그런데 네가 카발칸티 씨와 결혼을 하게 되어서 내가 그 300만 프랑을 손에 넣게 되면, 또는 그 돈이 내 손에 들어오게 되리라고 사람들이 생각하게 되기만 해도, 내 신용은 다시 회복되는 거다. 그렇게 되면 최근 일이 개월째 어찌된 영문인지, 발밑에 입을 벌리고 있는 심연으로 빠져들어가던 내 재산도 다시 붙잡을 수가 있고. 알아듣겠느냐?」

「알겠어요. 그래서 절 300만 프랑에 대한 담보로 잡히시려는 거군요?」

「액수가 크면 클수록, 자랑할 수 있는 법이다. 그건, 네가 어느 정도의 가치가 있는가를 분명히 밝혀주는 거니까」

「감사드릴 일이군요. 그럼, 마지막으로 한마디만 더 하지요. 카발칸티 씨가 가져오는 결혼 자금을 어떻게 이용하시든 상관없지만, 그 돈에 절대로 손대지 않겠다고 확실히 약속해 주시겠어요? 이건 이기심에서 나온 생각과는 문제가 좀 달라요. 전 아버지의 재산을 다시 회복하는 데는 도움이 되어드릴 수 있지만 아버지와 공범이 돼서 다른 사람들을 파산하게 만들고 싶지는 않으니까요」

「하지만 지금도 얘기하지 않았니?」 당글라르가 큰소리로 외쳤다. 「그 300만으로……」

「아버진 그 300만에 손을 대지 않고도 일을 잘 처리해 나갈 수 있으리라고 생각하세요?」

「그렇게 되길 바라고 있지. 하지만 이 결혼이 성립되어서 내 신용이 회복되고 난 뒤의 일이야」

「그럼 제 지참금으로 주신다던 50만 프랑은, 카발칸티 씨에게 내주실 건가요?」

「결혼 수속만 끝내고 오면 바로 내줄 생각이다」
「그럼, 됐어요!」
「되다니, 뭐가 어떻게 됐단 말이냐?」
「제게 혼인 서약서에 서명을 하라고 하실 땐, 절 완전히 자유롭게 해주시는 거겠죠?」
「물론이지」
「그럼, 됐단 말씀이에요. 저, 카발칸티 씨와 당장에라도 결혼하겠어요」
「그래, 네가 생각하고 있는 계획은 뭐냐?」
「그건 비밀이에요. 아버지 비밀을 알고 난 다음에 제 비밀을 누설해 버리면 제가 아버지를 누르고 일어설 수 없지 않아요?」
당글라르는 입술을 깨물었다.
「그럼」 하고 그는 말했다. 「반드시 필요한 공식적인 방문도 해주겠단 말이지?」
「그래요」
「사흘 안에 서명도 해주고?」
「네」
「그럼, 이번엔 내 입으로 말해야지. 좋아, 잘됐어」
그러고 나서 당글라르는 딸의 손을 잡고는 두 손으로 꼭 쥐었다.
그러나 이상하게도 이렇게 악수를 하면서도 아버지는 딸에게 〈고맙다〉는 말이 안 나왔으며, 딸은 또 딸대로 아버지에게 미소조차 띠지 못했다.
「그럼, 얘긴 끝난 거죠?」 외제니는 자리에서 일어서며 말했다.

당글라르는 더 이상은 할말이 없다는 뜻으로 고개를 끄덕여 보였다. 오 분 후엔 다르미 양이 치는 피아노 소리가 들려왔고, 외제니는 데스데모나에 대한 브라반시오의 저주의 노래(셰익스피어의 『오셀로』를 토대로 로시니가 만든 오페라에 나오는 노래. 아버지 브라반시오는 자기 뜻에 어긋나는 결혼을 하는 딸을 저주한다——옮긴이)를 부르고 있었다.

노래가 끝나자 에티엔이 들어왔다. 에티엔은 외제니에게 마차 준비가 다 되어서 당글라르 부인이 기다리고 있다고 말했다.

이렇게 해서 두 여자가 빌포르 씨 집을 방문했던 것이다. 그리고 그 집에서 나오자 이 모녀는 다시 다른 집 방문을 계속했다.

혼인 서약서

이런 일이 있고 난 지 사흘 후, 즉 외제니 당글라르 양과 당글라르가 어디까지나 공작 대우를 하고 있는 안드레아 카발칸티가 혼인 서약서에 서명을 하기로 결정된 날, 오후 다섯시쯤이었다. 몬테크리스토 백작 저택 앞의 작은 정원에서는 나뭇잎들이 싱그런 바람에 흔들리고 있었다. 백작은 막 외출을 하려던 참이었다. 마차에는 벌써 십오 분 전부터 마부가 자리를 잡고, 발길로 땅을 헤치는 말들을 달래고 있었다. 그때 벌써 여러 번, 특히 오퇴유의 만찬회에서 보았던 그 우아한 이륜 마차가 정문으로 휙 돌아 들어오더니, 마치 공작 부인한테 장가라도 드는 듯이 번쩍번쩍하고 훤한 얼굴을 한 안드레아 카발칸티를 계단 위에 내려놓았다. 아니, 내려놓았다기보다는 내던졌다는 편이 옳으리라.

그는 여느 때와 같이 친숙한 태도로 백작의 안부를 물은 후, 가볍게 층계를 올라가다가 맨 꼭대기 계단에서 백작과 딱 마주쳤다.

청년을 보자 백작은 발을 멈췄다. 안드레아 카발칸티는 무척 우쭐거리고 있었다. 그는 한번 그러기 시작하면 그칠 줄을 모르는 사람이었다.

「아, 안녕하세요? 몬테크리스토 백작」 하고 그는 말했다.

「오, 안드레아 군이 아니시오!」 백작은 반쯤 빈정거리는 투로 말했다. 「그래, 안녕하셨소?」

「네, 이렇게 보시다시피 잘 있습니다. 이것저것 할 얘기가 많아서 찾아왔는데 지금 나가시는 길입니까? 들어오시는 길입니까?」

「나가려던 참이오」

「그렇다면 늦으면 안 되실 테니, 괜찮으시다면 저도 백작 마차에 같이 타겠습니다. 제 마차는 톰더러 끌고 뒤따르라고 하지요」

「아니」 백작은 다소 경멸하는 듯한 웃음을 띠며 말했다. 청년과 동행하고 싶지 않았기 때문이다. 「여기서 얘길 듣겠소, 안드레아 군. 얘기하기엔 방이 좋으니까. 마부가 엿들을 염려도 없고」

백작은 이렇게 말하고 2층에 있는 작은 객실로 가서 자리를 잡았다. 그리고 두 다리를 꼬며 청년에게도 앉으라는 손짓을 했다.

안드레아는 좋아서 어쩔 줄 모르는 기색이었다.

「백작께서도 아시다시피」 하고 그는 말을 꺼냈다. 「오늘밤에 식을 올립니다. 밤 아홉시에 장인 집에서 혼인 서약서에 서명하기로 돼 있지요」

「허, 그래요?」백작이 말했다.

「아니, 그럼 여태 모르셨단 말씀이신가요? 당글라르 씨가 오늘밤에 식을 올린다는 말을 전하지 않았던가요?」

「아뇨, 어제 당글라르 씨의 편지를 받았죠. 하지만 시간은 적혀 있지 않더군요」

「그랬을 수도 있겠네요. 장인은 세상이 다 알고 있는 줄 알고 있으니까요」

「그러니, 이젠」하고 백작이 말했다.「행복하게 되셨구려. 썩 잘 어울리는 부부니 말이에요. 게다가 외제니 양은 미인이기까지 하니」

「그야 그렇죠」청년은 제법 겸손을 떨며 대답했다.

「게다가 색시는 굉장한 부자라고 생각되는데」백작이 말했다.

「굉장한 부자일까요?」청년이 물었다.

「그럴걸요. 소문에는 당글라르 씨가 재산을 적어도 절반은 감춰두었다고 하니 말이에요」

「자기 말로는 1,500만 내지 2,000만 프랑이라고 하던데요」안드레아는 기쁨으로 눈을 반짝이면서 말했다.

「게다가」하고 백작은 덧붙여 말했다.「미국이나 영국에서는 벌써 시들해졌지만, 프랑스에선 새롭게 일어나는 투기 사업에 손을 대고 있는 모양입니다」

「네, 지금 말씀하신 건 저도 알고 있어요. 철도 시설권이 낙찰된 것 아닙니까?」

「그래요. 바로 그거죠. 일반의 의견이, 그 사업으로 적어도

1,000만은 벌 거라고 하더군요」

「1,000만이라! 그게 정말입니까? 거, 굉장한데요!」하고 카발칸티는 이 황홀한 말의 금속성 울림에 취한 듯이 말했다.

「게다가」하고 백작은 말을 이었다.「그 재산은 모두 당신한테로 갈 거예요. 외제니 양이 외딸이니, 그건 당연한 일이죠. 그런 데다 당신 재산도 당신 아버지 말에 따르면, 외제니 양의 재산에 거의 맞먹을 거예요. 그건 그렇고, 돈 얘긴 이제 그만 둡시다. 그런데 결혼 문제를 굉장히 민첩하고 능숙하게 해치운 모양이구려」

「네, 그렇다고 볼 수 있겠죠」청년이 대답했다.「원래 제겐 외교관의 자질이 있으니까요」

「그렇다면, 외교관이 되셔야겠군요. 아시겠지만, 외교적 수완이란 건 배워서 얻는 게 아니라 어디까지나 본능적인 거니까…… 그래, 상대의 마음을 잡았나요?」

「사실은, 그게 걱정이에요」청년의 대답은 테아트르 프랑세즈의 무대에서, 도랑트나 발레르가 알세스트에게 대답하는 어조 그대로였다.

「하지만 어느 정도의 사랑은 받고 있겠지요?」

「그건 틀림없습니다」안드레아 카발칸티는 의기양양한 미소를 띠며 대답했다.「결혼은 승낙했으니까요. 하지만 한 가지 잊어버리면 안 될 문제가 있습니다」

「그게 뭔데요?」백작이 물었다.

「이번 일은, 이상하게도 모든 게 너무 잘 되었지요. 암만해도 어떤 힘이 이 일을 도운 것 같아요」

「설마!」

「정말입니다」

「그럼 그때의 주위 사정이 좋았단 말인가요?」

「아니요, 백작께서요」

「내가? 원 별말씀을 다 하시는구려, 공작」백작은 짐짓 그 공작이라는 칭호에 힘을 주며 말했다.「내가 당신에게 뭘 도와줄 수 있다고 그러는 거죠? 당신의 그 이름과 사회적 지위, 그리고 당신의 그 재능이면 충분하지 않소?」

「아닙니다」하고 청년은 대답했다.「백작이 뭐라고 하셔도 전, 백작 같은 분의 지위가 제 이름이나 사회적 지위 혹은 재능에 비해서 훨씬 힘이 크다는 것을 알고 있습니다」

「천만에요」백작은 청년이 무엇을 노리고 있는지를 짐작하고는 이렇게 말했다.

「내가 당신을 밀어준 것은, 당신 아버님의 세력과 재산을 인정하고 난 다음의 일입니다. 당신을, 그리고 훌륭하신 당신 아버지를 한번도 보지 못했을 때 당신과 내가 사귈 수 있게 해 준 건 누구였던가요? 그것은 윌모어 경과 부소니 신부였지요. 그들은 둘 다 내겐 아주 가까운 친구들입니다. 그후에 내가 당신을 보증해 주는 데다가 밀어주고 싶은 마음까지 들게 한 건 누구였지요? 바로 이탈리아에서 명성이 자자한 당신 아버지였지요. 그러니까 난 개인적으로는 당신을 모르는 셈입니다」

이렇게 조용하고도 온후한 백작의 태도를 접하자, 안드레아 카발칸티는 지금 자기가 자기보다도 억센 어떤 손에 꽉 붙잡혀, 쉽사리 그 속에서 빠져나올 수 없게 되었다는 것을 깨달았다.

「아, 그랬던가요! 하지만」하고 청년은 말했다.「아버지는 정말로 막대한 재산을 가지고 있을까요?」

「그런 것 같아요」 백작이 대답했다.

「아버지가 제게 약속한 결혼 자금은 정말 와 있을까요?」

「어제 그 통지를 받았는데요」

「그래, 그 300만 프랑은요?」

「그 300만 프랑은 지금쯤 송금하고 있는 중일 걸요」

「그럼, 그 돈이 정말 제 손에 들어오겠군요?」

「물론이죠!」 하고 백작은 계속해서 「이제까지 언제 돈이 떨어져본 일이 있었던가요?」 하고 말했다.

안드레아는 움찔해서 잠시 생각을 해보지 않을 수 없었다.

「그럼」 하고 생각을 멈추고 말했다. 「백작께 한 가지 부탁하고 싶은 것이 있는데요. 귀찮으실지 모르지만, 이해해 주실 줄 압니다」

「어디, 들어봅시다」 백작이 대답했다.

「저는 재산이 있는 덕분에 많은 저명 인사들과 교제를 하고 있습니다. 그리고 적어도 지금은 친구들도 많지요. 그러나 이번 결혼은 파리의 사교계를 앞에 놓고 하는 일이니만큼, 누군가 훌륭한 이름을 갖고 계신 분이 뒤를 밀어주셔야 할 겁니다. 그리고 아버지가 못 오시게 되면, 누구든 유력한 분께서 제 손을 잡고 저를 결혼식 제단까지 데려다 주셔야 합니다. 그런데 아버진 파리에 안 오시겠죠?」

「나이도 많으신 데다가 전신에 부상을 당하셨으니, 여행을 한다는 게 여간 힘든 일이 아닐 겁니다」

「알고 있습니다. 그래서 이렇게 청을 드리러 온 겁니다」

「나한테요?」

「네, 백작께요」
「무슨 청을요?」
「아버지를 대신해 주십사 하고요」
「무슨 소릴 하시는 거요? 날 그렇게 많이 대해 보시고도 그렇게 모르신다는 말이오? 그런 부탁을 하시다니! 차라리 나한테 50만 프랑을 빌려달라고 하시는 게 낫지. 그만한 돈을 빌려주기가 그리 쉬운 일이 아니지만, 그래도 내겐 지금 그 부탁보다는 낫겠어요. 전에도 말했을 줄 알지만 세상일에, 더군다나 정신적인 일에 관여하게 될 때 난 언제나 동양인 같은 조심성이랄까 나아가서는 미신을 버리지 못합니다. 카이로, 스미르나, 그리고 콘스탄티노플에 후궁을 두고 있는 내가, 결혼식을 주재하다니요!」
「그럼, 거절하시는 겁니까?」
「분명 그렇소. 당신이 설령 내 자식이나 형제라도 거절할 거요」
「아, 그럼 어떡한다?」 안드레아는 절망적으로 외쳤다.
「친구가 많다고 그러지 않으셨소?」
「그건 그래요. 그렇지만 저를 당글라르 씨에게 소개해 준 것은 백작이십니다」
「천만에! 사실은 사실대로 분명히 밝혀두어야 합니다. 하긴 오퇴유의 내 집 만찬에 당신을 당글라르 씨와 함께 초대한 건 납니다. 그렇지만 거기서 당신은 자신이 직접 당글라르 씨한테 자기 소개를 했던 거예요. 그러니 이 문제와는 전혀 상관없는 일이죠」
「그건 그렇습니다. 하지만 제 결혼 문제에 있어서는, 백작께서 도와주시지 않았어요?」
「내가요? 절대로 그런 적은 없습니다. 당신이 나한테 와서 결혼 신청을 해달라고 부탁했을 때, 내가 대답한 말을 기억해 보시죠. 그때 내가 이런 말을 했습니다. 〈오! 난 중매 같은 건 안합니다. 이건 내 철칙이에요〉라고 하지 않았던가요?」
안드레아는 입술을 깨물었다.
「그럼, 식에 참석은 해주시겠죠?」
「파리 사람들이 다 가겠죠!」
「물론이죠」
「그럼, 나도 그 사람들과 함께 가야죠」 하고 백작이 대답했다.
「혼인 서약서에 서명은 해주시겠습니까?」
「오, 그건 별로 어려울 것 없습니다. 그 정도까지 거절할 필요는 없으니까요」
「그럼, 그 이상은 안해 주실 테니, 그 정도로 만족할 수밖에 없지요. 그런데 마지막으로 한마디만 하겠습니다」
「뭔데요?」
「한 가지 의견을 듣고 싶어서요」
「잠깐만. 의견을 내놓는 건, 뭘 도와드리는 것보다 더 싫은 일인데요」
「아니, 이건 뭐 그리 폐가 될 것까진 없는 일입니다」
「어디, 들어봅시다」
「신부는 지참금 50만 프랑을 가져오게 되어 있습니다」
「그건 나도 당글라르 씨한테 들었지요」
「그 돈을 제가 직접 받나요, 아니면 공증인 손에 맡겨두는 건가요?」

「일을 제대로 점잖게 처리하려면, 보통 이렇게들 하지요. 쌍방의 공증인이 혼인 서약 때, 다음날이나 그 다음 다음날 만나기로 약속을 합니다. 그리고 약속한 날 만나서 쌍방의 결혼 자금을 교환하고 서로 영수증을 주고받습니다. 그 다음 결혼식이 끝났을 때, 가장이 될 신랑에게 마음대로 쓰라고 몇백만 프랑을 주지요」

「사실은」 안드레아는 불안을 감추지 못하고 말했다. 「장인이 우리의 재산을 아까 말씀하신 그 철도 사업에 투자하려고 한다는 말을 들은 것 같아서요」

「허어? 그렇지만」 하고 백작은 말했다. 「사람들 말에 의하면, 그거야말로 당신네 재산을 일년 안에 세 배로 늘리는 방법이라고 하던데요. 당글라르 남작은 좋은 아버지이기는 하지만 계산에 밝은 사람이니까요」

「그럼」 하고 안드레아는 말했다. 「만사가 다 제대로 되는 셈입니다. 아까 백작께서 거절하신 그 일만큼은 아무래도 섭섭하지만요」

「그건 이런 경우에는 지극히 당연한 거라고 생각해 버리시지요」

「그럼, 좋으실 대로 하시고, 오늘밤 아홉시에 또 뵙겠습니다」 하고 안드레아는 말했다.

「저녁에 만납시다」

백작은 입술에 예의를 갖춘 미소를 띠고는 있으면서도 새파랗게 질리며 석연치 않은 감정을 드러냈건만, 안드레아는 백작의 손을 힘있게 잡았다. 그러고는 마차에 뛰어올라 밖으로 사라졌다.

저녁 아홉시까지는 아직 네댓 시간이 남아 있었다. 그는 그 시간에 여기저기를 돌아다니며, 앞서 말한 친구들을 찾아가서는 화려한 차림으로 은행가의 집에 와달라고 말했다. 그리고 그 사람들을 모두, 당글라르가 발기인으로 되어 있는 사업주(事業株)의 전망 이야기로 눈이 휘둥그레지게 만들었다.

과연 여덟시 반이 되자, 당글라르 가의 살롱과 거기 딸린 복도와 그 층에 있는 다른 세 개의 객실들은, 향수 냄새를 풍기는 사람들로 가득 찼다. 그들은 호의를 가지고 있어서라기보다는 새로운 일이 생기는 곳에 가지 않고는 못 배겨서 모여든 사람들이었다.

아카데미 프랑세즈(프랑스의 학술원 ─ 옮긴이) 회원 같으면, 이런 사교계의 야회를 일컬어 바람둥이 나비와 굶주린 꿀벌, 그리고 시끄러운 무늬말벌들을 끌어들이는 꽃들의 집단이라고 할 것이다.

물론 객실이란 객실은 모조리 불빛이 휘황했으며, 비단 휘장 위의 금빛 돌출부에서도 빛이 넘쳐흐르고 있었다. 그리고 비싸다는 것 이외엔 무엇 하나 취할 데 없는 악취미의 실내 장식들도 번쩍번쩍 빛나고 있었음은 두말할 것도 없다.

외제니 양은 비할 데 없이 우아하고 청초한 옷차림을 하고 있었다. 하얀 비단에 흰 실로 수를 놓은 옷에 검은 머리칼에 반쯤 가려진 백장미 한 송이가 장식의 전부였고, 보석이라고는 단 하나도 지니고 있지 않았다.

그러나 그녀의 눈빛은, 이러한 청초한 옷차림도 세속적인 순결성을 의미할 뿐이라고 비난하는 듯 지극히 확고한 의지를 보여주고 있었다.

외제니로부터 삼십 보쯤 떨어진 곳에서, 당글라르 부인은 드브레, 보샹, 그리고 샤토 르노와 얘기를 나누고 있었다. 드브레는 이러한 경사 때문에 이 집에 다시 발을 들여놓게 되었지만, 다른 손님들과 구별되는 특별 대우는 받지 못했다.

당글라르는 대의원들이며 은행가들에게 둘러싸여, 정부가 정세에 눌려 자기를 각료로 불러들이게 될 경우에 꼭 실행해 보려고 벼르고 있는 새로운 조세 이론을 설명하고 있었다.

안드레아 카발칸티는 오페라 극장에서 사귄 굉장한 멋쟁이와 어깨를 맞대고, 제법 거만하게 앞으로의 생활 계획이며 연수입 17만 5,000프랑으로 어떻게 파리의 유행을 좀더 화려한 것으로 만들 것인가를 설명해 주고 있었다. 그로서는 자기가 겁을 먹고 있다는 사실을 남에게 보이지 않기 위해서, 짐짓 대담한 소리를 할 필요가 있었던 것이다.

손님들의 무리는 마치 터키석이며 루비, 에메랄드, 오팔, 다이아몬드의 물결처럼 몇 개의 살롱 안에서 이리 밀리고 저리 밀리고 하고 있었다.

어디서나 마찬가지로 여기서도 가장 늙은 여자들이 제일 심한 옷차림을 하고, 제일 못생긴 여자들이 가장 추근추근하게 구는 것을 볼 수 있었다.

간혹 아름다운 흰 백합이나 싱그럽고 향기로운 장미가 있다 하더라도, 어느 한구석에 머리에 터번을 쓴 어머니나 극락조 장식이 달린 모자를 쓰고 있는 아주머니 뒤에 숨어 있는 것을 애써 찾아내지 않으면 안 되었다.

이러한 온갖 잡다한 소음과 웃음소리 속으로, 안내원은 끊임없이 새로 오는 손님들의 이름을 외쳤다. 그 이름들은 모두 재계에서, 군부에서, 문단에서 존경받고 유명한 이름들이었다. 그때마다 실내에 있던 사람들은 여기저기서 가벼운 움직임을 보이며 그 이름을 가진 사람들을 맞아들였다.

그러나 이러한 인파의 대양을 뒤흔들어 놓고 만 힘있는 이름이 나오기 전까지 사람들은 대개의 이름들을 무관심하게, 또는 경멸에 찬 냉소로 맞아들였다.

잠자는 엔디미온(그리스 신화에 나오는 아름다운 청년──옮긴이)을 나타내고 있는 벽시계의 바늘이 그 황금의 시계판 위에서 아홉시를 가리켰을 때, 그리고 기계의 뜻을 충실하게 전하는 종소리가 아홉 번 울렸을 때, 이번에는 몬테크리스토 백작의 이름이 큰소리로 울려퍼졌다. 그러자 마치 전기라도 통한 듯이 일제히 문 쪽으로 눈을 돌렸다.

백작은 검은 옷을 입고 보통때와 다름없는 간소한 차림으로 나타났다. 흰 조끼는 넓고 품위 있는 가슴을 뚜렷이 드러내고 있었다. 검은 칼라는 푸른빛이 돌면서도 그의 깨끗하고 남성적인 얼굴빛과 대조되어, 놀랄 만큼 깨끗하게 서 있었다. 장신구라고는 가느다란 조끼의 사슬뿐이었다. 그것이 흰 피케 천 위에 뚜렷하게 가느다란 선을 그리고 있었다.

당장 문 주위에 사람들이 빙 둘러섰다.

백작은 객실 한쪽 구석에 있는 당글라르 부인과 다른 쪽에 있는 당글라르, 그 앞에 있는 외제니 양을 첫눈에 알아보았다.

그는 우선 빌포르 부인과 이야기하고 있는 당글라르 남작부인 쪽으로 갔다. 빌포르 부인은 발랑틴이 앓고 있어서 혼자와 있었다. 백작은 자기 앞으로 길이 트여 있어서 당글라르 부인에게서 외제니에게 곧장 걸어가 축하의 말을 건넸다. 백작의 말은 너무나 간단하면서도 내용이 꽉차 있어서, 오만한 예술가 외제니마저 깜짝 놀라게 했다.

외제니 옆에는 다르미 양이 있었다. 그녀는 백작이 친절하게도 이탈리아로 소개장을 써준 것에 감사를 표하고, 곧 그 소개장을 이용할 생각이라고 말했다.

부인들에게서 떠나려고 몸을 돌리자 당글라르와 마주치게 되었다. 당글라르는 백작에게 악수를 하러 오는 길이었다.

이렇게 세 차례에 걸쳐 사교적인 인사를 끝낸 후, 백작은 일부 계층, 특히 특정 지위의 사람들이 짓는 독특한 표정과 함께 확신에 찬 눈길로 주위를 돌아보며 우뚝 발을 멈추었다. 그의 눈은 이렇게 말하는 듯했다. 〈이제 내가 할 일은 다 했다. 이젠 다른 사람들이 내게 해야 할 일을 할 때이다〉라고.

옆방에 있던 안드레아도 백작이 손님들에게 느끼게 한 그 전율 같은 것을 느꼈다. 그래서 인사를 하려고 달려나왔다.

백작은 완전히 사람들에게 둘러싸여 있었다. 모두들 말수는 적지만 그 대신 가치 없는 말은 절대로 하지 않는 사람을 대하듯이, 백작의 말에 앞다투어 귀를 기울이고 있었다.

그때 공증인들이 들어왔다. 그리고 금빛 테이블을 덮고 있는 황금빛 자수가 놓인 비로드 위에, 서명을 위한 여러 가지 서류들을 올려놓았다.

공증인 중 한 사람은 자리에 앉고, 나머지 한 사람은 그대로 서 있었다.

이윽고 이 식에 참석한, 파리의 유명한 사람들 중 절반이 서명하게 되어 있는 혼인 서약서의 낭독이 시작되려는 순간이었다.
　모두들 자리를 잡았다. 그러나 사실 여자들은 둥그렇게 원을 이루고 있었고, 남자들은 부알로(17세기 프랑스의 시인이자 비평가——옮긴이)가 말한 〈힘찬 문체〉에는 관심이 없었다. 그들은 차라리 열병에라도 걸린 듯한 안드레아의 들뜬 모습이라든가 당글라르의 심각한 모습이며 외제니의 무감각한 모습, 이런 중요한 일을 당하고도 가볍고 경쾌한 당글라르 부인의 모습에 대해서만 이러니저러니 말이 많았다.
　혼인 서약서는 물을 끼얹은 듯이 조용한 가운데 낭독되었다. 그러나 낭독이 끝나자마자, 객실 안은 전보다 배는 더 시끄러워졌다. 눈이 휘둥그레질 만한 이 액수, 신랑 신부에게 가게 될 수백만이라는 금액은 특별히 방 하나를 준비해서 진열해 놓은 신부의 결혼 의상이며 다이아몬드들과 함께 일동의 선망의 대상이 되었다.
　그런 점에서 외제니 양의 아름다움은 청년들의 눈에 한층 더 돋보였으며, 태양 광선조차도 잠시 그 빛을 잃는 것 같았다.
　여자들은 그러한 몇백만이라는 돈을 부러워하면서도, 실은 그런 돈이 없더라도 아름다워지는 데는 별 상관이 없다는 생각들을 했다.
　안드레아는 친구들에게 둘러싸여 아부와 축하의 말을 들으며, 비로소 지금까지의 꿈이 실현되는 것이라고 생각하자, 마치 정신 나간 사람같이 되어버렸다.
　공증인은 엄숙하게 펜을 들어, 머리 위로 높이 쳐들며 이렇게 말했다.
　「여러분, 지금부터 서명을 시작하겠습니다」

제일 먼저 당글라르 남작, 계속해서 안드레아 부친의 대리인, 그 다음으로 당글라르 부인(그러고 나서 공중서 상의 불쾌한 표현대로라면), 장래의 양배우자가 서명을 하기로 되었다.
 당글라르는 펜을 들고 서명했다. 이어서 안드레아 부친의 대리인이 서명했다.
 당글라르 부인은 빌포르 부인의 팔에 의지하면서 앞으로 걸어나왔다.
 「글쎄」 하고 당글라르 부인은 펜을 들며, 빌포르 부인에게 말했다. 「정말 섭섭하군요. 몬테크리스토 백작 댁에서 일어난 살인 사건과 도난 사건 때문에 빌포르 씨가 못 오시고 말았으니 말이에요」
 「허어!」 당글라르는 그게 무슨 상관 있느냐는 듯한 어조로 말했다.
 「저런!」 하고 옆으로 다가서며 몬테크리스토 백작이 말했다. 「빌포르 씨가 못 오신 이유가 저한테 있기라도 하다면 정말 송구스럽군요」
 「그게 무슨 말씀이세요, 백작님?」 당글라르 부인이 서명을 하면서 말했다. 「만약 그게 정말이라면 조심하세요. 전 용서해 드리지 않을 테니까요」
 안드레아는 귀를 기울이고 있었다.
 「하지만 그건 제 죄가 아닙니다」 하고 백작이 대답했다. 「그러니 제 입으로 그걸 증명하고 싶군요」
 모두들 귀를 바짝 기울였다. 좀처럼 입을 열지 않는 백작이 얘기를 하겠다는 것이었다.
 「모두들 기억하시겠지만」 하고 백작은 조용한 가운데 입을 열었다.「저희 집에 도둑질을 하러 들어왔던 그 사나이는 저희 집을 빠져나가는 순간, 공범자의 손에 걸려 죽었습니다」
「그랬지요」당글라르가 말했다.
「그래서 그 사나이를 구해 주려고 옷을 벗겼었지요. 그리고 한쪽 구석에 던져둔 그 옷을 경찰이 주웠습니다. 그러나 경찰은 상의와 바지는 재판소의 서기과에 보관하려고 가져갔지만, 조끼는 그만 잊어버리고 두고 갔더군요」
안드레아는 얼굴빛이 확 변했다. 그리고 슬그머니 문 쪽으로 물러났다. 그의 눈에는 지평선 위에 먹구름이 이는 것이 보이는 듯했다. 더구나 그것은 폭풍을 머금은 것 같았다.
「그런데 오늘 그 조끼를 찾아냈습니다. 조끼는 피투성이였고 심장 부분에 구멍이 뚫려 있더군요」
부인들은 비명을 질렀다. 그리고 두세 명의 여자들은 당장에라도 기절할 것만 같았다.
「그걸 저에게 가져왔더군요. 그 더러운 옷이 누구 것인지 아무도 짐작을 못했는데, 저만은 그게 살해된 그 사나이의 조끼라는 걸 알아보았지요. 그런데 그 지저분한 옷을 집의 하인이 구역질을 하며 그래도 조심스럽게 뒤지는데, 갑자기 주머니에서 종이 쪽지가 만져지더랍니다. 그래서 꺼내보았더니 그 종이는 편지였는데, 그게 누구 앞으로 씌어진 편지였는지 아시겠습니까? 당신한테였습니다, 남작」
「나한테요?」당글라르가 소리쳤다.
「그렇습니다. 당신한테 가는 편지였습니다. 저는 피로 얼룩진 그 쪽지 위에서 당신의 이름을 읽을 수가 있었습니다」몬테 크리스토 백작은 모두들 놀라서 소리를 지르는 가운데 이렇게 대답했다.

「하지만」 하고 당글라르 부인은 불안한 듯이 남편을 쳐다보며 물었다.「그것 때문에 빌포르 씨가 못 오실 까닭이 있나요?」

「그야 아주 간단하지요」 백작이 대답했다.「그 조끼와 편지가 곧 증거물이란 거지요. 전 그 조끼와 편지를 모두 검사에게 보냈습니다. 남작께서도 아시겠지만, 형사 사건에는 법적 수속을 밟는 것이 가장 안전한 길이니까요. 당신을 노린 무슨 음모 같더군요」

안드레아는 몬테크리스토 백작을 뚫어지게 바라보았다. 그러고는 옆방으로 자취를 감추었다.

「그런 것 같네요」 당글라르가 대답했다.「그 살해된 자가 전에 죄수가 아니었을까요?」

「맞습니다」 백작이 대답했다.「카드루스라는 죄수였지요」

당글라르의 얼굴빛이 가볍게 변했다. 안드레아는 옆방에서 다시 응접실로 옮겨갔다.

「그건 그렇고, 어서 서명을 계속하셔야죠!」 하고 백작이 말했다.「이런 얘길 해드려서 여러분들 마음이 혼란스러워진 모양인데, 용서하십시오. 특히 남작 부인, 그리고 외제니 양, 죄송합니다」

남작 부인은 서명을 끝내고 공증인에게 펜을 돌려주었다.

「카발칸티 공작」 하고 공증인이 안드레아의 이름을 불렀다. 「카발칸티 공작, 어디 계시죠?」

「안드레아! 안드레아!」 젊은이들의 목소리가 여기저기서 그를 불렀다. 그들은 벌써 세례명을 부를 정도로 이 이탈리아 귀족과 친해졌던 것이다.

「공작을 불러오게! 공작에게 서명할 차례가 되었다고 일러 드려!」 당글라르는 안내인에게 소리쳤다.

그때였다. 방안에 있던 사람들이, 무언가 무시무시한 괴물이 태연하고도 뻔뻔스런 모습을 하고 방으로 들어오기라도 하는 듯 부들부들 떨며 뒤로 물러났다.

과연, 뒤로 물러서며 놀라서 소리를 지를 만한 일이 일어났던 것이다.

객실 문 앞마다 경관이 두 사람씩 배치되었고, 허리에 휘장을 두른 경찰서장 뒤로 헌병이 당글라르를 향해 걸어오고 있었다.

당글라르 부인이 악! 소리를 지르고 기절해 버렸다.

자기에게 위험이 닥치고 있다는 것을 직감한 당글라르는(이런 상황이면 꼭 마음이 편안치 못한 사람들이 있게 마련이다) 손님들 앞에서 두려움에 일그러진 얼굴을 하고 있었다.

「무슨 일이십니까?」 몬테크리스토 백작이 경찰관 앞으로 나서며 물었다.

「여러분들 가운데 누가」 경관은 백작의 말에는 대답도 않고 물었다. 「안드레아 카발칸티라는 사람이죠?」

객실 이 구석 저 구석에서 기가 막힌다는 듯 소리를 질렀다. 모두들 주위를 둘러보며 물었다.

「그런데 그 안드레아 카발칸티가 어쨌단 말입니까?」 당글라르가 정신 나간 사람처럼 물었다.

「툴롱 감옥을 탈옥한 죄수요」

「무슨 죄를 지었기에?」

「전에 같은 죄수였던 카드루스라는 자가」 하고 경찰관은 냉정한 목소리로 대답했다. 「몬테크리스토 백작 댁에서 도망쳐 나오는 것을 살해한 죄로 고발된 거요」

 몬테크리스토 백작은 주위를 한번 휙 둘러보았다. 이미 안드레아의 모습은 찾아볼 수 없었다.

벨기에로 가는 길

　뜻하지 않은 경찰의 출현과 그 결과로 폭로된 사실에 의해서 당글라르 가의 객실이 혼란에 빠지자, 마치 손님들 중에 페스트나 콜레라 환자라도 생긴 듯이, 그 넓은 저택은 삽시간에 텅 비고 말았다. 불과 몇 분 사이에 모든 문이며 층계를 통해 손님들은 앞다투어 그 집을 빠져나왔다. 아니, 빠져나왔다기보다는 도망쳐 나왔다는 말이 어울릴 것이다. 왜냐하면 그런 경우에는 평범한 위로의 말 따위는 건넬 필요가 없기 때문이다. 너무 큰 불행을 당하고 보면, 아무리 가까운 사람이 위로의 말을 해주어도 오히려 귀찮기만 한 법이다.
　이제 이 저택에는, 사무실 안에서 경찰관에게 진술을 하고 있는 당글라르와 화장실 안에서 부들부들 떨고 있는 당글라르 부인, 그리고 거만한 눈초리와 사람을 깔보는 듯한 입모양을 하고서 언제나 붙어다니는 다르미 양과 함께 자기 방으로 들어가 버린 외제니 양이 남아 있을 뿐이었다.

한편 그 많은 하인들은 이런 사태가 벌어지자 자신들이 모욕당한 것같이 느껴져서 그 울화는 주인들에게 돌려버리고, 조리실이나 부엌 또는 자기네들 방으로 뿔뿔이 흩어져 일할 생각은 않고 버티고만 있었다. 그날따라 식후의 파티를 위해 카페 드 파리에서 아이스크림 제조사, 요리사, 급사장들을 불러왔기 때문에 하인들의 수는 여느 때보다도 훨씬 많았다.

각자 서로 다른 이해 관계 때문에 떨고 있는 여러 사람들 중에서 언급할 만한 사람은 외제니 양과 루이즈 다르미 양 둘밖에 없다.

외제니는 앞서도 말한 바와 같이, 거만한 태도와 깔보는 듯한 입 모양을 하며 마치 모욕당한 여왕 같은 걸음걸이로 다르미 양과 함께 방으로 돌아갔다. 뒤따르는 다르미 양이 오히려 얼굴이 새파랬고 가슴을 두근거리고 있었다.

방에 들어오자, 외제니는 방 문을 안으로 잠갔다. 루이즈 다르미는 털썩 의자에 주저앉았다.

「맙소사! 어쩌면 그런 끔찍한 일이!」 하고 다르미 양은 말했다. 「어떻게 그럴 수가 있을까? 안드레아 카발칸티 씨가…… 살인자라니…… 탈옥수라니…… 죄수라니!」

외제니는 아이로니컬한 미소를 띠며 입술을 일그러뜨렸다.

「정말이지, 이게 내 운명인가 보군」 하고 그녀는 말했다. 「겨우 알베르 드 모르세르한테서 빠져나왔는가 했더니, 이번에는 카발칸티라니!」

「오! 외제니, 그 두 사람을 똑같이 취급하진 마」

「잠자코 있어. 남자들이란 다 파렴치해. 난 남자들을 싫어할 뿐만 아니라 경멸까지 할 수 있어서 오히려 다행으로 생각해」
「이제부터 어떡하지?」 다르미 양이 물었다.
「어떡하냐고?」
「응」
「사흘 후에 하려고 했던 일을 지금 하면 되지…… 떠나는 거야」
「결혼을 안하게 되었는데도 떠날 거야?」
「이봐, 루이즈. 난 마치 악보처럼 정돈되고 틀에 박힌 듯 규칙 속에 갇힌 이 사교계 생활이 정말 지겨워. 내가 항상 동경하고 바라오던 것이 뭔지 알아? 바로 예술가의 생활이었어. 예술가의 생활이란 자유롭고 자기만 책임을 지고 자기만 생각하면 되는 거야. 여기 남아 있을 필요가 어디 있겠어? 한 달 후면 다시 나를 결혼시키려고 들 텐데. 누구한테일까? 분명 이번엔 드브레겠지. 전에도 한때 말이 있었으니까. 안 돼, 루이즈, 싫어. 오늘밤 일이 좋은 구실이 될 거야. 내가 구실을 찾지도 구하지도 않았는데 말야. 이건 하느님이 보내주신 절호의 기회라는 거라고」
「넌 정말 강하고 용기 있는 여자로구나!」 하고 금발의 연약한 처녀는 갈색 머리의 외제니에게 말했다.
「여태 날 모르고 있었구나? 자, 루이즈, 이젠 앞으로 할 일이나 의논하자. 그래, 역마차는 어떻게 됐어……?」
「간신히 사흘 전에 사놓았어」
「우리가 탈 곳에 대기하라고 말했니?」
「응」

「우리 여권은?」

「여기 있어!」

외제니는 침착한 태도로 여권을 펴서 읽었다.

〈레옹 다르미 씨. 20세. 예술가. 머리, 흑색. 눈, 검은색. 누이와 함께 여행함.〉

「잘됐어! 그런데 이 여권은 어떻게 구했지?」

「몬테크리스토 백작에게 로마와 나폴리 극장 지배인한테 소개장을 써달라고 갔다가, 여자 몸으로 여행하기가 무섭다고 그랬지. 그랬더니 그럴 거라고 이해해 주시면서 남자 여권을 구해 주겠다고 그러시더라. 그래서 이틀 후에 가서 이 여권을 찾아가지고 〈누이와 함께 여행함〉이라고 내가 써넣었지」

「그럼」 하고 외제니는 쾌활하게 말했다. 「이젠 짐만 싸면 되겠구나. 그러니까 결혼식 날 밤에 출발하려던 걸, 혼인 서약서 서명하는 날 미리 하는 것뿐이네, 뭐」

「잘 생각해 봐, 외제니」

「뭘, 생각해 볼 만큼 다 해본 건데. 난 이제 보고서니, 월말 통계니, 주가가 올라갔다느니 떨어졌다느니, 스페인 공채니, 아이티 증권이니 하는 얘기엔 진절머리가 나. 그 대신 루이즈, 넓은 하늘이라든가 자유라든가 새들의 노랫소리, 롬바르디아의 평야, 베네치아의 운하, 로마의 궁전, 나폴리의 해안 같은 데 가보고 싶어. 그런데 우리, 돈은 얼마나 있지?」

그 말을 듣자 루이즈 다르미 양은 상감(象嵌)이 되어 있는 서류 가방 속에서 자물쇠가 채워진 조그만 지갑을 꺼내었다. 그 속에는 스물석 장의 지폐가 들어 있었다.

「2만 3,000프랑」 하고 루이즈는 대답했다.

「그리고 적어도 그 정도 값어치는 되는 보석과 다이아몬드가 있으니, 우린 부자야. 4만 5,000프랑이면 이 년 동안은 공주처럼 지낼 수 있고, 아껴쓴다면 사 년은 살 수 있어. 게다가 반년 안에 루이즈는 피아노로, 난 노래로 그 돈의 배는 벌 수 있을 거야. 자, 그 돈은 네가 가지고 있어. 난 보석 상자를 맡을게. 그렇게 해두면 만약 우리 둘 중에 누가 재산을 잃어버리더라도, 한 사람 것은 남을 테니까. 자, 그럼 짐 싸자, 빨리!」
「잠깐만」 루이즈는 당글라르 부인의 방 문에 귀를 갖다 대며 말했다.
「왜 그래?」
「누가 오지 않나 해서」
「문은 잠겼는데」
「열라고 할지도 몰라」
「그럴 테면 그러라지 뭐. 우리는 안 열 테니까」
「넌 정말 남자 같구나, 외제니!」
두 처녀는 놀랄 만큼 민첩하게 여행에 필요한 물건들을 가방 속에 넣었다.
「자, 그럼」 하고 외제니가 말했다. 「나 옷 갈아입고 올게. 그 가방 좀 닫아줘」
루이즈는 하얗고 조그만 손으로 있는 힘을 다해 가방 뚜껑을 눌렀다.
「안 되겠는데, 난 힘이 모자라서. 네가 좀 닫아봐」
「참, 그렇지」 외제니는 웃으면서 말했다. 「난 헤라클레스고 넌 연약한 옴파레(헤라클레스의 아내——옮긴이)라는 걸 잊고 있었네」

이렇게 말하며, 외제니는 무릎으로 트렁크를 누르고 루이즈가 자물쇠를 채울 때까지 희고 튼튼한 팔로 꽉 버티고 있었다.

 그 일이 끝나자, 외제니는 자기가 가지고 있던 열쇠로 옷장을 열었다. 그리고 솜을 넣은 보랏빛 비단으로 만든 여행용 외투를 꺼냈다.

「자」 하고 외제니는 말했다. 「내가 하나하나 다 생각해 놓았지. 이 외투만 있으면 넌 춥지 않을 거야」

「그럼, 넌?」

「나? 난 추위 안 타는 거 너도 알잖아? 그리고 난 남장을 할 테니……」

「여기서 바꿔 입으려고?」

「그럼」

「그럴 시간이 있을까?」

「이런 겁쟁이! 걱정할 것 없어. 집안 식구들은 모두 아까 그 사건 때문에 정신이 없다고. 게다가 내가 절망에 빠져 있는 줄 알 텐데, 방문 좀 잠그고 있다고 해서 이상하게 여겨지겠니?」

「하긴 그래. 그 소릴 들으니 마음이 놓이네」

「자, 나 좀 거들어줘」

 외제니는 방금 외투를 꺼낸 서랍에서 신발부터 프록코트까지 완벽하게 준비된 남자 옷 한 벌을 꺼냈는데, 쓸모없는 거라곤 하나도 없이 꼭 필요한 것으로만 해서 속옷까지 마련된 것이었다. 루이즈는 외제니가 준 망토를 벌써 어깨에 걸치고 있었다.

 그러고는 전에도 장난으로 남자 옷을 입어본 듯, 재빠르게 구두를 신고, 바지를 입고, 넥타이를 매고, 조끼 단추를 목까지 채운 다음 날씬한 몸에 착 달라붙는 프록코트를 꼭 끼게 입었다.

「어머! 참 멋있다! 정말 멋있는데!」 루이즈는 감탄하며 외제니를 바라보고 말했다.

「그렇지만 그 아름다운, 보는 여자마다 부러워하던 그 머리칼이 남자 모자 밑으로 다 들어갈까?」

「두고 보라고」 외제니가 말했다.

그러고는 긴 손가락으로 붙잡아도 겨우 손아귀에 다 들어갈까 말까 한 숱 많은 머리카락을 왼손으로 꽉 잡고, 오른손으로는 가위를 들었다. 이윽고 그 많은 아름다운 머리털 속으로 가위 소리가 나면서 머리털은 발밑으로 툭 떨어졌다. 외제니는 머리털이 프록코트에 붙을까 봐 몸을 뒤로 젖혔다.

이렇게 머리카락을 한 움큼 잘라낸 외제니는, 이번에는 계속해서 아까워하는 빛도 없이 앞머리를 척척 잘라버렸다. 오히려 그 흑단 같은 눈썹 밑의 눈은 여느 때보다도 더 반짝반짝 빛나고 생기가 돌고 있었다.

「어머나! 그렇게 예쁜 머리칼을!」 루이즈는 아까운 듯이 말했다.

「그렇지만 이렇게 자르는 편이 백 배는 더 나을걸?」 외제니는 완전히 남자같이 흐트러진 머리를 다듬으며 말했다. 「이렇게 하니까 더 예뻐 보이지 않아?」

「응, 예쁘다! 넌 어떻게 해도 예뻐!」 루이즈가 큰소리로 말했다. 「그런데 이제부턴 어디로 가지?」

「브뤼셀은 어떨까? 국경이 제일 가까우니 말야. 브뤼셀에서 리에주, 엑스라샤펠로 가자. 그리고 거기서 라인 강을 끼고 슈

트라스부르크까지 거슬러 올라가, 스위스를 건너서 생고타르를 지나 이탈리아로 내려가는 게 어때?」

「좋아」

「루이즈, 뭘 보고 있어?」

「널 보는 거야. 넌 정말 멋있어. 마치 날 납치해 가는 것 같아」

「그래, 사실 그렇지 뭐」

「너 약속한 건 꼭 지키는 거지?」

이렇게 해서 한 사람은 자신에게 일어난 일을 생각해서, 또 한 사람은 우정을 생각해서 둘이 함께 눈물이 핑 돌 것만 같다는 생각이 들자, 두 처녀는 갑자기 까르르 웃음을 터뜨렸다. 그리고 도망갈 준비를 하느라 어지러워진 주위를 대충이나마 눈에 띄지 않게 치우기 시작했다.

그 다음에 두 도망자는 불을 끄고 주위를 살피면서 귀를 바짝 세우고 목을 앞으로 빼며, 마당으로 통하는 뒤쪽 층계에 붙어 있는 화장실 문을 열었다. 외제니가 트렁크를 한쪽 팔로 들고서 앞장서자, 그뒤로 루이즈가 트렁크의 맞은편 손잡이를 두 손으로 가까스로 들어올려 따라갔다.

뜰에는 인기척이 없었다.

자정을 알리는 시계 소리가 들려오고 있었다.

외제니는 살짝 수위실 앞으로 가보았다. 충실한 문지기가 수위실 한구석에서 안락의자에 누워 잠들어 있었다.

외제니는 다시 루이즈에게 와서, 땅바닥에 내려놓았던 트렁크를 들었다. 그리고 두 사람은 벽 밑의 컴컴한 곳을 따라 대문까지 다다랐다.

외제니는 루이즈를 문 한 모퉁이에 숨겨놓았다. 혹시 문지기가 잠이 깨어서 나와보더라도 한 사람밖에 못 보게 하기 위해서였다.

그러고 나서 자기는 안뜰을 환하게 비추고 있는 램프 밑으로 나서서 유리창을 두드리며, 「문 열어줘!」 하고 유난히 아름다운 콘트랄토의 목소리로 소리쳤다.

문지기는 외제니가 예상한 대로 벌떡 일어나, 지금 나오는 사람이 누군가 하여 앞으로 몇 걸음 다가왔다. 그러나 한 청년이 초조한 듯 단장으로 바지를 탁탁 때리고 있는 것을 보자, 즉각 문을 열었다.

그 순간을 놓칠세라 루이즈는 반쯤 열린 대문 사이로 뱀처럼 살짝 빠져나가 가볍게 밖으로 뛰었다. 외제니는 필경 가슴이 두근거렸겠지만, 겉으로는 태연하게 밖으로 나갔다.

마침 짐꾼이 하나 지나갔다. 두 사람은 짐꾼에게 짐을 맡기고, 빅투아르 가 36번지까지 갖다 달라고 이른 다음, 그뒤를 따라 걸었다. 루이즈는 남자와 같이 가게 되어 안심이 되었다. 외제니로 말하자면, 마치 유딧(마을을 구하려고 적장의 목을 벤 유대의 여걸 ── 옮긴이)이나 데릴라처럼 끄떡도 안할 만큼 강인했다.

그들은 목적지에 다다랐다. 외제니는 짐꾼에게 짐을 내리게 한 다음, 돈을 몇 푼 주고 문을 두드렸다. 그러고 나서 그 사나이를 돌려보냈다.

외제니가 문을 두드린 곳은 미리 약속이 되어 있는 어느 세탁부의 집이었다. 주인 여자는 미리 알고 아직 자고 있지 않았기 때문에, 곧 문을 열었다.

「잠깐만」 하고 외제니는 말했다. 「문지기한테 마차를 차고에서 꺼내라고 말해 주세요. 그리고 역마차 정류소에 가서 마차에 말을 매어놓으라고요. 이 5프랑은 문지기에게 심부름 값으로 주시고요」

「난 정말」하고 루이즈는 말했다.「너한테 감탄했어. 존경할 정도야」

세탁부는 놀란 듯이 쳐다보았다. 그러나 자기에겐 20루이라는 돈이 약속되어 있었기 때문에 아무 말도 하지 않았다.

십오 분쯤 있으니, 문지기가 마부와 역마를 데리고 왔다. 말을 마차에 매고 문지기는 노끈과 고리로 트렁크를 단단히 차에 매어놓았다.

「자, 여권 돌려드리겠습니다」하고 마부가 말했다.「그런데 어느 길로 갈까요, 도련님?」

「퐁텐블로 가도로 갑시다」외제니는 정말 남자 같은 목소리로 대답했다.

「아니, 무슨 소리야?」루이즈가 물었다.

「속인 거야」외제니가 대답했다.「그 여자 우리한테서 20루이를 받았지만, 40루이를 받고 우릴 배반할는지도 몰라. 그러니까 큰길로 나가서 방향을 돌리는 거야」

이렇게 말하며 외제니는 거의 발판도 밟지 않고, 훌륭하게 침대 마차로 꾸며져 있는 여행용 사륜 마차로 뛰어올랐다.

「정말 넌 매사에 빈틈이 없구나, 외제니」하고 성악 선생 다르미는 외제니 옆에 자리를 잡으며 말했다.

십오 분 후, 다시 제 길을 잡은 마부는 채찍 소리를 요란하게 내며 생마르탱 문을 통과했다.

「살았다!」루이즈가 말했다.「이젠 파리를 빠져나왔어!」

「그래, 멋있게 납치를 끝냈지?」 외제니가 대답했다.
「그러게 말야. 폭력도 안 쓰고」 루이즈가 말했다.
「나중에 그 점을 들어서, 정상을 참작해 달라고 부탁해 볼 셈이거든」 외제니가 말했다.
이러한 얘기는 마차가 빌레트 거리의 포석 위를 달리는 소리에 지워져 버리고 말았다.
당글라르는 마침내 딸을 잃고 만 것이다.

종(鐘)과 병(瓶)의 여관

자, 이제 브뤼셀 가도를 달리고 있는 당글라르 양과 다르미 양은 내버려두고, 공교롭게도 행운을 손에 넣으려는 순간에 운수 사납게도 덫에 걸려들게 된 안드레아 카발칸티에게로 되돌아가자.

이 안드레아 카발칸티란 친구는, 나이는 얼마 안 됐지만 말할 수 없이 약삭빠르고 머리가 잘 도는 인간이었다.

그래서 그는 객실 안에서 이상한 동요가 이는 낌새가 느껴지자, 차츰 문 쪽으로 다가가 방을 하나하나 지나 자취를 감춰버리고 말았다.

그런데 한 가지 잊어버리고 설명하지 않은 일이 있어 지금 그것을 이야기해 두고자 한다. 안드레아가 거쳐간 두 개의 방 중 하나에는 신부의 혼수 일체가 진열되어 있었다. 다이아몬드

상자, 캐시미어 숄, 발랑시엔 산의 레이스, 영국제 베일 등 그 이름만 들어도 젊은 처녀들의 가슴을 설레게 하는 물건들이었다.

그런데 안드레아는 머리가 잘 돌고 영리할 뿐만 아니라, 선견지명까지 있는 인간이었다. 그 증거로, 그는 그 방을 지나가면서 진열되어 있는 장신구들 중에서 가장 값비싼 물건만 훔쳐 가지고 내뺐던 것이다.

이렇게 해서 노자까지 손에 넣은 그는, 사뭇 가벼운 마음으로 창에서 뛰어내려 경관들 사이를 빠져나갔다.

옛날의 투사처럼 키가 크고 균형 잡힌 몸에, 스파르타 사람처럼 근육이 두드러진 안드레아는, 이렇다 할 방향도 없이 그저 하마터면 붙잡힐 뻔했던 그 장소에서 멀리 달아날 셈으로, 십오 분 가량 무작정 뛰기만 했다.

몽블랑 가를 빠져나온 그는 마치 토끼가 보금자리를 찾듯, 검문소를 피해 안전한 곳을 찾아내려는 본능에 사로잡혀 라파예트 거리의 끝까지 왔다.

거기까지 오자 그는 숨이 막히고 가슴이 뛰어, 일단 발을 멈추었다.

그는 완전히 혼자였다. 왼쪽에는 사람이라곤 그림자도 없는 생라자르 포도원이, 오른쪽으로는 파리가 아주 멀리 보일 뿐이었다.

「이제 난 끝장난 건가?」 하고 그는 자문해 보았다. 「아니, 내가 그놈들보다 훨씬 뛰어난 활동력을 보여줄 수만 있다면 괜찮을 거야. 결국 내가 죽느냐 사느냐는 1만 미터를 뛸 수 있느냐 없느냐 하는 문제에 달린 거다」

바로 그때 포부르 푸아소니에르 쪽에서 이쪽을 향해 한 대의 공영 마차가 오고 있는 것이 보였다. 마부는 울적한 얼굴을 하고 파이프 담배를 피우면서 아마 그들이 늘 모이는 곳인 포부르 생드니로 돌아가는 길 같았다.

「이봐요!」베네데토가 소리쳤다.

「왜 그러쇼?」마부가 물었다.

「그 말이 지쳐 있지는 않소?」

「지쳐 있다니! 무슨 말씀을! 오늘 하루 종일 아무 일도 안했수. 손님은 네 번밖에 안 태웠고, 팁도 20수뿐인걸. 다 합쳐도 7프랑밖에 안 되는데, 주인한텐 10프랑을 내놓아야 한단 말이오」

「어떻소, 그 7프랑에다 이 20프랑을 보태면?」

「좋지요. 20프랑이면 나쁘지 않죠. 무슨 일이신데요?」

「아주 간단한 일이오. 그 말이 지쳐 있지만 않다면」

「바람처럼 달릴 겁니다. 문제는 어느쪽으로 가느냐 하는 겁니다만」

「루브르(파리 교외의 작은 도시──옮긴이) 쪽으로 갑시다」

「알겠수. 과타피아라는 과일주가 나는 고장 말이구려」

「맞았어. 내일 친구하고 샤펠앙세르발로 사냥을 하러 가기로 했는데, 그 친구들의 뒤를 쫓아가기만 하면 되는 거요. 열한시 반에 이리로 마차를 대기시키기로 했는데, 지금 열두시요. 아마 기다리다 그냥 간 모양이니, 나 혼자 따라갈 수밖에」

「그럴 수도 있겠죠」

「어떻소, 쫓아가 주겠소?」

「좋습니다요」

「그런데 만약 부르주까지 가는 동안에 따라잡지 못할 때에는 20프랑, 루브르까지도 따라잡지 못할 경우에는 30프랑을 내지」

「따라잡게 될 때는요?」

「40프랑!」 안드레아는 잠시 망설인 끝에, 약속은 얼마로 하든 괜찮겠다고 생각하고 이렇게 대답했다.

「그럼 갑시다!」 마부가 말했다. 「타십시오. 자, 가자!」

안드레아는 마차에 올랐다. 마차는 쏜살같이 생드니를 지나 생마르탱 거리를 끼고 시문을 빠져서, 끝없이 뻗어 있는 빌레트 가도로 접어들었다.

친구라는 것이 꾸며댄 친구이니, 뒤따른다는 기분은 전혀 없었다. 그러나 이따금씩 안드레아는 귀가가 늦은 행인들이며, 아직도 일을 하고 있는 술집 같은 데 가서, 흑갈색 말이 끄는 푸른 마차를 못 보았느냐고 물었다. 그러나 네덜란드로 가는 이 가도에서는 마차들이 무수히 지나다녔고, 게다가 마차들은 열에 아홉은 푸른색이어서 물을 때마다 대답은 가지각색이었다.

누구나 다 그 마차라면 방금 지나는 것을 보았다는 것이다. 불과 오백 보, 또는 백 보밖에 더 가지 못했을 거라는 대답이었다. 그러면 곧 그 마차를 뒤쫓아 가보았으나, 번번이 그 마차는 아니었다.

한번은 뒤에서 오던 마차가 그들의 마차를 앞질렀다.

두 마리의 역마에 끌려 화살처럼 달려가는 사륜 마차였다.

「아!」 안드레아는 혼잣말을 했다. 「나도 저런 마차와 말이 있었으면! 그리고 저런 것들을 손에 넣을 수 있게 여권이라도 있었으면!」

그러면서 그는 깊은 한숨을 쉬었다.

그 사륜 마차는 바로 외제니 양과 다르미 양을 태운 마차였다.

「빨리! 빨리!」하고 안드레아는 말했다. 「빨리 뒤쫓아가서 꼭 만나야 할 테니까」

불쌍한 말은 시문을 나서면서 계속 미친 듯이 달려왔다. 마침내 기진맥진해서 루브르에 다다랐다.

「아무래도」하고 안드레아는 마부에게 말했다. 「내 친구는 만나지 못할 것 같고 이 말도 죽을 것 같으니 내가 여기서 내리는 게 좋겠소. 자, 30프랑 여기 있어요. 난 〈붉은 말〉이라는 여관에 들겠소. 그리고 내일 빈 마차가 구해지는 대로 타고 가겠소. 자, 그럼 수고하셨소」

안드레아는 마부의 손에 5프랑짜리 은화 여섯 닢을 주고 포석 위로 껑충 뛰어내렸다.

마부는 신이 나서 그 돈을 주머니에 넣고, 말을 천천히 걷게 하면서 파리 쪽으로 뻗은 길로 돌아갔다. 안드레아는 〈붉은 말〉 여관으로 가는 체했다. 그러나 잠깐 여관 문에 붙어서서 마차가 사라져가는 소리를 듣자, 다시 계속 걸었다. 그리고 놀랄 만큼 빨리 8킬로미터쯤을 달렸다.

거기까지 가서야 그는 숨을 돌렸다. 자기가 먼저 가겠다고 말했던 샤펠앙세르발까지 거의 다 온 것 같았다.

안드레아가 발을 멈춘 것은 피로 때문은 아니었다. 결정을 내리고 계획을 짜기 위해서였다.

합승 마차를 타는 것은 불가능했다. 역마차를 타는 것도 마찬가지. 어느 쪽을 타든지 여권이 반드시 필요하기 때문이었다.
 그렇다고 해서 프랑스에서도 가장 들키기 쉽고 가장 감시가 심한 우아즈 군에서 머무는 것도 역시 안 될 일이었다. 범죄에는 환한 안드레아 같은 사람에게는 더군다나 안 될 말이었다.
 안드레아는 도랑 끝에 앉았다. 그리고 두 손에 머리를 파묻고 생각에 골몰했다.
 십 분 후에 다시 고개를 들었다. 결심이 선 것이다.
 그는 당글라르의 집에서 나올 때, 재빠르게 무도회복 위에 입고 온 외투 한쪽을 먼지투성이로 만들었다. 그리고 샤펠앙세르발로 가서 그 고장에 단 하나밖에 없는 여관의 문을 대담하게 두드렸다.
 주인이 나와서 문을 열었다.
 「이보시오」 하고 안드레아가 말했다. 「몽트르퐁텐에서 상리스로 가는 도중인데, 말이란 놈이 갑자기 펄쩍 뛰는 바람에 저만큼 가서 떨어졌구려. 오늘밤 안으로는 어떻게든 콩피에뉴까지는 가야겠는데. 안 그러면 집에서 걱정할 테니까 말이오. 혹시 말 한 필 빌릴 수 없겠소?」
 좋건 나쁘건 여관에는 으레 말 한 필쯤은 있는 법이다.
 주인은 마부를 불러 〈흰둥이〉에게 안장을 얹으라고 일렀다. 그리고 일곱 살짜리 아들을 깨워, 손님의 말 꽁무니에 타고 갔다가 말을 다시 데리고 오라고 말했다.
 안드레아는 주인에게 20프랑을 주었다. 그 돈을 주머니에서 꺼내다가 그는 명함 한 장을 떨어뜨렸다.
 그 명함은 카페 드 파리에서 사귄 그의 친구의 명함이었다. 안드레아가 떠난 후, 여관 주인은 떨어져 있는 그 명함을 주웠다. 주인은 말을 빌려간 손님이 생도미니크 가 25번지에 사는 모레옹 백작이라고 생각했다. 명함에는 바로 그 주소와 이름이 인쇄되어 있었기 때문이다.

〈흰둥이〉란 놈은 빨리 달리지는 못했지만, 고른 발걸음으로 끈기 있게 달렸다. 안드레아는 세 시간 반 만에 콩피에뉴까지 36킬로미터를 달려왔다. 합승 마차들이 늘어선 광장까지 왔을 때, 시청의 시계가 네시를 치고 있었다.

콩피에뉴에는 한번밖에 묵어보지 못했지만, 근사한 여관이 하나 있는 것은 잊지 않고 있었다.

파리 교회를 돌아다니다가 한번 그곳에서 쉬었던 일이 있는 안드레아는 그 〈종과 병의 여관〉을 기억하고 있었다. 그는 여관 쪽으로 갔다. 그리고 가로등 밑에 비치는 여관 간판을 본 그는 따라온 아이에게 가지고 있던 잔돈을 전부 주어 돌려보낸 후, 여관 문을 두드렸다. 앞으로 서너 시간의 여유는 있으니, 그동안 앞으로 닥쳐올 피로를 미리 방지하기 위해 충분한 수면과 식사를 해두는 것이 상책이라고 생각했기 때문이다.

문을 열어 나온 것은 종업원이었다.

「이봐요」 하고 안드레아가 말을 걸었다. 「난 생장오부아에서 오는 길인데, 저녁도 거기서 먹었네. 실은 밤중에 여길 지나가는 마차를 탈 셈이었는데, 바보같이 길을 잃어버렸단 말이야. 네 시간이나 숲속을 헤맸다네. 그러니 뜰로 난 좋은 방을 하나 빌려주게. 그리고 찬 닭고기하고 보르도 포도주 한 병 갖다주고」

종업원은 조금도 이상하게 생각하지 않았다. 안드레아가 말하는 품이 아주 침착했기 때문이다. 그는 입에 담배를 물고 두 손은 외투 주머니에 지르고 의젓하게 서 있었다. 옷차림도 깨끗했고, 수염도 싹 깎여 있었고, 장화도 나무랄 데 없이 손질되어 있었다. 그러니까 귀가가 늦어진 이웃 사람 같은 모습이었다.

종업원이 방 준비를 하고 있는데, 주인 아주머니가 들어왔다. 안드레아는 예의 그 상냥한 미소를 지어 보였다. 그리고 지난번 콩피에뉴에 들렀을 때 묵었던 3호실을 쓸 수 없겠느냐고 물었다. 그러나 불행히도 그 방엔 여행중인 어떤 남매가 묵고 있다는 것이었다

안드레아는 실망한 듯한 얼굴이었다. 그는 주인 여자한테서 지금 준비하고 있는 7호실도 3호실과 똑같은 방이라는 소리를 듣고야, 다소 마음을 놓았다. 그리고 발을 불에 녹이며, 최근에 샹티에 갔던 일을 얘기하면서 방 준비가 다 되었다는 소식만 기다리고 있었다.

안드레아가 뜰로 난 좋은 방을 원한 데는 분명 이유가 있었다. 이 여관의 안뜰은 극장처럼 세 층으로 된 난간으로 둘러싸여 있었고, 그 난간 하나하나에 재스민이며 미나리아재비가 마치 자연의 장식처럼 가볍게 뻗어오르고 있어, 여관의 정면으로서는 더할 나위 없이 아름다운 풍모를 지니고 있었기 때문이다.

닭고기는 신선했다. 포도주는 숙성된 것이었고, 불은 환하게 타오르고 있었다. 안드레아는 마치 아무 일도 없었던 듯 천연덕스럽게 이렇게까지 맛있게 먹는 자신에게 스스로도 깜짝 놀랐다.

식사가 끝나자 그는 자리에 누웠다. 그리고 이내 잠들어 버

렸다. 20대엔 마음에 걸리는 일이 있어도 깊은 잠을 잘 수 있는 법이다.

안드레아의 마음이 몹시 괴로우리라는 얘기를 하고 있지만, 사실 그 자신은 조금도 그렇지 않았다.

안드레아가 가장 안전할 것이라 생각하고 세운 계획이란 이런 것이었다.

날이 새면 자리에서 일어나 계산을 다 한 후에 여관을 나선다. 그리고 숲으로 가서, 그림 공부를 한다는 구실을 대고 어느 농가에 방을 얻는다. 그리고 나무꾼의 옷과 도끼 한 자루를 구한 다음, 지금까지 입고 있던 값비싼 옷을 벗어버리고 일꾼 차림을 한다. 손은 흙투성이로 만들고, 머리는 납으로 된 빗으로 빗어서 갈색으로 만들고, 얼굴은 옛날 친구들한테서 배운 약을 발라 시커멓게 칠한다. 그러고는 밤엔 걷고 낮엔 숲속이나 채석장에서 자면서, 사람 사는 부락엔 가끔 빵이나 구하러 나가는 경우 외엔 일절 가까이 가지 않고, 숲에서 숲을 전전하여 가장 가까운 국경까지 가는 것이다.

일단 국경만 넘고 나면, 다이아몬드를 돈으로 바꾸고 거기다가 만약의 경우를 생각해서 지니고 다니던 여남은 장 되는 지폐를 합하면, 5만 리브르 가량의 돈을 가지게 된다. 그것은 그의 처지에서 볼 때 그리 적은 금액은 아니었다.

한편 당글라르 가에서 가문의 체면을 손상시킨 이 불미스런 일을 되도록이면 얼버무리려고 할 것이라는 생각도 했다.

그래서 그는 피곤하기도 했겠지만, 그처럼 빨리 깊은 잠에 곯아떨어질 수 있었던 것이다.

게다가 안드레아는 아침 일찍 잠에서 깨기 위해서, 덧문도

닫지 않고 앞문만 잠가놓았다. 그리고 탁자 위에는 늘 몸에 지니고 다니는 날이 선 예리한 칼을 칼집에서 빼서 놓아두었다.

아침 일곱시 반경, 안드레아는 따스하고 눈부신 햇살이 얼굴 위에 와 닿는 것을 느끼고 잠이 깼다.

생각에 빈틈이 없는 사람의 머리에는 반드시 자신을 지배하는 한 가지 생각이 있어, 그것이 마지막까지 눈을 감지 않고 있다가 잠에서 깨면 대뜸 제일 먼저 머리에 떠오르는 법이다.

안드레아는 채 눈도 다 뜨기 전에, 그 지배적인 생각이 먼저 머리에 떠올랐고, 너무 오래 잤다는 생각이 불현듯 들었다.

그는 침대에서 뛰어내려 창문으로 갔다.

헌병 한 명이 안뜰을 지나가고 있었다.

헌병이란 마음에 아무 거리낌이 없는 사람에게도 세상에서 가장 눈에 잘 띄는 존재이다. 그러니 조그만 일에도 전전긍긍하는 사람이나 그럴 만한 이유가 있는 사람에게는, 헌병의 노랗고 파랗고 하얀 제복은 그 자체로 무시무시한 색깔이 아닐 수 없다.

〈웬 헌병이지?〉하고 안드레아는 생각했다.

그러자 곧, 세상이 다 아는 그의 독특한 논리를 적용시켜 스스로 해답을 얻었다.

〈여관에 헌병이 나타났다고 해서, 그리 놀랄 건 없지. 그러나 옷은 입어두자.〉

최근 몇 달 동안 파리에서 호사스런 생활을 하면서 늘 하인들의 옷 시중을 받아왔건만, 옛날 습관을 조금도 잊지 않은 듯 그는 재빠르게 옷을 주워 입었다. 〈좋아.〉하고 그는 옷을 입으면서 생각했다. 〈저자가 갈 때까지 기다리자. 가고 나면 살짝

빠져나가야지.〉

이런 소리를 중얼거리며 신을 신고 넥타이를 맨 안드레아는, 살며시 창가로 가서 또 한번 모슬린 커튼을 들어보았다.

그러나 그 첫번째 헌병이 나가기는커녕, 하나밖에 없는 계단 아래 역시 파랑, 노랑, 흰색의 제복을 입은 두번째 헌병이 눈에 띄었다. 한편 단 하나밖에 없는 출구인 큰길로 난 대문에는 세번째 헌병이 말을 탄 채 소총을 손에 들고 있었다.

이 세번째 헌병이야말로 의미심장했다. 왜냐하면 그 헌병 앞에는 구경꾼들이 반원을 그리며 여관 문을 둘러싸고 있었기 때문이다.

〈날 찾는구나!〉 안드레아의 머리에는 먼저 이런 생각이 떠올랐다. 〈제기랄!〉

그의 얼굴에서 핏기가 싹 가셨다. 그는 불안하게 주위를 둘러보았다.

그의 방은 같은 층에 있는 다른 방들과 마찬가지로, 출구라고는 바깥으로 난 난간밖에 없었다. 그곳은 모든 사람들의 눈에 다 띄는 곳이었다.

〈이젠 망했구나!〉 이것이 두번째 떠오른 생각이었다.

사실 안드레아와 같은 입장에 있는 사나이에게는, 체포란 중죄 재판소, 판결, 사형, 그리고 사면이나 유예 없는 집행을 의미하는 것이다.

그는 잠시 경련하듯 두 손으로 머리를 움켜쥐었다.

그 순간 그는 금방이라도 두려움으로 미쳐버릴 것만 같았다.

그러나 곧 머릿속에서 와글거리는 잡다한 생각 가운데 희망적인 생각이 하나 떠올랐다. 그러자 새파래진 입술과 일그러진 뺨 위로 창백한 미소가 떠올랐다.
그는 주위를 살펴보았다. 그가 찾는 물건들이 대리석 책상 위에 놓여 있었다. 그것은 펜과 잉크와 종이였다.
그는 펜에 잉크를 찍어, 노트 위에 또박또박 다음과 같은 글을 썼다.

나는 숙박료를 지불할 돈이 없습니다. 그러나 나는 부정직한 인간은 아닙니다. 담보로 지불 금액의 열 배에 해당하는 핀을 놓고 갑니다. 밝기 전에 떠난 것을 용서하시오. 수치심이라는 것을 알기 때문입니다.

그는 넥타이 핀을 뽑아 그 편지 위에 놓았다.
그러고 나서 그는 문의 빗장을 빼놓고 일부러 문을 반쯤 열어놓아, 마치 방을 나올 때 문 닫는 것을 잊어버린 것처럼 해 놓았다. 그 다음엔 익숙한 솜씨로 벽난로 속으로 들어가, 그 앞에 데이다메이아(그리스 신화에 등장하는 아킬레우스와 정을 통한 공주——옮긴이)의 방에 있는 아킬레우스가 그려져 있는 병풍을 끌어다 놓았다. 그리고 재 속에 난 발자국을 완전히 지워버린 후, 마지막으로 희망을 걸어볼 수 있는 굴뚝 속을 기어오르기 시작했다.
바로 그때, 제일 먼저 눈에 띄어 안드레아를 놀라게 한 첫 번째 헌병이 경관을 앞세우고 계단을 올라왔다. 뒤는 층계 밑에 있는 두번째 헌병에게 맡겼고, 그 두번째 헌병 또한 여차하면 대문 앞에 있는 세번째 헌병에게 구원을 청할 태세였다.
그런데 안드레아가 필사적으로 도망치지 않을 수 없게 귀찮은 헌병들의 방문을 받게 된 이유는 다음과 같다.

새벽녘에 사방으로 전신이 날아갔다. 즉각 이를 접수한 각 지방에서는 곧 관헌을 동원하여, 카드루스의 살해범 수사를 위해 헌병대를 출동시켰다.

궁전 소재지이며 사냥터이며, 군부대 주둔지인 콩피에뉴는 관헌과 헌병과 경찰이 충분히 배치되어 있는 곳이었다. 그래서 전신으로 명령이 접수되자마자 검문이 시작되었다. 〈종과 병의 여관〉은 그 지방에서 제일 큰 여관이었던 만큼, 검문은 당연히 그곳에서부터 시작되었다.

게다가 그날 밤 시청을 경비했던 보초병들의 보고에 의하면 (시청은 바로 그 여관 옆에 있었다), 그날 밤 몇 사람의 여행자가 그 여관에 투숙했음이 확인되었다.

여섯시에 교대하러 나온 보초병은, 막 그가 보초의 자리에 섰을 때, 그러니까 새벽 네시가 조금 지나 청년 한 사람이 흰 말을 타고 말꽁무니엔 소년을 태우고 나타나는 것을 보았다. 청년은 광장에서 말에서 내린 후, 말과 소년을 돌려보내고 자기는 여관으로 가 문을 두드렸다. 그러자 문이 열리고 이내 다시 청년의 뒤로 문이 닫힌 사실까지를 그 보초병은 기억하고 있었다.

이렇게 해서, 이상하리만큼 늦은 시간에 여관을 찾아와 투숙한 청년에게로 혐의가 갔다.

그리고 그 청년이 다름 아닌 안드레아였던 것이다.

이러한 사실에 확신을 가지고 경관과 헌병대장은 안드레아의 방을 향해 몰려갔다. 그런데 그 방의 문이 반쯤 열려 있었다.

「허어!」 이런 계략엔 너무나 밝은 헌병대장이 말했다.

「문이 열려 있는 건 좋지 않은 징조인데! 차라리 문이 삼중으로 잠겨 있는 편이 좋았을걸!」

과연 안드레아가 탁자 위에 남기고 간 종이 쪽지와 넥타이 핀은 이러한 사실을 입증해 주었다. 아니, 사실 이상으로 인정하는 것이었다.

안드레아는 도망친 것이다.

여기서 〈사실 이상으로 인정한다〉는 말을 했는데, 그것은 이 헌병대장이란 사람은 단 한 가지 증거 정도로 호락호락 믿어버리는 인간이 아니었기 때문이다.

그는 주위를 둘러보고 침대 밑을 살펴보았다. 그리고 커튼을 젖혀보고 옷장을 열어본 후, 벽난로 앞에서 멈추었다.

안드레아가 조심해서 치운 까닭에, 재에 그가 밟은 흔적은 전혀 남아 있지 않았다.

그러나 그곳도 하나의 출구임에는 틀림없었다. 그리고 이러한 경우, 출구가 될 만한 곳이면 어디든지 수사해 보아야만 했다.

헌병대장은 나뭇단과 짚을 가져오게 했다. 그래서 대포 구멍이라도 메우듯이, 그것들을 벽난로 속에 처넣은 다음, 불을 지폈다.

벽돌로 된 벽이 불길에 타닥타닥 튀는 소리를 냈다. 연기가 구름 기둥을 이루어 뭉게뭉게 굴뚝 속을 지나, 화산에서 뿜어내는 연기처럼 하늘을 향해 피어오르고 있었다. 그러나 예상했던 것과 달리, 죄인은 떨어져 내리지 않았다.

그것은, 어려서부터 세상과 싸워온 안드레아인지라 비록 상대방이 헌병대장이라는 지위까지 올라간 사람이라 하더라도, 그에 필적할 정도의 두뇌를 그 역시 가지고 있었기 때문이다. 그는 분명 불을 피우리라 짐작하고, 미리 지붕 위에 올라가 굴뚝에 몸을 대고 쭈그리고 앉아 있었다. 잠시 동안 그는 살았다고 생각했다. 그 헌병대장이 다른 두 헌병들에게 큰소리로 「샜다!」하고 소리치는 것을 들었기 때문이다.

그러나 고개를 가만히 들어보니, 그 두 헌병이 대장의 말을 듣고 당연히 물러갈 줄 알았는데 오히려 먼저보다 더 긴장하고 있었다.

이번에는 안드레아가 자기 주위를 살펴보았다. 16세기의 위엄 있는 건물인 시청이, 마치 음침한 성벽처럼 우뚝 솟아 있었다. 그의 오른쪽 건물, 즉 시청의 창에서는 산꼭대기에서 계곡을 내려다볼 수 있듯이 지붕 위의 구석구석까지 모조리 내려다볼 수가 있었다.

안드레아는, 그 창들 어딘가에서 곧 헌병대장의 머리가 틀림없이 나타나리라고 생각했다.

들키는 날엔 만사가 끝장나는 것이었다. 지붕 위에서 쫓기면 아무래도 달아날 가능성이 없었다.

그래서 그는 다시 내려갈 결심을 했다. 단, 아까 올라왔던 길이 아니라 그와 비슷한 다른 통로로.

그는 연기가 나오지 않는 굴뚝을 찾아 지붕 위에 엎드린 채 기어갔다. 그리고 누구의 눈에도 띄지 않게 굴뚝 속으로 들어갔다.

바로 그때, 시청의 조그마한 창문이 하나 열리더니 헌병대장의 머리가 불쑥 나타났다.

잠시 그 머리는 건물을 장식한 석상처럼 꼼짝도 안했다. 그러더니 실망한 듯 깊은 한숨을 내쉬며 다시 들어갔다.
 헌병대장은 자기가 대변하고 있는 법률 그 자체이기나 한 듯, 광장에 모여 있는 사람들이 던져대는 질문은 들은 척도 않고 다시 여관으로 들어갔다.
 「어떻게 됐죠?」 두 헌병이 물었다.
 「응」 하고 헌병대장은 대답했다. 「오늘 새벽 일찍 도망간 모양이군. 하지만 빌레르코트레와 누아용 가도를 뒤지도록 해야지. 숲속을 찾아보고. 잡을 수 있을 거야, 틀림없이」
 그가 헌병 특유의 어조로 〈틀림없이〉라는 말을 자신 있게 하기가 무섭게, 요란한 벨 소리와 함께 공포에서 비롯된 긴 비명이 여관 마당을 흔들어놓았다.
 「아니, 이건 뭐지?」 헌병대장이 소리쳤다.
 「손님이 급해서 그러는 거겠죠」 하고 여관 주인이 대답했다.
 「몇 호실 벨소리지?」
 「3호실에서요」
 「빨리 가봐!」
 그때, 벨 소리와 비명이 더욱 크게 울려왔다.
 여관 종업원이 달려갔다.
 「잠깐」 헌병대장은 종업원을 제지하며 말했다. 「종업원을 부르는 벨 소리 같지가 않아. 헌병을 한 사람 올려보내지. 3호실엔 누가 들었소?」
 「간밤에 역마차로 온 젊은 남매지요. 침대가 둘 있는 방을 찾기에」
 심히 괴로운 듯한 벨 소리가 세번째로 울려왔다.
 「경관, 내가 가겠어」 헌병대장이 말했다. 「내 뒤를 따라와요, 바로 뒤에서」

「잠깐만요」하고 주인이 말했다.「3호실엔 계단이 둘 있습지요. 바깥쪽에 하나, 안쪽에 하나」

「좋소」헌병대장이 말했다.「내가 안쪽 계단으로 가지. 내가 거길 맡겠어. 총에 탄환 들어 있지?」

「네, 대장님」

「그럼 다들 바깥쪽을 감시하도록. 놈이 도망치려 들거든 발포해도 좋다. 전신에 의하면, 중죄를 저질렀다니까」

헌병대장은 경관을 거느리고 곧 안쪽 계단으로 사라졌다. 그리고 그들 뒤에서 대장이 안드레아에 관해 얘기한 말 때문에 군중이 웅성거리기 시작했다.

이렇게 된 것도, 실은 다음과 같은 일이 생겼기 때문이다.

안드레아는 능숙하게 굴뚝의 삼분의 이까지 내려왔다. 그러나 거기까지 오자 그만 발을 헛디며, 두 손으로 굴뚝 벽을 짚고 꽉 버티었건만, 뜻하지 않게 급속도로 요란한 소리를 내며 아래로 미끄러졌다. 그러나 그것도 방이 비어 있었으면 문제가 되지 않았을 것인데, 불행히도 방에는 사람이 있었던 것이다.

여자 둘이 한 침대에서 자고 있다가, 그 소리에 잠이 깨었다.

그녀들의 눈은 대뜸 그 소리가 난 쪽으로 집중되었다. 그러자 벽난로 안으로 남자가 하나 나타나는 것이 보였다.

그래서 둘 중 금발 머리 여자가 방금 여관 안을 온통 뒤흔들어 놓은 그 공포 비명을 내질렀고, 갈색 머리 여자는 벨이 있는 곳으로 달려가 있는 힘을 다해 그 줄을 잡아 흔들었던 것이다.

안드레아는 운이 나빴다.

「제발!」 안드레아는 상대방이 누구인지 알아보지 못한 채 얼굴이 새파래져 정신없이 이렇게 빌었다. 「제발! 사람은 부르지 말아주십시오. 살려주십시오! 해치지는 않을 테니까요」

「살인자, 안드레아!」 하고 한 여자가 외쳤다.

「외제니! 다르미 양!」 안드레아는 공포에서 놀라움으로 바뀌며 중얼거렸다.

「사람 살려요! 사람 살려요!」 다르미 양은 외제니가 손을 움직이지 않고 있자 벨의 끈을 뺏어, 외제니보다도 더 세게 흔들었다.

「살려주십쇼! 날 잡으러 오고 있어요!」 안드레아는 두 손을 모으며 말했다. 「제발, 경찰에 넘기지는 말아주십시오!」

「늦었어요. 누가 올라오고 있어요」 외제니가 대답했다.

「그럼, 날 어디다 숨겨주세요. 아무 일도 아닌데, 그냥 놀라서 그랬다고 얘기하시고요. 의심을 딴 데로 돌리게 해주시면, 저는 무사할 겁니다」

두 여자는 이런 애원의 목소리에는 대답도 않고, 이불을 뒤집어쓴 채 서로 꼭 껴안고 있었다. 불안과 혐오감이 두 사람의 마음속에서 뒤섞였다.

「그럼, 좋아요!」 외제니가 말했다. 「지금 내려온 길로 다시 나가세요. 자, 어서 가요. 아무 말 안할 테니」

「여기 있다! 여기 있어!」 하는 소리가 층계참에서 들려왔다. 「여기 있다! 찾았다!」

헌병대장은 열쇠 구멍에 눈을 대고 있었다. 그리고 안드레아가 선 채로 애원하는 것을 보았다. 자물쇠는 개머리판에 세게 맞아 부서지고 말았다. 다시 두 번을 더 치자 빗장이 튕겨

나와 버렸고 이어 문이 부서지며 방 안쪽으로 쓰러졌다.

안드레아는 앞마당으로 난, 복도로 통하는 또 하나의 문으로 가서 뛰어나갈 셈으로 열어젖혔다.

헌병 둘이 거기 있다가, 총을 겨누었다.

안드레아는 그대로 딱 발을 멈추었다. 그는 선 채로 얼굴빛이 새파래졌고 몸을 약간 뒤로 젖히며 아무 소용도 없게 된 칼을 움켜쥐고 있었다.

「어서 도망가세요!」 다르미 양은 차츰 무서운 마음이 가라앉자, 가엾다는 생각이 들어 안드레아에게 이렇게 말했다. 「도망가세요!」

「아니면 자살을 하든지!」 하고 외제니는, 마치 옛날 로마의 원형 경기장에서 승리한 검투사에게 패배한 상대방을 죽여버리라고 엄지손가락으로 명령하던 무녀 같은 어조와 태도로 말했다.

안드레아는 몸서리를 치며, 경멸하는 듯한 웃음을 띠고 여자를 바라보았다. 그것만 보더라도 썩을 대로 썩어빠진 그에게 죽음으로써 명예를 지킨다는 숭고함까지는 납득되지 않는다는 것을 알 수 있었다.

「자살이라고! 죽긴 왜 죽어?」 그는 칼을 버리며 말했다.

「하지만 자기 입으로 그렇게 말하지 않았나요?」 외제니가 말했다. 「사형당하게 될 거라고요. 극악범으로 처벌될 거라고」

「흥!」 안드레아는 팔짱을 끼며 말했다. 「이래뵈도 내겐 친구들이 많으니까」

헌병대장은 칼을 쥐고 안드레아 앞으로 다가왔다.

「이봐, 이봐」 안드레아가 말했다. 「칼은 칼집에 넣어두시지. 고분고분 따라갈 테니, 으스대지는 마라!」

이렇게 말하며 그는 두 손을 내밀어 수갑을 받았다.

두 처녀는 바들바들 떨며, 사교계에서 날리던 신사가 탈을 벗자 죄수로 변해 버리는 이 무시무시한 변모를 바라보고 있었다.

안드레아는 두 여자 쪽으로 돌아서서, 파렴치한 웃음을 띠며 이렇게 말했다.

「외제니 양, 아버님께 전할 말 없소? 분명 난 파리로 돌아갈 테니 말이오」

외제니는 두 손으로 얼굴을 가렸다.

「이봐요!」 하고 안드레아는 말했다. 「뭐, 부끄러워할 것 없잖아. 그리고 역마차로 내 뒤를 따라왔다 해도, 난 언짢게 생각하진 않는단 말야…… 나야 하마터면 당신 남편이 될 뻔한 사람이니 말야」 안드레아는 이렇게 이죽거리며, 두 여자를 쥐구멍에라도 들어가고 싶은 창피함과 구경꾼들의 숙덕공론 속에 남겨두고 밖으로 나갔다.

한 시간 후에 두 여자는 둘 다 여자 옷을 입고, 여행 마차에 올랐다.

사람들의 눈에서 두 여자를 피하게 하느라고 여관 문을 닫아놓았지만, 일단 다시 그 문이 열리는 날엔 눈을 번득거리며 수군거리는 구경꾼들 사이를 싫어도 지나가지 않을 수 없었다.

외제니는 마차의 창문을 내렸다. 구경꾼들이 보이지는 않았지만, 그들의 얘기 소리는 안 들을래야 안 들을 수가 없었다. 그들의 비웃는 소리가 결국 외제니의 귀에까지 들려왔다.

「오! 이 세상이 사막이었으면!」 외제니는 다르미 양의 가슴에 쓰러지며 노여움에 불타는 눈으로 이렇게 말했다. 그것은 마치 네로 황제가 로마 국민들의 머리가 하나로 되어 있다면 단칼에 잘라버리겠다던 분노와 같은 것이었다.

이튿날 두 여자는 브뤼셀의 플랑드르 호텔에 내렸다.

한편 안드레아는 그 전날 콩시에르주리 감옥에 수감되었다.

법률

　당글라르 양과 다르미 양이 얼마나 침착하게 변장을 하고 집을 도망쳐 나왔는지는, 앞서 설명한 대로이다. 모두들 자기 일에 열중하느라고 두 처녀의 일은 잊어버리고 있었기 때문이다.
　눈앞에 파산의 그림자가 어른거리는 것을 보면서 막대한 부채를 안고 이마에 땀을 흘리고 있던 은행가는 잠시 내버려두고, 그 부인의 뒤를 따라가 보기로 하자. 남작 부인은 일단 그 일로 인해 큰 충격을 받고 잠시 정신을 못 차리더니, 이내 의논 상대인 뤼시앵 드브레를 찾아나섰다.
　남작 부인은 이번 결혼을 계기로, 외제니 같은 성격을 지닌 딸과는 아무래도 화합하기 어려운 가정 교사를 내쫓을 생각이었던 것이다. 게다가 가정 내에서의 신분 관계를 확립할 수 있는 묵계와 같은 것으로서, 어머니란 딸에 대해 언제나 총명하고 완벽한 표본이 되지 않는 한 진정한 어머니의 자격을 갖추고 있다고 할 수 없다.

그래서 당글라르 부인은 외제니의 통찰력과 다르미 양의 지혜를 두려워하고 있었다. 그녀는 종종 딸이 드브레에게 경멸에 찬 시선을 보내는 것을 보고 놀라곤 했다. 그 눈빛은 마치 자기와 드브레와의 애정 관계며 금전 관계 등 모든 비밀을 알고 있는 듯한 눈길이었기 때문이다. 그러나 부인에게 보다 예민하고 보다 깊은 이해력이 있었다면, 딸이 드브레를 경멸하는 진의가 다른 데 있다는 것을 알았을 것이다. 외제니는 드브레가 이 가정에서 재난과 스캔들을 일으키기 때문이 아니라, 단순히 저 디오게네스가 더 이상 인간이라는 이름으로 부를 가치가 없다고 생각하고, 플라톤 역시 날개 없는 두 발 가진 짐승이라고 부른 바 있는, 이족수의 종족에 속할 뿐이라고 생각했기 때문이다.

불행히도 이 세상 사람들은 각기 자신의 입장만을 생각하느라 남의 입장은 생각하지 못한다. 당글라르 부인의 경우만 해도, 그녀는 오직 자신의 입장에서 외제니의 결혼이 깨어지게 된 것을 유감스럽게 생각하고 있었다. 그 이유는 둘의 결혼이 썩 잘 어울리고, 합당하고, 딸에게 행복을 가져다줄 수 있는 결혼이라고 생각했기 때문이 아니라 그 결혼에 의해서 자기가 자유롭게 될 수 있으리라고 생각했기 때문이다.

그래서 그녀는 앞서 말한 대로 드브레에게로 달려갔다. 드브레는 파리의 저명 인사들과 함께 혼인 서약식과 그뒤에 일어난 뜻밖의 소동을 겪은 후 급히 클럽으로 돌아와 있었다. 거기서 그는 몇몇 친구들과 함께 세계의 도시라고 불리는, 험담하기 좋아하는 도시 파리에서 삼분의 이 가량 되는 사람들 입에 오르내리던 사건에 대해서 떠들어대고 있었다.

문지기로부터 드브레가 집에 돌아오지 않았다는 얘기를 듣고도, 검은 옷을 입고 얼굴을 베일 밑에 가린 당글라르 부인은 청년의 방을 향해 계단을 올라갔다. 그때 드브레 자신은 어느 친구로부터 그런 스캔들이 생긴 이상, 싫어도 당글라르 가의 친구로서 외제니와 결혼하여 200만 프랑이라는 지참금을 받아들여야 할 것이라는 암시 비슷한 말을 듣고, 그 말을 반박하기에 여념이 없었다.

그러면서도 드브레는 상대방의 말에 굴복하고 싶은 듯한 기세였다. 왜냐하면 자신 또한 그런 생각을 가끔 머릿속에 그려 왔기 때문이다. 하지만 외제니라는 여자와 그 오만하고 독립심이 강한 성격을 알고 있는 만큼, 때때로 완전히 방어적인 자세를 취하면서 그러한 결혼은 절대로 있을 수 없는 일이라고 말했다. 다른 한편으로는, 모든 모랄리스트들의 십자가 뒤에서 언제라도 번득이고 있는 사탄의 눈과 마찬가지로, 아무리 순결하고 순수한 사람의 마음에도 반드시 도사리고 있다고 하는 불순한 생각을 그대로 지니고 있었다. 그러면서 차도 마시고 도박도 했으며 또 문제가 문제인 만큼 얘기가 길다 보니, 이럭 저럭 새벽 한시 반이 되고 말았다. 그러는 동안에, 드브레의 하인의 안내를 받은 당글라르 부인은 녹색의 조그만 객실에서 얼굴을 베일 속에 숨기고 가슴을 두근거리며 두 개의 꽃바구니 사이에 앉아 그를 기다리고 있었다. 그 꽃은 그녀가 그날 아침에 보내준 꽃바구니였다. 드브레는 그 꽃을 손수 다듬어 꽃꽂

이를 해놓았으며 당글라르 부인은 그 정성을 감안하여 그가 집에 없는 일조차 용서해 주고 싶은 심정이었다.

열한시 사십분에 부인은 기다리다 지쳐 마차를 타고 집으로 돌아왔다.

일부 사교계의 부인들은 보통 자정을 넘기지 않고서는 집으로 돌아오지 않는다는 점에서 남자와 밀회하는 바람둥이 처녀들과 공통된 점을 가지고 있다.

당글라르 부인은 외제니가 집을 나갈 때 발소리를 죽였던 것 만큼 조심스럽게 집 안으로 들어왔다. 부인은 발소리를 죽이고 가슴을 졸이며, 외제니의 방 바로 옆에 붙은 자기 방으로 올라갔다.

부인은 말썽이 일어날까 봐 몹시 겁을 먹고 있었다. 그런 점에서만은 존경할 만한 여자였지만, 그녀는 딸의 순진성과 가정에 대한 순종을 굳게 믿고 있었던 것이다.

자기 방으로 들어간 부인은 딸의 방문에 귀를 대어보았다. 아무 소리도 들리지 않았다. 그래서 방안으로 들어가 보려 했더니, 문고리가 벗겨져 있었다.

부인은 외제니가 그날 저녁에 일어난 일로 심한 충격을 받고, 침대에 누워 잠이 든 것이라고 생각했다.

부인은 하녀를 불러 물어보았다.

「아가씨께선」 하고 하녀는 대답했다. 「다르미 양과 같이 방으로 돌아오셔서 함께 차를 드셨어요. 그러고는 제게, 이젠 필요없으니 돌아가라고 그러셨어요」

그런 까닭에 하녀는 주방에 있었던 것이다. 그리고 다른 사람들이 생각하듯 두 여자가 방에 함께 있으려니 하고 믿고 있었다.

당글라르 부인은 그 말에 아무 의심도 없이 자리에 들었다. 그러나 두 사람 일이 안심이 되자, 이번에는 다시 그 사건이 머릿속에 되살아났다.

정신이 맑아지면서 약혼식 장면이 점점 더 뚜렷하게 떠올랐다. 그것은 추태 정도가 아니라 대사건이었으며, 수치를 넘어서 치욕이었다.

부인은 문득 얼마 전 불쌍한 메르세데스의 남편과 아들에게 그처럼 큰 불행이 닥쳐왔을 때, 자기가 얼마나 냉담했던가 하는 생각이 났다.

〈외제니는 이젠 망했구나.〉 하고 여자는 생각했다. 〈우리도 그렇고. 이 사건이 세상에 알려지는 날엔, 우린 치욕을 면치 못하겠지. 이 사회에서 웃음거리가 된다는 것은 그 자체로, 생생하고 회복할 수 없는 피투성이의 상처를 입히니까.〉 부인은 다시 중얼거렸다. 「외제니가 나까지 몸서리 칠 만큼 이상한 성격을 타고난 건, 정말 다행한 일이지!」

부인은 감사에 넘친 눈으로 하늘을 쳐다보았다. 하늘의 섭리란 것은 조만간 일어날 사건에 대비하도록 하여 어떠한 결점 내지 악덕까지도, 하나의 행복이 될 수 있다는 것을 알고 있기 때문이다.

이어서 부인의 생각은 새가 날개를 펴고 심연 위를 날 듯 안드레아 카발칸티에까지 이르렀다.

〈안드레아는 분명 비천한 도둑놈인 데다 살인자야. 하지만 그 녀석은 완전하진 않지만, 어느 정도의 교육은 받은 인간처럼 보이거든. 그러니까 그 유명한 이름 덕분에, 굉장한 재산가로 사교계에 나타날 수 있었던 거야. 이 미로를 어떻게 헤쳐나가지? 누구하고 의논해야 이 곤경에서 빠져나올 수 있을까?〉

그래서 부인은 먼저 드브레에게로 달려갔던 것이다. 여자란 까딱하다간 자기를 파멸에 몰아넣을지 모르는 남자라도, 사랑하는 남자면 우선 제일 먼저 그 남자에게 구원을 청하고 싶은 법이기에, 그 마음 하나로 드브레에게 달려갔던 것이다. 그러나 드브레는 부인에게 한마디의 조언밖에 주지 못했다. 즉 자기보다는 좀더 유력한 사람에게 가보라는 것이었다. 그래서 부인이 그 다음으로 생각한 것이 빌포르 씨였다.

그렇다. 안드레아를 체포하려고 애쓰던 것도 빌포르가 아니었던가. 마치 남의 가정을 대하듯이 자기 집안에 용서받을 수 없는 재앙을 가져온 것도 바로 빌포르 자신이었다.

그러나 생각해 보면, 검사라고 반드시 몰인정한 인간이라고는 볼 수 없다. 말하자면 그는 자신의 의무에 충실한 한 사람의 법관이며, 성실하고 완고한 우리의 친구일 뿐이다. 그러니까 난폭할지는 모르지만, 부패한 부위에 결연히 메스를 대는 것이다. 냉혈한이 아니라 외과 의사일 뿐인 게지. 그렇기에 우리 집안의 사위라고 사교계에 소개한, 저 신세 망칠 청년의 파렴치한 행동으로부터 내 집 명예를 지켜주고, 세상 사람의 눈에 드러나지 않도록 해줄 수 있겠지. 빌포르 씨는 우리 당글라르 가문의 친구로서 그런 행동을 한 거지, 미리 사태를 알고 안드레아의 술책을 이용했다고는 생각할 수 없다.

그렇게 생각하니, 부인에게는 빌포르의 행동은 오히려 공동의 이익을 위해서 취해진 것이라고까지 생각되었다.

그렇다면 검사의 강직성도 이젠 그 정도로 끝내야 할 것 같앉다. 부인은 날이 새면 검사를 찾아가서, 사법관으로서의 의무를 벗어날 것까지는 없지만 되도록이면 관대한 처분을 내려 달라고 부탁하리라 마음 먹었다. 부인은 그에게 옛날 일을 회상시켜 주어야겠다고 생각했다. 지난날의 추억을 되살려, 비록 불륜 관계이긴 했지만 그래도 행복했던 그 시기를 미끼로 호소해 볼 생각이었다. 그러면 빌포르 씨는 아마도 사건을 가볍게 다루어주거나 아니면 완전히 불문에 붙이겠지. (그러기 위해서는 눈을 다른 데로 돌리게만 하면 된다.) 그것도 아니면 적어도 안드레아를 그대로 도망가게 내버려둘지도 모른다. 그리고 궐석 재판이라는 명목 아래 현재 자취를 감춘 범인을 단지 기소하는 정도로 그치고 말 것이다.

여기까지 생각이 미치고 나서야, 부인은 비로소 다리를 펴고 잠들 수 있었다.

이튿날 아홉시에 잠이 깨자마자, 부인은 하녀도 부르지 않고 누구의 눈에도 띄지 않게 조용히 옷을 입었다. 그리고 전날 밤처럼 간소한 옷차림으로 계단을 내려와 집을 나섰다. 부인은 프로방스 거리까지 걸어나와, 거기서 마차를 잡아타고 빌포르 씨 집으로 갔다.

한 달째 이 저주받은 집에는, 마치 페스트 환자가 발생해 격리된 곳이기라도 한 듯이 음침한 분위기가 감돌고 있었다. 건물의 일부는 안팎으로 굳게 잠겨져 있었다. 덧문도 꼭꼭 닫힌 채 환기를 위해서만 잠깐씩 열릴 뿐이었다. 그럴 때마다 겁에 질린 하인의 얼굴이 창으로 나타나곤 했다. 그러나 창문도 곧 무덤 위로 묘석이 내려앉듯이 이내 꽉 닫히고 마는 것이었다. 그래서 동네 사람들은 이렇게 수군거렸다.

「오늘도 또 검사 댁에서 관이 나오려나?」

당글라르 부인은 흉가와 같은 그 집의 몰골을 보자 등골이 오싹해 왔다. 부인은 마차에서 내려와 무릎을 떨며, 닫힌 문으로 다가가서 벨을 울렸다. 세 번까지 눌러 그 음산한 벨 소리가 마치 집 전체의 슬픔의 일부인 듯 울렸을 때, 문지기가 겨우 알아들을 수 있는 목소리로 문을 조금 열고 얼굴을 내밀었다.

밖에 온 손님은 여자였다. 사교계의 여자로, 우아하게 차린 부인이었다. 그러나 문은 여전히 거의 닫힌 채로 있었다.

「문 열어요!」 당글라르 부인이 말했다.

「그래도 누구신지 알아야지요」 문지기가 물었다.

「내가 누구냐고? 날 잘 알고 있으면서 그래?」

「아무도 아는 체하지 못하도록 되어 있습니다」

「돌았나? 날 모르다니?」 부인이 외쳤다.

「어디서 오셨는지요?」

「오! 이건 너무한데!」

「부인, 용서하십시오. 이렇게 하라고 지시하셨거든요. 자, 성함을 말씀해 주실까요?」

「당글라르 남작 부인이오. 전에도 수없이 봤지 않은가?」

「그럴지도 모르죠. 그런데 무슨 일로 오셨는가요?」

「정말 별소릴 다 하네! 빌포르 씨한테 이 집 하인들은 모두 무례하다고 말을 해야겠군」

「부인, 이건 무례한 게 아니옵니다, 조심하는 거지요. 다브리니 씨의 요청이 있거나 검사님께 긴히 할 이야기가 있으신 분이 아니면 아무도 들이지 말라는 분부십니다」

「검사님께 일이 있어서 왔네」

「급한 일이신가요?」

「보면 알지 않소? 내가 마차로 다시 돌아가려곤 하지 않으니 말이오. 어쨌든 그런 소린 집어치우고, 여기 명함 있어요. 이걸 주인께 갖다드려요」

「제가 갔다 올 때까지 기다리시겠습니까?」

「기다리죠. 어서 갔다 와요」

문지기는 당글라르 부인을 문밖에 세운 채, 다시 문을 닫았다.

당글라르 부인은 그리 오래 기다리지 않아도 되었다. 이내 문이 다시 열렸다. 이번에는 부인이 충분히 들어갈 수 있을 만큼 열렸다. 부인이 안으로 들어가자, 문은 다시 닫혔다.

안뜰까지 들어서자, 문지기는 잠시도 문에서 눈을 떼지 않고 주머니에서 호각을 꺼내 불었다.

빌포르 씨의 하인이 현관 계단에 나타났다.

「부인, 이 사람의 무례함을 용서해 주십시오」 하고 하인은 부인 앞으로 오며 말했다.「주인 나리의 명령을 그대로 따르다 보니 그렇게 된 겁니다. 주인께서, 하인이 그렇게 할 수밖에 없었다는 점을 말씀드리라고 하시더군요」

마당 안에는 그녀처럼 경계를 받고 들어온 상인 하나가 상품을 조사받고 있었다.

부인은 계단을 올라섰다. 부인은 자신의 슬픔을 한층 더 크게 하는 듯한, 이 집의 불행한 분위기에 마음이 섬뜩해졌다. 그리고 자기에게서 눈을 떼지 않고 안내해 주는 하인의 뒤를 따라, 검사의 서재로 들어갔다.

당글라르 부인은 여기까지 오게 된 동기에 대해서만 끊임없이 마음이 쓰였지만, 우선은 하인들의 접대가 괘씸하다는 생각이 들어 그 점부터 털어놓기 시작했다.
 그러나 빌포르는 고민에 찬 머리를 무거운 듯이 들었다. 그리고 서글픈 미소를 띠고 부인을 바라보았다. 그러한 빌포르의 모습을 보자, 부인의 불평은 대번에 사라져버렸다.
 「하인들이 그렇게까지 심하게 대한 걸 용서하십시오. 그렇다고 내가 나무랄 수도 없는 노릇입니다. 남한테 의심을 받게 된 사람은 자기 쪽에서도 남을 의심하게 된답니다」
 당글라르 부인은 빌포르가 공포에 떨고 있다는 얘기를 사교계에서 여러 번 들었다. 그러나 이렇게 자기 눈으로 직접 보기 전까지는 그게 어느 정도인지 믿어지지가 않았던 것이다.
 「그럼 당신도 불행하시군요?」 부인이 물었다.
 「그렇습니다」 빌포르가 대답했다.
 「그럼 제 일도 동정해 주시겠군요?」
 「진심으로 동정합니다」
 「제가 왜 왔는지도 아시겠네요?」
 「이번에 일어난 사건 때문에 의논하러 오신 게 아닙니까?」
 「그래요. 정말 무서운 불행이었습니다」
 「결국 일종의 재난이란 말씀이시군요」
 「재난이라고요!」 부인이 소리쳤다.
 「그렇죠!」 하고 빌포르는 평소의 그 냉정한 침착성을 잃지 않고 대답했다. 「난 도저히 돌이킬 수 없는 경우가 아니면, 불행이라고는 부르지 않습니다」
 「그럼, 세상 사람들이 그 일을 잊어버리리라고 생각하시나요?……」

「모든 것은 잊혀지는 법입니다」 빌포르가 말했다. 「따님의 결혼도 오늘은 안 된다 하더라도, 내일은 하게 되겠지요. 설령 내일도 안 될 경우엔, 일주일 후엔 되겠지요. 하지만 따님의 장래를 염려하신다는 말씀이 어째 진심에서 우러나오신 얘기 같지는 않군요」

당글라르 부인은 거의 조롱에 가까운 빌포르의 냉담한 태도에 아연해서 그를 바라보았다.

「내가 친구 집엘 찾아온 게 아닌가요?」 부인은 거북한 듯한 위엄을 빼며 물었다.

「그야 물론 친구 집에 오신 거죠」 빌포르는 이렇게 확신 있게 대답하면서도 뺨이 약간 붉어졌다.

그도 그럴 것이 긍정의 대답 뒤에는, 두 사람 사이에 지금 문제로 삼고 있는 일 말고도 또다른 사건들이 암시되어 있기 때문이었다.

「그렇다면」 하고 부인이 말했다. 「좀더 친절하게 대해 주실 수 없을까요, 빌포르 씨? 사법관이 아닌 친구로서 말이에요. 그리고 이렇게 불행하게 된 지금, 저더러 쾌활해야 된다는 말씀은 말아주세요」

빌포르는 고개를 숙여 보였다. 그리고 다음과 같이 대답했다.

「석 달 전부터 불행이라는 말을 들을 때마다 나는, 나 자신의 불행을 떠올리는 고약한 버릇이 생겼습니다. 나도 모르게 머릿속에서 쌍방의 불행을 비교해 보는 이기적인 생각을 하게 되었지요. 그래서 내 불행에 비하면, 당신의 불행은 사고로밖엔 보이지 않게 된 겁니다. 그리고 내 이 기막힌 처지에 비하면, 당신의 입장은 사뭇 부러워할 정도 같아요. 듣기가 언짢으신 것 같으니 그 얘긴 그만하지요. 무슨 말씀을 하시려고 오셨나요?」

「저」하고 부인은 말했다.「그 사기꾼의 일이 도대체 어떻게 되었나, 그걸 좀 알아보고 싶어서요」

「사기꾼이라고요!」하고 빌포르는 부인의 말을 되받았다. 「부인께선 어떤 일은 아주 가볍게 생각하시고, 또 어떤 일은 과장해서 생각하려고 하는군요. 그 안드레아 카발칸티 씨가, 아니, 사실은 베네데토가 단순한 사기꾼인 줄 아십니까? 천만에! 모르시는 말씀입니다. 그 베네데토는 그야말로 진짜 살인자지요」

「살인자라고 부르셔도 뭐라고 하진 않겠어요. 하지만 그 사람한테 엄격하게 하시면 하실수록, 저의 집안에서 입는 상처는 커집니다. 그러니 부탁이에요. 그 일은 잠시 잊어주세요. 자꾸 뒤를 쫓지 마시고, 그대로 도망가게 해주세요」

「너무 늦게 오셨군요. 벌써 명령을 내렸는 걸요」

「그럼, 만약 체포하는 날엔…… 잡을 수 있으리라고 생각하세요?」

「그러길 바라고 있습니다」

「만약 체포하는 날엔, (형무소는 언제나 대만원이란 얘길 들었지만) 그땐 형무소에 넣어주세요」

검사는 안 된다는 몸짓을 했다.

「적어도 내 딸이 결혼할 때까지만이라도요」하고 당글라르 부인이 덧붙여 말했다.

「안 됩니다, 부인. 재판에는 절차가 있는 법입니다」

「상대가 만약 저라도요?」부인은 반은 미소를 띠고 반은 심각한 기분으로 이렇게 물었다.
「누구라도 마찬가지죠. 설령 내 경우일지라도 다른 사람들의 경우와 같습니다」
「아!」하고 부인은 탄식했다. 그러나 문득 밖으로 새어나온 마음속의 동요를 또다시 말로써 덧붙일 생각은 없었다.
빌포르는 상대방의 생각을 저울질하는 눈길로 부인을 바라보았다.
「부인께서 무슨 말을 하고자 하는지 알겠습니다」하고 그는 말했다. 「세상이 수군대고 있는 무서운 소문을 생각하고 있는 거지요? 지난 석 달 전부터 내게 상복을 입게 한 죽은 사람들의 일, 그리고 기적적으로 발랑틴만은 살려준 죽음이 결코 자연스러운 것이 아니라는 거지요?」
「그런 생각은 전혀 안했는데요」부인은 당황해서 말했다.
「확실히 그 생각을 하셨을 겁니다. 그건 당연합니다. 그 생각을 안하실 수 없지요. 그리고 속으로 이렇게 생각하셨을 겁니다. 〈대답해 봐라. 남의 죄를 추적하고 있는 너는, 어째서 네 주위에서 일어난 범죄는 처벌 안하고 그대로 두었느냐〉고 말입니다」
남작 부인은 얼굴빛이 새파래졌다.
「그렇게 생각하셨죠? 그렇죠, 부인?」
「네, 실은」
「거기에 대해서 대답해 드리죠」
빌포르는 안락의자를 부인의 의자 앞으로 당겼다. 그러고는 두 손으로 책상을 짚고 어느때보다도 더 가라앉은 목소리로,「범죄가 일어났더라도, 처벌 안한 채 그냥 두는 수가 있습니다」하고 그는 말했다.「죄인이 누구인지 모르는 경우, 그리고 또는 진범을 찾는다는 것이 자칫하다가 죄 없는 사람을 해치게 될 우려가 있을 경우지요. 그러나 일단 범인이 밝혀지는 날엔, (빌포르는 책상 정면에 있는 십자가로 손을 내밀면서 말했다.) 범인이 밝혀지는 날엔……」하고 그는 되풀이해서 말했다.「하느님께 맹세코 그 범인이 누구든 간에, 반드시 죽음으로써 벌을 받게 될 것입니다. 그러니 부인, 내가 스스로 맹세하고 또 그것을 지킨다고 말했는데도 감히 그 비열한 자를 위해 용서를 청하실 수 있습니까?」

「하지만」하고 당글라르 부인은 말했다.「남들이 말하듯 그 사람이 정말 죄가 있다고 믿으시나요?」

「이게 그자의 소송 기록인데, 읽어드릴 테니 들어보십시오. 〈베네데토, 16세에 화폐 위조죄로 5년의 징역형에 처함.〉보시다시피 무서운 놈입니다. 이번에는 탈옥해서 살인까지 저질렀고요」

「도대체 어떤 인간인데 그랬을까요?」

「그야 알 수 없죠! 부랑인이니까요. 코르시카 놈이고」

「아무도 신원을 인수하려고 하지 않았나요?」

「아무도 안했죠. 부모가 누군지도 모르는 판이니까」

「그럼 루카에서 온 사람은요?」

「그자도 이 녀석과 마찬가지로 사기꾼입니다. 공모라도 한 것이겠죠」

부인은 두 손을 모았다.

「빌포르 씨!」부인은 애무하는 듯한 다정한 어조로 말했다.

「제발, 부인」하고 빌포르는 무뚝뚝하지는 않으나 엄숙한 어조로 말했다. 「죄인을 용서해 달라는 부탁은 하지 마십시오! 도대체 내가 누군 줄 아십니까? 나는 곧 법률 자체입니다. 법률에, 당신의 상냥한 음성을 들을 수 있는 귀가 있습니까? 법률에, 당신의 섬세한 기운을 짐작할 수 있는 기억이 있는 줄 아십니까? 없습니다, 부인. 법률은 명령하는 것, 그리고 일단 명령을 내린 이상 반드시 행사하는 것입니다. 당신은 내가 피도 눈물도 있는 인간이지, 법전은 아니요, 한 권의 책이 아니며 하나의 인간이라고 말씀하실 것입니다. 그러나 부인, 내 주위를 한번 둘러보십시오. 세상 사람들은 나를 형제처럼 대해 주었던가요? 나를 사랑해 준 일이 있었던가요? 나를 아껴준 일이 있었나요? 이 나를 관대하게 보아준 일은 있었던가요? 나를 위해, 어느 누가 용서를 부탁해 준 일이 있었습니까? 혹시 그런 사람이 있었다 치더라도, 과연 이 빌포르에게 용서를 베풀어준 일이 있었습니까? 천만에요! 나는 늘 맞아만 왔습니다! 당신은 세이렌(그리스 신화에 나오는 상반신은 인간이고 하반신은 새의 모습을 한 여신——옮긴이)과도 같이 아름답고도 할말이 가득한 눈길로 내 얼굴을 붉게 하고 무슨 말을 시키려 하시지만, 그것도 좋습니다! 당신이 알고 있는 과거의 일들로 인해, 나는 얼굴이 붉어지고 있습니다. 그리고 또다른 일로 인해 얼굴을 붉힐 일이 더 있겠지요. 그러나 내가 과오를 범한 이래, 그것도 남들보다 더 심한 과오를 범했을지도 모르지만, 어쨌든 그후로 나는 남의 옷을 벗겨 그 밑에 숨겨둔 상처를 찾아내려고 했고, 또 번번이 찾아내곤 했습니다. 좀더 분명히 말하자면, 나는 그들의 약점, 그리고 패덕의 흔적을 붙잡아내고는 여간 좋아하질 않았습니다. 왜냐하면 내가 죄를 찾아낸 한 사람 한 사람이, 내가 벌을 내린 한 사람 한 사람이, 곧 나만이 죄 있는 추한 인간이 아니라는 점에 대한 생생하고도 새로운 증거기 때문이지요! 아! 아! 이 세상에서는 누구나가 다 악인입니다. 그것을 증명해 보이는 거지요! 그리고 그 악당을 벌해 보자는 거예요!」

빌포르는 이 마지막 말을 할 때 심한 분노를 품고 말하였기 때문에 잔인할 정도의 웅변조마저 엿보였다.

「하지만」 하고 당글라르 부인은 마지막 힘을 기울이며 말했다. 「당신은 그 사람이 부랑자요, 고아로 세상사람들에게서 버림받은 자라고 말씀하시지 않았어요?」

「유감스럽게도, 아니, 오히려 다행이라는 편이 낫겠지요. 신의 섭리에 따라 그자를 위해서 누구 하나 우는 사람이 없도록 만드신 거니까요」

「그러면 약한 자를 더욱 못 살게 구는 격이 아니겠어요?」

「하지만 그 약한 자란 놈이, 살인을 저질렀단 말입니다!」

「그의 불명예는 곧 우리 집에까지 떨어지게 됩니다」

「내 집에는 계속 죽음이 생기는 판이 아닙니까?」

「오!」 당글라르 부인은 소리쳤다. 「다른 사람들에 대해선 정말 피도 눈물도 없으시군요! 좋아요! 나도 분명히 말씀드리겠어요. 앞으로 당신은 절대로 동정을 못 받으실 거예요!」

「좋습니다!」 빌포르는 위협하는 듯 팔을 하늘로 휘두르며 말했다.

「그자가 잡히면, 적어도 심사를 다음 재판까지만 연기해 주실 수 없을까요? 그렇게 되면 여섯 달은 걸릴 거고, 그동안에 세상도 그 일을 잊어버릴 테니까요」

「안 되겠는데요」 빌포르가 말했다. 「내겐 닷새가 있을 뿐입니다. 조사도 끝났습니다. 닷새면 내겐 충분합니다. 그리고 부인, 잊으셨나요? 나 자신도 잊고 싶다는 것을! 그래요, 그래서 난 한번 일을 시작하면 밤낮을 가리지 않고 합니다. 일을 할 때만은 지난 일을 잊어버릴 수 있으니까요. 그리고 지난 일이 되살아나지만 않는다면, 나는 죽은 사람처럼 행복해집니다. 그것만 해도, 마음의 고통을 받는 것보다는 낫지 않겠습니까?」

「그 사람은 도망쳤어요. 그대로 도망가게 내버려두세요. 모르는 체하는 관용쯤은 바랄 수도 있잖아요?」

「글쎄 너무 늦었다고 하지 않았어요? 오늘 새벽에 신호가 나갔으니, 어쩌면 지금쯤은……」

그때 하인이 방으로 들어왔다. 「나리. 용기병이 내무 대신의 편지를 가지고 왔는뎁쇼」

빌포르는 편지를 받아들고선 급히 뜯었다. 당글라르 부인은 몸을 오들오들 떨고 있었다. 빌포르는 너무 좋아서 펄쩍 뛰었다.

「잡혔어!」 빌포르가 소리쳤다. 「콩피에뉴에서 잡혔대요. 이제 만사는 끝난 겁니다」

얼굴이 새파래진 당글라르 부인은 싸늘한 태도로 일어섰다.

「안녕히 계세요」 하고 부인은 말했다.

「안녕히 가십시오」 빌포르는 부인을 문 앞까지 배웅하며 사뭇 즐거운 듯이 말했다.

그러고는 다시 서재로 돌아와서,

「자」 하고, 오른쪽 손등으로 편지를 두드리며 중얼거렸다. 「위조 지폐범 하나에 절도범이 셋, 방화범 셋이군. 살인범만 못 잡았었는데 그것도 이젠 손에 들어왔으니 이번 공판은 근사하겠군」

유령

　검사가 당글라르 부인에게도 말한 것과는 달리 발랑틴은 전혀 회복되지 않았다.
　몹시 지쳐 있던 발랑틴은 아직 침대에 누워 있었다. 그래서 지금까지 일어난 일들, 즉 외제니의 가출이라든가 안드레아 카발칸티, 정확히 말하면 베네데토의 체포라든가, 또 그놈이 살인 혐의로 기소된 사실들을 자기 방에서 빌포르 부인의 입을 통해 들어서 알 뿐이었다.
　그러나 너무나 쇠약해 있던 발랑틴은, 그런 소리를 듣고도 평소 건강할 때 받은 것처럼 마음의 충격은 받지 않았다.
　그것은 다만 병든 그녀의 머리에 늘 떠오르거나, 항상 눈앞으로 스쳐 지나가는 기괴한 생각이나, 분명치 않은 환영이 뒤섞여 막연한 생각과 함께 불분명한 형태로서 나타날 뿐이었다.

그러다가는 이내 그 모든 것이 사라져버리고, 그뒤로는 그녀 자신의 감각만이 다시 기운을 회복할 뿐이었다.

그런 중에도 낮 동안은 누아르티에 노인이 있어서 명징한 기분으로 있을 수 있었다. 노인은 손녀의 방까지 자기 몸을 옮기도록 해서는 하루 종일 어버이 같은 눈으로 발랑틴을 지켜보아 주었다. 그러다가 빌포르가 재판소에서 돌아오면, 아버지와 딸 사이에 자리를 잡고 한두 시간씩은 늘 함께해 주었다.

여섯시가 되면 빌포르는 자기의 서재로 돌아간다. 여덟시엔 다브리니 씨가 발랑틴을 위해 조제한 밤의 물약을 손수 가져온다. 그러고 나면 누아르티에 노인은 다시 자기 방으로 실려간다.

그후로는 의사가 직접 뽑은 간호사가 일체를 맡았다가 열시나 열한시쯤 발랑틴이 잠든 것을 보고야 돌아갔다.

간호사는 아래층으로 내려갈 때 발랑틴의 방 열쇠를 빌포르 씨에게 직접 맡기고 간다. 그 이후로는 빌포르 부인의 방과 에두아르의 방을 지나지 않고서는 환자의 방으로 들어갈 수 없게 되어 있었다.

막시밀리앙 모렐은 매일 아침 누아르티에 노인에게 발랑틴의 안부를 물으러 왔다. 그런데 이상하게도 그의 불안감은 나날이 약해져 가는 것 같았다.

우선 발랑틴이 처음에 보였던 심한 신경성 홍분 속에서 허덕이긴 하면서도 하루하루 병세가 나아지고 있었기 때문이다. 게다가 몬테크리스토 백작도, 그가 처음으로 백작을 찾아갔을 때 만약 발랑틴이 두 시간 내에 죽지 않으면 살아날 것이라고 말하지 않았던가?

그런데 발랑틴은 아직 살아 있었다. 그리고 벌써 나흘이 지나갔다.

금방 말한 신경성 흥분은, 발랑틴이 자고 있는 동안에도 계속 일어나고 있었다. 차라리 잠에서 깨어 있을 때부터 막 잠이 들려고 하는 반수면 상태일 때도 발랑틴을 쫓고 있었다고 말하는 편이 옳을 것이다. 그럴 때면 조용한 어둠 속에서 벽난로 위에 놓인 석고로 된 램프 갓으로부터 나오는 어스름한 불빛 속에서, 발랑틴의 눈에는 환자들의 방을 찾아들어 오한에 바르르 몸을 떨고 있는 유령들의 무리가 보이는 것이었다.

발랑틴의 눈에는 어떤 때는 계모가 자기를 위협해 오는 것 같기도 하고, 때로는 모렐이 자기에게 팔을 벌리고 있는 것처럼 보이는 것 같기도 하고, 또 어떤 때는 자기의 일상 생활과는 거의 상관이 없는 인물들이, 이를테면 몬테크리스토 백작 같은 사람이 보이는 것 같기도 했다. 그렇게 열에 들떠 있을 때는 가구들까지도 다 움직이며 방황하는 것처럼 생각되었다. 그리고 그런 상태가 새벽 두시, 세시까지 계속됐다. 그리고 그때서야 비로소 깊은 잠이 와서 아침까지 소녀를 재워주곤 했다.

발랑틴이 외제니의 실종과 베네데토의 체포 소식을 들은 날 밤에 그 사건들이 잠시 그녀의 감각 속에 뒤얽혔으나, 이윽고 빌포르와 다브리니, 그리고 누아르티에 노인이 차례차례로 돌아가자 차츰 그러한 사건들도 머릿속에서 사라지고 있었다. 생 필립 뒤 룰 사원에서는 열한시를 알리는 종이 울려오고 있었고, 간호사는 의사가 지어준 물약을 환자의 손이 닿는 자리에 놓고 방문을 잠근 후 부엌으로 내려갔다. 발랑틴이 몸을 떨면서 지난 삼 개월째 매일 밤 하인들이 수군거려 온 불길한 얘기들을 하나하나 다시 생각해 내고 있을 때였다. 그때 단단히 잠가놓은 방안에서 예기치 않은 일이 일어나고 있었다.

간호사가 방을 나간 지도 벌써 십 분이 지났을 즈음, 매일 밤 찾아드는 오한 때문에 벌써 한 시간 전부터 몸을 떨고 있던 발랑틴은 자기 의지대로 되지 않는 두뇌가 활발하게, 단조로우면서도 끈덕지게 활동하는 대로 내맡기고 있을 뿐이었다. 머릿속에서는 끊임없이 같은 생각과 같은 환상만을 되풀이하고 있었다.

야간용 램프의 심지는 기묘한 의미를 지닌 무수한 빛살을 뿜어내고 있었다. 그때 갑자기 발랑틴은 램프의 떨리는 불빛에 비친, 벽난로 옆의 움푹 들어간 벽에 놓인 책장이 소리 없이 가만히 열리는 것을 본 것 같았다.

다른 때 같았으면 발랑틴은 벨을 잡고 그 비단 끈을 잡아당기며 사람 살리라고 소리쳤을 것이다. 그러나 그 당시의 그녀의 기분으로는 별로 놀랍지가 않았다. 발랑틴은 주위에 떠오르는 갖가지 환영이 모두 열에 들떠서 그렇게 보이는 것이라고 생각했기 때문이다. 그도 그럴 것이, 이튿날 아침만 되면 밤사이에 나타나던 유령들은 새벽과 함께 사라져버리고 아무 흔적도 남기지 않기 때문이다.

그런 생각을 하고 있는데 문 뒤에서 사람 얼굴이 하나 나타났다.

발랑틴은 열 때문에 보이는 그런 유령들에는 익숙해 있었기 때문에 별로 놀라지도 않았다. 그러나 그 얼굴이 혹시 막시밀리앙이었으면 하고 눈을 크게 떠보았다.

그 얼굴은 계속 발랑틴의 침대를 향해 다가오다가 갑자기 우뚝 멈춰 서더니, 주의 깊게 귀를 기울이는 것 같았다.

그 순간, 야간용 램프의 빛이 밤에 찾아온 방문객의 얼굴을 비추었다.

「그이가 아니구나!」 하고 발랑틴은 중얼거렸다. 그러고선 자기는 지금 꿈을 꾸고 있다고 생각했고, 그 남자가 늘 꿈속에서 그랬듯이 자취를 감추어주든가, 아니면 다른 사람으로 바뀌기를 기다리고 있었다.

발랑틴은 맥을 짚어보았다. 맥이 심하게 뛰는 것을 느낀 그녀는 이러한 끈덕진 환영들을 없애버리는 데 제일 좋은 방법은 물약을 마시는 것이라는 생각이 났다. 산뜻한 감각의 물약은 발랑틴이 의사에게 말한 바 있는 흥분을 진정시키기 위해 조제된 것으로, 열을 내리게 하는 동시에 머리를 식히는 약이었다. 그 약을 일단 마시면 잠시 동안만이라도 고통이 덜어지는 것이었다.

발랑틴은 탁자 위에 놓인 컵을 집으려고 손을 뻗었다. 그러나 떨리는 팔을 침대 밑으로 떨어뜨리고 말았고, 유령은 어느 때보다도 더 뚜렷한 모습으로 침대 쪽으로 두어 걸음 가까이 다가섰다. 숨소리가 들리더니 손을 꽉 쥔 것이 느껴질 정도로 발랑틴의 곁에 바싹 다가섰다. 이번에야말로 환영이라기보다는 현실이라는 점이 발랑틴이 여태까지 경험하던 것 이상으로 분명히 느껴졌다. 발랑틴은 자기가 잠든 것이 아니고, 정신이 말짱하다는 것을 깨닫기 시작했다. 그녀는 자신의 이성이 분명히 살아 움직이고 있는 걸 의식했다. 그러자 몸이 오싹해 왔다.

발랑틴이 자기 팔이 꽉 잡혔다고 느낀 것은, 상대방이 그녀의 팔을 움직이지 못하게 눌렀기 때문이었다.

발랑틴은 팔을 천천히 안으로 끌어들였다.

그러자 발랑틴이 아무리 피하려고 해도 자기를 지켜보고 있던 그 얼굴이 뚜렷해지면서, 자신을 위협한다기보다는 차라리 보호하는 듯했다. 그 얼굴은 컵을 램프 옆으로 가져다가 물약이 투명하고 맑은지 조사해 보려는 듯 뚫어지게 들여다보고 있었다.

그러나 이 첫번째 검사만으로는 불충분한 것 같았다.

그 사람, 아니 유령은 (왜냐하면 걸음걸이가 너무나도 조용해서 카펫 위에 발소리 하나 나지 않았다) 컵에서 물약 한 스푼을 떠서 맛을 보았다. 발랑틴은 얼떨결에 눈앞에 일어나고 있는 일들을 지켜보고만 있었다.

발랑틴은 이 광경도 이내 사라지고 또다른 광경이 나타나려니 하고 생각하고 있었다. 그러나 그 사나이는 환영처럼 사라져버리기는커녕 발랑틴 곁으로 다가와서 컵을 내밀며 감동으로 떨리는 듯한 목소리로,

「자, 이걸 마셔요!……」 하고 말했다.

발랑틴은 몸을 바르르 떨었다.

환영이 이처럼 생생한 목소리로 말을 걸어온 것은 이번이 처음이었기 때문이다.

발랑틴은 소리를 지르려고 입을 열었다.

그러나 사나이는 발랑틴의 입술에 손가락을 대었다.

「아! 몬테크리스토 백작!」 하고 발랑틴은 중얼거렸다.

발랑틴의 눈에 어린 공포의 빛, 손의 떨림, 그리고 급히 이불 밑으로 숨어들어 가려는 동작에는 명백한 사실을 의심해 보려는 자의 마지막 노력이 엿보였다. 그러나 백작이 이 시간에, 그것도 벽을 통해서 이처럼 이상하게, 도저히 설명할 수

없는 꿈같은 방법으로 발랑틴의 방에 나타났다는 사실은, 약해진 그녀의 이성으로는 도무지 믿어지지 않는 일이었다.
「사람을 부르지 마시오. 그리고 겁내지도 마시오」하고 백작은 말했다.「마음 한구석에서 잠깐이라도 의심하거나 불안한 생각 같은 건 하지 마십시오. 지금 당신 앞에 서 있는 인간은, (그래요, 당신 생각이 옳아요. 이번만은 환상이 아니니까요) 당신이 짐작 못할 정도로 가장 다정한 어버이요, 당신의 가장 친한 친구입니다」
발랑틴은 무어라고 대답해야 할지 몰랐다. 이처럼 자기에게 얘기를 걸어오고, 살아 있는 인간처럼 말하는 목소리가 무서워서 말대꾸하기가 두려웠다. 그러나 공포에 찬 그녀의 눈은 이렇게 말하고 있었다.〈그렇게 순수한 감정을 가지고 계시다면, 여긴 왜 들어오셨어요?〉하고.
백작의 그 명민한 눈은 소녀의 마음속에서 일어나고 있는 생각을 이내 알아챌 수 있었다.
「내 얘길 들어보세요」하고 그는 말했다.「아니, 그보다는 나를 자세히 보세요. 보통때보다는 더 충혈된 내 눈과 창백한 내 얼굴빛을 좀 보세요. 나흘째 한잠도 눈을 붙이지 못했어요. 지난 나흘 동안 나는 계속 당신을 지켜왔습니다. 우리들의 친구 막시밀리앙을 위해 항상 당신을 보호하고, 당신을 지키기 위해서였답니다」
환자의 뺨이 기쁨으로 확 달아올랐다. 방금 백작의 입에서 나온 막시밀리앙이라는 이름이, 지금까지 그녀가 품고 있던 의혹심을 대번에 앗아갔기 때문이다.
「막시밀리앙……」하고 발랑틴은 되뇌었다. 그녀로선 그 이름을 입에 담는 것이 그처럼 즐거웠던 것이다.

「막시밀리앙! 그럼, 그이가 모든 얘길 다 고백했나요!」

「네, 모두 다 했지요. 당신의 목숨은 곧 자기 목숨과 같다고 말하더군요. 그래서 내가 당신을 살려내겠다고 약속했죠」

「날 살리겠다고 약속하셨다고요?」

「그렇소」

「아, 그래서 저를 지켜주고 보호해 주셨군요! 그럼, 당신은 의사였던가요?」

「그렇소. 지금 당장은 하느님께서 당신에게 보내주신 가장 좋은 의사입니다」

「밤을 새우며 지켜주셨다고요?」 발랑틴은 근심스러운 듯이 물었다.「어디 계셨는데요? 전 전혀 못 보았어요」

백작은 책장 쪽을 가리켰다.

「저 문 뒤에 숨어 있었습니다. 저 문은, 지금 내가 세를 들고 있는 옆집으로 통하지요」하고 백작은 대답했다.

발랑틴은 정숙한 여자다운 품위를 엿보이며 눈을 돌려보았다. 그러더니 몹시 두려운 듯이,

「백작님」하고 입을 열었다.「그건 어리석은 짓이라고 생각합니다. 오히려 그렇게 보호하는 것은 저를 모욕하는 것 같은데요」

「발랑틴 양」하고 백작은 말했다.「며칠씩 밤을 새우면서 난 이런 사실들을 보았습니다. 즉, 어떤 사람들이 당신의 방을 드나들며, 어떤 식사가 준비되고 어떤 음료가 들어오는지 보았지요. 그리고 그 음료가 아무래도 이상하게 생각될 때는, 지금 들어오듯이 가만히 방안으로 들어와 컵 속의 물을 따라내고,

그 속에 담긴 독약 대신 보약이 될 음료수를 넣어두곤 했습니다. 그 약은 당신을 죽이기 위해 준비된 물약이 아니라 당신의 혈관에 생기를 돌게 하는 약이었지요.」

「독약이라고요? 죽이다니요!」 발랑틴은 이 현상도 역시 열에서 오는 환각 증세라고 생각하며 소리를 질렀다. 「그게 무슨 말씀이세요?」

「쉿!」 백작은 또 한번, 발랑틴의 입술에 손가락을 갖다 대며 말했다. 「독약이라고 말했소. 그래요, 누군가 당신을 죽이려 했단 말이오. 우선 이걸 마셔요. (백작은 주머니에서 빨간 액체가 든 약병을 꺼내, 그 약을 컵에 몇 방울 따랐다) 이걸 마시고, 오늘밤엔 아무것도 다른 건 마시지 말아요.」

발랑틴은 손을 내밀었다. 그러나 손이 컵에 닿자마자 무서운 듯이 얼른 손을 다시 움츠렸다.

백작은 컵을 들어 반은 자기가 마시고는, 발랑틴에게 다시 내밀었다. 발랑틴은 미소를 띠며 나머지 반을 마셨다.

「오! 그래요」 하고 소녀는 말했다. 「매일 밤 내가 마시던 그 맛이에요. 이걸 마시면 가슴이 시원해지고, 머리가 가라앉곤 했어요. 감사합니다」

「발랑틴 양, 당신은 이렇게 해서 나흘이나 살았던 거요」 하고 백작은 말했다. 「그런데 그동안 어떻게 살았는지 아시오? 오! 당신 때문에 얼마나 괴로운 시간을 보냈는지 아시오! 당신의 컵 속에 독약이 든 걸 알았을 때, 그 약을 벽난로 속에 버리기 전에 혹시 당신이 그걸 그대로 마셔버릴까 봐 얼마나 불안했었는지 아시오?」

「그럼」 하고 발랑틴은 겁에 질려 말했다. 「내 컵 속에 사람을 죽이는 독약이 들어가는 걸 보셨기 때문에 그처럼 불안해하셨단 말씀인가요? 내 컵 속에 독이 들어가는 걸 보셨다니, 그 독을 넣는 사람도 보셨겠네요?」

「보았소」

발랑틴은 벌떡 일어나 앉았다. 그리고 눈보다도 더 창백한, 가슴 위에 수놓인 삼베 속옷을 여미었다. 그 옷은 열에 들떴을 때 흘린 땀과 지금은 공포로 인해 얼음처럼 차가운 땀으로 촉촉하게 젖어 있었다.

「보셨다고요?」 발랑틴은 다그쳐 물었다.

「보았소」 백작은 또 한번 대답했다.

「정말 무서운 얘기로군요. 그 말씀이 사실이라면, 너무나 끔찍해요. 아니, 내 아버지의 집에서! 그리고 내 방에서! 이렇게 몸이 괴로운 나를 독살까지 하려고 하다니! 오, 저리 가세요! 나를 시험해 보시려는 거지요! 하느님의 뜻을 모독하지 마세요! 안 됩니다. 그럴 수는 없어요」

「그럼, 그 손에 당한 사람이 당신이 처음인 줄 아시오? 당신은 주위에서 생메랑 후작과 그 부인, 그리고 바루아가 쓰러지는 것을 못 보았단 말이오? 누아르티에 노인만 하더라도 삼 년째 계속 받아온 치료 때문에 독을 억제할 수 있었으니 망정이지, 그렇지 않았더라면 그분 역시 죽음을 당했으리라고 생각지 않으시오?」

「오!」 하고 발랑틴은 말했다. 「그래서 할아버지께선, 한 달 전부터 제게 억지로 할아버지의 약을 조금씩 먹이셨군요」

「그 약에서 반쯤 말린 오렌지 껍질 같은 쓴 맛이 나지 않았습니까?」 백작은 큰소리로 말했다.

「그래요, 정말 그래요!」
「이젠 알겠습니다」 백작이 말했다. 「할아버지께서도 여기서 독살이 행해지고 있다는 것과 또 그게 누구의 짓인지도 알고 계신 거요. 그래서 할아버지께선 사랑하시는 손녀를 독약으로부터 방어하려고 면역성을 기르게 하셨던 겁니다. 그래서 그렇게 해서 생긴 면역성 때문에, 독약도 효력을 발생하지 못한 거요. 이제야 그 이유를 알게 되었군요. 사실 나로서도 납득하지 못했던 것은, 보통 사람 같으면 틀림없이 죽었을 그 약을 먹고도 당신은 사흘이 지나도록 견뎠다는 사실입니다」
「도대체 그 살인자가 누구란 말이에요?」
「이번엔 내가 당신에게 묻겠는데, 밤에 이 방에 누가 들어오는 걸 본 일이 없었소?」
「봤어요. 저는 종종 유령 같은 것들이 나타나서, 가까이 왔다가는 멀어져서 아주 사라져버리는 걸 본 것 같아요. 하지만 열 때문에 그런 환영이 보이는 줄로 알고 있었죠. 조금 아까 백작께서 들어오셨을 때도 저는 한참 동안이나, 제가 열에 들떠 있거나 꿈을 꾸고 있는 줄로 생각했었으니까요」
「그럼 당신은 당신의 목숨을 누가 빼앗아가려 했는지 모른단 말이오?」
「모르겠어요」 하고 발랑틴은 대답했다. 「제가 죽길 바랄 사람이 누구였을까요?」
「곧 알게 될 거요」 하고 백작은 귀를 기울이며 말했다.
「그걸 어떻게요?」 발랑틴은 무서운 듯이 주위를 둘러보며 물었다.
「오늘밤은 열도 없으니 정신이 희미해지지는 않을 것이

고, 또 오늘밤은 깨어 있으니 말이오. 지금이 밤 열두시니까 살인자들이 나타날 시각이죠」

「오! 오!」 발랑틴은 이마에 흐르는 구슬땀을 닦으며 말했다.

과연 자정을 알리는 종소리가 천천히 구슬프게 울려오고 있었다. 그 청동의 망치 소리 하나하나가 마치 발랑틴의 심장을 치는 것 같았다.

「발랑틴 양」 하고 백작은 말을 이었다. 「있는 힘을 다 내야 하오. 마음을 단단히 먹고, 목소리를 밖으로 내지 말고 자는 체하고 있어요. 그러면 알게 될 거요」

발랑틴은 백작의 손을 잡았다.

「무슨 소리가 난 것 같아요」 하고 그녀는 말했다.

「자, 어서 가보세요!」

「그럼, 안녕! 아니, 곧 다시 만납시다!」 하고 백작이 대답했다.

그러고 나서 쓸쓸하면서도 다정한 미소를 지어 보이고는, 발끝으로 서가의 문까지 조용히 걸어갔다. 발랑틴은 백작의 미소를 보자 고마운 마음이 와락 솟았다.

그러나 문을 닫기 전에 다시 한번 돌아다보며, 「절대로 움직이지 않도록. 입도 열지 말고 자고 있는 것처럼 보이란 말이오. 안 그러면 내가 달려나가기 전에 당신은 죽을지도 모르니까」

이런 무서운 명령을 한 다음에 백작은 문 뒤로 숨어버렸다. 이어서 백작 뒤로 문이 조용히 닫혔다.

로쿠스타

　발랑틴은 혼자 남게 되었다. 생필립 뒤 룰 사원의 종소리에 이어 두 곳의 시계가 각기 다른 방향에서 또 자정을 울렸다.
　그 다음엔 멀리서 들려오는 몇 대의 마차 소리 말고는 주위는 죽은 듯이 조용했다.
　그때 발랑틴은 온몸의 신경을 벽 시계에 쏟고 있었다. 시계추가 일 초 일 초를 스쳐가고 있었다.
　발랑틴은 일 초 일 초를 세기 시작했다. 그리고 그 소리가 심장의 고동 소리보다 두 배는 느리게 뛰고 있다는 것을 깨달았다. 그러면서도 발랑틴은 계속 의심이 가시지 않았다. 남을 해칠 줄 모르는 발랑틴에게는, 누군가가 자기의 죽음을 바라고 있다는 것이 상상이 되지 않았다. 도대체 왜? 무슨 목적으로? 자기가 적까지 만들었다니, 무슨 나쁜 짓을 했었던가? 발랑틴은 곰곰 생각해 보았다.

발랑틴은 잠을 잘 수가 없었다.

그녀의 머리는 단 한 가지 생각, 무시무시한 생각 한 가지로 긴장되어 있었다. 그것은 이 세상에서 누군가 한 사람이 자기를 죽이려 했었고, 또 지금도 죽이려고 시도하고 있다는 생각이었다.

만약 그 인물이, 독의 효력을 계속 보지 못한 데 지쳐 이번에는 백작 말대로 칼이라도 들이댄다면, 그런데 만약 백작이 미처 달려오질 못한다면! 만약 이것이 생의 종말이라면! 막시밀리앙을 두 번 다시 못 보게 된다면?

이렇게 생각하여 얼굴이 창백해지고 식은땀이 좍 흐르는 발랑틴은 초인종 끈을 흔들어 사람을 부르려고 했다.

그러나 발랑틴에게는 서가 뒤에서 백작의 눈이 빛나는 것이 보이는 것만 같았다. 그 눈이 생생하게 떠오르면서 그 눈빛을 생각한 발랑틴은 혹시 그로 말미암아 지금까지 애쓴 백작의 친절한 노력이 수포로 돌아갈지도 모른다고 생각하자, 문득 부끄러운 생각이 확 들었다.

이십 분, 말할 수 없이 긴 이십 분이 지나갔다. 그리고 또 십 분이 지나갔다. 이윽고 벽 시계가 일 초 전부터 삐걱 소리를 내며 한시를 땡 쳤다.

바로 그때 서가의 나무판을, 들릴 듯 말 듯 가만히 손톱으로 긁는 소리가 났다. 발랑틴에겐 그 소리가, 백작이 지켜보고 있으니 자지 말라는 신호로 여겨졌다.

과연 반대쪽, 그러니까 에두아르의 방 쪽에서 마룻바닥이 삐걱거리는 소리가 나는 것 같았다. 발랑틴은 숨을 죽이며 귀를 기울였다. 자물쇠의 손잡이가 돌아가는 소리가 났다. 그러더니 문이 삐걱 열렸다.
 팔을 괴고 몸을 일으키고 있던 발랑틴은 이불을 덮고 다시 누워, 팔로 눈을 가렸다.
 그러고는 오돌오돌 떨면서 가슴을 두근거리고는 형언할 수 없는 두려움에 가슴을 졸이며 기다렸다.
 누군가가 침대 곁으로 와서 커튼을 스쳤다.
 발랑틴은 있는 힘을 다해 조용히 자는 듯이, 규칙적으로 숨을 쌕쌕 쉬고 있었다.
「발랑틴!」낮은 목소리가 들려왔다.
 소녀는 가슴속까지 떨려왔으나 아무 대답도 하지 않았다.
「발랑틴!」하고 같은 목소리가 또 한번 불렀다.
 역시 대답을 하지 않았다. 발랑틴은 깨어나지 않기로 약속했으니까.
 이윽고 아무런 움직임도 보이지 않았다.
 다만 발랑틴의 귀에는, 아까 비우고 난 컵 속에 물약을 붓는 소리만이 간신히 들렸을 뿐이다.
 그러자 발랑틴은 용기를 내어 팔 밑으로 실눈을 떠보았다.
 발랑틴의 눈에는 흰 실내복을 입은 여인이 병 속에 들어 있던 액체를 컵에 따르는 것이 보였다.
 그 순간 발랑틴은 아마도 숨을 멈추었거나, 아니면 잠깐 몸을 움직인 것 같았다. 왜냐하면 그 여인이 돌연 동작을 멈추더니, 발랑틴이 정말 자고 있는가를 자세히 보려고 침대 위를 굽어보았기 때문이다. 그 여인은 다름 아닌 빌포르 부인이었다.
 계모라는 것을 알아본 발랑틴은 몸이 오싹해졌다. 그리고 그 때문에 침대가 약간 움직였다.

빌포르 부인은 얼른 벽으로 가서 몸을 착 붙였다. 그리고 침대 커튼 뒤에 숨어 가만히, 주의 깊게 발랑틴의 거동 하나하나를 살펴보았다.

발랑틴은 백작의 그 무서운 말이 떠올랐다. 발랑틴에게는 병을 들지 않은 부인의 손에 길고 가는 단도가 번뜩이는 것 같은 생각이 들었다. 그러자 발랑틴은 모든 의지를 다 기울여 다시 눈을 감으려 애썼다. 그러나 우리의 감각 중에서도 가장 단순한 그 작용도 지금은 거의 불가능하였다. 강한 호기심은 어디까지나 눈을 감지 못하게 하고, 진실을 알아내려고만 애썼기 때문이다. 그러는 사이에 발랑틴의 숨소리가 다시 규칙적으로 들려오기 시작했다. 깊이 잠이 들었다고 생각한 빌포르 부인은, 다시 팔을 뻗어 침대 머리 맡으로 몰린 커튼 뒤에 반쯤 몸을 숨기고 발랑틴의 컵에다 병에 든 액체를 마저 따라놓았다.

그리고 나서 소리 하나 내지 않고 나가버렸다.

발랑틴은 계모가 나가는지조차 깨닫지 못할 정도였다.

발랑틴은 부인의 팔이 사라진 것을 보았을 뿐이었다. 그 팔은 스물다섯 살의 젊고 아름다운 여인의 팔이었으며, 죽음의 액체를 따라놓은 팔이었다.

빌포르 부인이 방안에 있던 일 분 삼십 초 동안, 발랑틴의 느낌이 어떠했는지는 이루 설명할 수 없다.

책장의 나무판을 긁는 손톱 소리에, 발랑틴은 마비 상태와도 같은 실신 상태에서 문득 정신이 들었다.

발랑틴은 깜짝 놀라 고개를 들었다.

문이 여전히 소리 없이 열리면서, 이번에는 몬테크리스토 백작이 나타났다.

「어떻소!」하고 백작이 물었다. 「그래도 못 믿겠소?」

「오!」하고 발랑틴은 중얼거렸다.

「보았지요?」

「불행히도!」

「이젠 확실히 알겠죠?」

발랑틴은 신음 소리를 내었다.

「네」하고 그녀는 대답했다. 「하지만 아직도 믿어지지가 않아요」

「그럼, 죽는 편이 낫다고 생각하시오? 그리고 막시밀리앙도 죽게 하고……」

「오! 오!」발랑틴은 거의 정신 나간 사람처럼 되뇌었다. 「이 집을 떠날 수는 없을까요? 여기서 도망 가면 안 될까요?」

「발랑틴 양, 당신을 뒤쫓고 있는 손은 어디든지 따라가서, 당신을 붙잡고 말 것이오. 돈으로 당신의 하인들을 매수할 수도 있어요. 그래서 죽음은 별의별 형태로 당신을 따라다닐 거요. 샘에서 떠먹는 물에도, 나무에서 따먹는 과일에까지도」

「하지만 할아버지가 미리 주의를 주셨기 때문에, 독약에는 면역이 되어 있다고 그러셨잖아요?」

「한 가지 독, 그것도 다량이 아닌 경우엔 그렇죠. 하지만 독약을 바꿀 수도 있고, 양을 늘릴 수도 있지요」

그는 컵을 들어, 그 속에 입술을 담가보았다.

「이것 보세요」하고 그는 말했다. 「그들은 벌써 시도하고 있어요. 이젠 용담독으로 죽이려 들지 않고, 이건 단순한 나르코틴이로군요. 난 나르코틴을 용해시킨 알코올의 맛을 알고 있어요. 만약 빌포르 부인이 따라놓고 간 이 물을 마셨더라면, 당신은 죽었을 거요」

「하지만」 하고 발랑틴은 물었다. 「무엇 때문에 그토록 내 목숨을 노리고 있을까요?」

「뭐라고요? 그처럼 착하고 선량한 당신은 당신을 해치려는 재앙을 전혀 모르고 있단 말이오?」

「몰라요」 하고 소녀는 대답했다. 「전 계모에게 한번도 나쁘게 대하지는 않았어요」

「하지만 발랑틴 양, 당신은 부자요. 당신에겐 20만 프랑이란 연금이 있소. 그들은 20만 프랑의 연금을 새어머니의 아들에게서 당신이 빼앗은 거라고 생각하고 있어요」

「뭐라고요? 제 재산은 그분 것이 아니에요. 그 돈은 외조부모한테서 물려받은 거지요」

「그건 그렇죠. 바로 그 때문에 생메랑 후작 부처께서 돌아가신 겁니다. 다시 말하면, 그분들의 유산을 당신에게 상속시키려고 그런 거지요. 누아르티에 노인께서 당신을 상속인으로 정한 그날부터, 그 노인에게 마수를 뻗은 것도 바로 그 때문이고요. 이렇게 해서 이번에는 당신이 죽을 차례가 된 겁니다. 아버지께서 누아르티에 씨의 재산을 상속하게 되면, 당신의 동생은 외아들이니 아버지의 재산을 물려받게 되는 거죠」

「그럼 에두아르, 그애 때문에, 이런 범죄들이 일어난 건가요?」

「아! 이제야 아는 것 같군요」

「오! 제발 그애에게는 죄의 보복이 내려지질 않아야 할 텐데!」

「발랑틴 양! 당신은 천사 같은 사람이오」
「하지만 할아버질 죽이는 건, 이제 단념했겠죠?」
「그럴 거요. 에두아르가 상속 자격이 없지 않는 한, 당신만 죽이면 재산은 자연히 에두아르에게 가리라고 생각했을 테니까요. 그리고 죄를 범해 봤자 아무 소용이 없게 된다면 이중의 위험을 초래하게 되리라고 생각했기 때문이죠」
「하지만 그러한 생각들이 여자 혼자의 마음속에서 생겼을까요?」
「페루자에서의 일, 또 여관에서의 일, 어머니께서 아쿠아 토파나의 일을 묻던 일, 그리고 갈색 망토의 사나이를 생각해 보세요. 그렇습니다. 그때부터 벌써 이 무서운 계획은 자라나고 있었던 겁니다」
「오!」 눈물을 흘리며 발랑틴이 말했다.「그러고 보니 나를 죽이려던 걸 알 것 같아요」
「걱정 말아요, 발랑틴 양. 난 이 음모의 전모를 미리부터 다 알아놓았으니, 걱정 말아요. 일단 이쪽에서 그걸 알고 있는 이상, 우리가 이기는 거요. 살 수 있어요. 발랑틴 양, 당신은 사랑하고 사랑받기 위해서 사는 겁니다. 자신도 행복하게 되고, 또 고귀한 한 사람을 행복하게 해주기 위해서 사는 겁니다. 만약 살고 싶다면 나를 굳게 믿어주지 않으면 안 돼요」
「말씀만 하세요, 시키는 대로 할 테니까요」
「내가 하라는 대로만 하면 됩니다」
「오! 하느님은 다 알고 계십니다」 하고 발랑틴은 말했다.「만약 저 혼자 남게 된다면, 차라리 죽는 편이 나을 거예요!」
「우선 아무도 믿지 마시오, 아버지까지도」

「아버지는 이 무서운 계획을 모르고 계시죠?」하고 발랑틴은 두 손을 모으며 물었다.

「모릅니다. 하지만 늘 기소된 범죄를 맡아보시던 아버지니까, 댁에서 일어나는 불행이 결코 자연적인 것이 아니라는 것만은 눈치 채고 계실 거요. 그분이야말로 당신을 지키고, 지금 이 시간에도 내가 하고 있는 일을 맡으셨어야 할 분입니다. 아버지야말로 당신의 컵 속에 든 독을 버리고 암살자를 잡아냈어야 할 분입니다. 유령 대 유령으로 말이오」하고 그는 이 마지막 말에다 힘을 주며 중얼거렸다.

「저는」하고 발랑틴은 말했다. 「어떻게든지 살아보겠어요. 이 세상에는, 제가 죽으면 따라 죽을 정도로 저를 사랑하는 분이 두 분 있으니까요. 할아버지와 막시밀리앙이……」

「당신에게 하듯이 그분들도 잘 보살펴드리겠소」

「그럼, 전 모든 일을 백작님께 맡기겠어요」그러고 나서 다시 낮은 목소리로, 「오, 오! 앞으로 어떻게 될까?」하고 말했다.

「무슨 일이 일어나건, 결코 무서워할 건 없소. 아무리 괴롭더라도, 눈도 보이지 않고, 귀도 들리지 않고, 수족의 감각이 없어지더라도 염려하지 마오. 혹시 어딘지 모를 이상한 곳에서 잠에서 깨어난다 하더라도, 무서워 말 것 설령 눈을 뜬 데가 무덤 속이거나 관속이라도 말이오. 얼른 정신 차리고 이렇게 생각하란 말이오. 〈지금 한 사람의 친구이자, 아버지가, 나와 막시밀리앙의 행복을 바라는 한 사람이, 나를 지켜주고 있다〉고」

「오, 오! 너무나 무서워요!」

「발랑틴 양, 그럼 계모를 고소하는 편이 좋을 것 같소?」

「그럴 바엔 제가 죽는 게 낫겠어요! 네, 차라리 죽어버리는 게 낫겠지요」

「안 돼요. 죽으면 안 돼요. 무슨 일이 생기든 슬퍼하지 않고, 희망을 갖겠다고 약속해 줘요」

「막시밀리앙을 생각해야겠지요」

「발랑틴 양, 당신은 내 딸 같은 생각이 드는구려. 나만이 지금 당신을 구할 수 있을 거요. 그리고 반드시 구하겠소」

발랑틴은 너무나 무서운 나머지 두 손을 모아 (지금이야말로 하느님께 용기를 주십사 하고 빌어야 할 때라 생각했기 때문이다) 기도를 올리려고 몸을 일으켜, 무엇인가 뜻도 없는 말을 몇 마디 중얼거렸다. 그리고 하얀 어깨를 덮은 것이라곤 늘어진 긴 머리카락 밖에 없다는 것도, 잠옷의 얇은 레이스 밑으로 심장의 고동이 다 비치는 것도 잊고 있었다.

백작은 소녀의 팔을 가만히 잡았다. 그러고는 비로드 이불을 발랑틴의 목에까지 덮어주며 사뭇 아버지 같은 미소를 띠고, 「내 마음을 믿어주시오. 하느님의 은혜나 막시밀리앙 씨의 사랑을 믿듯이」 하고 말했다.

발랑틴은 감사에 넘치는 눈길을 백작에게 보냈다. 그리고 이불 밑으로 마치 어린애처럼 온순하게 들어갔다.

그러자 백작은 조끼 주머니에서 에메랄드 갑을 꺼내어 황금 뚜껑을 열고, 발랑틴의 오른손에 완두콩만한 크기의 환약을 떨어뜨려 주었다.

발랑틴은 다른 손으로 그것을 받고 백작을 유심히 바라보았다. 이 불굴의 의지를 지닌 보호자의 얼굴에는 신적인 위력이 빛나고 있었다. 발랑틴은 눈으로 백작의 뜻을 물었다.

「그래요」 백작이 대답했다.

발랑틴은 환약을 입에 넣고 삼켰다.

「자, 그럼」 하고 백작은 말했다. 「나도 이젠 가서 자야겠소, 당신이 살아났으니까」

「가보세요」 발랑틴이 말했다. 「무슨 일이 일어나든, 절대로 무서워하지 않을게요」

백작은 발랑틴을 한참 응시하고 있었다. 발랑틴은 백작이 준 수면제에 힘입어 잠이 들기 시작했다.

백작은 약 컵을 들어, 발랑틴이 약을 먹은 듯이 보이게 하려고 그 속에 든 물약의 사분의 삼을 쏟아버린 후 다시 잔을 탁자 위에 놓아두었다. 그러고 나서 책장으로 난 문으로 가서 마지막으로 발랑틴을 한 번 쳐다보고서는 자취를 감추어버렸다. 발랑틴은 하느님의 발길에 누운 천사처럼 안심하고 천진하게 자고 있었다.

발랑틴

 발랑틴의 방의 벽난로 위에는 야간용 램프가 물에 뜬 마지막 기름을 빨아올리며, 계속 바작바작 타고 있었다. 전보다도 더 빨갛게 타오르는 둥근 빛이 흰 석고의 등피를 물들이며 흔히 인간의 단말마에 비하곤 하는 마지막 빛을 발하고 있었다. 희미하고도 음산한 새벽빛이 흰 커튼과 발랑틴의 이불을 오팔색으로 비추었다.
 이제 거리의 소음들은 완전히 사라지고, 방안의 침묵만이 무서울 정도로 깊었다.
 그때 에두아르의 방문이 열렸다. 그러더니 아까 우리가 한 번 본 일이 있는 그 얼굴이 문 반대쪽에 걸린 거울 속에 비쳤다. 그것은 약의 효과를 보러 다시 들어온 빌포르 부인이었다.
 부인은 문어귀에 서서 인기척이 없는 이 방에서 들릴 듯 말

듯 들려오는 램프의 심지 타는 소리를 듣고 있었다. 그러더니, 부인은 발랑틴의 컵이 비었는지 안 비었는지 보기 위해 방안으로 들어갔다.

컵 속에는 사분의 일 정도의 물약이 남아 있었다.

빌포르 부인은 컵을 들어 남은 양을 벽난로의 재 속에 버린 후, 그 물을 빨리 흡수하도록 재를 헤쳐놓았다. 그러고는 컵을 정성껏 헹군 다음 손수건으로 닦아 다시 탁자 위에 놓았다.

만약 그때 누군가 방안을 들여다보았다면, 빌포르 부인이 발랑틴을 바라보며 침대 옆으로 다가갈 때 망설이는 동작을 볼 수 있었을 것이다.

음침한 야간용 램프의 불빛, 침묵, 무시무시한 분위기는 아마도 그녀의 마음속에서 일어나는 무시무시한 양심과 얽혀들고 있었을 것이다. 독살자는 자기가 저지른 짓을 두려워하기 시작했다.

이윽고 부인은 용기를 내어 커튼을 젖히고, 침대 위로 몸을 굽혔다. 그리고 발랑틴을 들여다보았다.

발랑틴은 이미 숨을 쉬지 않고 있었다. 반쯤 다문 이 사이로는, 살아 있음을 나타내는 숨결이 흐르지 않았다. 핏기 없는 입술도 전혀 떨림이 없었다. 눈두덩도 피부 속까지 스며든 듯한 보랏빛에 잠겨 있어 안구가 눈시울을 볼록하게 한 부분만이 하얗게 툭 튀어나와 있었다. 그리고 검고 긴 속눈썹만이 벌써 양초처럼 하얗게 뜬 피부 위에 가지런히 쉬고 있을 뿐이었다.

꼼짝 않고 발랑틴을 바라보는 빌포르 부인의 표정이 참으로 의미심장했다. 그러더니 마음을 단단히 먹고 이불을 벗긴 후 발랑틴의 가슴에 손을 대어보았다.

심장은 소리도 내지 않고, 싸늘하게 식어 있었다.

손 밑에서 팔딱팔딱 느껴지는 것은 자신의 손가락에서 나는 동맥이 뛰는 소리일 뿐이었다. 부인은 화들짝 손을 움츠렸다.

발랑틴의 팔은 침대 밑으로 늘어져 있었다. 그 팔은 어깨죽지에서 팔오금에 흐르는 선이 마치 제르망 피롱이 조각한「세 미신(美神)」의 팔 그대로였다. 그러나 팔꿈치 아래는 경련으로 인해 가볍게 일그러져 있었다. 그리고 말쑥한 손목은 손가락들을 벌린 채 마호가니의 테이블 위에 뻣뻣하게 놓여 있었다.

손톱 밑도 푸르죽죽하게 죽어 있었다.

빌포르 부인으로선 소녀의 죽음에 대해 어디 하나 의심할 여지가 없었다. 이제 모든 것은 끝난 것이다. 끔찍하지만 행하지 않으면 안 되었던 마지막 일이 이것으로 끝난 셈이었다.

더 이상 방에 머물러 있을 필요가 없었다. 부인은 카펫을 밟는 발소리조차도 염려스러운 듯 눈에 띄게 조심스럽게 물러났다. 그러나 물러가면서도 어쩔 수 없이 마음에 걸리는 그 죽음의 모습에서 눈을 떼지 못하고, 커튼을 올린 채 그대로 멈추었다. 죽음이 아직 완전히 엄습하지 않고 부동의 상태만을 보일 때는, 신비스러운 정도의 경지에 머물고 아직 혐오감을 불러 일으키지 않을 때는 사람의 마음을 움직이게 마련이다.

그 상태로 몇 분이 지나갔다. 빌포르 부인은 발랑틴의 머리 위에 수의처럼 걸려 있는 커튼을 손에서 놓을 수가 없었다. 부인은 공상에 잠겼다. 죄의 공상, 그것이야말로 다름 아닌 회한인 것이다.

그때 램프의 불길이 한층 타올라 바지직 소리를 냈다.

그 소리에 빌포르 부인은 질겁을 하고 커튼 자락을 손에서 떨어뜨렸다.

그와 동시에 램프 불이 꺼졌다. 그러자 방은 무서울 정도로 암흑 속에 잠겼다.

그 암흑 속에서 시계만이 눈을 뜨고선 네시 반을 울렸다.

부인은 시계 종소리가 계속 울리는 것에 더럭 겁이 난 듯, 더듬더듬 문 앞을 찾아갔다. 그리고 극도의 불안감에 이마에 땀을 흘리면서 자기 방으로 돌아갔다.

어두움은 그러고도 두 시간이나 더 계속되었다.

이윽고 희끄무레한 새벽 빛이 덧문을 뚫고, 차츰 방안으로 들어오기 시작했다. 그러더니 차츰 밝아지면서 사물과 사람의 몸 색깔과 형상이 다시 드러났다.

바로 그때 계단에서 간호사의 기침 소리가 들려왔다. 간호사는 찻잔을 들고 발랑틴의 방으로 들어왔다.

아버지와 애인이 보았다면 첫눈에 발랑틴이 죽었다는 것을 알 수 있었을 것이다. 그러나 돈을 주고 고용한 간호사의 눈에는, 발랑틴은 그저 자고 있는 것처럼 보였을 뿐이다.

「괜찮군」하고 간호사는 탁자 옆으로 가며 중얼거렸다. 「물약도 마셨군. 컵이 삼분의 이나 비어 있으니」

그러고는 벽로로 가서 불을 다시 피우고, 이 안락의자에 앉았다. 그리고 방금 잠에서 깬 간호사는 발랑틴이 잠자는 틈을 타서 좀더 잘 생각이었다.

시계가 여덟시를 치는 바람에, 간호사는 잠에서 깨어났다.

간호사는 발랑틴이 그때까지도 계속 자고 있는 것을 보고 놀랐다. 그리고 침대 밑으로 늘어진 팔이 올려지지도 않고, 그냥 있는 것에 덜컥 겁이 나서 침대 곁으로 가보았다. 그때야

발랑틴 **179**

비로소 간호사는 발랑틴의 입술이 차고 가슴도 얼음장같이 식어 있는 것을 알았다. 간호사는 발랑틴의 팔을 끌어올려 보려고 했다. 그러나 팔이 무서울 정도로 뻣뻣하게 굳어 있는 것을 보고, 그제서야 간호사는 알 수 있었다.

그녀는 악 하고 비명을 질렀다. 그러고는 문으로 달려가, 「이리 좀 오세요! 누구든지 좀 오세요!」하고 소리쳤다.

「뭐라고? 누구든지 오라고?」다브리니 씨의 목소리가 층계 밑에서 들려왔다.

그때는 마침 의사가 진찰하러 오는 시간이었다. 「뭐라고? 누구든 좀 오라니?」이번에는 빌포르 씨가 황급히 서재에서 뛰어나오며 소리쳤다.

「선생, 지금 그 소리 들으셨죠?」

「듣고말고요. 어서 발랑틴 양의 방으로 올라가 봅시다」하고 의사는 대답했다.

그러나 의사와 아버지가 채 들어오기도 전에, 같은 층의 방이나 복도에 있던 하인들이 벌써 방안으로 들어와 있었다. 그들은 침대 위에 움직이지 않고 새파랗게 질려 있는 발랑틴을 보고선 두 손을 하늘 높이 쳐들며, 현기증이라도 난 듯 비틀거리고 있었다.

「마님을 오시라고 해! 가서 마님을 깨워!」검사는 방안으로 선뜻 들어서질 못하고 문어귀에서 소리만 쳤다.

그러나 하인들은 대답은 않고 다브리니 씨만 바라보고 있었다. 다브리니 의사는 방안에 들어오자마자 침대로 달려가 두 팔로 발랑틴을 안았다.

「또 한 사람……」하고 발랑틴을 다시 내려놓으며 중얼거렸다.「오! 신이시여! 언제까지 계속하시렵니까?」

빌포르가 방안으로 뛰어들어왔다.

「아니, 뭐라고요?」 빌포르는 두 손을 하늘로 쳐들고 소리쳤다.「선생! 선생!」

「발랑틴 양이 죽었습니다!」 의사는 엄숙하게 말했다. 그 엄숙한 말투에는 사람을 소름 끼치게 하는 무언가가 들어 있었다.

빌포르 씨는 마치 두 다리가 부러진 듯 픽 쓰러져, 발랑틴의 침대에 얼굴을 파묻었다.

의사의 말과 빌포르의 울부짖는 소리에 하인들은 질겁을 해서 낮은 소리로 저주의 말을 중얼거리며 달아나버렸다. 얼마 동안 층계며 복도에서 급한 발소리가 들리더니 그 다음에는 앞마당에서 시끄러운 소리가 들렸고, 이윽고 모든 것이 끝난 듯 주위는 조용해졌다. 하인들이 하나도 빠짐없이 이 저주받은 집을 일제히 떠나버렸던 것이다.

그때 빌포르 부인이 가운을 반쯤 걸친 채로 방장(方丈)을 들고 나타났다. 부인은 잠시 문지방에 선 채 방안에 있는 사람들에게 영문을 묻는 모양을 하고는, 마음에도 없는 눈물을 흘리면서 주위의 분위기 속에 젖어들었다.

그러더니 갑자기 탁자 쪽으로 팔을 내밀며 한걸음 앞으로 걸어나갔다. 아니, 뛰어들었다고 하는 편이 옳을 것이다.

부인은 방금 다브리니 의사가 테이블 위로 주의 깊게 몸을 굽혀, 간밤에 자기가 분명 비워놓은 컵을 집어드는 것을 보았기 때문이다.

컵에는 삼분의 일 정도의 물약이 남아 있었다. 그것은 분명히 부인이 재 속에 버린 양과 같은 분량이었다.

만약 발랑틴의 망령이 부인 앞에 불쑥 나타났다 하더라도, 이보다 더 놀라지는 않았을 것이다.

그것은 분명 그녀가 발랑틴의 컵에 따라놓았고 또 발랑틴이 마신 물약 색깔 그대로였다. 다브리니의 눈은 물약에 든 독에 속아 넘어가지 않았다. 의사는 지금 열심히 그 독을 들여다보고 있었다. 살인자가 그처럼 세심한 주의를 기울였건만 범죄의 흔적, 하나의 증거, 고발할 하나의 자료를 남겨놓았다는 것은 틀림없이 하느님이 이룩하신 기적임에 틀림없었다.

빌포르 부인이 마치 〈공포〉의 조각상처럼 움직이지 못하고 서 있는 동안, 그리고 빌포르 씨가 죽은 사람의 침대에 얼굴을 파묻고 주위에서 일어나고 있는 일도 모르고 있는 사이에 다브리니 의사는 컵 속의 물약을 좀더 자세히 관찰하기 위하여 창가로 가서 손가락 끝에 약 한 방울을 묻혀 맛보았다.

「아! 이번엔 용담독이 아닌걸」 하고 의사는 중얼거렸다. 「뭔지 알아보자!」

그는 발랑틴의 방안에 있는 약장으로 쓰이고 있는 옷장으로 갔다. 그는 그 속에 있던 조그만 은상자를 열고 초산 병을 꺼내어, 발랑틴의 컵 속에 있는 오팔 색 액체에 몇 방울 떨어뜨렸다. 그러자 액체는 곧 새빨간 핏빛으로 변했다.

의사는 학생이 문제 하나를 풀었을 때의 기쁨과 사실을 파악한 판사의 놀라움이 뒤섞인 어조로 「오!」 하고 외쳤다.

빌포르 부인은 잠깐 주위를 둘러보았다. 눈에서 불이 일어났다가 이내 꺼지고 말았다. 부인은 비틀거리면서, 손으로 문을 더듬어 밖으로 나가버렸다.

잠시 후에 멀리서 마룻바닥에 쿵 하고 사람 쓰러지는 소리가 났다.

그러나 아무도 거기엔 신경 쓰질 않았다. 간호사는 화학 분석의 결과를 보느라고 열심이었고, 빌포르는 계속 멍하니 정신을 잃고 있었다.

다브리니 씨만이 빌포르 부인을 지켜보았고 당황해하며 밖으로 나가는 것까지 다 봐두었다.

그는 발랑틴의 방의 방장을 걷어올렸다. 그러자 그의 눈에 에두아르의 방 너머로 빌포르 부인이 방에서 꼼짝 않고 쓰러져 있는 것이 보였다.

「어서, 부인을 봐드려요! 부인께서 몸이 편치 않으신 모양이니」 하고 그는 간호사에게 말했다.

「그럼 발랑틴 양은 어떡하고요?」 간호사는 더듬거리며 말했다.

「발랑틴 양은 절망적이야」 하고 의사가 말했다. 「죽었소」

「죽어요? 죽다니!」 비정한 가슴을 지닌 빌포르는 처음이요, 일찍이 없었던 만큼 찢어지는 듯한 아픔으로 한숨을 쉬며 말했다.

「죽었다고요?」 어디선가 제삼의 목소리가 소리쳤다.

「누가 발랑틴이 죽었다고 그랬죠?」

두 사람은 뒤를 돌아다보았다. 문어귀에 얼굴빛이 새파래져서, 정신나간 듯 무서운 형상으로 서 있는 막시밀리앙의 모습이 보였다.

막시밀리앙이 나타난 데는 이런 이유가 있었다.

막시밀리앙은 언제나 같은 시간에 누아르티에 노인의 처소로 통하는 작은 문으로 들어왔다.

그런데 여느 때와는 달리 문이 열린 채로 있었다. 그래서 벨을 울리지도 않고 그대로 들어왔다.

그는 현관에서 발을 멈추고, 자기를 누아르티에 노인에게 안내하도록 하인을 불렀다.

그러나 누구 하나 대답하는 사람이 없었다. 하인들은 이미 집을 떠난 뒤였으니까.

그날 막시밀리앙이 특별히 발랑틴을 걱정할 만한 이유는 없었다. 그는 몬테크리스토 백작으로부터, 발랑틴을 꼭 살려주겠다는 약속을 받았기 때문이다. 그리고 실제로 그날까지 발랑틴은 죽지 않고 살아 있었던 것이다. 매일 밤 백작은 그에게 기쁜 소식만을 알려주었다. 그리고 그 소식은 이튿날 누아르티에 노인의 입을 통해 증명되어 왔었다.

그러나 이렇게 조용한 데는 아무래도 이상한 느낌이 들었다. 그래서 두 번, 세 번 다시 불러보았다. 그래도 여전히 아무 소리가 없었다.

그래서 그는 위층으로 올라갈 결심을 했다.

올라가자 맨 처음 눈에 띈 것은, 언제나 같은 장소에서 안락의자에 앉아 있는 누아르티에 노인이었다. 노인의 퀭하게 열린 눈은 내면의 공포를 나타내고 있었다. 이상하리만큼 얼굴 전체에 퍼진 창백한 빛이 그것을 더욱 뚜렷이 증명해 주고 있었다.

「안녕하셨습니까, 할아버지?」 청년은 내심 마음을 졸이면서 인사했다.

「그래!」 노인은 눈을 끔벅거리며 대답했다.

그러나 그 얼굴에 점점 더 불안의 빛이 짙어가는 것 같았다.

「걱정이 있으시군요?」하고 막시밀리앙은 말을 이었다. 「뭐, 필요하신 일이 있으십니까? 사람을 불러드릴까요?」

「그렇게 해주게」

막시밀리앙은 초인종 줄을 잡아당겼다. 그러나 아무리 잡아당겨도 누구 하나 나타나지 않았다.

그는 누아르티에 노인을 돌아다보았다. 노인의 얼굴은 점점 더 창백해지고 불안해하는 빛이 역력했다.

「오! 어째서 아무도 안 오는 걸까요? 집안에서 환자라도 생긴 모양이죠?」

노인의 눈은 당장이라도 튀어나올 것 같았다. 청년이 물었다.

「도대체 무슨 일입니까? 무서운 생각이 드는군요. 발랑틴! 발랑틴!」

「그렇네」노인의 대답이었다.

청년은 입을 열고 무슨 말을 하려 했으나 혀가 움직이지 않아 아무 말도 할 수가 없었다. 그는 비틀비틀하더니 벽에 몸을 기댔다.

그러고는 손으로 문을 가리켰다.

「그렇다네, 그래!」하고 노인이 말했다.

막시밀리앙은 작은 계단으로 달려가 당장 뛰어올랐다. 노인의 눈이, 「빨리! 빨리!」하고 외치는 것만 같았다.

온 집안이 그렇듯이, 텅 빈 듯한 방들을 몇 개 지나 발랑틴의 방까지 달려가는 데는 불과 일 분도 걸리지 않았다. 그는 문을 열 필요도 없었다. 문은 활짝 열려 있었으니까.

우선 맨 처음 귀에 들려온 것이 흐느낌 소리였다. 그는 마치 구름을 통해 보듯, 검은 그림자 하나가 흐트러진 하얀 침구 한

가운데 얼굴을 파묻고 있는 것이 어렴풋이 보였다. 그는 두려움에, 너무나 큰 두려움에 그만 발이 문지방에 딱 붙어버렸다.
　그때 그의 귀에는 「발랑틴 양은 죽었소」 하는 목소리가 들려왔다. 그리고 이어서 그 말에 대답하는 메아리처럼, 「죽었소! 죽었소!」 하고 울려왔다.

막시밀리앙

 빌포르는 이렇게 극도로 슬퍼하고 있는 자신의 모습을 남에게 보이게 된 것이 수치스럽기라도 한 듯 벌떡 일어났다.
 이십오 년이란 세월을 계속해 온 그 무서운 직책이 그를 보통 사람과는 다르게 만들어버렸던 것이다.
 그의 눈은 잠시 초점을 잃은 듯하더니, 막시밀리앙에게로 쏠렸다.
 「누구시죠?」 하고 그는 물었다. 그리고 계속해서 「불행이 이는 집에 함부로 들어오면 안 된다는 걸 모르시오? 나가시오! 나가!」 하고 말했다.
 그러나 막시밀리앙은 움직이지 않았다. 그는 헝클어진 침대와 그 위에 누워 있는 사람의 새파란 얼굴에서 눈을 뗄 수가 없었다.

「나가라니까! 내 말 들리지 않나?」하고 빌포르는 큰소리로 외쳤다. 한편 다브리니 씨도 막시밀리앙을 쫓아내려고 그의 앞으로 다가갔다.

청년은 정신 나간 사람처럼 시체와 두 사나이, 그리고 방안을 멍하니 보고 있었다. 그러더니 잠시 주저하는 듯하다가 입을 열었다. 그러나 머릿속에는 무수한 생각이 일어나고 있으면서도 단 한마디도 대꾸할 수 없었던 그는, 머리칼을 움켜쥐고 오던 길로 다시 나왔다. 그리고 나자 빌포르와 다브리니는 자기들의 일만 생각하고 있다가 청년의 뒤를 눈으로 좇으며, 서로 눈이 마주치자 이렇게 말했다.

「미친놈 아냐?」

그러나 채 오 분도 지나기 전에 계단에서 무엇인가 무거운 힘에 눌리는 듯한 소리가 들려왔다. 막시밀리앙이 초인간적인 힘으로 누아르티에 노인의 의자를 두 팔에 안고, 노인을 2층까지 데리고 오는 모습이 보였다.

층계를 다 올라오자, 막시밀리앙은 안락의자를 마룻바닥에 내려놓고 재빨리 발랑틴의 방까지 밀고 왔다.

그는 너무나 흥분한 나머지 보통때보다 힘이 몇 배나 더 났기 때문에 이런 행동을 할 수 있었다.

그러나 그보다도 특히 무서웠던 것은, 막시밀리앙에게 안겨 발랑틴의 침대로 오고 있는 누아르티에 노인의 얼굴이었다. 노인의 얼굴에는 모든 지혜가 나타나고 있었으며, 그 눈에는 다른 기관의 기능들을 보충할 만큼 모든 힘이 집중되어 있었다.

그러므로 그 창백한 얼굴과 불타는 눈은 빌포르에게는 무서운 망령처럼 생각되었다.

아버지와 만나기만 하면 언제나 무서운 일이 일어나곤 했던 것이다.

「저걸 좀 보세요! 저들이 하는 짓을요!」하고 막시밀리앙은 한 손은 침대 옆까지 밀고 온 안락의자의 등받이를 그냥 짚은 채로, 또 한 손으로는 발랑틴 쪽을 가리키며 소리쳤다. 「할아버님, 저걸 좀 보십시오!」

빌포르는 한걸음 뒤로 물러났다. 그리고 전혀 알지도 못하는 청년이 누아르티에 씨를 할아버지라고 부르는 것을 보고는 깜짝 놀랐다.

그때 노인의 눈은 온 정신이 몰린 듯이 시뻘겋게 충혈되어 있었다. 그러더니 목의 힘줄이 불룩 튀어나오면서 목이며 뺨이며 관자놀이에까지 간질 환자의 피부에 나타나는 푸르스름한 색깔이 확 퍼져올랐다. 온몸의 내면적 분노가 이렇게 폭발하건만, 소리조차 지르지 못했다.

소리는 다만 온몸의 모공에서 쏟아져 나오는 듯했고 목소리가 안 나오는 만큼 더욱 무섭게 침묵을 깨뜨렸다

다브리니는 노인에게 달려가, 강한 혈액 유도제를 놓아주었다.

「할아버지!」하고 막시밀리앙이 움직이지 못하는 노인의 손을 잡으며 말했다. 「제가 누군지, 또 무슨 권리로 여길 왔는지 저분들이 묻고 있습니다. 할아버지께선 그걸 아시니, 제발 저분들에게 설명해 주십시오, 네!」

청년의 목소리는 흐느낌으로 지워져버렸다.

노인은 숨을 헐떡이느라 가슴이 들먹이고 있었다. 마치 숨이 끊어지기 직전에 경험하는 고통에 사로잡혀 있는 것 같았다.

마침내 노인의 눈에서는 눈물이 솟아나왔다. 울지도 못하고 목이 메인 청년보다는 그래도 행복한 셈이었다. 고개를 떨어뜨리지도 못하는 노인은 다행히 눈만 지그시 감았다.
 「말씀해 주세요」 하고 막시밀리앙은 꽉 막힌 목소리로 말했다. 「네? 제가 발랑틴의 약혼자라는 걸 말씀해 주십시오. 저 여자는 내 고귀한 친구이며, 이 세상에 단 하나밖에 없는 나의 사람이라는 것을 말씀해 주세요! 저 시체도 제 것이라고 말씀해 주세요!」
 청년은 마치 커다란 힘에 의해 무너지는 듯한 무서운 형상으로, 경련하는 손으로 침대를 꽉 잡은 채 그 앞에 쓰러지듯 털썩 무릎을 꿇었다.
 다브리니는 청년의 슬픔이 너무나 가슴 아프게 느껴져서, 감동을 느끼지 않으려고 고개를 돌렸다. 한편 빌포르는 자기에게 눈물을 흘리게 한 이를 사랑한 사람에게 어쩔 수 없이 끌리게 되는 일종의 자력에 의해, 더 이상 아무 말도 묻지 않고 청년에게 손을 내밀었다.
 그러나 청년의 눈에는 아무것도 보이지 않았다. 그는 발랑틴의 차디찬 손을 잡고 있었다. 그러고는 울음조차도 나오지 않는지 신음하는 듯한 소리를 지르며 홑이불만 물어뜯고 있었다.
 잠시 동안 방안에서는 흐느낌과 저주와 기도 소리가 서로 경쟁하듯 들려올 뿐이었다. 그 와중에도 그 모든 소리들을 압도하는, 거칠고도 가슴을 찢는 듯한 소리가 들려왔다. 그것은 숨을 들이마실 때마다 누아르티에 노인의 가슴속에 남아 있는 생명력을 끊어내는 것만 같은 호흡 소리였다.

이윽고 좌중에서 주인 격인 빌포르가 얼마 동안은 막시밀리앙에게 그 위치를 양보하고 난 후 입을 열었다.

「청년」 하고 그는 막시밀리앙에게 말했다. 「당신은 발랑틴을 사랑한다고 말했소. 약혼자라는 말도 했고. 그러나 난 그런 사이인 줄을 모르고 있었소. 하지만 이 아이의 아비로서 약혼을 허락하여 주겠소. 당신의 슬픔이 그처럼 크고 진실된 것임을 내 눈으로 보았으니 말이오. 세나가 내 마음 역시 너무나 아파서, 화를 낼 기력조차 없소. 하지만 보시다시피, 당신이 바라던 천사는 이 세상을 떠났소. 아마 지금쯤 하느님을 사랑하고 있을 그애에겐 사람들의 사랑은 받아보았자 아무 소용 없는 거요. 자, 그러니 이애가 우리에게 남긴 이 슬픈 유해에 작별 인사나 해주시오. 그리고 당신을 그리워하던 이애의 손이나 마지막으로 잡아주고, 그걸로 영원히 작별 인사를 하오. 발랑틴에겐 이제 축복해 주실 신부님 외엔 아무도 필요없게 되었으니까」

「모르시는 말씀입니다」 하고 막시밀리앙은 한쪽 무릎을 짚고 일어서며 소리쳤다. 가슴에선 어느 때보다도 더 심한 슬픔이 넘쳐흐르고 있었다. 「모르시는 말씀입니다. 이렇게 죽음을 당한 발랑틴에겐 신부님도 필요하지만, 원수를 갚아줄 사람도 필요합니다. 빌포르 씨, 신부님을 부르러 보내십시오. 저는 원수를 갚겠습니다」

「그게 무슨 소리요?」 하고 빌포르는 제정신이 아닌 막시밀리앙의 이러한 생각에 당황하며 중얼거렸다.

「제 말은 이런 뜻입니다」 하고 막시밀리앙은 대답했다. 「당신은 두 가지 역할을 하고 계십니다. 아버지로서는 충분히 우셨습니다. 그러니 이번에는 검사로서의 직무를 다해 주셔야겠다는 말씀입니다」

누아르티에 노인의 눈이 빛났다. 다브리니는 좀더 가까이 다가섰다.

「빌포르 씨」 하고 막시밀리앙은, 사람들의 얼굴에 나타난 표정을 읽으면서 말을 이었다.「나는 내가 하려는 얘기를 알고 있습니다. 그리고 여러분께서도 저와 똑같이 그 사실을 알고 계실 겁니다. 발랑틴은 살해당한 겁니다!」

빌포르는 고개를 떨어뜨렸다. 다브리니는 한걸음 더 다가섰다. 누아르티에 노인은 눈으로 그렇다는 표시를 했다.

「그런데 말씀입니다」 청년은 말을 계속했다.「지금 이 상황에서 발랑틴만큼 젊지도, 아름답지도 않고, 또 사랑받을 자격도 없는 한 인간이 갑자기 사라져버린 데는 반드시 무슨 이유가 있을 겁니다. 그러니 검사님」 하고 청년은 점점 더 열기를 띠며 덧붙여 말했다.「사정을 봐주시면 안 됩니다! 나는 범죄를 고발합니다. 살인자를 찾아주십시오!」

막시밀리앙의 가차없는 눈길을 받은 빌포르는 누아르티에 노인과 다브리니에게 번갈아가며 구원의 눈빛을 보냈다.

그러나 아버지도 의사도 구원의 빛은커녕, 막시밀리앙보다도 더 완강한 시선밖엔 보내오지 않았다.

「그래야지!」 노인의 표정이었다.

「물론이죠!」 다브리니의 대답이었다.

「아니」 하고 빌포르는 세 사람의 의지에 맞선 마음속의 동요와 싸우며 말했다.「아니, 그건 오해요. 우리 집에서 범죄 같은 건 일어나지 않았어요. 나는 운명의 힘에 짓눌린 겁니다.

하느님이 나를 시험하시는 거요. 그건 생각만 해도 끔찍한 일이오. 우리 집에서 살인 같은 건 있을 수 없어요!」

누아르티에 노인의 눈에서 불이 났다. 다브리니는 무슨 말을 하려고 입을 열었다.

막시밀리앙은 침묵하라는 손짓을 보냈다.

「그러나 저는 말할 수 있습니다. 여기서 살인이 일어난 겁니다」 하고 막시밀리앙이 말했다. 목소리는 낮아졌으나, 그 속에 들어 있는 무서운 울림은 변함이 없었다. 「그렇습니다. 넉 달 동안, 이번이 네번째 희생자입니다. 나흘 전에도 발랑틴이 독살당할 뻔한 일이 있었습니다. 그러나 누아르티에 씨의 세심한 주의로 실패했던 겁니다! 그렇다면 이번엔 독약의 양을 배로 증가시켰거나 아니면 독약의 성분을 바꾸었기 때문에 성공했던 것입니다! 그렇습니다, 그 사실을 당신은 나만큼이나 잘 알고 있습니다. 여기 계신 이분이 의사요, 친구로서 미리 경고해 주셨으니까요!」

「오, 당신은 눈이 뒤집혔어!」 빌포르는 자기가 올가미에 걸렸다고 생각되자, 그 속에서 빠져나오려고 애를 쓰며 말했다.

「내가 눈이 뒤집혔다고요?」 막시밀리앙이 부르짖었다.

「좋습니다. 그럼, 여기 있는 다브리니 씨가 증인이니 한번 물어보시죠. 생메랑 후작 부인이 돌아가시던 날 밤, 바로 댁의 후원에서 당신에게 한 말을 기억하고 계십니까? 그때 당신과 다브리니 씨는 주위에 아무도 없는 줄 알고, 후작 부인의 죽음에 관한 이야기를 나누었습니다. 후작 부인의 죽음은, 당신이 말하고 있는 운명이나 지금 당신이 부당하게 원망하고 있는 하느님과는 아무 관계도 없습니다. 단 한 가지 일만을 제외하곤 말이에요. 그 한 가지 일이란 발랑틴을 죽게 할 범인을 만들어 놓았다는 겁니다!」

빌로프와 다브리니는 서로 얼굴을 마주 보았다.

「그렇습니다. 생각해 내셔야지요」하고 막시밀리앙은 말을 이었다. 「두 분이 아무도 없는 조용한 곳에서 얘기한 줄로 알았던 그 얘기들이 내 귀에 들어온 겁니다. 그렇습니다. 그날 밤, 나는 빌포르 씨가 가족들을 감싸려는 걸 알고 곧바로 경찰에 고발했어야 했던 것입니다. 그랬더라면 발랑틴은 오늘 이렇게 죽게 되지 않았을 것을! 그때는 잠자코 있었지만 이젠 그 원수를 갚아야겠습니다. 이 네번째 살인범이야말로 누가 봐도 명백한 현행범이에요. 그러니 발랑틴, 만약 당신의 아버님이 그 일을 안하시면, 내가, 맹세코 내가 그 살인범의 뒤를 쫓겠소!」

그러자 마치 자연이 이 용감한 청년이 자신의 힘에 쓰러지려는 것을 불쌍히 여기기라도 한 듯, 그의 마지막 말은 그대로 목구멍 속으로 사라져버렸다. 가슴에서 울음이 북받치고, 그토록 오래 참고 견디던 눈물이 눈에서 쏟아져 나와, 그는 기운을 잃고 울면서 발랑틴의 침대 곁에 무릎을 꿇었다.

그러자 이번에는 다브리니가 입을 열었다.

「그리고 나 역시」하고 의사는 힘찬 목소리로 말했다. 「막시밀리앙 씨와 함께 이번 범죄를 판가름해 달라고 요청할 생각입니다. 어쩐지 자꾸 내게 용기가 없어서 범인을 내버려둔 것만 같은 자책감이 들어서요」

「오, 오!」빌포르는 얼이 빠진 듯 중얼거렸다.

막시밀리앙은 고개를 들었다. 그리고 노인의 눈 속에서 이상한 불꽃이 타오르고 있는 것을 보았다.

「오! 누아르티에 씨께서 무슨 말씀을 하고 싶으신 모양입니다」 하고 청년이 말했다.

「그래」 노인은 무력한 자신의 모든 힘을 오직 눈에만 집중시키고 있어서 그만큼 더 무서운 표정으로 말했다.

「할아버지께선 범인이 누군지 아십니까?」 막시밀리앙이 물었다.

「알고 있지」 노인이 대답했다.

「그럼, 우리들을 도와주시겠지요?」 하고 청년은 소리쳤다. 「자, 들어봅시다! 다브리니 씨, 들어보십시다!」

노인은 청년에게 쓸쓸한 미소를 지어 보였다. 그것은 전에도 수없이 발랑틴을 기쁘게 해주던 미소였다. 그러고 나서 노인은 청년의 주의를 끌었다.

이렇게 상대방의 눈길을 자기 눈에 단단히 붙잡아맨 후에, 이번에는 눈길을 문 쪽으로 돌렸다.

「나가란 말씀이신가요?」 막시밀리앙은 안타까운 듯이 물었다.

「그래」 노인이 대답했다.

「오, 오! 그렇지만, 제 심정도 생각해 주십시오!」

무정하게도 노인의 눈은 그대로 문만 바라보고 있었다.

「그럼, 나중에 다시 돌아올 수는 있겠지요?」 하고 청년은 다시 물었다.

「암!」

「저 혼자만 나가나요?」

「아니지」

「그럼 누구와 같이 나가야 합니까? 검사님하고요?」
「아니」
「그럼 의사 선생님과?」
「그렇지」
「빌포르 씨와 단 둘이 있고 싶으신 거군요?」
「그래」
「하지만 빌포르 씨께서 할아버님의 말씀을 알아들으실 수 있을까요?」
「물론이지」
「오!」 빌포르는 그 문제를 아버지와 단 둘이서만 얘기할 수 있다고 생각되자 사뭇 기쁜 마음으로 말했다. 「염려 마시오. 난 아버님의 말씀을 충분히 알아들을 수 있으니까」
 이렇게 기쁜 표정으로 얘기를 하면서도 검사의 이가 딱딱 마주쳤다.
 다브리니는 청년의 팔을 잡고 옆방으로 데리고 나갔다.
 그러자 집안은 죽음보다도 더 깊은 침묵 속에 잠겼다.
 이윽고 십오 분쯤 뒤에 비틀거리는 발소리가 들려왔다. 그리고 다브리니와 막시밀리앙이 한쪽은 생각에 잠겨서, 또 한쪽은 숨막힐 듯한 마음으로 기다리고 있는 방 어귀에 빌포르의 얼굴이 나타났다.
「이리들 오시죠」 하고 빌포르가 말했다.
 그러고 나서 두 사람을 누아르티에 노인의 의자 곁으로 데리고 갔다.
 그때 막시밀리앙은 빌포르를 주의 깊게 바라보았다.
 검사의 얼굴은 창백했다. 이마 위에는 시퍼렇게 녹이 슨 듯한 커다란 반점들이 푸릇푸릇 나타나 있었다. 손가락 사이에서는 깃펜이 이리저리 꺾이면서 빠드득빠드득 하는 소리를 내며 부서지고 있었다.

빌포르는 다브리니와 막시밀리앙을 향해 목이 조이는 듯한 목소리로 입을 열었다.「두 분 다, 이 무서운 비밀을 두 분 사이에만 묻어주겠다고 약속해 주셔야겠습니다!」

두 사람은 그 말에 움찔했다.

「그 점, 단단히 부탁하겠습니다!……」하고 빌포르는 말을 이었다.

「하지만」하고 막시밀리앙이 말했다.「범인은…… 하수인은…… 살인자는……」

「염려 마시오. 반드시 가려낼 것이니」하고 빌포르는 말했다.「아버지는 내게 범인의 이름을 가르쳐주셨소. 아버지께서도, 당신들과 마찬가지로 복수심에 불타고 있어요. 그리고 나와 마찬가지로 이 범죄를 비밀로 해주실 것을 부탁하셨습니다. 그렇지요, 아버지?」

「그렇다」노인은 단호하게 대답했다.

막시밀리앙은 공포와 의혹으로 몸을 부르르 떨었다.

「오!」하고 빌포르가 막시밀리앙의 팔을 붙잡으며 말했다.「오! 아시다시피 아버지께선 조금도 굽힐 줄 모르시는 분입니다. 그런 분이 이런 부탁을 하는 것도 발랑틴의 복수가 필경 무섭게 실현되리라는 걸 알고 계시기 때문입니다. 그렇죠, 아버지?」

노인은 그렇다는 표시를 해보였다.

빌포르는 다시 말을 계속했다.

「아버지께선 저라는 사람을 잘 알고 계십니다. 그런 아버지께 저는 약속을 했습니다. 그러니 안심하셔도 좋습니다. 사흘, 사흘만 기다려주십시오. 그건 재판 수속보다도 더 짧은 기간입니다. 사흘이 지나면, 내 자식을 죽인 살인자에게 내가 어떤 복수를 하는가는, 아마 아무리 무심한 사람이라도 심장 속까지 오싹해질 정도로 알게 될 겁니다. 안 그래요, 아버지?」
　이렇게 말하면서도, 빌포르는 이를 갈고 있었다. 그리고 노인의 마비된 손을 흔들었다.
「누아르티에 씨, 약속된 일은 모두 지켜지는 거지요?」하고 막시밀리앙이 물었다. 한편 다브리니는 그와 같은 뜻을 눈으로 물어보았다.
「그렇소」 노인은 어두우면서도 기쁜 빛으로 이렇게 대답했다.
「그럼, 약속하십시오」 빌포르는 다브리니와 막시밀리앙의 손을 모아 잡으며 말했다. 「우리 집안의 명예를 생각해 줄 것과 복수는 내 손에 맡길 것을 약속해 주세요」
　다브리니는 외면하면서도 희미하게 승낙의 말을 중얼거렸다. 그러나 막시밀리앙은 검사의 손을 뿌리치고 침대 곁으로 달려가, 발랑틴의 차가운 입술에 자기 입술을 갖다 대었다. 그러고는 절망에 빠진 사람이 지르는 긴 신음 소리를 내며 도망치듯 나가버렸다.
　하인들은 이미 다 사라지고 난 뒤였다.
　빌포르는 대도시의 가정에서 초상이 났을 경우, 특히 이 집안에서 벌어진 것처럼 심상치 않은 죽음이 일어났을 경우에는 거기에 따르는 복잡하고도 많은 절차를 모두 다브리니 씨에게 부탁하지 않을 수 없었다.

한편 꼼짝도 못하고 표현할 길 없는 절망에 빠져 소리 없이 눈물만 흘리고 있는 누아르티에 씨의 모습은 차마 보기 어려울 정도였다.

빌포르는 자기 서재로 돌아왔다. 다브리니는 시청에 의사를 부르러 갔다. 그는 검시 일을 맡고 있는 의사로서 보통 〈시체의 의사〉라고 불리는 존재였다.

누아르티에 노인은 손녀의 곁을 떠나려 하지 않았다.

삼십 분쯤 지나서 다브리니 씨가 동료 의사를 데리고 왔다. 한길로 난 문들은 모조리 잠겨 있었고, 문지기는 다른 하인들과 함께 떠나버린 후여서 대문을 빌포르 씨 자신이 열러 나가야만 했다.

그러나 그는 층계참에서 발을 멈추었다. 시체가 있는 방으로 발을 들여놓을 용기가 없었던 것이다. 그래서 의사 두 사람만이 발랑틴의 방까지 들어갔다.

누아르티에 노인은 죽은 발랑틴처럼 창백한 얼굴로 움직이지도 못하고 말없이 침대 옆에 앉아 있었다.

〈시체의 의사〉는 반생을 시체와 함께 지내온 사람만이 가질 수 있는 무관심한 표정으로 침대 곁으로 다가와, 발랑틴을 덮고 있는 홑이불을 들었다. 그리고 입술만을 약간 벌려볼 뿐이었다.

「오!」 다브리니가 한숨을 쉬며 말했다. 「불쌍하게도 확실히 죽어버린 거요」

「그렇군요」 하고 상대방은 발랑틴의 얼굴에 홑이불을 다시 씌우며, 간단명료하게 대답했다.

노인은 나지막한 신음 소리를 냈다.

다브리니가 돌아보니, 노인의 눈이 번득이고 있었다. 친절한 그 의사는, 노인이 손녀를 보고 싶어한다는 뜻을 곧 알 수 있었다. 그는 노인을 침대 곁으로 옮겨주었다. 그리고 검시의가 시체의 입술을 만졌던 손을 소독수에 담그고 있는 동안, 마치 잠든 천사처럼 조용하게 잠든 창백한 발랑틴의 얼굴을 보여주었다.

노인의 눈가에 어린 눈물은 곧 노인이 의사에게 보내는 감사의 뜻이었다.

검시의는 발랑틴의 방안에 있는 탁자 귀퉁이에서 검시 조서를 꾸미고 있었다. 그리고 마지막 서류 작성이 끝나자, 다브리니를 따라 밖으로 나갔다.

두 사람이 내려오는 소리를 들은 빌포르는 다시 서재 문 앞에 나타났다. 그는 몇 마디 짤막하게 검시의에게 인사한 다음 다브리니 씨를 향해 물었다.

「그럼 이번엔 신부님 차례지요?」

「특별히 발랑틴을 위해서 기도를 부탁하고 싶은 신부님이라도 계신가요?」하고 다브리니가 물었다.

「없습니다. 제일 가까운 곳으로 가보시죠」빌포르의 대답이었다.

「제일 가까운 곳이라면」하고 검시의가 말했다.「바로 댁의 옆집에 이탈리아 신부가 한 분 계시죠. 지나가는 길에 제가 부탁해 드릴까요, 다브리니 씨?」

「이분 모시고 같이 가 주십시오. 이 열쇠 받으십시오. 이제 마음대로 드나드실 수 있을 겁니다. 신부님을 모시고 와서 발랑틴의 방으로 올라가십시오」하고 빌포르가 말했다.

「당신도 그분을 만나시겠습니까?」

「아니, 난 혼자 있고 싶습니다. 이해해 주시겠죠? 신부님은 모든 고뇌를 알아줄 것입니다. 어버이로서의 고뇌까지도」

빌포르는 다브리니 씨에게 열쇠를 준 다음, 마지막으로 또 한번 외부에서 온 의사에게 인사를 했다. 그러고 나서 서재로 돌아가 일을 시작했다. 어떤 종류의 사람에게는 일이 모든 고뇌를 치료해 주기도 한다.

두 사람이 거리로 내려갔을 때, 그들은 옆집 문 앞에 사제복을 입은 신부 한 사람이 서 있는 것을 보았다.

「저분이 아까 얘기한 그 사람이오」 검시의가 다브리니에게 말했다.

다브리니는 신부의 곁으로 갔다.

「신부님, 부탁이 하나 있는데요」 하고 그가 말을 했다. 「딸을 잃은 아버지를 위해서 도움을 주실 수 있으시겠습니까? 검사 빌포르 씨 댁인데요」

「오!」 신부는 강한 이탈리아 악센트로 대답했다. 「알고 있습니다. 그 댁에서 누가 돌아가셨지요?」

「아, 알고 계시다면 굳이 도와주실 일의 내용을 설명 안 드려도 되겠군요」

「제가 가서 도와드리려던 참인걸요. 자진해서 일을 맡는 것이 우리의 의무이니까요」 하고 신부는 대답했다.

「그 댁 따님이십니다」

「그것도 알고 있습니다. 그 댁에서 달아나는 하인들한테서 들었지요. 그래서 벌써 기도도 드렸습니다」

「감사합니다」 다브리니가 말했다. 「벌써 그처럼 성스러운 일을 해 주셨다니, 부디 그 일을 계속해 주십사 하는 겁니다. 죽은 사람 옆으로도 가주실 수 있을까요? 가족들은 온통 슬픔에 잠겨 있으니, 반드시 신부님께 감사드릴 겁니다」

「가지요」 신부가 대답했다. 「외람된 말씀 같지만, 어느 때보다도 더 열렬한 기도를 올려드리겠습니다」

다브리니는 서재에 틀어박힌 빌포르는 만나지도 않고 신부의 손을 잡아 곧장 발랑틴의 방으로 안내했다. 유해는 그날 밤 장의사의 손에 넘기기로 되어 있었다.

방안에 들어왔을 때, 누아르티에 노인의 눈은 신부의 눈과 딱 마주쳤다. 그러자 신부의 눈에서 무엇인가 이상한 것을 읽은 듯, 노인은 신부에게서 눈을 떼지 않았다.

다브리니는 신부에게 죽은 사람뿐만 아니라 살아 있는 누아르티에 씨의 일까지 부탁했다. 신부는 다브리니에게 발랑틴을 위한 기도와 함께, 노인의 일까지 맡아주겠다고 대답했다.

신부는 엄숙하게 약속했다. 그리고 기도에 방해가 되지 않도록, 또 한편으로는 노인의 슬픔을 방해하지 않도록 다브리니가 나간 문은 물론, 빌포르 부인의 방으로 통하는 문까지 모조리 잠가버렸다.

당글라르의 서명

 이튿날 아침은 슬픔 속에 구름이 가득 낀 채 날이 밝았다.
 장의사는 밤사이에 장례식에 따르는 만반의 준비를 끝내고, 침대에 안치되었던 유해를 수의에 싸고 꿰매어 버렸다. 수의는 죽음 앞에서 평등을 상징한다고 하지만, 생전에 즐기던 사치의 마지막 표시가 될 수도 있었다.
 발랑틴의 수의는 이 주일 전에 직접 산 아름다운 리넨 천으로 만들어졌다.
 저녁에 장례 준비 때문에 불려온 사람들은 누아르티에 노인을 발랑틴의 방에서 노인의 방으로 옮겼다. 노인은 예상 밖으로 손녀의 곁을 떠나는 것을 별로 언짢아하지 않았다.
 부소니 신부는 날이 샐 때까지 밤을 새웠다. 그리고 새벽이 되자 아무도 부르지 않고 혼자 자기 집으로 돌아갔다.

아침 여덟시경 다브리니가 왔다. 그는 누아르티에 씨의 방으로 가는 빌포르와 마주쳤다. 그래서 둘이 함께 노인이 밤새 어떻게 지냈는지 보러 갔다.

노인은 침대 대용으로 쓰이는 커다란 안락의자에 누워서 편안하게 미소까지 띠며 자고 있었다.

두 사람은 놀란 듯이 문 앞에서 발을 멈추었다.

「저것 좀 보시오」 다브리니는 잠들어 있는 아버지를 바라보고 있던 빌포르에게 말했다. 「자연의 힘이란 아무리 큰 괴로움도 가라앉힐 수가 있는 겁니다. 물론 노인께서 소녀를 사랑하시지 않았던 건 아닐 겁니다. 그렇건만 저렇게 주무시고 계시지 않습니까?」

「그래요. 그 말씀이 옳습니다」 빌포르는 놀라서 대답했다. 「주무시고 있군요. 정말 이상한데요. 조금만 신경에 거슬리는 일이 있어도 며칠씩 못 주무시던 분인데」

「슬픔에 지쳐 쓰러지신 거겠죠」 다브리니가 대답했다.

그리고 두 사람은 생각에 잠긴 채 검사의 서재로 되돌아왔다.

「보십시오. 전 한숨도 못 잤습니다」 하고 빌포르는 조금도 흐트러지지 않은 침대를 가리키며 말했다. 「슬픔도 나를 곯아떨어지게 하지 못했습니다. 난 이틀째 눕지 못했으니까요. 대신 저 책상을 좀 보십시오. 이틀 밤과 낮으로 앉아서 썼습니다…… 죽어라 하고 서류를 뒤졌지요! 살인범 베네데토의 기소장에 주를 붙이고!…… 오, 이 일은 내 정열이요, 기쁨이요, 영광입니다. 일이야말로 내 모든 고민을 잊게 해주는 거죠!」

이렇게 말하며 그는 다브리니의 손을 와락 잡았다.

「제가 할 일이 또 있습니까?」 하고 의사는 물었다.

「없습니다」 빌포르가 대답했다. 「열한시에 와주시면 됩니다. 열두시에…… 발인을 하니까요…… 오! 불쌍한 것 같으니!」
그러고는 다시 인간으로 돌아온 검사는 하늘을 우러러보며 한숨을 휴 하고 내쉬었다.
「그럼 당신은 응접실에 계시겠습니까?」
「아니, 장례에 관련된 일은 제 사촌이 전부 맡아서 해주기로 되어 있습니다. 나 일을 하겠습니다. 일을 하다 보면, 모든 걸 잊을 수 있으니까요」
과연 검사는 다브리니가 문 앞까지 가기도 전에 벌써 하던 일을 계속하고 있었다.
다브리니는 현관 계단에서 방금 빌포르가 말한 친척이라는 사람을 만났다. 그 사람은 이 이야기에서나 빌포르의 집안에서나 미미한 존재로, 세상에 태어날 때부터 단역만 맡는 그런 인물이었다.
그는 제 시간에 상복을 입고 팔에는 상장을 두르고 얼굴은 적당히 슬픈 표정을 지으며, 사촌 빌포르의 집에 왔던 것이다. 그 표정은 바로 필요할 때까진 짓고 있다가, 언제라도 거둘 때가 되면 당장에라도 거두어버릴 그런 표정이었다.
열한시가 되자 조문객들을 태운 여러 대의 마차가 안뜰의 포석 위로 굴러왔다. 포부르 생토노레 가는 유복한 가정의 경사든 불상사든 간에, 마치 공작 부인의 결혼식에라도 달려가듯 이 호사한 장례식에 달려와 떠들썩하게 거리를 메웠다.
상가의 응접실엔 차츰 사람들이 들어차기 시작했다. 제일 먼저 얼굴을 내민 것은 가까운 친구들, 다시 말하면 드브레라든가, 샤토 르노, 보샹이었고, 뒤이어 법조계, 문단, 군부의 명사들이 찾아왔다. 왜냐하면 빌포르 씨는 그의 사회적 지위보다도 개인적인 능력에 의하여 파리의 사교계에서는 제1급에 속하는 인물이었기 때문이다.

빌포르의 사촌은 문 앞에 서서 조문객들을 맞아들였다. 그것이 인사치레로만 온 사람들에겐 훨씬 마음 가벼운 일이었다. 그들로서는 상대방이 이처럼 상관이 없는 사람인 경우엔, 아버지나 형제나 약혼자 앞에서처럼 억지로라도 조객으로서의 슬픈 표정을 짓거나 눈물을 짜낼 필요가 없었기 때문이다.

서로 아는 사람들은 피차 눈짓을 해서 한쪽으로 무리를 지어 서곤 했다.

몇몇 모임 가운데엔 드브레와 샤토 르노, 그리고 보샹의 패거리도 있었다.

「정말 안됐군!」 드브레는 다른 사람들이 마음에도 없이 이 말을 던지는 것과는 달리 진실로 가슴 아파하면서 말했다. 「그렇게 부유하고 얼굴도 예쁜 처녀가 정말 안됐어! 샤토 르노, 언젠가 그때 만났을 때는 오늘 일을 상상이나 했던가? 그게 언제더라? 삼 주일 전이거나 기껏해야 한 달 전이었는데. 아마, 혼인 서약서의 서명식 때였지? 결국 서명도 못했지만」

「그래, 맞았어」 샤토 르노가 말했다.

「자넨 그 여자하고 아는 사이였나?」

「무도회에서 한두 번 얘기해 봤을 뿐이야. 약간 쓸쓸해 보이긴 했지만, 매력 있는 여자였어. 그런데 발랑틴 양의 계모는 어디 있지? 자넨 아나?」

「아까 접대하던 그 남자의 부인하고 오늘 하루를 같이 보내러 갔대」

「그건 누구야?」

「누구?」

「아까 접대하던 그 친구 말야. 대의원인가?」

「아냐. 대의원이라면 내가 날마다 대하는걸. 그 친구는 한번도 못 봤어」

「이번 일, 자네 신문에 났나?」

「내가 쓰진 않았지만 나긴 났었어. 빌포르 씨는 기분이 언짢았을 것 같아. 이런 기사였지, 아마. 〈만약 네 사람이 계속해서 죽은 것이 검사의 집이 아닌 다른 곳이었다면, 검사는 훨씬 더 신경질적이 되었을 것이다.〉」

「어쨌든」 하고 샤토 르노가 말했다. 「다브리니 씨는 우리 어머니의 주치의이기도 한데, 그 사람 말이 검사도 상당히 충격을 받은 것 같더래」

「이봐, 드브레, 자네 누굴 찾고 있나?」

「몬테크리스토 백작을 찾고 있어」 드브레가 대답했다.

「여기 오다가 길에서 만났는데, 어딘가로 떠나는 것 같더군. 은행가를 찾아가는 길이라던데」 하고 보샹이 대답했다.

「은행가? 그 사람이 거래하는 은행가라면, 당글라르 씨 아냐?」 샤토 르노가 드브레에게 물었다.

「응, 그렇지」 하고 드브레는 약간 당황해서 대답했다.

「하지만 이 자리에 빠진 건 몬테크리스토 백작뿐이 아니야. 막시밀리앙 모렐도 안 보이는데」

「모렐이라니! 그 사람이 이 집 사람들을 알고 있을까?」 샤토 르노가 물었다.

「빌포르 부인은 소개받았을걸」

「어쨌든 와봐야 알 거야」 하고 드브레가 말했다.

「어차피 오늘밤엔 이 얘기밖에 할 게 있어야지? 이 장례식이야말로 오늘의 뉴스니까. 쉿! 조용히! 법무 대신이 오는군. 울먹거리고 있는 이 집 사촌한테 추도사라도 할 모양인데」

세 청년은 법무 대신의 추도사를 들으려고 문 앞으로 갔다.

보샹의 말은 거짓말이 아니었다. 장례식에 오는 길에 그는 몬테크리스토 백작을 만났던 것이다. 백작은 쇼세당탱 가의 당글라르 씨 집으로 가는 길이었다.

은행가는 창문으로 백작의 마차가 마당으로 들어오는 것을 보았다. 그러자 그는 슬픈 듯하면서도 상냥한 얼굴로 백작을 마중 나갔다.

「어서 오십시오, 백작!」 그는 몬테크리스토 백작에게 손을 내밀며 말했다. 「제게 애도의 말씀을 해주려고 오셨군요. 실은 집에 좋지 않은 일이 생겼습니다. 금방 백작이 나타나신 걸 보았을 때, 저는 제가 모르세르 가에 불행이 일어나길 바랐던 게 아닌가 하는 생각을 혼자 해보고 있던 참입니다. 〈좋지 않은 생각을 하면, 좋지 않은 일이 일어난다〉는 속담이 꼭 들어맞는 것 같아서요. 하지만 이 점만은 맹세할 수 있습니다. 저는 모르세르 가에 불행한 일이 일어나길 바란 일은 없습니다. 그 사람이 나처럼 빈손으로 자수 성가한 사람이어서 다소 거만하게 굴긴 했지요. 그러나 결점 없는 사람이 어디 있습니까? 그런데 백작, 우리 연배의 사람들은…… 실례했습니다. 아직 젊으신데, 이런 말씀을 해서…… 우리 연배의 사람들이 아무래도 올해는 운이 나빠서, 이를테면 저 고결한 검사 빌포르 씨까지도 따님을 잃었단 말씀입니다. 요컨대 빌포르 씨는 이상하게도 온 가족을 잃었고, 모르세르는 치욕 속에서 자살했으며, 또 저는 저대로 베네데토란 놈의 파렴치한 죄로 웃음거리가 되었단 말씀입니다. 게다가……」

「게다가라니요, 뭡니까, 또?」 백작이 물었다.

「아, 아직 모르시는군요?」

「또 무슨 좋지 않은 일이 일어났습니까?」

「집의 딸아이가……」

「따님이오?」

「외제니가 집을 나갔습니다」

「아니! 그럴 수가?」

「그런데 정말입니다. 백작께선 처자가 없으니 얼마나 마음 편하시겠습니까?」

「그렇게 생각하십니까?」

「네, 그렇고말고요」

「그래, 외제니 양이 어째서……」

「그 빌어먹을 녀석 때문에 당한 수치를 참을 수가 없었던 거죠. 그래서 여행을 가겠다고 하더군요」

「그래, 벌써 떠나셨나요?」

「네, 간밤에」

「부인과 같이 떠났나요?」

「아니, 친구하고 같이 갔지요…… 하지만 외제니는 잃어버린 거나 다를 바 없습니다. 그애 성격으로 봐서 다시는 프랑스에 발을 들여놓지 않을 거예요」

「그게 무슨 말씀이십니까?」 하고 몬테크리스토 백작은 말했다. 「자식만이 유일한 재산인 가난한 사람들에게 가정의 불행이란 참기 어려운 일이죠. 백만장자라면 그래도 견디어낼 수도 있겠지만 말입니다. 아무리 철학자들이 뭐라고 떠들어대도, 현실적인 사람들 같으면 그걸 부정할 수 있지요. 돈으로 없어지지 않는 슬픔은 없단 얘기지요. 이 묘약의 미덕을 인정하신다면, 당신은 누구보다도 빨리 슬픔을 잊을 수 있을 겁니다. 당신은 모든 권력을 한 점에 모은, 재계의 왕자이니까요」

당글라르는 백작이 야유를 하는 건지, 진지하게 얘기하는 건지 알아내려고 그를 흘끗 쳐다보았다. 「과연」 하고 그는 입을 열었다. 「돈으로 위안받을 수 있는 거라면, 나도 위안받을 수 있겠죠. 난 돈이 있으니까요」

「피라미드만큼이나 굉장한 재산이겠죠. 아무도 감히 무너뜨려 보려는 생각조차 못할 뿐 아니라, 설령 무너뜨리려 해보았자 끄떡도 안할 테니」

당글라르는 단순히 사람을 믿어버리는 백작의 고지식함에 으쓱해서 빙그레 웃었다.

「아, 참」 하고 그는 말했다. 「백작께서 들어오실 때, 전 다섯 장의 수표에 서명을 하던 중이었지요. 두 장은 이미 서명을 끝냈는데, 나머지 석 장에 서명을 계속해도 실례가 안 되겠지요?」

「하십시오. 자, 어서」

잠시 조용한 가운데 은행가의 펜 놀리는 소리만이 났다. 한편 백작은 금빛으로 도금된 천장을 바라보고 있었다.

「스페인 어음인가요?」 하고 백작이 물었다. 「아니면 아이티나 나폴리 어음인가요?」

「아닙니다」 당글라르는 만족한 미소를 띠며 대답했다.

「자기앞 수표입니다. 프랑스 은행 지불 수표지요. 그런데 백작」 하며 당글라르는 말을 이었다. 「내가 재계의 왕이라면 백작께선 재계의 황제이신데, 한 장에 100만 프랑이라는 고액 수표를 전에도 많이 보셨겠지요?」

백작은 당글라르가 자연스럽게 내민 다섯 장의 수표를, 마치 무게라도 가늠해 보려는 듯 손으로 받아서 읽어보았다.

프랑스 은행 이사 귀하. 본 어음 지참인에게 소생의 예금 중에서 액면 가격 100만 프랑의 액수를 지불하시기 바람.

남작 당글라르

「하나, 둘, 셋, 넷, 다섯」 하고 몬테크리스토 백작은 수표를 세었다. 「500만 프랑이라! 허, 마치 크로이소스 왕 같으시군요!」

「제가 일하는 방식은 이렇죠」 하고 당글라르가 말했다.

「굉장하십니다. 더군다나, 물론 의심할 여지가 없지만, 이만한 돈이 현찰로 지불될 수가 있다면 말입니다」

「물론 현찰 지불이지요」 당글라르의 말이었다.

「이만한 신용이 있다는 건 대단한 일이십니다. 사실 프랑스에서가 아니면, 이런 일은 찾아볼 수 없죠. 다섯 장의 종이 쪽지가 500만 프랑이 되다니. 눈으로 직접 보지 않고는 믿기 어려운 일이죠」

「그럼, 백작께선 믿지 못하시겠단 말씀인가요?」

「천만에요」

「말씀하시는 투가 이상하니 드리는 말씀입니다. 그럼 직접 보시겠습니까? 한번 저희 행원을 데리고 은행까지 가보시죠. 그 금액에 해당하는 현금을 은행에서 가지고 나올 테니 말이에요」

「아닙니다」 백작은 수표 다섯 장을 접으며 말했다. 「별 말씀을 다 하십니다. 그저, 호기심이 나는 일이라서요. 한번쯤 해보고 싶었을 뿐입니다. 댁의 은행엔 제가 600만 프랑을 넣어두었습니다. 그중에서 90만 프랑은 찾아 썼으니, 510만 프랑이 남아 있겠군요. 그러니 이 수표 다섯 장은 서명도 해놓으셨겠다, 일시불로 해서 저한테 주십시오. 이것이 600만 프랑 전액의 영수증입니다. 이것으로 대차 관계가 없어진 셈입니다. 실은 이 영수증은 전부터 만들어두었는데, 마침 오늘 제가 돈이 필요해서요」

백작은 이렇게 말하더니 한 손으로 수표 다섯 장을 주머니에 넣고, 또 한 손으로는 은행가에게 영수증을 내밀었다.

당글라르의 눈앞에 벼락이 떨어졌다 해도, 이처럼 참혹하게 당하지는 않았을 것이다.

「뭐라고요!」 당글라르가 중얼중얼 말했다. 「이 돈을 가져가시겠다고요? 백작, 제발 그러지 말아주십시오. 이건 양육원의 돈입니다. 양육원에서 저금한 건데 오늘 아침, 지불할 약속이 되어 있는 겁니다」

「허! 그렇다면」 하고 백작은 말했다. 「얘기가 전혀 다른데요. 그럼 다른 것으로 주시지요. 그저 호기심 때문에 이 수표를 받으려 했던 거니까요. 말하자면 세상 사람들에게, 당글라르 상사에선 군소리 한마디 없이 단 오 분도 지체 않고 500만 프랑을 현찰로 지불해 주더라 하고 얘기할 생각으로 그런 겁니다. 그랬더라면 얼마나 멋이 있었겠습니까! 자, 이건 돌려드릴 테니, 그 대신 다른 수표로 바꿔주시죠」

이렇게 말하며 백작은 그 다섯 장의 수표를 당글라르 앞에 내놓았다. 당글라르는 얼굴이 새파래져서, 마치 독수리가 철창 사이로 빼앗긴 고기를 다시 채가려고 손톱을 내밀듯이, 우선 손을 앞으로 내밀었다.

그러나 그는 곧 생각을 달리했다. 그리고 있는 힘을 다해 자신을 억제했다.

차츰 그의 얼굴에는 미소가 떠오르며, 일그러졌던 얼굴 표정이 조금씩 부드러워지기 시작했다.

「하긴」 하고 그는 말했다. 「백작의 영주증은 돈이나 매한가지죠」

「그야 그렇지요! 만일 로마에서 이런 일이 있었다면, 톰슨 앤드 프렌치 상사에선 당신같이 그렇게 힘들게 설명을 늘어놓지 않고 선뜻 돈을 지불해 주었을 겁니다」

「용서하십시오, 백작. 죄송합니다」

「그럼, 이 수표를 제가 가져도 괜찮겠습니까?」

「괜찮고말고요」 당글라르는 머리털 밑에서 구슬처럼 솟아나오는 땀을 닦으며 말했다. 「받아두십시오」

몬테크리스토 백작은 수표 다섯 장을 다시 주머니에 넣었다. 그러나 그 얼굴에는 형언하기 힘든, 다음과 같은 의미의 표정이 떠올랐다.

〈홍! 잘 생각해 보시지. 지금이라도 아차 하는 생각이 든다면, 아직 늦은 건 아니니.〉

「아니」 하고 당글라르가 말했다. 「조금도 염려하지 마시고 제가 서명한 그 어음을 넣어두십시오. 아시다시피 은행가만큼 형식을 존중하는 인간은 없으니까요. 사실 말이지, 그 돈은 양육원으로 갈 돈이었지요. 그런 돈을 양육원에 때맞춰 주지 않는다는 것은, 마치 도둑질하는 것과 다름없다는 생각이 들어서요. 마치 다른 돈하고는 돈의 가치가 다른 것처럼 생각되었던 거죠. 용서하십시오」

그러고 나서 그는 호들갑스럽게, 그러면서도 신경질적인 소리를 내며 웃기 시작했다.

「원 별말씀을」 백작은 상냥하게 웃으며 「그럼 받아두겠습니다」 하고 대답했다. 백작은 그 수표들을 지갑 속에 끼워두었다.

「하지만」 하고 당글라르가 말했다. 「아직 10만 프랑은 남았습니다」

「뭐, 그까짓 것쯤이야」 하고 백작은 대답했다. 「환금 수수료만 해도 그 정도는 될걸요. 그냥 놔두십시오. 이걸로 셈은 끝난 겁니다」

「백작」 하고 당글라르가 말했다. 「그 말씀, 진담이십니까?」

「전 은행가하고는 농담 안합니다」 하고 백작은 오만할 정도로 진지하게 대답했다.

그러고 나서 그는 문 쪽으로 걸어갔다. 바로 그때, 하인이 들어와서 이렇게 말했다.

「양육원의 수납 과장, 보빌 씨가 오셨습니다」

「제가 때를 맞춰서 서명하신 수표를 받아가는 것 같군요. 하마터면 서로 빼앗기를 할 뻔했습니다」

당글라르는 또 한번 얼굴빛이 새파래졌다. 그는 급히 백작에게 작별 인사를 했다.

몬테크리스토 백작은 대합실에 서 있는 보빌 씨와 정중한 인사를 나누었다. 보빌 씨는 몬테크리스토 백작이 떠나자, 곧장 당글라르 씨의 서재로 안내되었다.

수납 과장이 손에 들고 있던 지갑을 보고, 그처럼 진지한 표정을 하고 있던 백작의 얼굴에도 필경 가볍게 미소가 스치고 지나갔을 것이다.

문 앞에 와보니 마차가 대기하고 있었다. 그는 마차를 곧장 프랑스 은행으로 달리게 했다.

그러는 사이에 당글라르는, 마음속에서 일어나는 일체의 동요를 억누르고 수납 과장을 맞아들였다.

물론 그러한 그의 입술에는 미소와 온정이 흘러넘쳤음은 말할 것도 없다.

「어서 오십시오! 이거, 돈을 받으러 오셨겠군요」

「맞습니다, 남작」 하고 보빌 씨가 대답했다. 「양육원을 대표해서 제가 온 겁니다. 저희 양육원의 미망인들과 고아들이 500만 프랑을 받아오라고 저를 보냈지요」

「그만한 돈이 있는데 사람들은 고아들을 불쌍하게 여긴다니까!」 당글라르는 계속 농담으로 받아 넘겼다. 「참 불쌍한 아이들이지!」

「그래서, 제가 이렇게 그애들 이름으로 온 거죠. 어제 편지를 받아보셨겠죠?」 하고 보빌 씨가 물었다.

「받았습니다」

「영수증도 가져왔습니다」

「보빌 씨」 당글라르가 입을 열었다. 「댁의 양육원 고아들이나 미망인들은 이십사 시간만 기다려주셔야 하겠습니다. 왜냐하면 방금 여길 나간 몬테크리스토 백작을 만나셨겠지만……
아까 보셨죠, 그 사람?」

「네, 그런데요?」

「그런데 그 몬테크리스토 백작이 그 500만 프랑을 가져갔습니다」

「아니, 그건 왜요?」

「백작은 로마의 톰슨 앤드 프렌치 상사가 내 앞으로 개설한 무제한 대출의 신용장을 가지고 있습니다. 그래서 그 사람이 내게 500만 프랑을 일시불로 달라고 왔던 거예요. 그래서 제가 프랑스 은행 수표를 그 사람에게 주었지요. 제 재산은 거기 맡겨두었으니까요. 그런데 이해하실 수 있겠지만, 같은 날에 이 사의 수중에서 1,000만 프랑이란 돈이 나간다면, 좀 이상하게들 여길 것 같아서요. 이틀 사이에 그러는 거라면」하며 당글라르는 미소를 띠며 덧붙여 말했다.「아무 문제도 없겠지만요」

「그게 무슨 소립니까?」보빌 씨는 전혀 믿을 수 없다는 듯한 어조로 외쳤다.「조금 아까 나가면서, 마치 아는 사이인 것처럼 저에게 인사하고 나간 그 사람한테, 그 500만 프랑을 주셨다고요!」

「당신은 그분을 모르시더라도, 그쪽에서 아마 당신을 알고 있을 겁니다. 몬테크리스토 백작이 모르는 사람은 없으니까요」

「500만 프랑을!」

「이게, 그 백작이 준 영수증입니다. 자, 성 토마스(그리스도의 열두 사제 중 가장 조심성 있다는 사람이다——옮긴이)처럼 똑똑히 보시고 만져보시오」

보빌 씨는 당글라르가 내민 영수증을 받아 읽어보았다.

당글라르 남작으로부터 510만 프랑을 영수함. 위의 금액은 수시로 로마의 톰슨 앤드 프렌치 상사를 통해 받을 수 있음.

「과연, 정말이군요!」 보빌 씨가 말했다.
「톰슨 앤드 프렌치 상사를 아십니까?」
「압니다」 보빌 씨가 대답했다. 「전에 20만 프랑 가량을 거래했던 일이 있지요. 그런데 그후로는 그 상사에 대한 얘길 전혀 못 들었습니다」
「유럽에서는 손꼽히는 상사지요」 당글라르는 보빌 씨가 돌려준 영수증을 대수롭지 않게 책상 위에 휙 던지며 말했다.
「그렇다면, 그분은 당신 한 사람한테서만도 500만 프랑의 신용을 가지고 있단 말인가요? 허어! 그럼, 몬테크리스토 백작이란 사람은 대부호로군요」
「글쎄, 그건 잘 모르지만, 그 사람은 세 은행에 무제한 대출권을 가지고 있습니다. 저한테서, 로스차일드에게서, 그리고 또 한군데는 라피트 은행이죠」 당글라르는 계속 태연자약하게 덧붙였다. 「그런데 내 집이 마음에 들었는지, 환금 수수료로 10만 프랑을 두고 가더군요」
보빌은 굉장히 감탄한 듯한 얼굴이었다.
「그런 일이라면, 생각 잘하셨습니다. 그 사람이 기부하시는 액수만도 월 2만 프랑은 될 겁니다」
「허! 굉장하군요. 하기야 모르세르 부인과 그 아드님의 경우도 마찬가지긴 하지만요」
「무슨 경우 말씀이신지?」
「그분들은 재산 전부를 양육원에 기부했습니다」

「재산이라고요?」

「그분들의 재산이죠. 결국 돌아가신 모르세르 장군의 재산 말입니다」

「무엇 때문에 기부했을까요?」

「깨끗하지 않은 재산은 안 갖겠다는 거겠죠」

「그럼, 뭘로 생활하고요?」

「어머니는 시골로 내려가고, 아드님은 입대한다나요」

「저런! 결벽증이 너무 심하군요!」

「어제 기부금 등록도 끝냈습니다」

「그래, 얼마나 됩디까?」

「뭐, 별로 대단한 돈은 아니죠. 120만에서 130만 프랑 정도니까요. 그건 그렇고, 우리 얘기로 다시 돌아갑시다」

「좋습니다」 당글라르는 어디까지나 태연하게 말했다. 「그 돈이 급히 필요하신가요?」

「물론이죠. 내일 금고 검사가 있습니다」

「내일이라! 그럼 진작 말씀하시지 않고! 내일이라면 아직 시간이 많네요! 그래, 그 검사는 몇 시죠?」

「두시에 있습니다」

「그럼, 정오에 사람을 보내십시오」 당글라르는 빙그레 웃으면서 말했다.

보빌 씨는 아무 대답도 하지 않았다. 그는 머리를 끄덕여 보이고는 지갑만 만지작거리고 있었다.

「아, 참!」 하고 당글라르는 말했다. 「좀더 좋은 수가 있는데요」

「이제 와서 뭘 어떻게 말입니까?」

「몬테크리스토 백작이 서명한 영수증은 현금이나 마찬가집니다. 이 영수증을 로스차일드나 라피트 은행에 가져가 보십시오. 즉석에서 받을 수 있을 테니까요」

「로마 지불증인데도요?」

「물론이죠. 할인을 한다 해도, 기껏해야 5,000에서 6,000프랑 정도일 겁니다」

수납 과장은 움찔 뒤로 물러섰다.

「뭐라고요? 싫습니다. 차라리 내일까지 기다리겠어요」

「실은 그게, 이런 말 해서 안됐습니다만」 하고 당글라르는 철면피 같은 소리를 했다. 「혹시 구멍 낸 걸 메워야 하는 건 아닌가 해서요」

「오!」 수납 과장이 말했다.

「척 보면 압니다. 정말 그렇다면, 약간의 희생은 어쩔 수 없지요」

「원, 천만에요!」 보빌 씨가 대답했다.

「그럼, 내일로 하시는 거죠? 과장님?」

「네, 내일로 하겠습니다. 그런데 틀림 없겠죠?」

「원! 농담 마십시오. 정오에 사람을 보내시면 은행엔 다 얘기해 놓겠습니다」

「제가 직접 오죠」

「그렇다면 더욱 좋지요. 또 만나뵙게 되면 반갑기도 할 테고요」

그들은 악수를 했다. 「그런데」 하고 보빌 씨가 물었다. 「아까 오다가 빌포르 양의 장례식을 보았는데, 어째 거긴 안 가십니까?」

「안 갑니다」 은행가가 대답했다. 「베네데토 사건 이래, 아직도 저는 웃음거리가 되어 있어서요. 가만히 들어앉아 있어야겠습니다」

「허! 그건 잘못 생각하신 겁니다. 그게 뭐 댁의 잘못이었던가요?」

「과장님, 내 말 좀 들어보십시오. 나처럼 아무 오점 없는 깨끗한 이름을 가진 사람은 신경을 많이 쓰게 되죠」

「모두들 당글라르 씨를 동정하고 있습니다. 특히 당글라르 양은 더욱 동정들을 합니다」

「불쌍한 외제니!」 당글라르는 긴 한숨을 내쉬며 말했다. 「그 애가 수도원에 들어가겠다고 한 걸 아시나요?」

「처음 듣는 소린데요」

「그런데 글쎄, 그게 사실이랍니다! 그 사건이 일어난 이튿날, 그애는 어느 신앙심이 깊은 친구하고 집을 떠날 결심을 했답니다. 이탈리아나 스페인으로, 엄격한 수도원을 찾아나선 거예요」

「오! 야단났군요!」

보빌 씨는 이러한 탄성을 발함으로써 당글라르에게 위로의 뜻을 수없이 되풀이해 보이며 물러갔다.

그러나 그가 겨우 문밖에 나갔을까 말까 했을 때 벌써 당글라르는 프레데리크(9세기의 프랑스 희극 작가──옮긴이)의 작품 『로베르 메케르』를 본 사람이 아니면 이해할 수 없는 난폭한 몸짓으로, 「바보 같은 자식!」 하고 내뱉었다.

그리고 나서 몬테크리스토 백작에게 받은 영수증을 지갑 속에 넣으며 말했다. 「정오에 와봐라, 정오에. 그땐, 난 먼 데로 도망가 버렸을 테니」

그는 문을 이중으로 잠그고 금고 서랍을 모조리 털어 프랑스 은행의 1,000프랑짜리 지폐 오십 장을 긁어모았다.

그리고 서류의 일부는 태워버리고 나머지는 일부러 눈에 띌 만한 곳에 놓아둔 다음 편지 한 통을 썼다. 편지를 다 쓰자 그는 편지를 봉하고 겉봉에 〈당글라르 남작 부인에게〉라고 썼다.

「오늘밤에」하고 그는 중얼거렸다. 「내가 직접 그 방 화장대 위에 놓아두어야지」

그러고 나서 서랍에서 여권을 꺼내며 「아직도 두 달은 이 여권이 통한단 말야」하고 말했다.

페르라셰즈의 묘지

보빌 씨는 발랑틴을 그의 마지막 처소로 보내는 장례 행렬을 만났다.

날씨는 흐리고 구름이 끼어 있었다. 바람은 아직 훈훈하긴 했지만 노란 잎들에겐 치명적이어서, 점점 헐벗어 가는 나무에서 잎을 떨어뜨려, 대로를 메우고 있는 인파 위로 휘날려 보내고 있었다.

파리 토박이인 빌포르 씨는 페르라셰즈의 묘지를, 순수한 파리 가문의 유해를 안치하는 데 가장 적당한 장소라고 생각하고 있었다. 거기에 비하면 다른 묘지들은 시골 묘지나 죽은 자를 위한 하숙소 정도로밖에 생각되지 않았다. 페르라셰즈의 묘지만이 상류 사회에서 죽은 사람들이 자기 집처럼 편안하게 잠들 수 있는 곳이라고 그는 생각했다.

그래서 앞에서도 말한 바와 같이, 그는 그곳에 묘지를 사두었던 것이다. 그리고 그곳에 묘를 쓰게 했는데, 묘지는 이미 전처의 가족들로 가득 차 있었다. 묘지의 정면에는 〈생메랑, 빌포르 양가의 묘지〉라는 어구가 씌어 있었다. 그것이 발랑틴의 생모인 저 가련한 르네의 마지막 소원이었던 것이다.

생토노레 거리를 출발한 장례 행렬은 페르라셰즈를 향해 가고 있었다. 행렬은 파리의 모든 거리를 지나, 포부르 뒤 탕플에서 외곽으로 통하는 대로를 몇 개씩 빠져 묘소로 향했다. 스무 대의 장의 마차 뒤로는 무려 오십여 대에 이르는 명사들의 마차가 뒤따르고 있었다. 그리고 그뒤로 오백 명도 넘는 사람들이 걸어서 따라가고 있었다.

그들 중 대부분은 발랑틴의 죽음에 크게 충격받은 젊은 사람들이었다. 그들은 차가운 공기만 감도는 이 세기, 이 범속한 시대 속에 살고 있으면서도, 꽃다운 나이에 죽은 이 아름답고 순결하고 사랑스러운 처녀의 죽음 앞에서는 깊은 시적 감동을 받지 않을 수 없었던 것이다.

행렬이 파리를 막 빠져나오는데 사두 마차 한 대가 급히 달려오고 있었다. 말들은 마치 쇠 용수철 같은 탄탄한 다리를 급격히 멈추었다. 바로 몬테크리스토 백작의 마차였다.

백작은 마차에서 내려 영구차 뒤를 따라가며 걷는 군중들 사이에 끼여들었다.

샤토 르노가 제일 먼저 백작을 알아보았다. 그는 자기도 곧 마차에서 내려 백작에게로 갔다. 보샹 또한 타고 있던 전세 마차에서 내렸다. 그는 누군가를 찾고 있음이 분명했다. 그러나 마침내는 단념한 듯이「막시밀리앙 모렐 씨는 어디 있죠?」하고 물었다.「혹시 당신들 중에 그 사람 있는 곳을 알고 계신 분 없습니까?」

「우리도 아까 상가에서 물어봤는데요」하고 샤토 르노가 자신도 의심스럽다는 듯이 대답했다.「그를 본 사람이 아무도 없다고 하더군요」

백작은 입을 다물었다. 그러나 여전히 주위를 살피고 있었다.

이윽고 장례 행렬은 묘지에 도착했다.

백작은 날카로운 눈길로 대뜸 주목과 소사나무 숲속을 꿰뚫었다. 그는 곧 모든 불만을 잊을 수 있었다. 그림자 하나가 시커먼 소사나무가 밑을 스쳐 지나갔다. 백작은 찾으려던 사람을 찾은 듯했다.

이 으리으리한 묘지의 하관식이 어떤 것인지는 다들 알 터이다. 하얀 오솔길 여기저기에는 조문객들이 흩어져 있다. 고요한 하늘과 땅 사이에서 그 고요를 깨뜨리며 나뭇가지가 꺾이는 소리, 어느 무덤의 산울타리를 헤치는 소리, 이어서 신부들의 구슬픈 노랫소리에 섞여 조화 사이로 새어나오는 흐느낌 소리와 함께 조화 밑으로는 파리한 얼굴로 두 손을 모으고 있는 여자의 모습이 보였다.

백작이 발견한 그림자는, 엘로이즈와 아벨라르(12세기 프랑스 철학자. 엘로이즈와의 순결한 사랑으로 유명했으며 사후 페르 라셰즈에 안장되었다——옮긴이)의 무덤 뒤편, 가로세로 다섯 그루씩 배열되어 있는 나무들 사이를 재빨리 지나더니 장의사들 틈에 끼어 유골을 운반하는 말 선두에 서서 무덤까지 따라왔다.

모두들 제각기 무엇인가를 보고 있었다.

몬테크리스토 백작은 옆에 있는 사람들조차 특별히 의식하지 못하는 그 사나이 한 사람만을 주목하고 있었다.

백작은 두 번이나 그 사나이가 혹시 옷 밑에 무기 같은 것을 감추고 있지는 않나 살펴보곤 했다.

행렬이 멈추고 그 사나이의 모습이 드러나자 그는 다름 아닌 막시밀리앙이었다. 그는 목까지 올라간, 단추 달린 검은 프록코트를 입고 있었다. 얼굴빛은 창백하고, 볼은 움푹 들어가고, 모자는 손으로 쥐어뜯었는지 구겨져 있었다. 그는 이제부터 진행될 장례식을 하나도 빠짐없이 지켜보려는 듯, 무덤이 내려다보이는 언덕 위 어느 나무에 기대어 앉았다.

모든 것이 관례대로 진행되었다. 몇몇 사람이 언제나 그렇듯이, 감동받을 만한 부분은 조금도 찾아볼 수 없는 조사(弔詞)를 늘어놓았다. 어떤 사람들은 고인이 아직 나이가 어리다는 것을 동정하는가 하면, 또 어떤 사람들은 부친의 슬픔에 대해서까지 언급하고 있었다. 그중에는 발랑틴이 생전에 아버지 빌포르 씨를 졸라서, 법의 칼날 앞에 놓인 죄인들을 구해 주었던 일에 대해 얘기하는 사람도 있었다. 어쨌든 모두가 다투어 뒤페리에게 주는 말레르브의 시(17세기의 유명한 프랑스 시인 말레르브가 친구 뒤페리에게 헌사한 딸의 죽음을 애도한 추도시 ── 옮긴이)를 여기저기 인용하면서, 아름다운 문구라든가 비통한 구절들을 끼워 넣느라 애쓰고 있었다.

몬테크리스토 백작은 아무것도 듣지도 보지도 않았다. 그의 눈은 오직 막시밀리앙에게만 쏠릴 뿐이었다. 침착하게 꼼짝 않고 앉아 있는 그의 모습은, 청년의 마음속에서 일어나고 있는 감정을 읽을 수 있는 사람만이 알 수 있는 무서운 광경이었다.

「이봐」하고 갑자기 보샹이 드브레에게 말했다.「막시밀리앙이 저기 있군! 어디서 나타났지?」

두 사람은 다시 샤토 르노에게도 알려주었다.

「그런데 안색이 어쩌면 저렇게 창백할까?」샤토 르노는 깜짝 놀라며 말했다.

「추운 모양이지」드브레가 대답했다.

「아냐」샤토 르노가 천천히 대답했다.「상당히 충격을 받은 것 같아. 막시밀리앙이라는 친구, 워낙 감수성이 예민한 사람이니까」

「쳇!」드브레가 말했다.「발랑틴 양을 알지도 못한다면서」

「그건 그래. 하지만 이제 생각해 보니 모르세르 부인의 무도회 때, 발랑틴하고 세 번이나 춤을 추었어. 백작님, 당신이 최고의 인기를 끌었던 그 무도회 때 말입니다」

「모르겠군요」백작은 계속 막시밀리앙만 지켜보고 있었기 때문에 자기가 지금 무슨 말에, 또 누구에게 대답하고 있는지조차도 모른 채 아무렇게나 대답해 버렸다. 막시밀리앙은 마치 숨을 참고 있는 사람처럼 볼이 빨갛게 달아올라 있었다.

「추도사가 끝났군요. 그럼 안녕히들 계십시오」하고 백작은 불쑥 이렇게 말했다.

그러고는 어디론가 사라져버렸다.

장례식이 끝났다. 식에 참석했던 사람들은 다시 파리로 돌아갔다.

샤토 르노만이 잠시 눈으로 막시밀리앙을 찾았다. 그러나 그가 백작의 뒷모습을 보고 있는 동안, 막시밀리앙은 그 자리를 떠나버렸다. 그래서 샤토 르노도 잠시 찾아보다가 드브레와

보상의 뒤를 따라가버렸다.

백작은 키 작은 잡목들 속으로 뛰어들었다. 그리고 커다란 무덤 뒤에 숨어 막시밀리앙의 일거일동을 엿보았다. 막시밀리앙은 구경꾼들에 이어 인부들까지도 다 떠나고 난 후 무덤 곁으로 조금씩 조금씩 다가오고 있었다. 막시밀리앙은 천천히, 멍하니 주위를 둘러보았다. 그의 눈길이 백작이 있는 곳과는 정반대 쪽을 향하고 있는 것을 보고는, 백작은 자신의 모습이 상대방의 눈에 띄지 않도록 주의하며 열 발자국 정도 앞으로 나아갔다.

막시밀리앙은 이마를 묘석에 닿을 정도로 숙이고, 두 손으로 철책을 잡으며 이렇게 중얼거렸다.

「오, 발랑틴!」

백작은 갑자기 폭발하듯 튀어나온 이 한마디에 가슴이 아팠다. 그는 한걸음 더 나아가 막시밀리앙의 어깨를 두드리며, 「여기 계셨군!」 하고 말했다. 「찾고 있었어요!」

백작은 분명 상대방이 소리를 지르며 자기를 비난하고 책망할 줄 알고 있었다. 그러나 그의 생각과 달리 겉보기엔 아주 침착한 표정으로 말했다. 「보시다시피 기도를 드리고 있었죠!」

무엇인가를 알아내려는 듯, 백작은 청년을 머리끝부터 발끝까지 죽 훑어보았다.

그러더니 백작은 한결 마음을 놓은 듯, 「파리까지 같이 안 가시겠어요?」 하고 물었다.

「아니, 안 가겠습니다」

「그럼, 뭐 필요한 건 없으신지?」

「이대로 기도나 드리게 해주십시오」

백작은 아무 소리 않고 물러갔다. 그러나 다른 곳으로 가서 숨기 위해서 그런 것이었다. 거기서 그는 청년의 일거일동을 또다시 주시하기 시작했다. 청년은 결국 몸을 일으키더니 돌가루가 묻어 하얗게 된 무릎을 턴 다음, 뒤도 한번 돌아보지 않고 파리를 향해 떠났다.

그는 라로케트를 향해 떠났다.

백작은 페르라세즈에 대기시켜 놓았던 마차를 돌려보내고는, 청년에게서 백 보쯤 떨어져 그의 뒤를 따라 걸었다. 막시밀리앙은 운하를 건넜다. 그리고 대로를 몇 개씩 지나 메레 가의 집으로 돌아갔다.

쥘리는 정원 입구에서 정원사 노릇을 열심히 하고 있는 페늘롱이 벵골 장미에 접목을 하고 있는 것을 바라보고 있었다.

「어머나, 백작님!」 쥘리는 몬테크리스토 백작이 메레 가를 방문할 때마다, 이 집안 식구들이 누구나 그렇듯 한결같은 어조로 환성을 질렀다.

「방금 막시밀리앙 씨가 돌아왔지요, 부인?」 하고 백작은 물었다.

「네, 들어가는 걸 본 것 같아요」 하고 젊은 부인이 대답했다. 「하지만 엠마뉘엘도 좀 만나주셔야지요」

「미안합니다, 부인. 한시바삐 막시밀리앙 씨를 만나봐야 합니다. 아주 중요한 문제가 있어서요」

「그럼, 올라가 보세요」 하며 쥘리는 백작이 계단으로 사라질 때까지 싱냥한 미소를 보냈다.

몬테크리스토 백작은 곧바로 막시밀리앙의 방이 있는 3층까지 올라갔다. 그는 층계참에 이르자 귀를 기울였다. 아무 소리도 들리지 않았다.

한 가족만이 살고 있는 옛날 집들이 대개 그렇듯이, 층계참과 방 사이에는 유리문 하나밖에 없었다.

그러나 그 유리문의 열쇠가 없었다. 막시밀리앙은 그 안에 있었지만, 문에는 붉은 비단 커튼이 드리워져 있어서 안을 들여다볼 수가 없었다.

백작은 불안감으로 얼굴빛이 붉게 달아올랐다. 그것은 그처럼 냉정한 사람에게서는 좀처럼 볼 수 없는 동요의 빛이었다.

「뭘 하는 걸까?」 백작은 중얼거렸다.

그리고 그는 잠시 생각해 보았다. 〈벨을 누를까? 아니, 아니. 벨소리는, 그러니까 누가 왔다고 알리는 소리는 종종 지금의 막시밀리앙과 같은 처지에 놓인 사람의 결심에 박차를 가하는 수가 있지. 그렇게 되면, 벨소리에 이어 다른 소리가 들려오는 법.〉

백작은 전신이 오싹해졌다. 그는 워낙 섬광처럼 빠른 결단력이 있는 사람이었다. 그가 팔꿈치로 유리를 쾅 치자 유리문은 이내 박살이 나버렸다. 그는 커튼을 들추었다. 방안에서는 막시밀리앙이 책상 앞에 앉아 펜을 쥐고 있다가, 유리창이 깨지는 소리에 놀라 의자에서 벌떡 일어나 있었다.

「아무 일도 아니에요, 미안합니다」하고 백작은 말했다.

「미끄러졌어요. 미끄러지다가 그만, 팔꿈치로 유리를 깨뜨리고 말았군요. 이왕 유리를 깼으니, 한번 들어와 본 거죠. 자, 상관 마시고 일하세요」

백작은 깨진 유리창으로 팔을 들이밀어 문을 열었다.

막시밀리앙은 눈에 띄게 당황한 빛을 보이며 백작 앞으로 다가왔다. 그러나 백작을 맞아들이기 위해서라기보다는, 통로를 막기 위해서였다.

「댁의 하인들 탓이군요」 백작은 팔꿈치를 문지르며 말했다. 「마루를 거울같이 닦아놓았으니」

「다치셨나요?」 막리밀리앙은 냉정하게 물었다.

「글쎄요. 그런데 뭘 하고 계셨지요? 뭘 쓰고 계셨나요?」

「제가요?」

「손에 잉크가 묻었으니 말입니다」

「네, 쓰고 있었죠. 전 군인이지만, 가끔은 뭘 쓰기도 하지요」

백작은 방안으로 몇 걸음 걸어 들어갔다. 막시밀리앙은 백작을 들여보낼 수밖에 없었다. 그러나 바로 그의 뒤를 쫓아갔다.

「쓰고 계셨군요?」 백작은 상대방이 난처해질 정도로 쏘아보며 물었다.

「네, 조금 전에 말씀드린 대로」 청년이 대답했다.

백작은 주위를 둘러보았다.

「잉크병 옆에 권총이 있군요!」 백작은 손가락으로 책상 위에 놓여 있는 무기를 가리키며 청년에게 말했다.

「여행을 떠나려고요」

「막시밀리앙 씨!」 백작은 지극히 부드럽게 말했다. 「막시밀리앙 씨! 제발 지나친 생각을 하지 마세요!」

「제가 지나친 생각을 한다고요?」 막시밀리앙은 어깨를 으쓱해 보이며 말했다. 「도대체 여행하려는 게 뭐가 지나친 생각이란 말씀이십니까?」

「막시밀리앙 씨」 하고 백작은 말했다. 「우리 서로 가면은 벗어버립시다. 나도 쓸데없이 친절한 체는 하지 않을 테니, 당신도 그렇게 너무 침착한 티는 벗어버려요. 아시겠죠? 내가 이런 일을 한 건, 유리창까지 깨버린 건, 너무 불안해서 그랬던 거예요. 아니, 무서운 확신이 있었기 때문이오. 막시밀리앙 씨, 자살하려는 거였지요?」

「그래요」 막시밀리앙은 몸을 부르르 떨며 말했다. 「어떻게 아셨죠?」

「당신은 분명 자살하려고 했습니다!」 백작은 같은 목소리로 말을 이었다. 「이게 그 증거죠」

백작은 책상 앞으로 가더니, 막시밀리앙이 쓰다 만 편지 위에 덮여 있는 흰 종이를 제치고 편지를 집어들었다. 막시밀리앙은 백작에게 달려가 편지를 빼앗으려고 했다.

그러나 백작은 상대방의 그러한 행동을 미리 짐작하고 있었다. 그는 막시밀리앙의 팔목을, 마치 튀어오르기 시작하는 용수철을 강철 사슬로 꽉 누르듯이 손으로 꽉 잡았다.

「그것 봐요! 당신은 죽어버리려고 했습니다. 여기 이렇게 써 놓고서」 하고 백작은 말했다.

「그게 어쨌단 말입니까?」 막시밀리앙은 지금까지의 침착한 태도에서 벗어나 갑자기 격한 표정을 지으며 소리쳤다.

「그래, 그렇다 칩시다. 제가 설령 권총의 총구를 제 머리에 대려고 결심했다 치더라도, 누가 감히 막을 수 있단 말인가요? 그걸 막을 용기가 누구에게 있단 말입니까? 제가 만약 〈내 모든 희망은 무너졌다. 내 마음은 갈가리 찢기고, 내 인생은 끝났고, 내 주위에는 오직 슬픔과 절망밖엔 남지 않았다. 대지는 재가 되었고, 인간의 목소리는 모두 내 가슴을 아프게만 할 뿐〉이라고 말한다 칩시다. 그리고 〈나를 죽게 내버려두는 것이

자비다. 만약 내가 죽는 것을 막는다면 나는 이성을 잃고 미쳐 버리고 말 테니까〉라고, 백작님, 제가 진정한 고통과 눈물 속에서 그런 말을 한다고 칩시다. 그때 누가 저한테 〈그건 잘못된 생각이다〉라고 말할 수 있을까요? 제가 이 세상에서 가장 불행한 사람이 되는 걸 막을 사람이 누가 있겠습니까? 백작님, 대답해 보십시오. 당신에겐 그런 용기가 있습니까?」

「있지요」 하고 백작은 대답했다. 그의 착 가라앉은 음성은, 흥분해 있는 청년의 목소리와 묘한 대조를 이루고 있었다. 「있어요. 나한테는 말입니다」

「당신에겐 있다고요?」 청년은 점점 더 분노와 비난의 빛을 띠며 외쳤다. 「말도 안 되는 소리로 제게 희망을 갖게 하던 당신이! 제가 손만 썼다면 그리고 확고하게 결심만 했더라면 발랑틴을 구할 수 있었거나, 적어도 제 팔 안에서 죽게 할 수 있었을 것을. 그 쓸데없는 약속으로 저를 속이고 붙잡은 당신이! 어떤 지혜도, 어떤 물질적인 힘도 다 가지고 있는 척하던 당신이! 자기는 신과 같은 일을 할 수 있다면서, 아니 할 수 있는 척하면서, 독약을 마신 발랑틴에게 해독제 한번 먹게 할 능력조차 없던 당신이! 정말이지, 저를 분노하게 하지 않았더라면 당신은 동정이나 받아야 할 처지입니다!」

「막시밀리앙 씨……」

「그래요. 당신은 저더러 가면을 벗으라고 했지요? 그러니 이제 만족하시겠군요, 제가 가면을 벗었으니. 그래요, 당신이 무덤에서 저를 따라왔을 때, 전 대꾸를 했었지요. 전 워낙 마음이 약한 사람이니까. 당신이 이리로 들어오실 때도 전 그냥 들여보내 드렸습니다…… 하지만 제가 무덤 속이라고 생각하고 틀어박혀 있는 이 방 안까지 와서 저를 속이려고 하는 이상, 그리고 이젠 다 끝났다고 생각하는 저에게 또 다른 고통을 가져온 이상, 제가 소위 은인이라고 여기던 몬테크리스토 백작, 마치 구세주인 양 오신 몬테크리스토 백작, 이젠 안심하십시오. 당신의 친구가 죽는 꼴을 보여드릴 테니까요!」

막시밀리앙은 입술에 미친 듯한 웃음을 띠며, 또다시 권총을 향해 달려들었다.

백작은 유령처럼 얼굴이 새파래졌으나 눈만은 섬광처럼 번득이면서 권총을 잡아채고는, 이성을 잃은 상대방을 향해 이렇게 말했다.

「어쨌든 다시 한번 말하지만, 자살은 안 됩니다!」

「막을 수 있거든 막아보십시오!」 하며 청년은 다시 달려들었다. 그러나 무쇠 같은 백작의 팔에 또다시 눌리고 말았다.

「난 막을 수 있습니다!」

「자유로운 사고를 가진 사람들에게, 자기 멋대로 힘을 행사하는 당신은 도대체 어떤 사람입니까?」 막시밀리앙이 반문했다.

「그렇다면 얘기해 드리죠」 하고 백작은 이렇게 말했다. 「난, 이 세상에서 〈막시밀리앙, 난 너의 아버지를 위해, 오늘 네가 죽는 것을 보고만 있을 수 없다〉고 말할 수 있는 유일한 사람입니다」

백작은 위엄 있는, 마치 딴사람처럼 숭고한 표정을 지으며 팔짱을 끼고는 가슴을 두근거리고 있는 청년 앞으로 다가갔다. 막시밀리앙은 거의 거룩해 보이기조차 하는 이 사람에게 압도되어, 저도 모르게 한 발짝 뒤로 물러섰다.

「어째서 제 아버님을 위해서라는 겁니까?」 그는 중얼거리듯 말했다.「어째서, 지금 제 문제에 아버지를 끌어들이시는 거죠?」

「그건 지난날 나를, 지금의 당신처럼 자살하려는 나를 구해 주셨던 분이 바로 당신 아버님이기 때문이오. 그리고 바로 내가, 당신 누이에겐 재물이 든 지갑을, 당신 아버님에겐 파라옹 호를 돌려준 사람이기 때문이며, 그 옛날 어린아이였던 당신을 무릎 위에 올려놓고 놀아주던 에드몽 당테스이기 때문이오!」

막시밀리앙은 비틀거리면서 숨도 제대로 못 쉬었고, 얻어맞은 듯 또 한번 뒤로 물러서고 말았다. 그러더니 완전히 힘을 잃고는, 커다랗게 소리를 지르며 백작의 발밑에 쓰러지듯 엎드렸다.

그러나 이 훌륭한 청년은 금세 완전히 기운을 차렸다. 그는 벌떡 일어나서 방 밖으로 뛰어나갔다. 그리고 계단 아래를 향해 있는 힘을 다해 소리쳤다.

「쥘리! 쥘리! 엠마뉘엘! 엠마뉘엘!」

백작도 뛰어나가려 했다. 그러나 막시밀리앙은 죽을 힘을 다해 문을 밀어붙여 백작이 나오지 못하게 막았다. 막시밀리앙의 소리를 듣고 쥘리, 엠마뉘엘, 페늘롱, 그리고 하인들이 깜짝 놀라서 달려왔다.

막시밀리앙은 그들의 손을 붙잡고 문을 다시 열며,「무릎들 꿇어요」하고 터질 듯한 울음을 참느라 목멘 소리로 외쳤다.「이분은 우리들의 은인입니다. 아버님의 목숨을 구하신 분이고! 또 이분이 바로……」

〈에드몽 당테스예요!〉하고 말하려는 것을, 백작이 청년의 팔을 잡아 입을 막았다.

쥘리는 와락 백작의 품으로 달려들었다. 엠마뉘엘은 마치 수호신처럼 백작을 끌어안았다. 막시밀리앙은 또 한번 무릎을 꿇고 이마를 마룻바닥에 댔다.

그러자 청동과도 같던 그 사람은, 가슴이 부풀어오르면서 타오르는 불길 한 줄기가 목구멍에서 눈으로 솟아나와, 고개를 숙이고 눈물을 흘리기 시작했다.

잠시 동안 이 방안에서는 터져나오는 울음 소리가 화음을 이루고 있었다. 그 소리는 분명 하느님이 사랑하시는 천사들의 귀에까지 아름답게 들렸을 것이다.

쥘리는 너무나 깊은 감동에서 깨어나자, 곧 밖으로 뛰어나가더니 계단을 내려와 어린아이처럼 웃으며 객실로 달려갔다. 그리고 멜랑 가에서 누군지 모를 사람으로부터 받은 그 지갑을 넣어두었던, 둥근 수정함의 뚜껑을 열었다.

그러는 사이에 엠마뉘엘은, 자주 잠겨버리는 목소리로 백작에게 이렇게 말했다.

「오, 백작님! 우리가 그처럼 자주 미지의 은인에 대해 얘기하는 걸 들으시고도, 그리고 그처럼 감사와 존경으로 추억을 장식하는 걸 보시면서도, 어떻게 오늘까지 그 사람이 당신이라는 걸 밝히지 않으셨습니까? 오, 그간 저희에게 너무나 잔인하셨던 겁니다. 그리고 감히 이런 말씀을 드려 죄송합니다만, 백작 자신에게도 잔인하셨습니다」

「내 얘기를 들어보세요」 하고 백작은 말했다. 「난, 당신을 친구라고 부를 수 있다고 생각합니다. 당신은 모르시겠지만, 당신은 십일 년째 나의 친구이니까요. 그런데 이 비밀이 드러나

게 된 건, 아마 당신은 모르고 계실, 어떤 중대한 사건 때문입니다. 내가 그 비밀을 평생토록 가슴속 깊이 숨겨두려고 했음을, 하느님께서는 알고 계십니다. 그런 것을 당신의 처형이 억지로 들추어낸 셈입니다. 지금은 분명 그 사람도 후회하고 있을 겁니다」

그러고는 막시밀리앙이 무릎을 꿇은 채로 안락의자에 쓰러져 있는 것을 보고,「저 사람을 잘 감시해야 합니다」하고 낮은 목소리로 말하며, 엠마뉘엘의 손을 의미심장하게 꽉 잡았다.

「그건 왜죠?」엠마뉘엘은 놀라서 물었다.

「이유는 말할 수 없습니다. 그러나 잘 지켜야 합니다」

엠마뉘엘은 방안을 한바퀴 빙 둘러보다가 막시밀리앙의 권총에 시선이 갔다.

그는 겁에 질린 듯, 무기에서 눈을 떼지 못했다.

그러고는 서서히 손가락을 들더니 무기가 있는 곳을 가리켰다.

백작은 고개를 끄덕여 보였다.

엠마뉘엘은 권총 쪽으로 몸을 움직였다.

「그대로 두세요」하고 백작이 막았다.

그러고는 막시밀리앙에게 가서 그의 손을 잡았다. 조금 전 청년의 마음을 일시에 뒤흔들어놓았던 격동은, 이제 깊은 방심으로 변해 있었다.

쥘리가 다시 올라왔다. 손에는 비단 지갑을 들고 있었다. 반짝반짝 빛나는 두 줄기 눈물이, 마치 아침 이슬처럼 그녀의 뺨 위로 흘러내리고 있었다.

「이게 그 물건이에요」하고 그녀는 말했다.「우리의 은인이 누군지 알게 되었다고 해서, 전만큼 귀하게 여기지 않으리라고는 생각하지 마세요」

「부인」하고 백작은 얼굴을 붉히면서 말했다.「제발 그 지갑은 제게 돌려주셨으면 고맙겠습니다. 제 정체를 알게 되셨으니, 따뜻한 마음만 남기고 그 일은 잊어주시길 바라는 마음에서 그러는 겁니다」

「오!」쥘리는 지갑을 가슴에 꼭 대며 말했다.「싫어요. 저도 부탁입니다. 왜냐하면 언젠가는 백작께서 저희들 곁을 떠나실 게 아니겠어요? 정말 유감스럽지만, 언젠가는 말이에요, 안 그래요?」

「맞습니다」백작은 미소를 띠며 대답했다.「일주일 후면 난 이 나라를 떠납니다. 이 나라에서는 응당 하늘의 벌을 받아야 할 사람들이 탈없이 행복하게 살았고, 그에 반해 제 아버님은 고통과 굶주림 속에서 돌아가셨지요」

이렇게 가까운 장래를 예고하면서, 백작은 막시밀리앙을 지그시 바라보았다. 〈이 나라를 떠난다〉는 말에도, 막시밀리앙은 혼수 상태에서 깨어나지 못했다. 그는 이번을 마지막으로, 또 한번 친구로서의 고뇌와 싸우지 않으면 안 된다는 것을 깨달았다. 그는 쥘리와 엠마뉘엘의 손을 모아 꼭 잡으면서, 아버지와도 같은 부드러운 위엄을 보이며 이렇게 말했다.

「제발, 막시밀리앙 씨와 둘만 있게 해주십시오」

그것은 쥘리에게는, 백작이 깜박 잊고 있었던 그 귀한 기념품을 도로 가져갈 수 있는 절호의 기회였다.

여자는 급히 남편을 끌고 나갔다.

「우린 나갑시다」하고 그녀는 말했다.

백작은 막시밀리앙과 단둘이 남게 되었다.

청년은 여전히 석상처럼 꼼짝도 하지 않았다.

「자」백작은 불같이 뜨거운 손가락으로 청년의 어깨를 건드리며 말했다.「막시밀리앙 씨, 이젠 다시 사내다운 기분으로 되돌아왔소?」

「네, 다시 괴로워지기 시작했으니까요」

백작은 불길한 징조를 느낀 듯, 이마에 주름이 졌다.

「막시밀리앙 씨! 막시밀리앙 씨! 당신이 지금 생각하고 있는 건, 기독교도가 해선 안 될 일입니다」

「오! 염려 마십시오」막시밀리앙은 얼굴을 들고, 백작에게 이루 말할 수 없이 서글픈 미소를 지어 보이며 말했다.「전 이제 죽으려는 생각은 안하고 있습니다」

「그럼, 권총도 절망도 이젠 끝이란 얘기요?」

「아니죠. 저의 이런 괴로움을 없애기 위해선, 권총 총구나 칼날보다도 더 나은 게 있단 말씀입니다」

「알 수 없는 소리네요…… 그게 도대체 뭐란 말이오?」

「바로 제 자신의 슬픔 말입니다. 그로 인해 죽을 수도 있겠지요」

「막시밀리앙 씨」백작은 청년 못지않은 서글픈 표정으로 말했다.「내 얘길 들어보시오. 언젠가 나도 당신처럼 절망에 빠졌을 때, 당신과 비슷한 결심을 하고 자살하려고 했소. 당신 아버님께서도 역시 절망한 나머지 자살하려 하셨고. 만약 그분께서 총구를 이마에 대고 있을 때, 또 내가 사흘이나 감옥에서 주는 밥을 안 먹고 있을 때, 이런 극한 상황에 몰려 있는 우리 둘에게 누가 만약,〈살아 있으라! 언젠가는 당신들이 행복에

겨워 인생을 축복할 날이 오리라!〉하고 말했다면, 그런 소리가 어디서 들려왔든지, 우리는 의혹에 찬 미소를 띠거나 믿지 못해 괴로워하면서도 그 말을 받아들였을 겁니다. 더구나 당신 아버님께선 당신을 껴안으면서 얼마나 당신의 생명을 축복하셨을까요? 그리고 또 나 자신도 얼마나……」

「오!」막시밀리앙은 백작의 말을 막으며 말했다.「당신은 자유라는 것만을, 제 아버지께서는 재산만을 잃으셨던 겁니다. 그러나 저는 발랑틴을 잃었습니다」

「나를 좀 봐요, 막시밀리앙 씨」백작은 종종 그를 지극히 위대하고 설득력 있는 사람으로 보이게 하는, 위엄 있는 어조로 말했다.「내 얼굴을 좀 보세요. 내 눈에는 눈물도 없고, 혈관 속엔 열기도 없습니다. 심장의 고동도 불길처럼 뛰지는 않습니다. 그런데도 내겐 내가 친자식처럼 생각하는 당신이 괴로워하는 것이 보입니다. 막시밀리앙 씨, 그건, 괴로움 또한 생명과 마찬가지로, 그 너머에는 언제나 알 수 없는 뭔가가 있다는 것이 아닐까요? 바로 그래서예요. 내가 당신에게 죽으면 안 된다고, 제발 살아야 한다고 말하는 것은, 언젠가는 당신이 나한테 살게 해준 것을 감사할 날이 오리라는 확신이 있기 때문이오」

「천만에요, 무슨 말씀을 하십니까?」막시밀리앙이 외쳤다.「백작님, 당신은 한번도 남을 사랑해 본 적이 없지요?」

「무슨 그런 어린애 같은 소리를!」백작이 대답했다.

「사랑에 있어서는」하고 청년은 말을 이었다.「제가 잘 알고 있습니다. 전 성인이 된 후로는 죽 군인이었습니다. 저는 스물아홉 살이 되기 전까지는 사랑을 모르고 살아왔지요. 그 나이까지 제가 경험한 감정에는, 사랑이라고 부를 만한 것이 없었으니까요. 그런데 스물아홉 살이 되어서 저는 발랑틴을 알게 되었습니다. 그로부터 거의 이 년 동안 그녀를 사랑했지요. 그리고 그 동안 마치 한 권의 책처럼 제 앞에 펼쳐져 있는 그녀의 가슴속에 하느님의 손으로 씌어진, 처녀로서의 또는 여자로서의 모든 미덕을 읽을 줄 알게 되었단 말씀입니다. 백작님, 저는 발랑틴과 함께 있는 시간 동안 무한하고도 엄청난, 그리고 예전에는 알지 못했던 행복을 맛보았습니다. 이 세상의 것이라고는 믿기 어려울 정도로 너무나 크고, 완벽하고, 신성한 행복을 얻었던 겁니다. 그런데 그 행복이란 이 세상이 저에게 준 것이 아니니, 발랑틴이 없어진 지금 이 세상엔 절망과 슬픔밖엔 없다는 말씀이에요」

「막시밀리앙 씨, 내가 당신에게 희망을 가지라고 말하지 않았소?」하고 백작은 그 말을 되풀이했다.

「그렇다면, 조심하셔야 합니다」막시밀리앙 쪽에서도 되풀이해서 말했다.「당신은 저를 설득시키려고 하고 있습니다. 그렇지만 만약 당신이 성공한다면, 그건 제 이성을 잃게 하는 결과를 낳을 겁니다. 왜냐하면, 그러기 위해선 당신이 제게 아직 발랑틴을 만나볼 수 있다는 확신을 주어야만 하니 말입니다」

백작은 빙그레 웃었다.

「백작님!」막시밀리앙은 흥분해서 떠들어댔다.「조심하셔야 합니다. 저는 이 말씀이나 또 해드려야겠군요. 저는 당신이 제게 끼칠 영향이 두렵습니다. 조심스럽게 말씀을 해주셔야 합니다. 제 눈이 벌써 번득이기 시작했습니다. 심장은 다시 원기를 회복해서 살아난 것 같아요. 말씀을 삼가셔야 합니다. 어쩐 일인지 제게 초자연적인 힘을 믿게 하시니 말이에요. 만약 당신

이제게 야이로의 딸(「누가 복음」에 나오는 처녀——옮긴이)의 묘석을 들라고 하시면, 들겠습니다. 또 만약 파도 위로 걸어가라고 손으로 신호를 보내신다면, 그 사도처럼(베드로를 말한다——옮긴이) 파도 위를 걷겠어요. 조심하셔야 합니다. 전 무슨 말이든 다 따를 테니까요」

「희망을 가지라니까!」 백작은 역시 같은 대답이었다.

「아!」 막시밀리앙은 흥분의 절정에서, 다시 비탄의 저 밑바닥으로 떨어지며 말했다. 「아! 당신은 저를 놓고 장난을 하시는군요! 마치 착한 어머니들이, 아니 착하다기보단 이기적인 어머니들이, 아이들 우는 소리가 성가셔서 달콤한 말만 가지고 달래는 것과 똑같군요. 아니, 조심하시라고 한 말은 제 잘못이었습니다. 그래요, 걱정하실 것 없습니다. 저는 이 괴로움을 조심성 있게, 제 가슴속에 묻어버릴 테니까요. 가슴속에 은밀하게 감추어서 완전히 비밀로 해두고, 동정 같은 건 받지 않도록 하겠어요. 자, 그럼, 안녕히 가십시오!」

「천만에」 백작이 대답했다. 「막시밀리앙 씨, 헤어지는 게 아니라, 오히려 이 시간부터 당신은 내 곁에서 나와 함께 살고 나를 떠나지 않게 될 거요. 그리고 일주일 후엔, 우린 프랑스를 떠나는 거예요」

「그래도 저더러 희망을 가지라는 말씀이세요?」

「암, 희망을 가지라는 거지요. 난 당신에게 힘을 줄 수 있는 방법을 알고 있으니까」

「백작, 설령 그 방법이 가능하다 하더라도, 그건 저를 더욱더 슬프게 만들 겁니다. 당신은 제가 느끼는 이 아픔을, 흔히 볼 수 있는 평범한 고통이라 여기고 계십니다. 그래서 한갓 평범한 수단으로, 말하자면 여행 같은 것으로 제 기분을 전환시키려는 거예요」

막시밀리앙은 이렇게 말하며, 사뭇 경멸조의 불신을 나타내면서 고개를 저었다.

「그럼, 내가 무슨 말을 하면 좋겠소?」백작이 물었다「막시밀리앙 씨, 나는 내가 하는 약속을 꼭 믿습니다. 그러니 내가 하는 대로 내버려두세요」

「백작님, 당신께선 제 고통을 연장시킬 뿐입니다」

「그럼」하고 백작은 말했다.「의지가 약한 당신은, 당신의 친구가 하려고 하는 일을 며칠간만 여유를 두고 기다려줄 수도 없단 말이죠? 자, 당신은 몬테크리스토 백작이 어떤 일을 할 수 있는지 아시오? 지상의 모든 힘을 움직일 수 있다는 것을 아시오? 신앙심이 깊은 내가, 〈믿음이 깊으면 산이라도 움직일 수 있다〉고 말한 분의 기적을 얼마만큼 믿고 있는지 아시오? 자, 그러니 내가 바라고 있는 그 기적, 그것을 기다려야 하오. 안 그러면……」

「안 그러면……」막시밀리앙이 되뇌었다.

「안 그러면, 막시밀리앙 씨, 조심하시오. 난 당신을 배은망덕한 인간이라고 말하겠소」

「저를 불쌍히 여겨주세요, 백작」

「막시밀리앙 씨, 난 진심으로 당신을 동정하고 있소. 알겠소? 그런 만큼 한 달 후 지금 이 시간까지, 내가 당신을 회복시켜 주지 못한다면, 막시밀리앙 씨, 내 말을 잘 기억해 두시오, 그땐 내가 내 손으로 당신을 탄환이 든 권총 앞에 세워드리리다. 아니면 당신에게 무서운 이탈리아 독약을, 발랑틴 양의 목숨을 앗아간 약보다 더 확실하고 더 빠른 독약의 잔을 드리리다」

「약속하시죠?」

「물론! 난 남자니까. 그리고 아까 얘기한 것처럼 나도 죽으려고 생각했던 사람이니까. 그리고 그 불행한 시기가 지나가 버린 뒤에도 종종 영원히 잠든다면 얼마나 좋으랴, 하는 생각을 해보았으니까요」

「오! 정말, 약속해 주시는 거죠?」 막시밀리앙은 취한 듯이 소리쳤다.

「단순히 약속만 하는 게 아니오. 맹세하리다」 백작은 손을 내밀며 말했다.

「한 달 후에도, 제가 위안을 얻을 수 없다면, 백작께선 제게 제 목숨을 맡겨주시는 거죠? 그리고 제가 무슨 짓을 하든지, 저를 배은 망덕한 놈이라곤 하지 않으시겠죠?」

「한 달 후, 막시밀리앙 씨, 한 달 후 이 시간, 그날이야말로 신성한 날이 될 것이오. 당신도 기억하고 있는지 모르지만, 오늘은 9월 5일이오. 내가 자살하려던 당신 아버님을 구한 날이, 바로 십년 전 오늘이었소」

막시밀리앙은 백작의 손을 잡고 입을 맞추었다. 백작은 청년이 하는 대로 내버려두었다. 마치 그러한 경의를 받는 것이 당연하다는 듯이.

「한 달 후에」 하고 백작은 다시 말을 이었다. 「당신은 우리 둘이 나란히 앉아 있을 책상 위에서 훌륭한 무기와 달콤한 죽음을 대하게 될지도 모릅니다. 하지만 그때까진 살아서 기다리겠다고 약속하는 거지요?」

「오! 백작, 이번에는 제가 맹세할 차례입니다. 맹세하겠습니다」

백작은 청년을 자기 가슴으로 끌어다가 한참 동안 안고 있었다.

「그럼」 하고 백작은 입을 열었다. 「오늘부터는 내 집에 와서 살아야 해요, 하이데의 방을 내줄 테니. 딸 대신에 아들이 생긴 셈이군요」

「하이데!」 하고 막시밀리앙은 말했다. 「하이데가 어떻게 됐습니까?」

「간밤에 떠났어요」

「백작 곁을 영원히 떠나려고요?」

「아니, 날 기다리려고…… 자, 그럼 샹젤리제의 집으로 갈 채비를 하세요. 그리고 나를 사람들 눈에 띄지 않게 나가게 해주고」

막시밀리앙은 고개를 떨어뜨렸다. 그리고 마치 어린애나 신의 사도처럼 백작이 시키는 대로 했다.

분배

알베르 드 모르세르와 그의 어머니가 세든 생제르맹데프레 가의 셋집. 그 집 2층의 가구 딸린 어느 자그마한 방에는, 어떤 이상한 사람이 세들어 있었다.

그 사람은, 문지기조차도 그 얼굴을 보지 못했다. 겨울에는 마치 극장 입구에서 주인을 기다리고 있는 대갓집 마부들처럼, 턱을 붉은 넥타이에 깊숙이 파묻고 다녔으며, 여름에는 수위실 앞을 지나가다 남의 눈에 뜨일 듯하면, 으레 코를 풀었기 때문이다. 그러나 주목할 만한 일은, 보통의 경우와 달리, 이 집의 이상한 인물만은 누구한테서도 의심을 받지 않았다. 그리고 이 인물이 자기 얼굴을 감추는 것은 신분이 아주 높고 세력이 대단한 사람이기 때문이라는 소문이 돌아, 그가 그렇게 이상한 모습으로 나타날 때마다 사람들은 오히려 존경심을 가지고 그를 대하는 것이었다.
그가 이 집에 나타나는 시간은 거의 일정했다.
겨울이건 여름이건 그가 이곳의 방으로 오는 것은 네시경이었으나, 결코 밤을 보내지는 않았다.
겨울에는 세시 반쯤에 비밀스러운 하녀가 벽로에 불을 지펴 놓았다. 여름에는 역시 세시 반에, 그 하녀가 얼음을 날라오는 것이었다.
네시가 되면, 앞서 말한 바와 같이, 그 이상한 사나이가 온다.
그보다 이십 분 뒤에는, 마차 한 대가 그 셋집 문 앞에 와서 멎는다. 그러면 검거나 짙푸른 옷을 입고 언제나 커다란 베일로 몸을 가린 한 여인이 마차에서 내려, 마치 망령처럼 수위실 앞을 지나 소리 하나 안 내고 가만가만 계단을 올라간다.
단 한번도 여자에게 어디를 가느냐고 누가 물어본 일이 없었다.
따라서 그녀의 얼굴도, 예의 그 미지의 사나이와 마찬가지로 문지기 두 사람이 다 전혀 모르고 있었다.
이 두 문지기는 모범적인 인물로서, 파리 안에 있는 그 많은 문지기들 중에서 아마 그만큼 예의 바른 사람들은 또 없다고 해도 과언이 아닐 것이다.
그 여인은, 물론 2층 이상으로는 올라가지 않았다. 그녀는 어떤 독특한 방법으로 문을 긁는다. 그러면 문이 열렸다가 다시 꽉 닫혀버리는 것이다. 그리고 그 일은 언제나 똑같았다.
셋집에서 나갈 때도, 들어올 때와 같은 식이었다
미지의 여자 쪽에서 얼굴을 베일로 가리고 먼저 그곳을 나온다. 그리고 마차를 타고 길 어느 쪽으로든지 해서 골목을 빠져나간다. 그 다음 이십 분 후, 이번에는 그 미지의 남자가, 얼굴을 넥타이 속에 파묻거나 손수건으로 가리고는 같은 식으로 자취를 감춘다.

발랑틴의 장례식 날, 그러니까 몬테크리스토 백작이 당글라르를 방문한 그 이튿날, 미지의 그 사나이는, 보통때처럼 네 시 반에 오지 않고 아침 열시쯤에 왔다.

그리고 곧, 여느 때와 마찬가지로 뒤이어 마차가 왔다. 그러고는 베일로 얼굴을 가린 여자가 급히 계단을 올라갔다.

문이 열렸다가 이내 다시 닫혔다.

그러나 채 문이 닫히기 전에, 여자가 큰소리로 외쳤다.

「오, 뤼시앵!」

이렇게 해서, 그 소리를 들은 문지기는 미지의 사나이를 보지는 못했지만, 이름이 뤼시앵이라는 것을 처음으로 알게 되었다. 그러나 워낙 모범적인 문지기였던 만큼, 그는 이 말을 아내에게조차도 하지 않았다.

「아니, 왜 그래요?」 베일을 쓴 여자가 너무나 당황하고 다급한 나머지, 얼떨결에 이름을 입 밖에 내놓게 된 그 사나이가 물었다. 「얘길 해봐요」

「당신을 믿어도 괜찮겠죠?」

「물론이죠! 잘 알고 있으면서. 그런데 무슨 일입니까? 오늘 아침 내게 보낸 편지를 보니 굉장히 당황하고 있는 것 같던데요. 그렇게 서두르고 글씨가 엉망인 걸 보니 말이에요. 자, 어서 내게 안심을 시켜주든지 아니면, 놀라게라도 해주구려!」

「뤼시앵, 큰일났어요!」 여자는 상대방의 속마음을 알아보려는 듯, 뤼시앵 드브레를 바라보며 말했다.「당글라르가 간밤에 집을 떠났어요!」
「떠나다니, 어디로요?」
「몰라요」
「아니, 모르다니요! 그럼, 아주 떠나가 버렸단 말인가요?」
「그런가 봐요. 밤 열시에, 마차를 타고 샤랑통까지 갔어요. 거기서 사륜 마차 하나가 말을 다 매어놓고 기다리고 있었고요. 그이는 마부에게 퐁텐블로에 간다고 하면서, 하인과 함께 말을 탔대요」
「그래서 도대체 어떻게 됐단 말이죠?」
「잠깐 기다리세요. 내게 편지를 두고 갔어요」
「편지를?」
「네, 읽어보세요」
그러면서 당글라르 부인은 주머니에서 편지를 꺼내 드브레에게 내주었다. 편지는 겉봉이 뜯겨 있었다.
뤼시앵 드브레는 편지를 읽기 전에 그 속에 무슨 내용이 씌어 있을까 짐작해 보려는 듯, 우선 자신의 마음을 결정해 놓으려는 듯 잠시 망설였다.
몇 분 후에는 결심이 선 듯했다. 그는 편지를 읽었다.
당글라르 부인의 마음에 그처럼 큰 혼란을 가져온 편지의 내용이란 이런 것이었다.
「충실한 아내에게」 드브레는 무심코 읽기를 멈추고, 당글라르 부인을 바라보았다. 부인의 얼굴은 눈까지 새빨개졌다.
「어서 읽으세요」 하고 부인은 말했다.
드브레는 읽기를 계속했다.

당신이 이 편지를 받았을 때 당신의 남편은 이미 사라진 뒤일 거요. 오! 너무 놀라지는 마오. 당신의 딸이 없어진 것과 마찬가지로, 남편도 없어진 거요. 나는 프랑스 국외로 나가는 어떤 길 위에 있을 거요.

내가 그래야 하는 이유를 당신에게 설명해 주어야 할 것 같소. 당신은 그것을 완전히 이해해 줄 여자니까 설명하는 거요.

자, 들어봐요.

나는 오늘 아침 갑자기 500만 프랑의 청구서를 받았소. 그래서 난 그 돈을 냈소. 그런데 또 같은 금액의 지불 청구서를 받았소. 나는 그것을 내일까지 연기해 달라고 말했소. 아, 내가 집을 떠나는 것은 나로서는 견디기 어려운 그 내일을 피하기 위해서요.

내 소중한 아내여, 당신은 그걸 이해할 수 있을지? 나는 이해해 줄 것이라 생각하오. 당신은 나와 마찬가지로, 내 사업의 내용을 잘 알고 있으니까. 아니, 어쩌면 나보다도 더 잘 알고 있을 거요. 다시 말하면, 얼마 전까지 상당하던 재산의 절반이 지금 어디에 가 있는지 나로서는 그 행방을 말할 수 없는 데 반해, 당신은 분명 알고 있을 테니까 말이오.

여자에겐 절대로 실수하지 않는 확실한 본능이 있는 법이지. 여자란 자기 자신이 생활로 겪은 대수학으로 불가사의한 것까지도 설명할 수 있소. 그러나 숫자밖엔 모르던 나는, 그 숫자에 의해서 기만당하는 그날까지 아무것도 모르고 있었단 말이오.

당신은 내가 너무나 빨리 몰락한 것을 보고 놀랐을까?

당신은 내 금괴가 뜨거운 열에 녹아버리고 만 것을 보고 조금은 슬퍼했을까?

분배 249

솔직히 말해서, 내 눈에는 불밖엔 보이는 것이 없었소. 당신이나마 그 잿더미 속에서 얼마 안 되는 황금을 다시 찾아내길 바라오.

신중한 내 아내여, 이 희망적인 위로의 말을 남기고 떠나는 마당에, 나는 당신을 버리고 가는 데 대해선 조금도 양심의 가책을 느끼지 않소. 당신에겐 친구들이 있고, 지금 말한 그 잿더미가 남아 있소. 그리고 무엇보다도 다행스럽게, 내게서 갑자기 받게 된 자유가 있지.

그러나 지금이야말로 내가 당신에게 꼭 털어놓아야 할 때인 것 같소.

당신이 우리 집을 위해, 또 딸의 행복을 위해 일하고 있다고 내가 생각한 동안에는, 나는 냉정하게 눈을 딱 감고 있었소. 그러나 당신이 집을 파괴해 놓은 지금, 나는 남의 행복의 밑받침이 되고 싶지는 않소.

내가 당신과 결혼했을 때, 당신은 돈은 있었지만 소문은 좋지 않았었지.

이렇게 너무 솔직하게 말하는 것을 용서해 주오. 그러나 이건 아마 우리 두 사람만의 얘기일 테니, 격식을 차릴 필요는 없다고 생각하오.

나는 우리 둘의 재산을 계속 늘려왔고, 그 재산은 십오 년 넘게 계속 불어났소. 그러다가 갑자기 불가해하고 설명할 수 없는 재난이 일어나 그 재산을 뒤흔들어 무너뜨려버렸소. 분명히 말하지만, 거기엔 결코 내 잘못은 없었다고 보오.

아내여, 당신은 오직 재산을 늘리는 것만 고심해 왔소. 그리고 당신은 그 일에 성공했소. 나는 마음속으로 그것을 인정하오.
　나는 지금 당신 곁을 떠나오. 여전히 돈은 있지만, 평판은 좋지 않은 당신 곁을. 잘 있으오.
　나 역시 오늘부터는 나를 위해서만 노력할 셈이오.
　당신이 내게 가르쳐준 모범에 대해, 그리고 그 모범을 보여준 데 대해 감사하오.

당신의 충실한 남편,
당글라르 남작

　당글라르 부인은 드브레가 이 길고 폐부를 찌르는 듯한 편지를 읽는 동안, 그에게서 눈을 떼지 않았다. 부인은 절대로 자기 감정을 겉으로 나타내지 않는 드브레의 얼굴빛이 한두 번 변하는 것을 보았다.
　편지를 다 읽고 난 그는, 다시 편지를 처음처럼 접은 다음 예의 그 생각하는 얼굴로 돌아왔다.
　「어때요?」 부인은 한눈에 알 수 있는 불안한 얼굴로 물었다.
　「어떠냐니요?」 드브레는 기계적으로 반문했다.
　「그 편지를 읽고 어떤 생각이 떠오르느냔 말이에요」
　「그야 간단하죠. 이 편지를 보니, 당글라르 씨가 어떤 의혹을 품고 집을 떠났는지 알 수 있군요」
　「그건 그래요. 하지만 그게 내게 할말의 전부란 말이에요?」
　「모르겠는데요」 드브레는 얼음장처럼 냉정하게 대답했다.
　「그이는 갔어요! 아주 간 거예요. 다신 돌아오지 않을 거라고요」
　「오!」 하고 드브레가 말했다. 「그렇게 생각하면 안 됩니다.

부인」

「아니에요. 돌아오지 않을 거예요. 난 그이를 잘 알아요. 그이는 자신의 이익을 위해서 마음 먹은 일이라면 절대로 주저하지 않는 사람이에요. 만약 어떤 일에건 도움이 될 수 있다고 생각했다면, 날 데리고 갔을 거예요. 그건, 나하고 헤어지는 것이 자기 계획을 성취하는 데 이롭다고 생각하기 때문이죠. 그러니까 절대로 돌아오진 않을 거예요. 그리고 난 이제 자유로운 몸이 된 거지요」하고 부인은 여전히 애원조로 말했다.

그러나 드브레는 대답은 않고, 여자가 눈과 머리로 몹시 불안하게 대답을 기다리도록 내버려두었다.

「아니, 왜 대답을 안하시는 거죠?」 부인은 마침내 입을 열었다.

「나로선 물어볼 것이 꼭 하나 있을 뿐입니다. 이제부터 어떡하실 생각이십니까?」

「그게 바로 내가 당신한테 물어보려던 거예요」 부인은 가슴을 두근거리며 말했다.

「아! 그러니까 나한테 무슨 의견이라도 듣길 바라고 있단 말씀이로군요?」

「그래요. 당신 의견을 듣고 싶어요」 부인은 가슴을 졸이며 말했다.

「내 의견을 바라시는 거라면」 드브레는 차갑게 대답했다. 「여행을 하시라고 권하고 싶네요」

「여행을 하라고요!」 부인은 중얼거렸다.

「그렇죠. 당글라르 씨 말대로 당신은 돈도 있겠다, 또 자유로운 몸이시니까. 외제니 양의 파혼에 당글라르 씨의 가출, 이러한 사건들이 연거푸 일어났으니, 적어도 내 생각엔 일단 파리를 떠나실 필요가 있다고 생각되는데요. 단, 그러려면 당신이 버림받았다는 것과 빈털터리가 되었다는 것을 세상 사람들에게 알려야 할 겁니다. 파산한 사람의 아내가 사치를 한다든가 호화로운 생활을 누리는 것은 세상이 용서치 않을 테니까요. 우선 두 주일쯤만 파리에 있으면 될 거예요. 그 사이에 사람들에게 당신이 남편한테 버림받았다는 얘기를 하셔야겠지요. 친한 친구들에겐 어떻게 버림받게 되었는지 자세히 얘기해 주고요. 그러면 그 친구들이 사교계에 가서 그 얘길 금방 퍼뜨릴 테니까요. 그 다음에 집을 떠나는 겁니다. 보석도 두고 가세요. 남편한테서 받을 재산도 포기하고. 그러면 모두들 당신의 욕심 없음을 칭찬하고 당신을 찬양해 줄 거요. 그리고 모두들 당신이 버림받은 것으로 알고, 당신이 돈이 없다고 생각할 겁니다. 결국 당신의 재산 상태를 아는 것은 나 하나뿐일 테죠. 난 당신의 동업자로서, 언제든지 결산 보고를 해드릴 수 있습니다」

당글라르 부인은 너무나 충격을 받아 얼굴빛이 새파래져서, 드브레가 침착하고 태연하게 이런 말을 늘어놓는 것을 두려움과 절망 속에서 듣고 있었다.

「버림받았다고요!」 부인이 되뇌었다. 「오! 정말 버림받은 거예요…… 당신 말이 맞아요. 아무도 그랬으리라고는 생각 못 하겠지만」

그처럼 오만하던 여자가 지금 드브레에게 할 수 있는 것은 오직 그 말 한마디뿐이었다.

「하지만 돈이 있지 않습니까? 그것도 막대한 돈이」 하고 드브레는 지갑 속에서 지폐 몇 장을 꺼내, 그것을 테이블 위에 펼쳐놓았다.

부인은 거세게 뛰는 심장의 박동을 억누르고 쏟아져 나오려는 눈물을 참느라, 남자가 하는 대로 내버려두었다. 그러나 이내 자존심이 되살아났다. 심장의 고동은 누르지 못했다 하더라도 눈물만은 흘리지 않을 수 있었다.

「부인」 하고 드브레가 말했다. 「우리가 함께 일하기 시작한 것도 이럭저럭 육 개월이 되었습니다. 당신은 10만 프랑을 투자하셨지요. 지난 4월에 공동 사업 얘기가 확정되었습니다. 그리고 5월에는 일을 시작하였고요. 5월에 우리는 45만 프랑을 벌었습니다. 6월에는 이익금이 90만 프랑으로 불었지요. 또 7월에는 170만 프랑을 더 투자했습니다. 아시다시피 그때는 스페인 공채가 있는 달이었죠. 8월에는, 초순엔 30만 프랑의 결손을 보았지만, 15일엔 회복해서 월말에는 그 결손을 다시 메웠지요. 왜냐하면 우리가 사업을 시작한 날부터 손을 뗀 어제까지의 계산을 명확히 해본 결과, 우리의 재산은 240만 프랑, 즉 한 사람 앞에 120만 프랑씩 늘어나 있었으니까요. 그래서」 하고 드브레는 주식 중개인 같은 사무적이면서도 침착한 표정으로 수첩을 들여다보며 말했다. 「지금 내 손에 있는 금액의 복리가 8만 프랑이 되었습니다」

「하지만」 하고 부인은 말을 막았다. 「이자라니, 무슨 이자 말이에요? 당신은 그 돈을 놀리지는 않은 것으로 아는데요」

「용서하십시오」 드브레는 냉정하게 대답했다. 「나에게 그 돈을 이용할 수 있는 권한을 당신이 주지 않았습니까. 그래서 그 권한을 이용했습니다. 그러니 이 이자의 반인 4만 프랑은 당신 몫입니다. 거기다 처음에 투자한 10만 프랑을 합하면, 모두 134만 프랑이 당신 돈이 됩니다. 그런데 부인」하고 드브레는 말을 이었다.「난 그저께, 그러니까 아주 최근이죠. 아무래도 염려가 되어 당신의 몫은 돈으로 바꾸어놓았지요. 마치 당신에게서 곧 결산 청구를 받게 될 것 같은 느낌이 들더군요. 자, 그 돈이 저기 있습니다. 반은 지폐로, 그리고 반은 자기앞수표로 저기 들어 있습니다. 내 집도 그리 안심할 만한 곳은 못 되고, 공증인들도 입이 무겁지는 않을 테고, 부동산으로 해놓으면 공증인한테 둔 것보다 더 눈에 띌 수 있는 데다가 당신 혼자만으론 부부 공유의 재산 이외에 뭘 사거나 가질 권리가 없으니, 당신의 전 재산을 저기 저 옷장 안 금고 속에 넣었습니다. 그리고 더욱 안전하게 하기 위해서 내가 직접 넣고 자물쇠를 채웠지요. 그러니」하고 드브레는 우선 장롱을 열고 이어서 금고를 열면서 다음 말을 계속했다.「그러니 저기 1,000프랑짜리 지폐로 팔백 장이 있습니다. 보시다시피 쇠로 철한 커다란 앨범같이 생겼죠. 거기다가 2만 프랑의 쿠폰이 있습니다. 그리고 잔금 2만 5,000프랑은 거래 은행 앞으로 일시불 어음으로 해놓았습니다. 그 은행은 당글라르 씨의 은행과는 달라서 반드시 돈으로 지불해 줄 테니 염려 마십시오」

당글라르 부인은 어음과 쿠폰과 지폐 뭉치를 기계적으로 거둬들였다.

그렇게 막대한 재산도 책상 위에 늘어놓으니까 별 볼일 없어 보였다.

부인은 눈물을 보이지는 않았지만, 가슴으로는 울먹이며 그 재산을 거두어, 돈다발이 들어 있는 조그만 강철 금고는 핸드

백 속에, 쿠폰과 어음은 지갑 속에 넣었다. 그리고 서서는, 얼굴빛이 창백해진 채 아무 말 없이 따뜻한 위로의 말을 기다려 보았다.

그러나 헛수고였다.

「부인」 하고 드브레가 말했다. 「연수입 6만 리브르라면 대단한 겁니다. 적어도 앞으로 일년 동안은 가정을 갖지 않을 여자로서는 막대한 수입이지요. 그 돈이면 생각나는 대로 하고 싶은 것 다 하며 살 수 있을 겁니다. 만약 그 정도로도 모자란다면 지금까지의 과거도 있고 하니 내 몫도 쓰십시오. 기꺼이 내가 가지고 있는 106만 프랑도 내드리지요. 물론 빌려드리는 겁니다만」

「호의는 감사합니다만」 하고 부인은 대답했다 「이제부터 한참 동안은 세상에 얼굴도 내밀지 않을 가련한 여자에게는, 지금 주신 것만으로도 과할 것 같군요」

드브레는 순간 놀랐다. 그러나 다시 정신을 차리고, 〈그럼 좋으실 대로!〉 하는 뜻을 아주 정중하게 드러내는 몸짓을 해 보였다.

당글라르 부인은 그때까지만 해도 그래도 어느 정도의 희망은 가지고 있었던 것 같다. 그러나 드브레가 보인 냉담한 몸짓, 그리고 그 몸짓과 함께 흘끗 자기를 곁눈질하던 눈, 게다가 그뒤에 따른 예의 바른 자세와 의미 있는 침묵을 접하자, 얼굴을 들고 문을 열고서 이렇다 할 분노도 동요도 없이, 그렇다고 망설이는 표정도 전혀 보이지 않고, 자기를 이런 식으로 떠나게 한 남자에게 마지막 인사를 하는 것조차도 불쾌하다는 듯 획 계단으로 나가버렸다.

「흥!」 부인이 나가자, 드브레는 혼자 중얼거렸다. 「잘돼 가는군. 이제부턴 방안에 틀어박혀 소설을 읽거나, 투기는 못할 테니 트럼프나 칠 판이겠군」

그는 다시 수첩을 꺼내 방금 지불한 액수를 정성껏 지웠다. 「106만 프랑 남았군!」 하고 그는 말했다. 「발랑틴이 죽은 건 아무리 생각해도 유감인걸. 그 아가씨 같으면 어느 모로 보나 내 마음에 드는데 말이야. 그 여자 같았으면 결혼해도 좋았을 거야」

그러고는 다른 때와 마찬가지로 침착하게 부인이 나가고 난 지 이십 분 후에는 자기도 떠날 셈으로 그 시간을 기다리고 있었다.

그 이십 분 동안 드브레는 시계를 옆에 풀어놓고 계산을 했다.

만약 르사주(18세기 프랑스 소설가이며 극작가——옮긴이)가 일찍이 그의 걸작(르사주의 소설 『절름발이 악마』를 가리킨다——옮긴이) 속에 그리지 않았더라면, 아마도 기상천외한 상상력을 가진 작가라면 누구나 반드시 창조해서 호평받았을 것이 분명한 그 악랄한 인물, 집집마다 지붕을 뜯어내고 그 속을 들여다보았다는 아스모데(『절름발이 악마』에 나오는 인물——옮긴이)라도, 드브레가 계산을 하고 있는 시간에 이 생제르맹 데프레 가의 작은 집의 지붕을 뜯고 들여다보았더라면, 그 속에서 기괴한 광경을 접하게 되었을 것이다.

드브레가 당글라르 부인과 250만 프랑의 돈을 분배한 그 방 바로 위에는, 역시 우리가 잘 알고 있는 또 다른 사람들이 묵고 있었다. 그들은 지금까지 이야기해 온 사건에서 비교적 중요한 역할을 해온 사람들이니, 그들을 다시 만나보는 것도 그리 흥미 없는 일은 아닐 것이다.

그 방에는 메르세데스와 알베르가 살고 있었다.

며칠 전부터 메르세데스는 사람이 완전히 변해 있었다. 그것은 그녀가 한창 부유할 때 다른 사람들과는 완연히 다른 호사를 누리다가 갑자기 수수한 옷차림으로 나타났기 때문은 아니었다. 어쩔 수 없이 초라한 옷을 입지 않을 수 없는 궁핍한 처지에 빠지게 되었기 때문도 물론 아니었다. 그렇다, 메르세데스가 변한 것은 그 눈에서 빛이 사라졌고, 입가에선 미소가 가시었으며, 전에는 언제나 흘러나오던 재기 넘치는 말들이 이젠 전혀 입에서 나오지 않는 데 있었다.

메르세데스의 정신을 시들어버리게 한 것이 가난은 결코 아니었다. 그 가난이 무겁게 누르는 것 같은 기분이 드는 것은 그녀가 용기를 잃었기 때문이 아니었다.

불빛이 휘황한 살롱을 나오자 갑자기 암흑 속을 지나게 된 사람처럼, 지금까지 살아오던 세계 속에서 스스로 선택한 새로운 세계 속으로 뛰어든 메르세데스. 그녀는 마치 궁중을 나와 오막살이 집으로 뛰어든 여왕인 양 어려운 생활을 해야 했다. 그래서 손수 테이블로 질그릇을 나르거나, 그전의 호화로운 침대 대신에 초라한 침상을 써야 했다.

과연 이 아름다운 카탈로니아 여인, 귀티가 넘치던 백작 부인에게서는 이미 그 기품 있는 눈길도, 그 매력 있는 미소도 다 사라져버렸다. 주위를 둘러보아야 눈에 띄는 것은 오직 마음을 아프게 하는 것들뿐이었으므로. 그 방은 가장 더러움을 덜 탄다고 해서 일부러 회색 바탕에 회색 무늬가 있는 벽지로 바른 곳이었다. 마룻바닥에는 카펫도 깔려 있지 않았다. 가구들로 말할 것 같으면 억지로 주의를 끄는 번지르르한 겉치장만 잔뜩 해놓은 것들이었다. 말하자면 무엇 하나 요란스럽지 않은 것이 없어서, 여태까지 우아한 것만 대해 온 사람의 눈에 필요한 조화라는 것을 깨뜨리지 않는 것이 없었다.

모르세르 부인은 집을 나오자 줄곧 이 방에서만 살았다. 어떤 심연의 가장자리에 도달한 여행자가 그러하듯, 이러한 영원한 침묵 앞에서 그녀는 늘 현기증이 났다. 알베르가 항상 자기를 살며시 쳐다보며 기분을 살피고 있다는 것을 깨달은 그녀는 억지로라도 입가에 단조로운 미소라도 지어보려고 애썼다. 그러나 눈은 전혀 따뜻하게 웃고 있지 않아, 그 미소는 그저 단순한 빛의 반사, 말하자면 열기가 없는 빛 같은 인상을 줄 뿐이었다.

한편 알베르는 현재의 상태에 익숙해지지 못하게 하는 과거의 화려한 삶의 추억에서 완전히 헤어나지 못한 가운데, 힘들게 노력하고 있었다. 장갑을 안 끼고 외출하려고 하다가도 손이 너무 하얀 것이 눈에 띄었다. 걸어서 거리를 다녀보려 하면 구두의 에나멜이 너무 반짝거렸다.

그렇지만 어머니와 아들의 애정이라는 관계로 끊어질 수 없도록 결합되어 있는 이 기품 있고 총명한 두 사람은, 아무 소리 안하고도 서로를 잘 이해할 수 있었고, 생활이라는 현실적인 문제에 대해서도 친한 친구들 사이처럼 쓸데없는 서론 없이 잘 알 수 있었다.

알베르는 별로 어머니를 놀라게 하지 않고도, 이런 말까지도 할 수 있었다.

「어머니, 이젠 돈이 다 떨어졌군요」

메르세데스는 아직 정말로 가난한 것이 어떤 것인지 겪어본 적이 없었다. 젊었을 때는 종종 자기 입으로 가난하다는 말을 해보았지만 그러나 그것과는 전혀 달랐다. 필요함과 부족함은 동의어이기는 하지만 그 두 낱말 사이에는 엄청난 차이가 있다.

카탈로니아 마을에 살고 있을 때 메르세데스는 여러 가지로 필요한 것이 많았다. 그러나 다른 모든 면에서는 부족한 것이라곤 없었다. 그물만 좋으면 고기를 잡을 수 있었다. 고기를 팔기만 하면 그물을 짤 실을 살 수 있었다.

게다가 우정 같은 것도 모르고 오직 단 하나, 현실적인 일체의 생활 문제와는 아무 관계가 없는 사랑만을 마음속에 품고 살아온 그녀는 자기 일만을 생각하며 살았었다, 오직 자기 일만을.

메르세데스는 자기가 가지고 있는 것이 얼마 되지는 않았지만 되도록 관대하게 그것을 썼었다. 그러나 지금은 두 사람 몫으로 나눠야만 했다. 그것도 아무것도 없이.

겨울이 다가오고 있었다. 전에는 응접실부터 화장실까지 집안 전체를 데워주는 난방 장치가 있는 집에 살았던 메르세데스였다. 그러나 지금 장식도 없고 싸늘하기만 한 이 방에 불이라곤 없었다. 전에는 집 전체가 비싼 꽃들로 가득 찬 온실과 같았건만, 지금은 풀 한 포기 없다.

그러나 그녀에게는 아들이 있었다…….

아마도 과장된 의무감에서 오는 흥분 같은 것이 지금까지의 그들을 실제보다도 더 나은 세계 속에서 살도록 지탱시켜 주었는지도 모른다.

흥분이란 감격과 비슷하다. 그리고 감격이란 지상의 사물들에 대해서 무관심하게 만들어주는 것이다.

그러나 그러한 감격도 이젠 가라앉고 말았다. 그리고 이제는 꿈의 나라에서 차츰 현실의 세계로 다시 내려오지 않으면 안 되었다.

이제, 모든 이상적인 것이 다 끝난 지금, 실제적인 이야기를 하지 않을 수 없었다.

「어머니」 하고 당글라르 부인이 막 계단을 내려오고 있을 때, 알베르는 어머니 메르세데스에게 말했다. 「잠깐 우리 재산을 한번 계산해 보죠. 계획을 세우려면 아무래도 돈이 모두 얼마나 있는지 알아야겠어요」

「모두 얼마나 되냐고? 한푼도 없단다」 메르세데스는 쓰디쓴 미소를 띠며 대답했다.

「그럼 전부해서 우선 3,000프랑이군요. 그 3,000프랑이면 우리 둘이서 잘살 수 있을 것 같아요」

「얘야!」 메르세데스는 한숨을 쉬었다.

「오! 어머니」 하고 알베르는 말했다. 「어머니께 쓸데없이 많은 돈을 쓰시게 하고서야 전 그 돈의 가치를 알게 된 것 같아요. 어머니, 3,000프랑이면 큰돈이에요. 전 그 돈으로 평생을 넉넉하게 지낼 만한 굉장한 계획을 세울 생각입니다」

「넌 그렇게 말하지만」 하고 가엾은 어머니는 말을 이었다. 「그 3,000프랑을 받아도 괜찮을까?」 메르세데스는 얼굴을 붉히면서 말했다.

「괜찮을 거예요」 하고 알베르는 단호한 어조로 말했다. 「돈이 없으니 받아도 괜찮을 거예요. 그런데 그건 마르세유의 멜

분배 **261**

랑 가에 있는 그 조그만 집 정원에 묻혀 있으니까, 200프랑으로 둘이서 마르세유로 떠나요」

「200프랑으로!」 메르세데스가 말했다. 「그걸로 갈 수 있다고 생각하니?」

「오! 그거라면 제가 합승 마차와 기선을 다 알아놓았어요. 그래서 계산이 다 섰습니다. 어머니께선 샬롱으로 가는 마차에 자리를 잡으시는 거예요. 보세요, 어머니, 여왕처럼 모실 거라고요. 그게 35프랑」

알베르는 펜을 들고 쓰기 시작했다.

마차 35프랑······ 35프랑.
샬롱에서 리용까지 기선으로 가기로 하고 6프랑······ 6프랑.
리용에서 아비뇽까지 역시 기선으로 16프랑······ 16프랑.
아비뇽에서 마르세유까지 7프랑······ 7프랑.
도중에 드는 비용으로 50프랑······ 50프랑.
합계 114프랑.

「120프랑이라고 해두죠」 알베르는 웃으면서 덧붙였다. 「이만하면 제가 인심이 후한 편이죠, 어머니?」

「하지만 넌 어쩌고?」

「저요! 전 80프랑이 남지 않았어요? 젊은 남자는 편한 게 필요 없죠. 게다가 전 여행이라는 게 어떤 건지 잘 알고 있거든요」

「역마차를 타고 하인을 데리고 다니는 여행 말이겠지」

「어떤 여행이건 다 알아요, 어머니」

「그럼 그건 그렇다고 치고. 그런데 그 200프랑은 또 어디서 난단 말이니?」

「그건 여기 있습니다. 그것 말고도 200프랑이 또 있지요. 사실은 제 시계를 100프랑에 팔았어요. 시계 장식은 300프랑 받고요. 시계 장식이 시계 값의 세 배나 되다니 사치품이란 건 그런 건가 봐요! 어쨌든 우린 부자예요. 여비는 140프랑밖에 안 들 텐데, 어머니는 250프랑을 가지고 다니시게 될 테니 말이에요」

「그렇지만 이 방 값을 치러야 할 게 아니니?」

「30프랑이죠. 그건 제 돈 150프랑에서 지불할게요. 그렇게 할 생각이었어요. 제가 여행하는 동안에 드는 비용은 80프랑이면 될 텐데 그 이상으로 있으니 굉장하지 않아요? 그런데 그게 다가 아니에요. 이건 어떠세요, 어머니?」

이렇게 말하며 알베르는 금고리가 달린 조그만 수첩에서 1,000프랑짜리 지폐 한 장을 꺼냈다. 아마도 그 수첩은 지난날의 도락의 잔재이거나, 아니면 얼굴을 베일로 가리고 몰래 와서 작은 문을 두드리던 어느 여자의 달콤한 추억이 남긴 선물이었을 것이다.

「이건 또 뭐냐?」 어머니가 물었다.

「1,000프랑이에요. 와, 아주 빳빳한 1,000프랑짜리 지폐죠!」

「그런데 이 1,000프랑이 어디서 났니?」

「제 얘길 들어보세요, 어머니. 그리고 너무 놀라지는 마세요」

알베르는 일어서서 어머니 곁으로 가 어머니의 양볼에 입맞추었다. 그러더니 어머니를 쳐다보았다.

「제가 어머니를 얼마나 아름답다고 생각하고 있는지 모르실 거예요!」 그는 어머니에 대한 깊은 사랑에 젖어 말했다. 「어머니는 정말 제가 여태까지 본 여자들 중에서 제일 아름답고 기품 있는 분이세요」

「얘야!」 메르세데스는 눈시울을 적시는 눈물을 참느라 애쓰며 말했다.

「어머니께서 불행하게 되셨기 때문에 제 사랑은 어머니를 숭배하게까지 되었습니다」

「난 네가 있는 한 불행하지 않아」 하고 메르세데스는 대답했다. 「네가 있으니 앞으로도 결코 불행하지는 않을 거란다」

「아, 정말이시죠!」 알베르가 물었다. 「그런데 이제부터 시련이 시작될 거예요. 어떻게 할 것인지 알려드릴게요」

「그럼 무슨 계획이 서 있단 말이니?」 메르세데스가 물었다.

「네, 어머니께선 앞으로 마르세유에서 사시게 될 거예요. 전 아프리카로 떠나고요. 거기 가서 전 지금까지 쓰던 이름을 버리고 그 대신 이름을 하나 만들어 쓸 거예요」

메르세데스는 한숨을 쉬었다.

「그래요, 어머니, 전 어제 아프리카 기병대에 지원했습니다」 하고 청년은 부끄러운 듯이 눈을 내리깔며 말했다. 왜냐하면 그 자신은 이렇게 밑바닥까지 내려가는 것이 어느 정도의 숭고함이 있는 행위인지 자기 자신도 몰랐기 때문이다. 「아니 그보단 이 몸이야말로 제 재산이라는 생각이 들어 제 몸을 판 셈이에요. 전 어제부터 어떤 사람의 일을 대신 맡게 됐어요」

알베르는 애써 웃어 보이며 덧붙였다.

「사람들 말마따나 제가 생각하던 것보다 비싼 가격에 팔렸어요, 2,000프랑에요」

「그럼 이 돈이 거기서……?」 메르세데스는 몸을 바르르 떨며 물었다.

「이 돈이 바로 제 몸값의 반이고요, 나머지 절반은 일년 후에 준대요」

메르세데스는 뭐라 형언할 수 없는 표정으로 눈을 들어 하늘을 쳐다보았다. 그러자 눈시울에 괴어 있던 눈물이 가슴속에 격한 슬픔이 차오르면서 뺨을 따라 주르르 흘러내렸다.

「네 피 값이구나!」 메르세데스는 중얼거렸다.

「그렇죠, 만약 제가 죽으면요」 하고 알베르는 웃으면서 말했다. 「그렇지만 어머니, 염려 마세요. 어떻게든지 기를 쓰고 살아남을 테니까요. 전 요즘처럼 살고 싶다는 소망을 가져본 적이 없습니다」

「하느님! 하느님!」 메르세데스가 탄식했다.

「그리고 제가 왜 죽겠어요?

남프랑스의 네(18세기 프랑스의 용장——옮긴이)라고 할 수 있는 라모르시에르(아프리카에서 용맹을 떨친 프랑스 장군. 이하 두 명도 마찬가지이다——옮긴이)가 어디 싸움에서 죽었나요?

샹가르니에도 마찬가지 아녜요?

부도도 안 죽었죠?

또 우리가 잘 아는 막시밀리앙 모렐이 죽었나요?

그러니 어머니, 제가 금줄이 달린 군복을 입고 돌아올 때 얼마나 기쁠지만 생각하고 계세요.

분명히 말씀드리지만 전 거기 가서 근사한 사람이 되어볼 작정이에요. 그리고 그 연대를 택한 것도 실은 겉멋으로 그런 거예요」

메르세데스는 웃어 보이려고 애썼지만 입에서는 한숨이 나왔다. 성스러운 마음을 지닌 이 어머니는 아들에게만 무서운 짐을 지워 희생하게 하는 것이 가슴 아팠던 것이다.

「그러니」 하고 알베르는 말을 이었다. 「이렇게 해서 어머니께서 쓰실 4,000프랑이 마련된 걸 아시겠죠? 그 4,000프랑이면 어머니께서 이 년 동안은 충분히 사실 수 있을 겁니다」

「그렇게 생각하니?」

이 말은 무심코 메르세데스의 입에서 새어나왔으나, 그 말에 담긴 너무도 깊은 고통으로 인해 알베르는 그 말의 진의를 눈치 챌 수 있었다. 그는 심장이 조여드는 것 같았다. 그래서 어머니의 손을 다정하게 꼭 쥐면서 말했다.

「네, 그럼요. 어머니께선 꼭 살아 계셔야 합니다!」

「살고말고! 그 대신 너도 가지 말아야 한다, 안 그러니, 알베르?」

「하지만 어머니, 전 떠나야만 합니다」 알베르는 확고하고도 침착한 목소리로 말했다. 「어머니께선 저를 너무 사랑하시는 나머지 저를 어머니 곁에서 한가하고 쓸모 없는 인간이 되게 하실 생각은 없으시죠? 게다가 전 벌써 서명했는걸요」

「그럼 네 뜻대로 하려무나. 난 하느님 뜻대로 할 테니」

「어머니, 저도 제 뜻대로 하는 게 아니라 이성과 필요에 따라 행동하는 거예요. 우리는 지금 절망적인 상황이잖아요, 안 그래요? 현재의 어머니에게 산다는 게 무슨 뜻이 있나요? 없지요. 또 제겐 산다는 게 무슨 의미겠어요? 만약 제게 어머니가 안 계신다면 삶은 하찮은 거예요. 그걸 알아주셔야 합니다. 어머니, 만약 어머니가 안 계셨더라면 아버지에 대한 신의를 잃고 그 이름을 거부하던 날 전 이미 이 세상을 하직했을 거예요. 그러나 전 살아 있습니다. 만약 어머니가 계속 희망을 갖겠다고 약속하신다면, 그리고 앞으로의 행복을 제게 맡겨주신다면, 제 용기는 배로 늘어날 거예요. 그러면 저는 거기서 알제리 총독을 찾아갈 겁니다. 그 사람은 마음이 곧고 또 무엇보다도 군인이죠. 전 그 사람에게 제 불행한 신상 얘기를 하겠어요. 그리고 가끔 저를 살펴봐 달라고 부탁하겠어요. 그래서 그 사람이 그 약속을 지켜 제 행동을 눈여겨보아 준다면 전 육 개월 내에 훌륭한 장교가 되든가, 아니면 죽겠죠. 제가 장교만 되면 어머니의 장래는 보장되는 겁니다. 어머니와 저 두 사람이 살 만한 돈이 나오고, 게다가 제게는 우리 두 사람이 떳떳이 행세할 수 있는 새 이름이 생기니까요. 그게 진짜 어머니 이름일 테니까요. 만약 제가 죽게 되면…… 그래요, 만약 제가 죽거든, 그땐 어머니도 이 세상을 하직하셔도 됩니다. 그렇게 되면 우리 둘은 불행이 극에 달했을 때 종말을 맞이하는 셈이지요」

「알겠다」 메르세데스는 기품 있고도 의미심장한 눈길로 대답했다. 「네 말이 옳아. 우리를 지켜보고 우리의 행동에 판단을 내리려는 사람들에게 적어도 우리가 동정받을 만한 가치는 있었다는 걸 보여주자꾸나」

「하지만 어머니, 불길한 생각은 하지 마세요」 하고 청년은 소리쳤다. 「전 맹세할 수 있습니다. 우린 행복해요. 적어도 행복해질 수 있단 말이에요. 어머니께선 총명하면서도 체념하실 줄도 아는 분이죠. 저는 취미도 단순하고 정열도 없는 인간이 되고 싶어요. 일단 군대에만 들어가면 전 돈이 생겨요. 어머니께서도 당테스 씨 집으로 들어가시기만 하면 안정을 얻으실 거예요. 그러니 어머니, 그렇게 해봐요! 어머니, 제발 그렇게 해봅시다」

「그래, 해보자꾸나. 어쨌든 넌 살아야 하니까, 행복해야 하니까」 메르세데스가 대답했다.

「자 그럼, 이젠 분배가 끝난 겁니다」 알베르는 짐짓 마음이 가벼워진 척하며 말했다. 「아예 오늘 떠나는 거예요. 아까 말씀드린 대로 제가 어머니 좌석 표를 사러 가는 거지요」

「네 좌석 표는?」

「전 아직 이삼 일 더 남아 있어야겠습니다. 이게 헤어지는 첫 단계죠. 그리고 우린 떨어져 있는 일에 익숙해져야 해요. 전 소개장도 몇 통 받아야겠고 또 아프리카에 대해 조사해 볼 것도 있어서요. 마르세유에서 다시 뵙도록 하겠습니다」

「그럼 떠나자!」 메르세데스는 어쩌다 하나 남은, 값비싼 검은 캐시미어 숄을 두르며 말했다. 「떠나자!」

알베르는 급히 서류들을 모으고, 벨을 눌러 숙박비 30프랑을 지불한 후 어머니를 부축하고 계단을 내려왔다.

그때 그들 앞을 누군가가 지나갔다. 그 사람은 난간에 비단 원피스가 스치는 소리에 뒤를 돌아보았다.

「드브레!」 하고 알베르가 중얼거렸다.

「아니, 알베르 아닌가!」 대신의 비서관은 계단 위에서 발을 멈추고 대답했다. 드브레는 자기를 남에게 알리고 싶지 않은 심정보다도 호기심 쪽이 더 컸다. 어차피 상대에게 들키고 난 뒤이기도 하였고.

사실 이렇게 모르는 셋집에서 지난날의 그 결투 사건으로 파리를 떠들썩하게 만들었던 청년을 만났다는 것이 그에게 흥미로웠던 듯하다.

「알베르!」드브레는 다시 한번 불렀다.

이어서 어슴푸레한 가운데서 모르세르 부인의, 아직 젊은 얼굴과 베일을 알아본 그는,「아, 실례했군」하고 미소를 지어 보이며 말했다.「그럼 알베르, 난 가네」

알베르는 드브레의 생각을 빤히 들여다볼 수 있었다.「어머니」하고 알베르는 메르세데스를 돌아보며 말했다.「제 옛날 친구, 내무 대신의 비서인 드브레 씨예요」

「아니, 옛날이라니? 그게 무슨 소리야?」드브레는 더듬거리며 말했다.

「그건」하고 알베르는 대답했다.「지금의 난 친구가 없고 또 가져도 안 되기 때문에 하는 소리야. 날 잊지 않고 알아봐 주어서 고맙네」

드브레는 두 계단을 다시 올라오더니 알베르의 손을 힘껏 잡았다.

「알베르, 믿어주게」하고 감정 표현에 익숙한 그는 격한 어조로 말했다.「난 자네가 당한 불행을 진심으로 동정했었네. 그리고 앞으로도 무슨 일이든 힘 자라는 한 다 도와주겠어」

「고맙네」알베르는 웃으면서 말했다.「하지만 불행하게 되었어도 아직 남에게 도움받지 않아도 될 만큼 풍족하다네. 우리는 파리를 떠날 거야. 그리고 여비를 제하고도 5,000프랑은 남았으니까」

지갑 속에 100만 프랑을 가지고 있던 드브레는 얼굴이 확 달아올랐다. 그는 계산에만 철저할 뿐 시적인 면이라곤 거의 찾아볼 수 없는 인간이기는 했지만, 이 셋집에 조금 전까지 두 여인이 있었는데, 한 여자는 외투 깃에 150만 프랑을 감추었으면서도 치욕 속에서 초라하게 가버렸고 다른 한쪽에선 부당하게 재난을 당하고도 그 불행 속에서 고고함을 잃지 않고 몇 푼 안 되는 돈으로도 부자처럼 행세하고 있다는 사실을 생각하지 않을 수 없었다.

이렇게 머릿속에서 비교를 하다가 그는 예의 같은 것도 잊어버리고 말았다.

이러한 실례가 보여주는 철학에 그는 완전히 얻어맞은 기분이었다. 그는 상투적인 인사말 몇 마디를 중얼거리고는 얼른 계단을 내려갔다.

그날 하루는 부하인 서기들이 그의 침울한 기분 때문에 골치를 앓았다.

그러나 그날 저녁 그는 마들렌 대로에 있는 으리으리한 저택, 집세만으로도 5만 프랑은 될 저택을 손에 넣었다.

이튿날 드브레가 매매 계약서에 서명을 하고 있을 때, 그러니까 저녁 다섯시경에 모르세르 부인은 아들에게 다정하게 키스를 해주고 아들에게서도 따뜻한 키스를 받은 후 역마차에 올랐다. 그리고 이어서 마차 문이 닫혔다.

이때 한 남자가 라피트 역마차 사무소의 열려 있는 아치형 창문 밑에 몸을 숨기고 있었다. 그는 메르세데스가 마차에 오르는 것을 보았다. 마차가 떠나는 것을 보았다. 그리고 알베르가 멀어져 가는 것도 보았다.

그러고 나서 그는 회의에 찬 이마를 짚으며 손으로 이렇게 중얼거렸다.

「아아! 어떻게 해야 내가 그들에게서 빼앗아버린 행복을 저

죄 없는 두 사람에게 다시 돌려줄 수 있을까? 신이여, 도와주십시오」

사자굴

포르스 형무소에서 가장 죄질이 나쁘고 가장 위험한 죄수들을 가두고 있는 구역을 생베르나르 감옥이라고 부른다.

죄수들은 그곳에 자기들 말로 〈사자굴〉이라는 별명을 붙여 놓았다. 필경 죄수들이 종종 철창이나 간수들을 물어뜯는 데서 온 별명일 것이다.

그곳은 감옥 속의 감옥이었다. 벽은 다른 감방보다 배나 더 두꺼웠다. 매일 간수가 몇 겹의 철창들을 자세히 조사한다. 그리고 간수들의 우람한 체구며 냉철하고 날카로운 눈길로 보아, 죄수들을 공포심과 경계심으로 억누를 수 있도록 일부러 뽑아온 사람들임을 알 수 있었다.

이 구역의 안뜰은 거대한 벽으로 둘러싸여 있어 햇빛은 정신적으로나 육체적으로나 추악한 감방 안의 죄수들에게까지는 비치지 못하고 벽 위로만 비스듬히 미끄러져버리고 만다.

그리고 날이 샐 때부터 법률이 만들어낸 단두대의 칼날 밑에 몸을 쭈그리고 있는 죄수들이 이 안뜰의 포석 위를 마치 망령처럼 수심에 차 사납고 창백한 얼굴로 왔다갔다한다. 그들은 열을 가장 많이 흡수하여 보존하고 있는 벽에 몸을 착 붙이고 있거나 웅크리고 있다. 또는 둘씩 모여 이야기도 하고 또 대개는 혼자서 계속 문만 바라보고 있다. 문은 때로는 이 음침한 세계에서 어떤 죄수 하나를 불러내기 위해, 또 때로는 이 심연 속으로 사회라는 도가니가 새로운 찌꺼기 하나를 뱉어버리기 위해 가끔씩 열리는 것이다.

생베르나르 감옥에는 특별 면회실이 있다. 장방형의 방으로 중간에 세 자 정도의 간격을 두고 평행으로 이중의 철창이 가로놓여 있는 것이다. 그러니까 면회인은 죄수의 손을 잡아볼 수도, 무슨 물건을 전해 줄 수도 없게 되어 있었다. 이 면회실은 컴컴하고도 축축해서 이 철창 사이로 흘러 들어가서 그 창살에 녹을 입혔을 무서운 밀담들을 생각할 때엔 더더군다나 등골이 오싹해질 정도였다. 그러나 이 면회실이야말로 그곳이 아무리 지독해도 목숨이 얼마 남지 않은 죄수들이 꿈에도 그리는 화려한 바깥 세상에 대한 생각에 다시 잠길 수 있는 유일한 천국이었다. 왜냐하면 이 사자굴을 나가는 사람이 생자크 처형장이든가 도형장, 지하 감옥의 독방이 아닌 다른 곳으로 가는 일은 거의 없었기 때문이다.

이 습하고 음산한 감옥 속을 주머니에 두 손을 넣은 청년 한 사람이 왔다갔다하고 있었다. 그 청년은 이 사자굴의 주민들로부터 호기심에 가득 찬 시선을 받고 있었다.

너덜너덜하지만 않았더라면, 입고 있는 그 옷의 모양으로 보아 우아한 신사라고 해도 괜찮을 것 같았다. 그렇다고 옷이 낡은 것은 아니었다. 새것인 채 남아 있는 부분의 천은 섬세하고도 부드러운 비단이어서 청년이 정성껏 새 옷으로 다시 만들려고 손으로 잘 펴기만 하면 이내 그 화려한 윤택이 되살아나곤 했다.

그 젊은 죄수는 또한 감옥에 들어온 후에 빛이 많이 바랜 아마로 만든 속옷도 마찬가지로 신경 써서 여몄다. 그리고 위에 문장(紋章)이 붙고 글씨가 수놓인 수건으로 에나멜 구두를 닦곤 했다.

〈사자굴〉의 죄수 중 몇 사람이 청년의 이러한 모양 내는 꼴을 흥미 있게 주시하고 있었다.

「저것 봐, 또 저 왕자님이 모양을 내고 있군」하고 한 절도범이 말했다.

「저 친군 워낙에 미남이야」다른 자가 말했다.「빗하고 머릿기름만 있으면 흰 장갑 낀 나리들쯤은 무색하게 할걸」

「저놈의 저 옷은 새것이었을 거야. 구두도 번쩍번쩍했을 거고. 저렇게 근사한 놈이 끼어 있다는 건 우리로서도 나쁘진 않지. 거기다 대면 간수 새끼들, 치사한 놈들이야. 자식들, 부러우니까 저 옷을 저렇게 막 찢어놨다니까!」

「암만해도 보통 놈은 아닌 것 같아. 뭐든지 다 할 수 있었을 거야…… 그것도 큰물에서 놀았을 거라고…… 저렇게 새파란 녀석이 여길 왔으니, 대단해!」

그리고 이러한 지저분한 찬사의 대상이 되고 있는 젊은 죄수는 그렇게 찬사를 보내는 소리를, 아니 멀어서 소리는 못 들었을 테니, 그 냄새만은 맡았던 것 같다.
 모양 내는 일을 마치자, 그는 매점의 작은 창구로 갔다. 그곳에는 간수 하나가 등을 대고 서 있었다.
「저, 나리」하고 그는 말했다. 「20프랑만 꾸어주시오. 곧 돌려드릴 테니. 나한테 꾸어주는 건 아무 염려 없소. 내겐 당신이 가진 돈하고는 비교도 안 되게 몇백만 프랑씩 가진 친척들이 있으니까…… 자, 20프랑만. 자비(自費) 독방에 들어가야겠고 또 가운도 하나 사야 해서 그럽니다. 밤낮 이렇게 이 옷하고 이 구두만 신고 있자니 지겨워! 카발칸티 공작에게 이 옷이 될 말이냐 말야!」
 간수는 뒤를 획 돌아보더니 어깨를 으쓱해 보였다. 다른 사람들 같으면 그 소리를 듣고 모두 웃었으련만, 그는 웃지도 않았다. 왜냐하면 그 사람은 이런 얘기를 다른 죄수들에게서도 늘 들어왔기 때문이었다. 아니, 그보다는 얘기라곤 늘 그런 소리뿐이었기 때문이었다.
「좋아」하고 안드레아는 말했다. 「인정머리라곤 없는 놈이군. 두고 봐라, 그 모가지가 붙어나나」
 그 말에 간수는 또 한번 뒤를 돌아다보았다. 그리고 이번엔 소리를 내어 껄껄대고 웃었다.
 그러자 다른 죄수들이 몰려와 빙 둘러섰다.
「잘 들어봐」안드레아는 말을 계속했다. 「난 그 하찮은 돈으로 옷 한 벌하고 방이나 좀 사둘까 했던 거야. 그리고 이제 머지않아 찾아올 근사한 분을 좀 단정한 모습으로 맞아들이려 했다고」
「그렇고말고! 그렇지!」죄수들이 중얼거렸다. 「이 친구는 지체 높은 사람이라는 걸 모르겠냐?」

「그럼 네놈들이 빌려주면 될 게 아냐」 간수는 기대고 있던 넓은 어깨를 이번에는 다른 쪽으로 기대며 말했다.「친구라면 그 정도 의리는 있어야 하지 않겠어?」

「난 저런 자들하곤 친구가 아냐」 안드레아는 오만하게 대답했다.「날 모욕하진 마. 그럴 권리는 없을 테니까」

죄수들은 서로 얼굴을 쳐다보며 수군거렸다. 그리고 안드레아의 말보다는 간수의 도발적인 말에서 비롯된 폭풍이 일어, 이 귀족적인 죄수를 상대로 으르렁거리기 시작했다.

간수는 소동이 너무 크게 일면 본때를 보여줄 자신이 있었으므로, 이 무례한 언동을 한 젊은이가 당하는 꼴을 보며 지루한 근무 시간을 즐겨볼 셈으로, 그 소동의 파고가 서서히 높아지는 것을 그대로 내버려두었다.

벌써 죄수들은 안드레아에게 달려들고 있었다. 그리고 그중의 몇 명이 말했다.

「슬리퍼야! 슬리퍼로 하자!」

그것은 실은 슬리퍼가 아니라 바닥에 쇠못을 박은 신발을 말하는 것으로, 그들의 미움을 사게 된 동료를 마구 두들겨패는 잔인한 처벌이었다.

또 한쪽에서는 〈뱀장어〉로 하자고 말했다. 그것은 또 다른 처벌을 가하는 방법으로, 손수건을 꼬아 거기다 모래며 자갈, 동전을 가진 사람이 있을 땐 커다란 동전들을 가득 채워 넣고 처벌을 받는 사람의 어깨나 머리 위에 도리깨처럼 내리치는 것이었다.

「나리를 조지기로 하세!」 또 어떤 편에서는 이렇게 말했다.

그러나 안드레아는 그들 쪽으로 돌아서더니 눈을 깜빡깜빡하며 혀로 볼을 불룩하게 만든 후 입술로 쪽쪽 소리를 내었다. 그것은 이 무지한 도둑들의 입을 막는 데 있어 수천 가지 신호에 필적할 비밀 신호였다.

그것은 전에 카드루스에게서 배운 암호였다.

죄수들은 이 신호로 곧 안드레아가 한패라는 것을 알아보았다.

그러자 당장에 손수건들이 땅에 떨어지고 쇠못이 박힌 신도 처벌자의 발로 다시 돌아갔다. 몇 사람이 그가 옳았다느니, 그가 정직하게 생각한 대로 한 것이며, 자기들도 생각한 대로 할 수 있음을 한번 보여주려 했을 뿐이라는 등의 얘기를 꺼냈다.

소란은 일단 가라앉았다. 간수는 어안이 벙벙해서 곧 안드레아의 손을 붙잡고, 이렇게 사자굴의 죄수들이 갑자기 태도를 바꾼 것으로 보아 사람들을 질리게 하는 그 노려보는 시선 이상의 무엇인가 뜻 있는 신호를 사용하지나 않을까 하여 안드레아의 몸을 뒤지기 시작했다.

안드레아는 조금도 반항하지 않고 간수가 하는 대로 내버려 두었다.

그때 갑자기 문 쪽에서 커다란 소리가 들렸다.

「베네데토!」 감시인 한 사람이 소리치고 있었다.

몸을 뒤지던 간수는 손을 떼었다.

「날 부르고 있군」 안드레아가 물었다.

「면회실로!」 다시 조금 전의 목소리가 말했다.

「그것 봐. 날 면회 왔잖아. 자, 이 카발칸티를 보통 사람들과 같이 대해도 되는지 어떤지 알게 될 거야, 나리」

안드레아는 검은 그림자처럼 뜰을 빠져나갔다. 그리고 깜짝 놀란 동료들과 간수들을 뒤로하고 반쯤 열린 출구로 달려나갔다.

과연 면회실에서는 그를 부르고 있었다. 모두들 깜짝 놀라지 않을 수 없었다. 왜냐하면 교활한 청년은 감옥에 들어온 이래 보통 다른 죄수들처럼 편지를 쓰는 특전 같은 것은 거들떠보지도 않고 어디까지나 굳은 침묵만을 고수해 왔기 때문이다.

그는 이렇게 생각해 왔다. 〈난 분명 누군가 유력한 사람의 보호를 받고 있는 거야. 모든 걸 보면 알아. 이 벼락 같은 행운이라든가 모든 장애가 그처럼 쉽게 없어진 것, 갑자기 맺어진 가족 관계와 유명한 귀족의 성이 내게 주어지고 돈이 비처럼 쏟아져 내린 것, 또 내 야심을 충족시켜 줄 수 있을 근사한 혼담 같은 것을 보면 말이야! 그저 잠깐 운을 잃어버리고 보호가 없는 사이에 이렇게 되었을 뿐이지만, 아주 망할 팔자는 아닐 거야! 천만에! 잠시 손을 떼었을 뿐일 거야. 그렇지만 결국은 그 손을 내게 다시 뻗쳐오고야 말걸. 내가 이젠 지옥에 떨어졌구나 할 그때에 말이야. 경솔한 짓은 할 필요가 없지. 까딱 잘못하다간 그 보호자가 아주 손을 놓아버릴지도 모르니까. 날 끌어내는 데는 두 가지 방법뿐인데, 돈을 주어 몰래 도망치게 하는 방법이 있고 또 한 가지는 판사한테 압력을 넣어서 사면을 받게 하는 거야. 그러니 어쨌든 내가 완전히 버림받았다는 확증이 생길 때까지는 쓸데없이 지껄이거나 행동하지 말아야 해. 그때 가선…….〉

안드레아는 분명 그럴듯한 안을 생각해 놓았던 것이다. 그는 공격에 있어서는 과감하고 수세에 몰리게 되면 완강한 인간이었다. 비참한 감옥 생활, 그리고 모든 면에서 결핍된 생활을 그는 감당해 나갔다. 그러면서도 천성이라기보다는 습성이라는 것이 차츰 고개를 들기 시작했다. 안드레아는 헐벗고 더럽고 배고픈 것을 참을 수 없게 되었다. 시간 가는 것이 더디기만 했다.

그가 이렇게 답답해지기 시작했을 때, 간수가 면회실에서 그를 부른 것이다.

안드레아는 좋아서 가슴이 뛰었다. 예심판사가 온 것으로 보기엔 너무 시기가 빨랐고, 감옥을 옮기는 것이나 의사가 부르는 것이라기엔 늦은 시기였다. 그렇다면 이건 분명 뜻하지 않은 면회임에 틀림없으리라. 안드레아가 초조한 호기심으로 눈을 커다랗게 뜨고 안으로 들어가 보니 면회실 철창 뒤에 베르투치오의 음산하고도 영리한 얼굴이 있었다. 베르투치오 쪽에서도 놀라워하는 눈으로, 철창이며 빗장이 걸린 문, 잠겨 있는 철책 뒤에서 움직이고 있는 안드레아의 그림자를 바라보고 있었다.

「아!」 안드레아는 가슴이 철렁해서 말했다.

「잘 있었나, 베네데토?」 베르투치오는 낮게 울리는 목소리로 말했다.

「난 또 누구시라고!」 안드레아는 겁먹은 듯 주위를 둘러보며 말했다.

「날 못 알아보다니」 하고 베르투치오는 말했다. 「고약한 것 같으니라고!」

「쉿!」 안드레아는 벽에도 귀가 있다는 말을 아는지라, 「쉿! 제발 그렇게 큰소리로 말하지 말아요」 하고 말했다.

「나하고 단둘이서 얘기하고 싶지?」
「그야 물론이죠」 안드레아가 대답했다.
「그럼 좋네」
베르투치오는 주머니 속을 뒤지며, 입구의 유리창 앞에 있는 간수에게 무슨 신호를 했다. 그러고는 「읽어봐」하고 말했다.
「뭔데요?」 안드레아가 물었다.
「너를 다른 방으로 데리고 가서 거기서 나하고 마음대로 얘길 하게 하라는 명령서야」
「와!」 안드레아는 좋아서 펄쩍 뛰었다.
그러고는 이내 마음속으로 이렇게 생각했다.
〈또 누군지 모를 보호자가 나타났군! 역시 나를 잊어버리고 있진 않은 거야! 별실에서 얘길 한다는 건 분명 어떤 비밀을 찾고 있음에 틀림없어. 그래, 내겐 짐작 가는 데가 있으니…… 베르투치오는 그 보호자가 보냈겠지.〉
간수는 자기 상관과 잠시 무슨 얘기를 했다.
그러더니 철 창살로 된 문 두 개를 열고 좋아서 어쩔 줄 몰라하는 안드레아를 안뜰로 향한 2층의 어떤 방으로 안내했다. 그 방은 다른 감방들과 마찬가지로 흰 석회로 칠해진 방이었다. 그곳은 죄수들에게는 찬란하게 보이는 쾌적한 방이었다. 난로, 침대, 의자, 테이블 등이 그 방의 화려한 가구들이었다.
베르투치오는 의자에 앉았다. 안드레아는 침대로 뛰어올랐다. 간수가 물러갔다.
「자, 내게 할말이 있나?」 베르투치오가 물었다.
「당신은요?」 안드레아가 말했다.
「네 얘기가 먼저 듣고 싶은데……」

「아니요. 당신이야말로 내게 들려줄 얘기가 많을 텐데, 이렇게 찾아와 주었으니」
「그럼 얘기하겠다. 넌 여전히 악랄한 짓만 해왔군. 도둑질을 하고 살인을 하고」
「그래서 어쨌단 겁니까? 그런 얘길 해주려고 이렇게 특별실에까지 데리고 왔다면, 일부러 그런 얘기까지 수고스럽게 늘어놓을 필요 없어요. 그런 건 내가 더 잘 아니까. 내가 모르는 얘기가 있을걸요. 그걸 얘기해 줘요. 누가 당신을 여기까지 보냅디까?」
「허! 이거 굉장한데!」
「안 그래요? 자, 단도직입적으로 물어보죠. 쓸데없는 얘긴 우리 집어치웁시다. 누가 보냈어요?」
「그런 사람 없다」
「그럼 내가 감옥에 들어와 있는 걸 어떻게 알았죠?」
「벌써 오래전에 샹젤리제에서 근사한 말을 타고 거만하게 다니는 게 너라는 걸 난 알아보았지」
「샹젤리제라! 아! 아! 불장난할 때 말하듯이, 정말 불쏘시개에 불이 붙은 셈이로군…… 샹젤리제라? ……자, 그럼, 내 아버지 얘길 해주려는 거요?」
「아버지라니, 그럼 난 뭐란 말이냐?」
「당신은 내 양아버지죠…… 하지만 나를 위해서 몇십만 프랑이라는 돈을 마련해 준 건 당신이 아닐 텐데요. 그 돈은 네댓 달 만에 다 까먹었지만. 나를 위해 이탈리아 신사를 아버지로 만들어준 것도 당신은 아니죠. 나를 사교계에 밀어주고 오퇴유의 만찬회에 초대해 준 것도 당신은 분명 아니란 말이오.

그 만찬 때 나온 요리의 맛이라니, 지금도 입에 침이 도는군요. 그때 나와 같이 불려간 사람들은 모두 파리에서도 일급 신사들이었지. 왕실 검사도 있었고. 그 친구를 그때 좀더 가까이 사귀어놓지 않은 건 일생 일대의 실수란 말이야. 그랬더라면 지금 단단히 덕을 볼 텐데. 그리고 막판에 가서 비밀이 탄로날 일이 생겼는데도 100만, 200만이라는 돈을 보증해 주려던 것도, 절대로 당신은 아니지요…… 자, 그러니 어때요, 코르시카 양반, 얘길 털어놓는 게……?」

「무슨 얘길 하라는 거냐?」

「그렇다면 내 쪽에서 뚜껑을 열어드리지요. 당신 방금 샹젤리제 얘길 했죠?」

「그래서?」

「그런데 그 샹젤리제에는 돈이 무지무지하게 많은 신사가 하나 살고 있단 말씀이에요」

「네가 들어가서 도둑질을 하고 사람까지 죽인 그 집 말이지?」

「그렇다고 해둡시다」

「몬테크리스토 백작 말이지?」

「자, 라신(17세기 프랑스의 고전 비극 작가——옮긴이)의 말마따나, 당신 입으로 그 말을 했군요…… 어때요, 필세레쿠르(19세기 프랑스 통속극 작가——옮긴이)처럼 그 사람 품에 달려 들어 와락 부둥켜안으며 〈아버지!〉 하고 소리치기라도 해야 할까요?」

「농담 마라」 베르투치오는 엄숙하게 말했다. 「그 이름을 여기서 그렇게 함부로 지껄이는 게 아니다」

「어!」 안드레아는 베르투치오가 너무나 엄숙하게 나오는 데

깜짝 놀라, 「왜 안 된단 말이에요?」라고 소리쳤다.
「그 이름을 가진 분은 하느님이 보살펴주시는 분이야. 너 같은 너절한 놈의 아버지가 될 분이 아니란 말이다」
「호! 굉장한 말씀만 하시는데!」
「정신 차리지 않으면 그야말로 굉장한 일이 생길 게야」
「협박이오? ……난 협박쯤 겁나지 않아요…… 내 그 친구한테 말해 줘야지……」
「넌 도대체 상대방이 너같이 쓰레기 같은 인간인 줄 아냐?」 이렇게 말하는 베르투치오의 어조가 너무나 침착하고 확신 있어 보여서 안드레아는 간담이 서늘해졌다.
「도대체 넌 상대방이 감옥을 제 집처럼 드나드는 도둑놈 아니면 사기꾼인 줄 아냐? ……넌 지금 무시무시한 손에 잡혀 있는 거야. 그런데 그 손을 지금 너를 위해 벌리려고 하고 있어. 그러니 그걸 잘 이용해야 해. 하늘을 얕보면 안 돼. 지금은 쉬고 있는 것 같지만 함부로 건드리면 어떻게 나올지 모르는 거다」하고 베르투치오는 계속했다.
「내 아버지는…… 도대체 내 아버지는 누군지 알고 싶어요!」 안드레아는 집요하게 물었다. 「난 죽어도 좋아요. 하지만 그건 알아야겠어요. 나쁜 소문이 나면 뭐 어때요? 오히려 좋지요…… 평판이 생기고, 신문 기자 보상 말에 의하면 〈광고〉가 되는 판인데. 하지만 사교계 양반들이야 일단 나쁜 소문에만 오르는 날이면 아무리 돈이 있고 가문이 좋다 하더라도 잃어버리는 게 있거든요…… 자, 누굽니까, 내 아버진?」
「그걸 가르쳐주려고 내가 온 거다」
「그랬군요!」 안드레아는 기쁨으로 눈을 빛내며 소리쳤다.

바로 그때 문이 열리며 간수가 베르투치오에게, 「미안합니다」 하고 말했다. 「하지만 예심판사가 이 죄수를 기다리고 있어서요」

「아니, 그럼 이 이상은 물어보지도 못하게 됐군」 하고 안드레아는 베르투치오에게 말했다.

「좋아요」 안드레아가 말했다. 「자, 헌병 나리들, 어서 날 잡아가시지…… 아 참, 이봐요. 서기과에 10에퀴쯤 주고 갈 수 없을까요? 필요한 것 좀 얻어 쓰게」

「그렇게 해두겠다」 하고 베르투치오가 대답했다.

안드레아는 베르투치오에게 손을 내밀었다. 그러나 베르투치오는 주머니에 손을 낀 채, 그 속에서 은화 소리만 짤그락거릴 뿐이었다.

「그래, 바로 그거예요」 안드레아는 쓴웃음을 띠며 말했다. 그러나 베르투치오의 이상하리만큼 침착한 태도에 완전히 압도된 것 같았다.

〈내가 잘못 생각했던 걸까?〉 안드레아는 〈샐러드 바구니〉라고 불리는 장방형의 철창으로 된 마차에 오르며 생각했다. 「자, 내일 또 만납시다! 내일요!」 그는 베르투치오를 돌아보며 말했다.

「그럼 내일 다시!」 베르투치오가 대답했다.

재판관

부소니 신부와 누아르티에 노인만이 발랑틴의 시체가 있는 방에 남아서 젊은 처녀의 유해를 지키고 있었던 사실을 독자들도 기억하고 있으리라.

아마도 신부의 종교적인 교훈이나 친절한 마음씨와 설득력 있는 말이 노인에게 원기를 회복시켜 준 듯하다. 노인은 신부와 이야기를 한 이후, 그때까지의 절망감은 사라지고 그 대신 깊은 체념, 그전에 노인이 발랑틴에게 쏟던 사랑이 얼마나 극진했던가를 아는 사람이면 누구나 깜짝 놀랄 정도의 침착성을 드러냈기 때문이다.

빌포르는 딸이 죽은 날 아침 이후로는 노인을 보지 못했다. 온 집안이 발칵 뒤집혀 있었다. 하인 하나가 새로 빌포르를 위하여 채용되었고 누아르티에 노인을 위해서도 심부름꾼이 새로 왔다. 빌포르 부인에게도 하녀 둘이 새로 들어왔다. 문지기에서 마부에 이르기까지 모두가 낯선 얼굴들이었으며 그들은 이 저주받은 집에서 각기 서로 다른 주인의 시중을 들어 가뜩이나 찬바람이 부는 가족간의 관계를 더욱 멀어지게 했다. 게다가 중죄 재판소의 공판이 사흘 후에 열리게 되어 있었다. 그 때문에 빌포르는 서재에 틀어박혀 카드루스를 죽인 살인범에 대한 첫 소송 준비에 여념이 없었다. 이 사건은 몬테크리스토 백작이 관계된 다른 모든 사건들과 마찬가지로 파리의 사교계에서 큰 화젯거리가 되어 있었다. 더군다나 그 증거라는 것이 믿을 만한 것이 못 되었던 것이다. 그것은 죽어가는 피해자가 전에 자기와 같이 죄수였던 자를 고발한 몇 마디에 근거를 둔 것으로, 피해자가 혹시 증오심이나 복수심에 그런 고발을 했는지도 모르기 때문이었다. 그러나 빌포르에게는 어떤 심증이 있었다. 그는 베네데토가 범인이라는 무서운 확신을 얻게 된 것이다. 그리고 그는 이러한 어려운 소송에서 승리함으로써 그의 얼어붙은 마음에 다소라도 활기를 띠게 해줄 자부심을 맛볼 기쁨을 얻어내야만 했다.

이렇게 해서 이 소송을 이번 중죄 공판의 첫머리에 두고 싶어하던 빌포르의 지칠 줄 모르는 노력에 의해서 소송 심리가 착착 진행되고 있었다. 그 결과 방청권을 얻겠다고 산더미같이 쏟아져 들어오는 청을 피하기 위해 그는 피신까지 해야만 했다.

게다가 발랑틴이 무덤에 묻힌 지도 얼마 안 되어 집안은 아직도 깊은 슬픔에 잠겨 있었지만, 그 아버지 되는 빌포르가 그처럼 일에 열중하고 있다고 해서 이상하게 생각하는 사람은 누구 하나 없었다. 그에게는 일만이 슬픔을 떨칠 수 있는 유일한 방법이었기 때문이다.

 단 한번, 베르투치오가 베네데토를 두번째로 방문한 그 이튿날인 일요일에 꼭 한번, 빌포르는 아버지 누아르티에 노인을 보았다. 그것은 빌포르가 너무나 피로에 지친 나머지, 후원으로 내려왔을 때였다. 우울하고 떨쳐버릴 수 없는 무거운 생각에 짓눌린 그는 일찍이 타르퀴니우스(로마의 폭군——옮긴이)가 막대기로 키가 제일 큰 양귀비를 내리쳤듯이, 단장을 휘둘러 얼마 전까지 화려하게 피어 있던 꽃들의 유령인 양, 정원 안의 길을 따라 늘어선 접시꽃들의 시들어가는 기다란 가지를 마구 내리쳤다.

 그는 벌써 여러 차례 정원을 끝까지, 다시 말하면 내버려진 채마밭이 있는 예의 그 철문 앞까지 가보았다. 그리고 갔던 그 길로 같은 발걸음, 같은 동작으로 돌아오곤 했었다. 그날, 산책에서 돌아오는 길에 문득 집 쪽을 바라보니, 일요일과 월요일을 엄마 곁에서 보내려고 기숙사에서 돌아온 아들 에두아르가 떠들썩하게 뛰노는 소리가 들려왔다.

 그때 그는 열려 있는 어느 창가에서 누아르티에의 모습을 보았다. 발코니를 가득 덮고 있는 포도나무의 불그스름해진 잎사귀와 다 시들어가는 나팔꽃을 내리비추고 있는 아직 따뜻한 석양빛을 쬐려고 노인은 안락의자를 그 창가로 끌어왔던 것이다.

 노인은 빌포르에게는 잘 보이지 않는 어느 한 지점을 주시하고 있었다. 그의 눈이 너무나 격한 증오로 불타고 너무나도 사납고 초조한 빛을 띠고 있어서, 아버지의 얼굴에 드러나는 표정을 쉽게 간파하는 빌포르는, 그 무서운 눈길이 도대체 누구에게 쏠리고 있는지를 보려고 오던 길에서 자리를 옮겨보았다.

그랬더니 벌써 잎이 거의 다 떨어진 보리수 그늘에서 빌포르 부인이 책을 들고 앉아 있는 것이 보였다. 그녀는 때때로 책읽기를 멈추고 아들에게 미소를 지어 보였고, 때로는 아들이 응접실에서 정원을 향해 던지는 고무공을 집어 던져주고 있었다.

빌포르는 얼굴빛이 창백해졌다. 노인이 뜻하는 바를 알 수 있었기 때문이다.

노인은 계속 같은 대상을 바라보고 있었다. 그런데 갑자기 그 눈길이 이번에는 빌포르 부인에게서 빌포르에게 옮겨왔다. 이번에는 그 간담을 서늘하게 하는 시선의 공격을 빌포르 자신이 받아야만 했다. 그 눈은 대상에 따라 뜻하는 바가 달라지긴 했지만 위협하는 듯한 표정만은 조금도 변화가 없었다.

빌포르 부인은 자기 머리 위에서 이렇게 불꽃이 왔다갔다하고 있다는 것은 전혀 모른 채, 그때 마침 날아온 아들의 공을 잡고는 자신에게 와서 입을 맞추고 그걸 가져가라며 아들에게 손짓했다. 그러나 에두아르는 좀처럼 가려고 들지 않았다. 어머니가 안아준다는 것이 일부러 갈 만한 이유는 못 된다고 생각하는 것 같았다. 이윽고 소년은 결심한 듯 창에서 헬리오트로프며 과꽃 덤불 속으로 뛰어내렸다. 그러고는 이마에 땀을 흘리며 빌포르 부인에게로 달려갔다. 부인은 아들의 이마를 닦아주고 촉촉한 상아빛 이마에 입을 맞춘 다음, 한 손에는 공을 또 한 손에는 사탕을 한 움큼 쥐어주어서 집안으로 돌려보냈다.

빌포르는 마치 뱀에게 끌려가는 새처럼 강력한 힘에 끌리다시피 집 쪽으로 걸어갔다. 그가 집에 가까워짐에 따라서 그를 좇는 노인의 눈도 아래로 향하고 있었다. 그리고 그 눈동자가 작열하는 불을 뿜어 빌포르는 그 불에 가슴까지 집어삼켜지는 듯했다. 분명 그 시선에서는 피 맺힌 비난과 동시에 무시무시한 위협이 엿보였다. 그러면서 노인은 눈을 하늘로 향했다. 그것은 마치 아들에게 그가 잊고 있는 맹세를 상기시키려는 것 같았다.

「알겠습니다!」 빌포르는 뜰 아래서 대답했다. 「알겠습니다! 하루만 더 참아주십시오. 반드시 약속은 지키겠습니다」

그 말에 노인은 마음이 가라앉는 듯했다. 그는 아무 일도 없었다는 듯 눈을 다른 쪽으로 돌렸다.

빌포르는 숨을 답답하게 하던 프록코트의 단추를 확 풀어헤치고 핏기가 사라진 손으로 이마를 닦은 후 서재로 돌아갔다.

밤은 싸늘하고 조용하게 지나갔다. 집안에서는 여느 때와 마찬가지로 온 식구가 잠들어 있었다. 오직 빌포르 한 사람만이 다른 날과 마찬가지로 식구들과 함께 잠들지 않고 새벽 다섯시까지 일을 하고 있었다. 그는 전날 예심판사가 쓴 마지막 심문서를 조사하고 증인들의 진술서를 훑어보며 여태까지 쓴 것 중에서 가장 강력하고 가장 잘됐다고 생각되는 기소장을 다시 한번 명확하게 정리했다.

중죄 재판의 제1회 공판은 이튿날인 월요일에 있을 예정이었다. 빌포르는 바로 그날이 희끄무레하고 음산하게 밝아오는 것을 보았다. 그리고 그 푸르스름한 새벽빛이 종이 위에 붉은 잉크로 쳐놓은 줄들을 뚜렷하게 비춰주었다. 그는 램프의 수명이 다하기 직전 잠깐 눈을 붙였을 뿐이었다. 그러다가 램프의 심지가 파지직 타는 소리에 눈을 떴다. 손가락은 잉크가 묻어 마치 핏속에 잠겼다 나온 것처럼 축축하고 붉게 물들어 있었다.

그는 창을 열었다. 오렌지빛 넓은 띠가 멀리서 하늘을 가로지르고 있어 지평선에 거무스름하게 늘어선 가느다란 포플러 나무들을 중간에서 자르고 있었다. 줄지어 선 마로니에 나무 저 너머 들판에서는 종달새 한 마리가 맑은 아침을 노래하며 하늘 높이 날아오르고 있었다.

촉촉한 새벽 공기가 머리를 적시자 빌포르는 기억이 선명해졌다.

「이 모든 게 오늘을 위해서였지」 그는 애써 이렇게 말했다. 「오늘이야말로 정의의 칼을 들고 죄 있는 놈들을 모조리 처단해야 할 날이지」

그때 그의 눈길은 자기도 모르게 앞으로 불쑥 튀어나와 있는 누아르티에 노인의 방 창문, 그 전날 노인의 모습을 본 그 창문으로 향했다.

커튼이 쳐져 있었다.

그러나 아버지의 모습이 너무나 눈에 선해서 그는 닫혀 있는 그 창이 열려 있기라도 한 것 같았고, 그 창으로 위협하는 듯한 노인의 모습이 보이는 것 같았다.

「그래요, 안심하세요, 아버지」 하고 그는 중얼거렸다.

그는 다시 고개를 떨구었다. 그리고 고개를 숙인 채 서재 안을 몇 바퀴 왔다갔다했다. 그러고 나서 옷을 입은 채로 소파 위에 쓰러졌다. 잠자기 위해서라기보다는 작업에서 오는 오한과 피로가 골수까지 파고들어 뻣뻣해진 사지를 누그러뜨리기 위해서였다.

차츰 가족들이 일어나기 시작했다. 빌포르는 서재에서 집안의 생활 그 자체라고 할 수 있는 소리들을 잇달아 들을 수 있었다. 문 열리는 소리, 하인을 부르는 빌포르 부인의 벨 소리.

그 나이 또래의 아이들이면 누구나 그렇듯이 잠에서 깨며 즐겁게 소리 지르는 아들의 목소리.

빌포르도 벨을 울렸다. 새로 온 그의 하인이 신문을 가지고 방으로 들어왔다.

「뭘 가져온 건가?」 빌포르가 물었다.

「뜨거운 초콜릿 한 잔 입니다」

「가져오란 소리도 안했는데. 누가 그런 걸 갖다주라고 하던가?」

「마님께서요. 나리께서 오늘은 살인 사건 공판으로 말씀을 많이 하실 테니까 기운을 차리셔야 한다고요」

이렇게 말하며 하인은 금으로 도금한 찻잔을 소파 옆에 있는 테이블 위에 내려놓았다. 그 테이블에도 다른 테이블들과 마찬가지로 서류가 가득했다.

하인이 방에서 나갔다.

빌포르는 잠시 우울한 얼굴로 찻잔을 바라보았다. 그러더니 갑자기 신경질적으로 잔을 들어 그 안에 담겨 있던 것을 한번에 삼켜버렸다. 마치 그 차를 마시면 죽게 되기라도 해서, 지금 죽기보다도 더 어려운 일을 하지 않으면 안 될 상황에서 자신을 해방시켜 주기를 바라는 것 같았다. 그는 벌떡 일어나 얼굴에 무시무시한 미소를 띠며 다시 방안을 왔다갔다했다. 그의 그 무시무시한 미소를 누가 보았더라면 등골이 오싹했을 것이다.

초콜릿은 해로운 것은 아니었다. 그는 아무렇지도 않았다. 아침 식사 시간이 되었건만, 빌포르는 식탁에 나타나지 않았다. 하인이 다시 그의 서재로 왔다.

「마님께서 공판은 정오에 시작되는데 시계가 방금 열한시를 쳤다는 걸 말씀드리라고 해서요」

「그래서?」 빌포르가 말했다.

「마님께선 화장도 다 하시고 준비가 다 되셨다고 같이 가도 되는지 여쭈어보라고 하십니다」

「어딜 말인가?」

「재판소에요」

「그건 왜?」

「마님께선 이번 공판에 꼭 가보고 싶으시답니다」

「허!」 빌포르는 거의 공포스러운 어조로 말했다. 「가보고 싶다고!」

하인은 한걸음 뒤로 물러서며 말했다.

「나리께서 혼자 가고 싶으시다면, 가서 마님께 그렇게 말씀드리겠습니다요」

빌포르는 잠시 입을 다물었다. 그는 새까만 수염이 난 창백한 뺨을 손톱으로 훑어내렸다.

「마님께 가서」 이윽고 그는 입을 열었다. 「내가 할말이 있으니, 마님 방에서 기다리시라고 그래라」

「알겠습니다」

「그리고 다시 와서 내가 수염을 깎고 옷 입는 걸 좀 도와주게」

「예, 곧 돌아오겠습니다」

하인은 나갔다가 이내 다시 돌아왔다. 그리고 빌포르의 수

염을 깎아준 후, 정중하게 검은 양복을 입혀주었다.

그 일이 끝나자 하인은, 「마님께서 준비가 끝나시는 대로 나리가 오시기를 기다리겠다고 하시는데요」 하고 말했다.

「그래, 가지」

빌포르는 서류들을 팔에 끼고, 모자를 손에 들고 아내의 방으로 갔다.

문 앞에서 그는 잠시 발을 멈추고 손수건으로 창백한 이마에 흐르는 땀을 닦았다.

그런 다음에 그는 문을 열었다.

빌포르 부인은 긴 의자에 앉아서 신문이며 책들을 초조하게 뒤적이고 있었다. 부인은 외출 준비를 완전히 끝내놓고 있었다. 모자는 안락의자 위에 놓여 있었고, 장갑은 이미 손에 끼고 있었다.

「아, 당신 오셨군요!」 부인은 자연스럽게 침착한 목소리로 말했다. 「아니, 안색이 아주 나쁘시네요? 밤새워 일하셨어요? 왜 아침 식사 하러 내려오지도 않으셨어요? 그건 그렇고 저하고 함께 가시겠어요, 아니면 저는 에두아르하고 따로 갈까요?」

이렇게 빌포르 부인은 남편의 대답 한마디를 듣기 위해 여러 가지를 물었다. 그러나 무얼 물어봐도 빌포르는 동상처럼 차가운 표정으로 아무 대답도 하지 않았다.

「에두아르」 하고 빌포르는 명령하는 듯한 눈길로 에두아르를 바라보며 말했다. 「넌 객실에 가서 놀아라. 아버진 엄마하고 할말이 있으니」

빌포르 부인은 남편의 이러한 차가운 태도와 단호한 어

조, 그리고 이상하게 가식적인 서두를 듣자 몸이 떨려왔다.
 에두아르는 고개를 들어 어머니를 쳐다보았다. 그리고 어머니가 빌포르의 명령을 들으려 하지 않는 것을 보고 다시 납으로 만든 병정의 머리를 자르기 시작했다.
 「에두아르!」 빌포르가 너무도 거칠게 호통을 치는 바람에 에두아르는 놀라서 카펫 위에서 펄쩍 뛰었다. 「내 말 안 들리니? 어서 나가!」
 이런 대우를 거의 받아본 일이 없는 아이는 벌떡 일어섰고 얼굴빛이 새파래졌다. 약이 오른 것인지, 겁이 난 것인지조차 알 수 없을 정도였다.
 아버지는 아들에게로 가서 팔을 잡고, 이마에 키스를 해주었다.
 「자, 나가 놀아라, 어서!」
 에두아르는 밖으로 나갔다. 빌포르는 문 쪽으로 가서 뒤로 문의 빗장을 걸었다.
 「어머나!」 하며 부인은 남편의 마음속까지 들여다보는 듯한 시선을 보내며 미소를 지으려 했지만 남편의 그 냉혹한 태도를 보자 그만 얼어붙어 버렸다. 「왜 그러세요?」
 「당신이 늘상 쓰는 독약은 어디다 두었지?」 빌포르는 아내와 문 사이에 서서 분명한 어조로 또박또박 물었다.
 빌포르 부인은 머리 위에서 자기를 노리고 있던 독수리가 점점 다가오는 것을 보고 있는 종달새와 같은 기분이 들었다.
 가슴에서부터 외침도 아니고 한숨도 아닌, 이지러지고 쉰 소리가 새어나오는가 싶더니 부인의 얼굴은 납빛이 되었다.
 「여보, 무슨 말인지……」 하고 부인은 말했다. 「그게 무슨 소리예요?」

그러더니 극도의 공포에 사로잡힌 그녀는, 이번에는 처음보다 더 심한 공포가 엄습해 온 듯, 소파의 쿠션 위에 털썩 쓰러지고 말았다.

「내가 묻는 것은」 하고 빌포르 씨는 착 가라앉은 목소리로 질문을 계속했다. 「내 장인 생메랑 씨와 장모, 바루아 그리고 내 딸 발랑틴을 죽인 독약을 어디다 감춰놓았느냐는 거요」

「여보!」 빌포르 부인은 두 손을 모으며 소리쳤다. 「무슨 말씀을 하시는 거예요?」

「묻지 말고 대답만 해」

「남편한테요, 아니면 재판관한테요?」 빌포르 부인은 더듬더듬 말했다.

「재판관한테 대답하는 거요!」

부인의 새파래진 얼굴이며 그 괴로워하는 눈빛, 그리고 온몸을 와들와들 떨고 있는 모습은 보기에도 무서울 정도였다.

「아! 여보!」 부인은 중얼거리듯 말했다. 「여보……!」 부인의 대답은 이뿐이었다.

「대답 안할 거요?」 빌포르는 무시무시하게 소리쳤다.

그러고 나서 분노했다기보다는 위협하는 듯한 미소와 함께 덧붙였다.

「과연 부인하지 못하는군!」

부인은 움찔했다.

「부인할 수 없겠지」 하며 빌포르는 정의의 이름으로 여자를 체포하려는 듯 여자 쪽으로 손을 내밀며 말했다. 「당신은 그야말로 파렴치한 재주를 부려 벌써 여러 차례 범죄를 저질렀어.

하지만 아무리 교묘하게 재주를 피웠더라도, 사랑으로 당신에게 눈이 먼 자들 외엔 아무도 속이지 못했지. 난 생메랑 후작이 돌아가시자 내 집에 독살자가 하나 있다는 걸 짐작했어. 다브리니가 가르쳐주었거든. 바루아가 죽었을 때, 오! 어찌 그럴 수가 있었을까! 난 엉뚱한 사람을, 그것도 천사 같은 사람을 의심했었지. 내 의심이란, 범죄가 없을 때라도 늘 가슴 밑바닥에서 불을 켜고 지키고 있으니까. 그런데 발랑틴이 죽었으니 이젠 의심할 여지가 없지. 나만이 아니라 다른 사람들까지도 말이야. 그러니 지금은 나와 다브리니만 알고 있고 다른 사람들은 그저 의심만 품고 있는 이 범죄가 이젠 세상에 알려지지 않을 수 없게 되었어. 그러니 아까도 말했지만, 지금 당신에게 말하고 있는 것은 남편이 아니라 재판관이라고!」

부인은 두 손으로 얼굴을 가렸다.

「오, 여보!」 부인은 입속으로 중얼거렸다. 「제발 겉만 보고 그렇게 판단하지 말아주세요!」

「당신은 비겁자가 될 셈이오?」 빌포르는 경멸 어린 목소리로 외쳤다. 「하긴 난 늘 독살자란 비겁한 놈들이라고 생각해왔지만, 자기 손으로 두 노인과 처녀 하나를 암살해 눈앞에서 죽어가는 것을 볼 수 있을 만큼 끔찍한 용기를 가졌던 당신이 왜 이제 와서 비겁해지겠다는 건가?」

「여보! 여보!」

「이제 와서 비겁자가 될 거요?」 빌포르는 점점 더 흥분해서 말을 계속했다. 「네 사람이 숨지는 것을 일 분, 일 분 잴 수 있었던 당신이! 그런 끔찍한 계획을 꾸며놓고, 그 무서운 독약을 그렇게도 능숙하게 거의 기적에 가까울 만큼 정확하게 배합

할 수 있었던 당신이? 그렇게 모든 걸 잘할 수 있었으면서, 그 죄가 드러날 경우엔 어떻게 될지 그 점 하나만은 어째 생각 못 했지? 오! 어떻게 그럴 수가 있나? 당신은 분명 처벌을 모면하려고 다른 독약에 비해서 훨씬 마시기 쉽고, 약효가 빠르고 확실한 약을 가지고 있었겠지…… 그런 걸 만들었어, 내 말이 틀려?」

부인은 두 손을 비틀며 무릎을 꿇었다.

「알겠어…… 알겠어」 하고 빌포르는 말했다. 「이젠 자백하는군. 하지만 재판관한테 하는 자백은, 어쩔 수 없는 시기에 하는 자백은, 도저히 부인할 수 없게 되었을 때 하는 자백은, 범인의 형벌을 조금도 감해 주지 않는 법이야」

「형벌!」 부인은 소리쳤다. 「여보, 형벌이라고요? 아까도 그 말씀을 하시더니!」

「물론이지. 네 번이나 죄를 저지르고도 용서받으리라고 생각했었나? 그 형벌을 구형하는 자가 당신 남편이라고 해서 벌을 안 받아도 될 줄 알았나? 천만에. 누구의 아내든, 독살범에게는 단두대가 기다리고 있다고. 아까도 말했지만, 독살범이 자기 자신을 위해 효과가 확실한 독약을 몇 방울 남겨두지 않았을 경우엔 더더욱 그렇지」

빌포르 부인은 무섭게 비명을 질렀다. 그리고 그 이지러진 얼굴에는 흉측하고 억누를 수 없는 공포의 빛이 엄습해 왔다.

「단두대는 걱정 안해도 돼」 빌포르가 말했다. 「난 당신이 불명예스러워지는 건 원하지 않아. 그건 곧 나 자신의 불명예가 될 테니까. 오히려 그 반대지. 내 말뜻을 잘 알아듣는다면 당신은 단두대에서 죽어선 안 돼」

「난 당신 말, 못 알아듣겠는데요. 도대체 무슨 소리예요?」
완전히 낙담을 한 부인이 중얼거렸다.

「내가 하고 싶은 말은, 수도의 최고 사법관의 아내는 그 파렴치한 소행으로, 나무랄 데 없는 가문의 이름을 더럽히고 또 남편이나 자식 얼굴에 먹칠을 해선 안 된단 거야」

「오! 그런 일은 절대로!」

「당신이 그렇게 해준다면 그건 훌륭한 일이지. 그리고 그에 대해 난 감사해」

「감사하다니 뭐가 말이에요?」

「당신 입으로 방금 말한 그것 말이야」

「내가 뭐라고 했다는 거예요! 도무지 뭐가 뭔지 모르겠어요. 무슨 말인지 전혀 모르겠단 말이에요! 하느님!」

부인은 머리를 헝클어뜨린 채 입으로는 거품을 뿜으며 일어섰다.

「당신은 내가 아까 여기 들어오면서〈당신이 늘상 쓰는 독약을 어디다 두었느냐?〉고 물은 말에 대답하지 않았소?」

부인은 두 팔을 하늘로 쳐들고 경련적으로 두 손을 꽉 쥐었다.

「안 돼, 안 돼」하고 그녀는 울부짖었다.「당신 그걸 원하는 건 아니겠지요!」

「내가 원하지 않는 것은 당신이 단두대에서 죽게 되는 일이야. 내 말뜻 알겠지?」하고 빌포르가 대답했다.

「오! 여보, 제발!」

「내가 원하는 것은 정의가 이루어지는 거요. 이 세상에서의 내 사명은 처벌을 하는 것이오」빌포르는 눈에 불을 켜며 덧붙였다.「다른 여자 같았으면 상대방이 비록 여왕이라 하더라도 난 사형 집행인을 보냈을 거야. 그러나 당신에게만은 인정을 베푸는 거요. 그럼 당신한테 말하지. 당신은 제일 마시기 쉽고 약효가 빠르고 확실한 독약을 몇 방울 가지고 있겠지?」

「오! 용서해 주세요! 절 제발 살려주세요!」

「비겁하군」 빌포르가 말했다.

「난 당신의 아내잖아요!」

「당신은 사람을 독살한 여자야!」

「신의 이름으로……!」

「안 돼!」

「당신이 저를 사랑했던 걸 기억해서……!」

「안 돼! 안 돼!」

「우리 아이를 봐서! 오! 우리 아이를 위해서라도 제발 절 살려주세요!」

「안 돼! 안 돼! 안 돼! 당신을 그대로 살려두었다가는, 이 다음에는 우리 아이도 먼젓번처럼 죽일지도 몰라」

「제가요! 제 아들을 죽인다고요!」 하고 광기마저 띤 부인은 남편에게 달려들며 소리쳤다. 「내가! 내 아들 에두아르를 죽인다니! 아!」

이 말은 소름 끼치는 웃음, 악마와 같은, 미친 여자 같은 웃음소리로 바뀌더니 이윽고 그녀는 처참하게 헐떡이기 시작했다.

빌포르 부인은 남편의 발밑에 쓰러졌다. 빌포르는 아내 곁으로 다가섰다.

「잘 생각해 둬」 하고 그는 말했다. 「만약 내가 돌아올 때까지 정의가 이루어져 있지 않을 경우엔, 난 내 입으로 당신을 고발해서 내 손으로 체포할 거요」

부인은 숨도 제대로 못 쉬는 것이 힘없이 완전히 짓이겨진 것 같았다. 살아 있는 것은 오직 눈뿐이었다. 눈에서는 무서운 불길이 활활 타오르고 있었다.

「이젠 알아들었겠지」 하고 빌포르가 말했다. 「난 이제부터 살인범들에게 사형을 구형하러 가야 해⋯⋯ 만약 내가 돌아왔을 때도 당신이 살아 있다면, 오늘밤은 콩시에르주리(단두대에서 사형될 죄수가 머무르던 유명한 감옥──옮긴이)에서 자게 될 거요」

빌포르 부인은 한숨을 쉬었고, 온몸의 신경이 확 풀어져 양탄자 위에 픽 쓰러지고 말았다.

빌포르 검사는 문득 불쌍하다는 생각이 든 것 같았다. 그는 다소 누그러진 얼굴로 아내를 내려다보더니, 가볍게 아내 쪽으로 몸을 굽히며, 「안녕히」 하고 천천히 입을 열었다. 「안녕히!」

〈안녕히〉라는 말이 마치 치명적인 칼날처럼 부인에게 떨어졌다. 부인은 정신을 잃었다.

검사는 방을 나갔다. 나가면서 그는 방문을 이중으로 잠갔다.

중죄 재판

당시 재판소에서나 세간에서나 베네데토 사건이라고 부르던 그 사건은, 커다란 파장을 일으키고 있었다. 카페 드 파리며, 드 강 거리, 불로뉴 숲에서 살다시피 한 가짜 카발칸티는 파리에 있는 동안, 그리고 그가 호사를 누리던 이삼 개월 동안 많은 사람들을 사귀어놓았던 것이다. 신문마다 피고의 갖가지 사교계 생활 및 옥중 생활을 기사화했다. 그 결과, 특히 카발칸티를 개인적으로 알고 있는 사람들의 호기심은 놀랄 만큼 커졌다. 그래서 그들은 과거 동료 죄수였던 친구를 살해한 베네데토가 피고석에 앉아 있는 꼴을 어떻게든지 볼 결심을 했다.

많은 사람들이 베네데토가 법의 희생자까지는 아닐지 몰라도 무슨 착오가 생겨 죄인이 되었다고 생각했다. 지난날 아버지 카발칸티를 본 사람은 그가 이번에도 유명해진 자식의 뒤를 봐주기 위해 다시 파리에 나타나리라고 생각하고 있었다. 그가 처음 몬테크리스토 백작 집에 왔을 때 입고 있던 그 유명한 옷 얘기를 듣지 못한 사람들은 이 노귀족이 보여주었던 당당한 풍채, 귀족적인 거동, 그리고 사교계의 예절에 대한 지식에 경탄의 눈길마저 보내고 있었다. 그러나 말해 두지 않으면 안 될 것은, 사실 카발칸티는 아무 말도 안할 때와 돈 계산을 안할 때 더할 나위 없는 귀족으로 보였다는 것이다.

한편 피고 자신으로 말하자면, 그가 얼마나 상냥하고 멋있고 돈을 잘 썼는지 아는 사람들은, 흔히 그렇듯 분명 어떤 적의 모함에 빠진 것으로 생각하고 있었다. 그런 경우엔 돈만 많다면 좋은 일이건 나쁜 일이건 간에, 사람을 깜짝 놀라게 할 수 있고 그 힘도 전대미문으로 강력할 수 있는 법이다.

이렇게 해서 어떤 사람들은 그 광경을 즐기기 위해, 또 어떤 자들은 자기 나름의 비평을 가하기 위해 저마다 법정으로 달려갔다. 아침 일곱시부터 철문 앞에는 구경꾼들이 장사진을 이루고 있었다. 그리고 개정 한 시간 전에 미리 들어온 사람들로 가득 차버렸다.

공판이 시작되기 전, 아니 이미 시작된 후에도 큰 사건이 있는 날의 방청석은 흡사 살롱과 같다. 많은 사람들이 서로 아는 얼굴들을 찾아보고 자리가 가까워서 남에게 자리를 빼앗길 염려가 없을 경우에는 가까이 가서 인사를 나누고, 구경꾼들이나 변호사, 헌병들에게 막혀 꼼짝할 수 없을 경우에는 손짓으로만 아는 체를 한다.

마침 그날은 여름답지 않던, 그리고 너무나 짧았던 여름날을 보충하기 위해 찾아오기라도 한 듯 눈부시게 화창한 가을날이었다. 그날 아침 빌포르는 구름이 아침 해를 가리고 있는 것을 보았지만, 그 구름조차 마치 마술처럼 완전히 사라지고 말았다. 너무나 아름다운 9월의 하루가 맑게 빛나고 있었다.

신문계의 왕자이며 따라서 도처에 옥좌를 가지고 있는 보샹은, 좌우를 살피고 있었다. 샤토 르노와 드브레의 모습이 눈에 띄었다. 그 두 사람은 경관의 호의로 막 자리를 잡은 참이었다. 그리고 그 경관은 당연히 그들 앞에 서게 되어 있는데도 불구하고, 그들 뒤에 서 있기로 했다. 경관은 두 사람이 각기, 하나는 대신의 비서이고 또 하나는 백만장자라는 것을 눈치 챘다. 그래서 이 두 높은 양반들에게 할 수 있는 한 경의를 표하고 자리를 지켜줄 테니 보샹이 있는 곳까지 갔다 오라고 말했다.

「어이!」 하고 보샹이 먼저 말했다. 「우리의 친구를 만나러 온 거지?」

「물론이지」 드브레가 말했다. 「그 훌륭하신 왕자님을 보러 온 거지! 이탈리아 공작이라는 게 도대체 뭔지 보자고!」

「단테에게 족보를 쓰게 하고, 『신곡』까지 거슬러 올라가는 집안이라던가?」

「밧줄에 묶인 공작님이라!」 샤토 르노가 불쑥 이렇게 내뱉었다.

「유죄가 되겠지?」 드브레가 보샹에게 물었다.

「아, 그거야」 하고 보샹이 대답했다. 「자네한테 물을 소리 같은데. 관청에서 하는 일은 그쪽이 더 잘 알 것 아닌가! 그런데 지난번 대신이 주최한 저녁 모임 때 판사를 만났었지?」

「만났지」

「뭐라고 안 그러던가?」

「자네가 깜짝 놀랄 얘기를 하더군」

「그래? 그럼 빨리 좀 얘기해 보게. 요즘 그런 얘길 통 못 들어봐서 말이야」

「판사가 이러더군. 베네데토란 놈은 희대의 재주꾼이고 천재적인 사기꾼이라고 생각하고들 있는 모양이지만, 실은 진짜 최하위의 미련한 협잡꾼 정도라서, 처형 뒤에 하는 골상학적 조사조차도 받을 가치가 없다던데」

「쳇!」 보샹이 말했다. 「그래도 그 녀석 제법 그럴듯하게 귀족 행세를 했다고」

「자네로서야 그렇게 볼 법도 하지. 어차피 자넨 공작 같은 건 딱 질색이라, 뭐 잘못이라도 저지르면, 그걸 보고 좋아하는 사람이니까. 하지만 난 달라. 난 본능적으로 귀족 냄새를 잘 맡거든. 게다가 문장(紋章)에 대해서는 기가 막힌 명견이나 다름없어서 누구를 만나도 어느 가문 사람인지 척척 알아낼 수 있지」

「그럼 그 친구가 공작령(領)을 갖고 있다는 걸 처음부터 믿지 않았단 말인가?」

「공작령? 그건 믿고 있었지. 하지만 진짜 공작이라고는 안 믿었단 말이야」

「그건 잘했군」 드브레가 말했다.

「하지만 자네 이외의 사람들 사이에선 분명 공작으로 통하고 있었거든…… 대신들 집에서도 보았으니까」

「그건 그래」 샤토 르노가 말했다. 「대신들이야, 공작을 잘 알아볼 텐데 말야!」

「지금, 그 얘긴 재미있는데, 샤토 르노」보샹은 껄껄거리며 말했다.「짧지만 유쾌하단 말이야. 그 말을 내 기사에 써도 되겠지?」

「좋으실 대로」샤토 르노가 대답했다.「그 뜻만으로 써먹는다면 써도 좋아」

「그런데」하고 이번에는 드브레가 보샹에게 말했다.「내가 판사하고 얘길 했다면 자넨 검사하고 얘길 했을 텐데?」

「그런데 그러질 못했어. 빌포르 씨는 일주일째 두문불출이거든. 무리도 아니지. 계속해서 집안에 좋지 않은 일이 생긴 데다, 딸까지 이상하게 죽었으니……」

「이상하게 죽었다니! 그게 무슨 말이지, 보샹?」

「모르는 체해. 사법관의 집안 일이니」보샹은 코안경을 눈에 갖다 대고 그것을 고정시키려 애쓰며 말했다.「코안경 끼는 법이라면 드브레를 못 따라갈 걸세. 드브레, 좀 가르쳐주시지」

「어」보샹이 말했다.「내가 잘못 본 게 아닌데」

「뭐?」

「그 여자야」

「그 여자라니, 누구?」

「가출했다던」

「외제니 양 말인가?」샤토 르노가 물었다.「그럼 그녀가 벌써 돌아왔던가?」

「아니지, 그 여자 어머니」

「당글라르 부인?」

「아니, 어떻게!」샤토 르노가 말했다.「이럴 수가 있나! 딸이 집을 나간 지 열흘밖에 안 되고, 남편이 파산한 지 사흘밖에 안 되는 판에!」

드브레는 가볍게 얼굴을 붉혔다. 그는 보샹의 시선이 가 있는 쪽으로 눈을 돌렸다.

「웬걸!」 하고 그는 말했다. 「베일을 쓰고 있지 않아? 모르는 여자 같은데. 외국의 무슨 왕녀인가. 카발칸티 공작의 모친인지도 모르지. 그런데 자네, 무슨 얘길, 아니 아주 흥미 있는 얘길 하려던 것 같은데」

「내가?」

「그래. 발랑틴 양이 이상하게 죽었다는 얘기 말야」

「아! 그래, 그건 사실이야. 하지만 빌포르 부인이 왜 여길 오지 않았을까?」

「불쌍한 여인!」 드브레가 말했다. 「분명 여기저기의 병원들을 위해서 멜리사 수(水)(진통제의 하나——옮긴이)를 증류시킨다든가 자기 자신이나 친구들을 위해서 화장품이라도 만들고 있는 모양이지. 사람들 말에 의하면, 그런 종류의 도락을 위해서 그녀는 일년에 2,000-3,000에퀴씩 뿌리고 있다던데. 사실 자네 말이 맞아. 왜 빌포르 부인이 여기에 안 왔을까? 즐거이 지켜봤을 텐데, 난 그 여자가 좋거든」

「그런데 난」 하고 샤토 르노가 말했다. 「그 여자는 딱 질색이야」

「왜?」

「왠지는 모르지만. 사람들은 어째서 좋아하지? 어째서 싫어하지? 난 뭔가 반감이 들어서 싫어해」

「또 예의 그 본능이라는 건가?」

「그럴지도 모르지…… 그건 그렇고 보샹, 아까 하던 얘기로 다시 돌아가 보지」

「그런데 빌포르 가에선 어째서 그렇게 숨돌릴 겨를도 없이 사람들이 죽어가는지 알고 싶지들 않은가?」하고 보샹이 말했다.

「〈숨돌릴 겨를도 없다〉는 말, 그거 딱 들어맞는 말인데」샤토 르노가 응수했다.

「이보게, 그 말은 생시몽이 한 말 중에 있는 거야」

「하지만 그 일은 빌포르 씨 집에서 있었다고. 자, 그러니 얘길 다시 제자리로 돌리세」

「물론!」하고 드브레가 말했다.「요 석 달째 계속 상중인 그 집을 유심히 지켜보아 왔네. 그리고 엊그제만 해도 발랑틴 양에 관해서 부인에게서 이런 얘길 들었는데」

「부인이라니……?」샤토 르노가 물었다.

「물론 대신 부인이지, 누구겠나!」

「아, 미안해!」샤토 르노가 말했다.「난 워낙 대신들 집엔 드나들지 않아서! 그런 건 귀족 도련님들에게 맡기면 되니까」

「아까는 부드럽더니 벌써 또 신랄하게 나오기 시작하는군. 잘 좀 봐주셔야겠는데. 제우스처럼 우릴 불살라 버렸다간 큰일이니까」

「그렇다면 내 아무 말 안하지」샤토 르노가 말했다.

「나도 좀 잘 봐줘. 그리고 이 이상은 말하지 말고」

「그건 그렇고, 보샹, 아까 그 얘기나 하자니까. 엊그제 대신 부인한테서 그 얘길 들었다고 했지? 어서 자네 얘길 들려주게. 그럼 나도 내가 들은 얘길 해줄 테니」

「그래. 빌포르 가에서 그처럼 쉴새없이 사람이 죽는다는 건 곧 그 집안에 살인범이 있다는 얘기야!」

듣고 있던 두 사람은 몸서리를 쳤다. 그들 역시 여러 번 그런 생각이 들었기 때문이다.

「그럼 그 범인이 누구지?」하고 두 사람은 물었다.

「에두아르라는 아이일 거야」

두 사람이 껄껄거리고 웃는 소리에 조금도 개의치 않고 보상은 그대로 얘기를 계속했다.

「맞다니까, 그애는 비상해서 어른 뺨치게 사람을 죽일 거라고」

「농담이지?」

「천만에. 내가 어제 빌포르 씨 집에 있었던 하인을 하나 들였는데, 내 얘길 잘 들어봐」

「어디 들어보세」

「내일은 내보낼 생각이야. 빌포르 씨 집에선 겁에 질려 밥을 못 먹었다면서 어찌나 먹어대는지 말야. 그런데 그 귀여운 에두아르는 독약 한 병을 몰래 가져다가 제 마음에 안 드는 사람이면 그 약을 가끔 쓴 모양이더라고. 그래서 제일 먼저 마음에 거슬린 것이 생메랑 후작 부부였지. 녀석은 그 노인네들한테 그 신비한 약 세 방울을 마시게 했던 거야. 세 방울이면 충분하지. 그리고 그 다음엔 누아르티에 씨의 늙은 하인 바루아였지. 바루아는 가끔 이 깜찍한 아이를 거칠게 다루곤 했대. 그래서 또 그 약 세 방울을 먹였어. 이렇게 같은 식으로 불쌍한 발랑틴이 당한 거지. 발랑틴은 그 아이를 심하게 다루지는 않았지만 샘이 났던 거지. 그래서 또 약 세 방울, 이렇게 해서 발랑틴도 다른 사람들과 같이 만사가 끝장났다고」

「무슨 꿈같은 얘길 하고 있는 거야?」 샤토 르노가 말했다.

「그래. 마치 다른 나라 얘기 같지?」 보샹이 대답했다.

「말 같지도 않은 소리」 드브레의 말이었다.

「또 지연 작전이로군 그래! 그럼 우리 집에 있는 그 하인한테 한번 물어봐. 하긴 내일은 이미 우리 집 사람은 아니겠지만. 그 집에서도 그렇게 얘기한다던데?」

「하지만 그 신비한 약이라는 게 어디 있어? 그리고 그게 도대체 어떤 거냔 말야?」

「유감스럽게도 아이가 그걸 감추고 있대」

「그게 어디서 났을까?」

「저희 엄마 실험실에서」

「그럼 그애 엄마는 실험실에 독약을 넣어두었단 말인가?」

「그것까지야 내가 어떻게 알겠나! 자넨 마치 검사처럼 심문을 하는 것 같군. 난 그저 들은 얘길 그대로 전할 뿐이라고. 그 얘길 나한테 해준 사람 이름은 댈 수 있지만 그 이상은 몰라. 그 녀석 겁에 질려서 제대로 먹지도 못하던데」

「설마!」

「하지만 그게 아주 터무니없는 얘기는 아니야. 자네, 작년에 리슐리외 거리의 소년이 제 누이와 동생들이 자고 있는 걸 보고 장난으로 바늘로 귀를 찔러 죽인 얘기 알지? 우리 아래 세대의 애들은 보통 조숙한 게 아니거든」

「하지만」 하고 샤토 르노가 말했다. 「자넨, 입으로는 그 얘길 하면서도, 실은 조금도 믿지 않고 있는 거 같은데…… 그런데 몬테크리스토 백작이 안 보이는데, 어째서 안 왔을까?」

「기분이 상한 거야」 하고 드브레가 말했다. 「카발칸티 부자에게 속아 넘어갔으니, 사람들 앞에 나타나기 싫은 거겠지. 필경 그 사람 친구들이 가짜 신용장을 가지고 백작한테 갔었던 모양이야. 그리고 공작령을 담보로 10만 프랑을 얻어갔던 거지」

「그런데 샤토 르노」 보샹이 물었다. 「막시밀리앙은 요즘 어떤가?」

「실은」 하고 보샹이 말했다. 「내가 세 번이나 집으로 찾아갔는데 전혀 볼 수가 없었어. 그런데 그 사람 누이는 조금도 걱정하는 기색이 안 보이던데. 그 누이가 편안한 얼굴로 하는 말이, 자기도 이삼 일째 통 못 보았지만 틀림없이 잘 있을 거래」

「아! 생각 났어! 몬테크리스토 백작은 오늘 여기에 나타날 수가 없게 돼 있어」 보샹이 말했다.

「그건 왜?」

「백작 자신이 이 사건의 관계자니까」

「그렇다면 그 사람도 누군가를 죽였단 얘긴가?」 드브레가 물었다.

「무슨 소리야? 오히려 그가 살해당할 처지였는데. 카드루스가 제 친구 베네데토한테 살해당한 것이 바로 백작 집을 나오다가였잖아. 그리고 베네데토의 혼인 서약을 방해하는 편지가 들어 있던 문제의 그 조끼를 발견한 것도 백작 집에서였고. 저것 보게, 저 조끼 보이지? 저 책상 위에 피투성이 조끼가 증거물로 나와 있구먼」

「아, 그렇군!」

「여러분! 조용히 해주십시오! 곧 재판을 시작하겠습니다. 제자리에 앉아주십시오!」

과연 법정이 떠들썩해지기 시작했다. 아까 그 순경이 점잖게 두 사람을 불렀다. 그리고 법정 입구에 나타난 수위가 일찍이 보마르셰(18세기 프랑스 극작가——옮긴이) 시대부터 내려오는 그 드높은 목소리로 외쳤다.
「재판을 시작합니다!」

기소장

  판사들은 물을 끼얹은 듯 조용한 가운데 자리를 잡았다. 배심원들도 제자리에 앉았다. 주목의 대상, 아니 그보다도 법정에 있는 모든 사람들의 존경을 한 몸에 받는 빌포르는 모자를 쓰고 안락의자에 앉아 조용히 주위를 둘러보았다.
  딸을 잃은 아버지가 으레 지니고 있을 슬픔의 그림자 하나 보이지 않는, 이 냉정하고도 엄격한 얼굴을 모두들 놀란 눈으로 무서운 듯이 바라보고 있었다.
  「헌병!」 하고 드디어 판사장이 입을 열고 이렇게 명령했다. 「피고를 데리고 들어오시오」
  이 말에 사람들은 한층 더 긴장했다. 그리고 눈이라는 눈은 모조리 베네데토가 들어올 문 쪽으로 쏠렸다. 이윽고 문이 열리며 피고가 나타났다.

베네데토를 보는 사람들은 일제히 같은 인상을 받았다. 그리고 누구 한 사람, 그 얼굴의 표정을 잘못 본 사람은 없었을 것이다.

그 얼굴에는 피를 심장으로 거슬러오르게 하고, 이마며 뺨을 붉게 달아오르게 하는 깊은 동요의 빛이라곤 찾아볼 수가 없었다. 한쪽 손은 모자 위에, 그리고 또 한쪽 손은 흰 피케의 조끼에 우아하게 얹었는데 조금도 떨리지 않고 있었다. 그의 눈은 침착한 데다 빛나기까지 했다. 베네데토는 법정에 들어서자, 판사들과 법정에 앉아 있는 사람들을 한번 죽 훑어보았다. 특히 판사와 검사의 얼굴에 그의 눈길이 한참 머물렀다.

안드레아 옆에는 변호사가 자리를 잡았다. 그 변호사는 관선 변호사로서(왜냐하면 피고인은 그런 일에 전혀 신경 쓰지 않는 듯, 자신은 아무런 조처도 취하려 들지 않았던 것이다) 엷은 금발의 청년이었다. 그는 피고인보다 백배는 더 흥분하여 얼굴이 새빨개져 있었다.

판사장은 빌포르가 능란하고도 가차없는 필치로 작성한 기소장을 낭독하도록 명령했다.

다른 사람들 같으면 도저히 견딜 수 없었을 그 긴 기소장을 낭독하고 있는 동안 피고는 모든 사람들의 시선을 줄기차게 받으면서도 마치 스파르타 사람이라도 되는 듯 명랑한 표정을 유지하고 있었다.

빌포르가 이처럼 간결하면서도 웅변적으로 논고를 펼친 것은 아마 이번이 처음이었을 것이다. 범죄는 매우 생생하게 묘사되어 있었다. 피고의 품성, 인생의 편력 등이 젊었을 때부터 뛰어난 행적을 보여준 검사의 지능과 실생활과 인간 심리에 대한 깊은 이해를 바탕으로, 상세하게 추론되어 있었다.

베네데토는 이 논고 하나만으로도 실제로 법의 제재를 받기 전에 이미 세상에서 매장되고 만 셈이었다.

안드레아는 자기에게 속속 제출되어 자기 위로 떨어지는 고발장 같은 것에는 눈썹 하나 까딱하지 않았다. 빌포르는 가끔 피고의 표정을 살피며 전에도 종종 피고들에게 하던 것과 마찬가지의 심리 게임을 계속했지만, 아무리 상대방을 뚫어지게 쏘아보아도 단 한번도 안드레아의 눈을 내리깔게 하지는 못했다.

이윽고 기소장 낭독이 끝났다.

「피고」하고 판사장이 말했다.「이름이 뭐지?」

안드레아는 일어났다.

「실례지만, 재판장님」하고 그는 아주 맑은 목소리로 말했다.「재판장님께서 이제부터 하시려는 질문의 순서대로는, 저는 대답할 수가 없습니다. 저는 나중에라도 제 경우는 다른 피고들의 경우와는 다르다는 것을 밝히고 싶습니다. 그러니 순서를 바꾸어 대답하는 것을 용서해 주십시오. 어떤 질문에든지 대답은 할 테니까요」

판사장은 깜짝 놀란 듯 배심원 쪽을 바라보았다.

장내가 모두 아연한 기색이었다. 그러나 안드레아 자신은 지극히 태연했다.

「나이는?」판사가 물었다.「이 질문에는 대답할 수 있는가?」

「그 질문에는 다른 질문들과 마찬가지로 대답은 하겠습니다만, 그것도 때가 와야 하겠습니다」

「나이는?」판사장이 되물었다.

「스물한 살. 아니, 좀더 정확히 말씀드리자면 며칠 더 있어야 스물한 살이 됩니다. 1817년 9월 27일과 28일 사이의 밤에 났으니까요」

기록을 하고 있던 빌포르는 이 날짜를 듣자 고개를 들었다.

「출생지는?」 판사장은 질문을 계속했다.

「파리 근교의 오퇴유입니다」 베네데토가 거침없이 대답했다.

빌포르는 또 한번 고개를 들어 베네데토를 바라보았다. 베네데토를 보는 그의 얼굴은 마치 메두사(그리스 신화에 나오는 미녀. 아테나 여신의 화를 사서, 머리칼은 뱀이 되고 그 눈으로 보는 사물은 모두 돌이 되었다고 한다——옮긴이)라도 보는 듯 새파랗게 질려버렸다.

한편 베네데토는 고급 바티스트 천에 수가 놓아진 손수건의 한쪽 끝으로 맵시 있게 입술을 닦았다.

「직업은?」 판사장의 물음이었다.

「처음에는 위조 지폐를 만들었지요」 안드레아는 너무나 침착하게 대답했다. 「그러다가 도둑질을 했고, 최근에는 살인을 했습니다」

술렁거리는 소리가, 아니 그보다도 분노와 놀라움의 폭풍우가 장내 여기저기서 터져나왔다. 판사들도 아연한 듯 서로의 얼굴을 마주보았다. 배심원들도 이렇게 우아한 청년에게서는 상상도 못했던 그 파렴치한 언동에 화를 냈다.

빌포르는 한 손으로 이마를 짚었다. 창백해지던 그의 이마가 차츰 달아오르는 듯 시뻘게졌다. 그러더니 그가 갑자기 벌떡 일어나 실신한 사람처럼 주위를 둘러보았다. 정신을 잃은 것이다.

「뭘 찾으시나요? 검사님?」 베네데토가 상냥하게 웃으며 물었다.

빌포르 씨는 대답도 하지 않고, 안락의자에 주저앉았다.

「피고, 그럼 이젠 본인의 이름을 댈 수 있겠는가?」 판사장이 물었다. 「자신이 지은 범죄들을 마치 직업이기라도 한 듯이 정당화하여 일부러 열거하는 피고의 불손한 태도를 본 법정으로서는 인류에 대한 도덕과 존경의 이름으로 엄하게 꾸짖지 않으면 안 되겠지만, 피고가 처음에 이름을 밝히지 않은 것은 앞서 나열한 범죄들을 설명한 다음에 이름을 대려는 속셈이었겠지?」

「이거 놀랐습니다」 베네데토는 상냥한 목소리와 겸손한 태도로 말했다. 「재판장님께선 제 마음속을 밑바닥까지 들여다보셨습니다. 질문의 순서를 바꾸어달란 것도 실은 그 때문이었습니다」

장내의 놀라움은 극도에 달했다. 피고의 말에는 이젠 어떤 허세나 파렴치한 빛도 보이지 않았다. 깜짝 놀란 방청석에서는 이러한 암담한 구름 속에 섬광이 떠오를 것을 예감했다.

「좋아!」 하고 판사장이 말했다. 「그래, 이름은?」

「이름은 댈 수 없습니다. 저 자신이 이름을 모르고 있으니까요. 하지만 제 아버지의 이름만은 알고 있으니 그건 댈 수 있습니다」

무서운 현기증에 빌포르는 눈앞이 캄캄해 왔다. 떨리는 손으로 만지작거리고 있던 서류 위에는 괴로운 땀방울이 뚝뚝 떨어졌다.

「그러면 아버지의 이름을 대도록 하라」 판사장이 다시 말했다.

물을 끼얹은 듯 조용한 이 넓은 법정에서는 숨소리 하나 들리지 않았다. 모두들 숨을 죽이고 오로지 대답만을 기다리고 있었다.

「제 아버지는 검사님으로 계십니다」 안드레아는 침착하게 대답했다.

「검사라고!」 판사장은 빌포르의 얼굴에 나타난 혼란도 눈치채지 못하고 어이없는 듯 말했다.「검사라고!」

「그렇습니다. 제 아버지의 이름을 아시고 싶다 하시니, 이름을 대겠습니다. 그분의 이름은 빌포르라고 합니다」

재판중이기 때문에 사람들이 법정에 대한 존경심에서 참고 눌러온 감정이 마치 천둥처럼 사람들의 가슴 밑바닥에서 터져 나왔다. 법정 관리들도 이러한 군중의 동요를 제지할 생각을 못하고 있었다. 무슨 일이 있느냐는 듯 천연덕스럽게 버티고 있는 베네데토에게 쏟아지는 욕설들, 헌병들의 움직임, 사람들이 많이 모인 곳에서 무슨 혼란이나 사건이 생기면 그 틈을 이용하여 곧 표면에서 떠들어대는 너절한 부류들의 조소…… 판사들과 수위들이 이러한 분위기를 제압하고 다시 정숙을 회복시키기까지, 약 오 분이 걸렸다.

그때 혼란 속에서 판사장이 이렇게 외치는 소리가 들렸다.

「피고는 법정을 우롱하려는 건가? 그런 점에 관해서라면 비난할 여지가 없는 오늘날, 피고는 지금까지 전례에 없던 부패와 타락의 일례를 감히 국민들 앞에 드러내보이려고 하는가?」

몇 명의 사람들이 반쯤은 얻어맞아 쓰러진 듯한 검사의 곁으로 달려갔다. 그리고 그를 위로하며 용기를 내라고도 하고 열성과 동정심에서 피고에게 항의하는 말들을 해주었다.
 장내는 다시 조용해졌지만 한쪽에서는 여전히 많은 사람들이 술렁거리며 무엇인가 수군대고 있었다. 부인 한 사람이 기절하여 약을 마시게 한 후 겨우 정신이 들게 되었던 것이다.
 이러한 소동이 계속되는 동안 안드레아는 미소를 띤 얼굴을 방청석 쪽으로 돌렸다. 그러고는 자기가 앉아 있던 의자의 참나무 손잡이를 한 손으로 짚으며 어디까지나 우아한 태도로,「여러분」하고 입을 열었다.「저는 결코 법정을 모욕하고 이처럼 훌륭한 방청객들 앞에서 쓸데없는 소동을 일으키려고 그런 것은 아닙니다. 전 나이가 몇이냐는 질문에 나이를 댔습니다. 출생지를 묻기에 그것도 대답했습니다. 이름을 대라는 말에는 대답할 수가 없었습니다. 왜냐하면 저는 부모에게서 버림받은 자식이기 때문입니다. 하지만 제 이름은 없어서 못 대었을망정, 아버지의 이름은 댈 수 있었던 것입니다. 그러나 다시 한번 말씀드립니다만, 제 아버지의 이름은 빌포르입니다. 저는 어느때고 그 증거를 댈 수 있습니다」
 청년의 어조에는 확신과 자신과 힘이 들어 있어서 떠들썩하던 장내가 쥐죽은 듯 조용해졌다. 순간 사람들의 시선은 일제히 검사에게 쏠렸다. 검사는 마치 벼락에 맞아 죽은 사람처럼 의자 위에 꼼짝 않고 있었다.
「여러분」안드레아는 목소리와 몸짓으로 조용히 할 것을 요구하며 말을 이었다.「저는 여러분들에게 제가 한 말을 증명하고 설명해 드려야 될 것 같습니다」
「하지만」하고 판사장은 흥분해서 소리쳤다.「피고는 예심에서 피고의 이름을〈베네데토〉라 명시하고, 고아이며, 출생지는 코르시카라고 말하지 않았던가!」

「예심에서는 예심에 어울리는 말만 했습니다. 즉, 제가 하려는 말의 엄숙한 반응이 타인의 힘에 의해서 약해진다든가 중단되어서는 안 되겠다고 생각했기 때문입니다. 그러나 지금은 이렇게 다시 말할 수 있습니다. 저는 1817년 9월 27일과 28일 사이에 오퇴유에서 태어난 검사 빌포르 씨의 아들입니다. 좀더 자세한 내막을 원하시나요? 그렇다면 제가 말씀드리겠습니다. 저는 퐁텐 가 28번지의 집 2층에서 붉은 다마스크 천으로 된 커튼을 친 방안에서 태어났습니다. 제 아버지는 제 어머니에게 제가 죽었다고 말하고는 저를 안고 H자와 N자의 이니셜이 박힌 천에 싸서 정원으로 안고 내려가, 한쪽 구석에 저를 산 채로 묻었습니다」

빌포르의 공포가 커지면 커질수록 피고의 자신감은 점점 더해 가는 것을 보고 모두들 몸서리를 쳤다.

「그러나 그 모든 과정을 어떻게 알았지?」 하고 판사장이 물었다.

「그것도 말씀드리죠, 재판장님. 바로 그날 밤, 아버지가 저를 생매장하려던 그 정원에는 한 사나이가 몰래 들어와 있었습니다. 그 사람은 아버지에게 깊은 원한을 품고 있어 오래전부터 코르시카식의 복수를 하려고 줄곧 아버지의 뒤를 엿보고 있었지요. 그 사나이는 나무 수풀 뒤에 숨어 있다가, 아버지가 들고 나온 물건을 땅에 파묻으려는 것을 보고서는 한창 삽질에 열중한 아버지를 칼로 찔렀습니다. 그리고 땅속에 묻은 것이 분명 보물이리라 싶어 땅을 파보았더니, 아직 죽지 않은 제가 나왔던 것입니다. 사나이는 저를 고아원으로 데려다주었고 거기서 저는 57호라는 번호로 수용되었습니다. 석 달 후 그 사나이의 형수라는 여자가 저를 찾아 롤리아노에서 파리로 왔습니다. 그리고 저를 아들이라고 말하고 고아원에서 데려갔습니다. 이렇게 해서 저는 태어나긴 오퇴유에서 태어났지만, 자라기는 코르시카에서 자라게 되었던 겁니다」

잠시 침묵이 흘렀다. 그러나 그 침묵은 너무나 깊어, 수많은 사람들이 가슴속에 숨기고 있는 듯한 불안만 없었더라면, 법정 안은 사람의 그림자라곤 없는 것처럼 생각되었을 것이다.

「계속하지」 판사장의 목소리였다.

「확실히 저는」 하고 베네데토는 말을 이었다. 「저를 사랑해 주는 사람들 틈에서 행복하게 자랐을지도 모릅니다. 그러나 천성이 바르지 못했던 저는 양모가 제 가슴에 심어주려고 애쓰신 모든 미덕을 저버렸습니다. 저는 점점 나쁜 방면으로만 자라서 결국은 죄를 짓게 되었습니다. 마침내 어느 날 저를 그처럼 나쁜 놈으로 만드시고, 제게 그런 고약한 운명을 내려주신 하느님을 저주하고 있자니, 제 양부는 저한테 와서 이런 말을 하더군요. 〈이 멍청한 녀석! 하느님을 저주하지 마라! 하느님께서 너를 이 세상에 보내실 때, 화를 내라고 보내신 건 아니니까 말야! 죄는 네 아버지한테서 온 것이지, 너 자신한테서 온 게 아냐. 네가 죽으면 널 지옥으로 보내고, 혹시 기적적으로 살아나면 널 비참한 처지로 던져버리려던 네 아버지한테서 온 거란 말이다!〉 그 다음부터 전 하느님을 저주하지 않았습니다. 그 대신 제 아버지를 저주했지요. 그래서 아마 좀 전에도 재판장님께서 나무라신 그런 말을 제가 하게 되었는지도 모르죠. 그리고 그 결과로 여기 계신 여러분들의 소름이 돋을 정도의 죄까지 지었는지도 모르겠습니다. 그것도 또 하나의 죄가 된다면 절 처벌해 주십시오. 하지만 세상에 태어날 때부터 저의 운명이 불행하고, 괴롭고, 쓰고, 애처로운 것이었다는 생각이 드셨다면 부디 저를 측은하게 여겨주십시오!」

「그렇다면 피고의 어머니는?」 판사장이 물었다.

「제 어머니는 제가 죽은 줄로 알고 계십니다. 그러니까 어머니에게는 죄가 없지요. 전 어머니의 이름은 알고 싶지도 않습니다. 그래서 아직 모릅니다」

바로 그때 아까 기절했던 여자를 둘러싸고 있던 무리 쪽에서 여자의 비명이 들리는가 싶더니, 이내 울음이 터져나왔다.

그 부인은 심한 신경성 발작을 일으켜 밖으로 실려나갔다. 밖으로 실려나가는 동안 그 부인의 얼굴을 가리고 있던 두꺼운 베일이 벗겨졌다. 그러자 사람들은 그 여자가 당글라르 부인임을 알았다.

극도로 흥분하여 들뜨고 귀에서는 요란하게 윙윙 소리가 나고 일종의 광기로 정신이 나가 있으면서도 빌포르는 여자를 알아보고 벌떡 일어섰다.

「증거를 대라! 증거를!」 판사장이 말했다. 「피고는 이런 무서운 사실을 꾸며내려면, 명백한 증거가 필요하다는 걸 모르는가?」

「증거요?」 베네데토는 웃으면서 말했다. 「증거를 대라는 겁니까?」

「그래」

「그럼, 우선 빌포르 씨를 보십시오. 그러고 나서 증거를 요구하십시오」

청중들은 일제히 검사 쪽으로 고개를 돌렸다. 그는 자기에게 쏟아져 오는 무수한 시선에 눌려 머리를 헝클어뜨린 채, 얼굴에는 깊은 손톱 자국을 보이면서 비틀비틀 법정으로 걸어나왔다.

모두들 놀라움으로 술렁댔다.

「아버지, 제게 증거를 보이라는데 보여도 될까요?」하고 베네데토는 검사에게 말했다.

「아니, 아니」빌포르는 목멘소리로 중얼거렸다.

「아니, 그럴 필요 없어」

「필요 없다니요?」판사장이 소리쳤다.「그게 무슨 말씀이오?」

「제 얘긴」하고 검사는 외치듯 말했다.「저를 짓누르는 치명적인 이 힘에는 제가 아무리 발버둥이 쳐보았자 소용없을 겁니다. 여러분, 저는 알 수 있습니다. 지금 저는 복수의 신의 손아귀에 잡혀 있는 겁니다. 증거 같은 건 필요 없습니다. 지금 이 청년이 한 말은 모두 다 사실이기 때문입니다」

천지개벽이 일어나기 직전과 같이 음침하고도 무거운 침묵이 납처럼 무거운 외투로 법정 안의 모든 사람들을 감싸버렸다.

그들은 두려움에 떨면서 머리털을 곤두세웠다.

「뭐라고요? 빌포르 씨!」하고 판사장이 큰소리로 외쳤다.「당신, 지금 꿈을 꾸고 계신가요? 정신이 있으시오? 이런 기괴하고도 돌발적인 무시무시한 모함 때문에, 정신이 혼미해질 수도 있다는 건 알고 있습니다. 자, 어서 정신을 차리시오」

검사는 고개를 저었다. 그의 이는 마치 열병에 걸린 사람처럼 딱딱 마주치고 있었다. 그러면서도 얼굴빛은 죽은 사람처럼 새파랗게 질려 있었다.

「저의 정신은 말짱합니다」하고 그는 대답했다.「육체만이 괴로울 뿐입니다. 그리고 그것도 왜 그런지 알고 있습니다. 이 청년이 저를 향해서 한 말 모두에 대해서 제 죄를 인정합니다. 전 지금부터 집으로 돌아가 제 후임 검사의 처분만을 기다리겠습니다」

침통하고도 거의 숨이 막히는 듯한 목소리로 이렇게 말하며, 빌포르는 쓰러질 듯 간신히 문 쪽으로 걸어나갔다. 문지기는 재빨리 문을 열어주었다.

이 주일째 파리 상류 사회를 그처럼 떠들썩하게 하던 사건이 한 사람의 폭로와 또 한 사람의 고백에 의해서 이처럼 무서운 결말을 가져오게 된 것을 보자, 장내의 청중 모두가 아무 말도 못하고 그저 어리둥절해하고 있을 뿐이었다.

「어때!」하고 보샹이 말했다.「인생에는 때때로 있을 수 없는 일이 일어나는 거로군」

「정말 그래」샤토 르노가 대답했다.

「나 같으면 모르세르 씨 같은 최후를 택하겠어. 권총 한 방이 이 꼴보다는 나을걸?」보샹이 말했다.

「그런 것도 모르고, 난 한때 저 사람 딸한테 장가 들 생각을 했으니! 그 처녀, 죽길 잘했지!」하고 이번에는 드브레가 말했다.

「폐정합니다」판사장이 말했다.「본건의 심리는 다음 공판까지 연기합니다. 본건은 다시 심리될 것이고, 이를 다른 판사장에게 맡기도록 하겠습니다」

안드레아는 여전히 침착했고 전보다도 더 사람들의 관심을 끌며, 헌병들의 호위를 받아 법정을 나갔다. 헌병들은 자신들도 모르게 그에게 경의까지 표했다.

「어떻소? 이번 사건에 대한 의견 말이오」 드브레는 아까의 그 경관에게 1루이짜리 금화를 쥐어주면서 물었다.

「정상 참작이라는 게 있겠죠」 하고 경관은 대답했다.

속죄

 빌포르는 그처럼 빽빽하게 들어찼던 군중들이 자기 앞에 길을 틔워주는 것을 보았다. 원래 심한 고뇌는 사람들의 마음에 존경심을 불러일으키는 법이어서, 아무리 불우한 시대일지라도 커다란 재난에 대하여 군중이 처음으로 느끼는 감정이 동정이 아니었던 적은 결코 없다. 미움을 받던 사람들이 폭동으로 살해된 적은 있지만 그중의 누구도, 비록 죄가 컸다 하더라도, 사형 선고에 참석했던 사람들에게 모욕을 당했던 일은 거의 없다.
 그리하여 빌포르는 방청객들이며, 수위들, 그리고 법정 사람들의 울타리를 빠져나와, 그 자신의 고백으로 죄는 알려졌지만, 그 고뇌 때문에 일종의 보호를 받으며 그곳에서 멀리 사라졌다.

세상에는 본능으로는 파악할 수 있으나, 이성으로는 설명되지 않는 것이 있다. 그런 경우, 위대한 시인이란 가장 격렬하고 가장 자연스럽게 외칠 수 있는 사람에 지나지 않는다. 군중이 그러한 외침이 상황 전체를 대변했다고 생각하고 거기에 만족하는 것은 당연한데, 만약 그것이 진실할 경우 군중이 그것을 숭고하게까지 생각하는 것은 더욱 당연하다. 게다가 법정을 나설 때의 빌포르의 무방비 상태, 그리고 그의 동맥을 뛰게 하고 신경 섬유를 긴장시키며 혈관 하나하나를 파열시킬 정도로 부풀려, 신체 각 부분을 무수한 고통 속에서 찢어놓은, 열에 들뜬 그 상태를 묘사한다는 것은 지극히 어려운 일이다.

빌포르는 그저 이제까지의 습관에 이끌려 복도를 헤치고 나왔을 뿐이었다. 그는 법복을 벗어버렸다. 그러나, 그것은 그때의 자기 처지를 생각해서가 아니라, 그 법복이 마치 견딜 수 없는 무거운 짐처럼, 그리고 무수한 고통을 주는 네시스(그리스 신화에 나오는 말인간〔人馬〕——옮긴이)의 옷처럼 느껴졌기 때문이다.

그는 비틀거리며 도핀 광장까지 와서 자기 마차를 발견했다. 그는 손수 마차 문을 열고 마부를 깨웠다. 그리고 의자 위에 쓰러지며 손가락으로 포부르 생토노레 쪽을 가리켰다.

마부는 마차를 몰았다.

무너진 운명의 무게가 그의 머리 위로 떨어진 것이다. 그 무게에 짓눌린 그는 앞으로 어떻게 될 것인지 알 수가 없었다. 그는 그런 것을 생각해 볼 수조차 없었다. 그는 다만 그것을 느낄 뿐이었다. 그는 냉혹한 판사가 자기가 알고 있는 조문을 들어 사형을 구형하듯이 자기의 경우를 생각해 보진 않았다.

그는 마음속 깊이 신을 의식했다.
「신이여!」 그는 자기가 무슨 말을 하고 있는지도 모른 채 중얼거렸다. 「신이여! 신이여!」
그에게는 지금 일어난 붕괴의 저 너머에 있는 신의 그림자 밖에는 아무것도 보이지 않았다.
마차는 급히 달리고 있었다. 빌포르는 의자 위에서 흔들리다가 무엇인가 몸에 닿는 것이 느껴졌다. 그는 손으로 그 물건을 만져보았다. 그것은 빌포르의 부인이 잊어버리고 간 부채였다.
그 부채를 보자 지난날이 떠올랐다. 그리고 그 기억은 한밤중의 섬광처럼 번쩍였다.
그는 아내를 생각했다.
「오!」 그는 마치 뜨겁게 달군 쇠로 가슴을 쑤시기라도 하는 듯 소리를 질렀다.
사실 이 한 시간 동안 그는 자신의 비참한 모습밖에는 보이는 것이 없었다. 그러다가 갑자기 다른 일면이 머리에 떠오른 것이었다. 그러나 그것도 먼저의 일면에 못지않은 무서운 것이었다.
그 여자, 그는 그 여자에게 준엄한 판사의 태도로 사형 선고를 내렸던 것이다. 그리고 약하고 가련한 그 여자는 공포와 회한에 짓눌린 채, 비난할 여지라곤 없는 남편의 도덕적인 웅변 앞에서 수치심에 젖어, 절대적인 권력 앞에 아무런 방어도 못하고 지금쯤 죽으려 하고 있을 것이 아닌가!
그가 선고를 내린 지도 벌써 한 시간이 지나갔다. 아마도 지금쯤 그 여자는 자기의 죄를 기억 속에서 되씹으며 하느님께 용서를 빌고, 덕망 있는 남편에게 무릎을 꿇으며 죽음으로써 용서를 빌겠다는 편지를 쓰고 있으리라.

빌포르는 또 한번 미친 듯이 괴로운 신음을 했다.

「아!」 그는 마차의 의자 위에서 뒹굴면서 말했다. 「그 여자는 나와 같이 살게 되었기 때문에 죄를 짓게 된 것이다! 그러니 내가 바로 죄 자체인지도 모르지! 그리고 그 여자는 마치 사람들이 티푸스에 걸리고 콜레라에 걸리듯이, 죄에 걸려들었을 뿐이야! ……그런데 내가 그 여자를 벌하겠다니! ……나는 감히 〈참회하고 죽으라〉고까지 말하지 않았던가! ……안 되지! 안 돼! 내 아내는 살아야 해! ……살아서 나를 따라야 해! ……같이 도망가는 거다. 프랑스를 떠나서, 갈 수 있는 데까지 가야 해. 난, 아내에게 단두대 얘기를 했는데! ……오! 맙소사! 어찌 내가 그런 소릴 입 밖에 낼 수 있었던가! 나 자신에게도 단두대가 기다리고 있는 판인데! ……도망가자! 그래, 가서 아내에게 고백하자. 그렇다. 날마다 머리를 숙이고 아내에게 나도 죄를 지었노라고 말하는 거야…… 오! 이건 호랑이와 뱀과 같은 부부가 아닌가! 오! 나 같은 사내에겐 꼭 어울리는 아내지! ……아내는 살아야 해. 그래서 내 오명으로 그 여자의 오명을 덮어주어야 해!」

빌포르는 앞에 있는 유리창을 부숴버릴 듯이 열었다.

「빨리! 좀더 빨리!」 빌포르가 소리를 지르는 바람에 마부는 자리에서 펄쩍 뛰어올랐다.

말들은 공포에 사로잡혀 집까지 날다시피 달렸다.

「그래, 그래」 빌포르는 집에 가까워짐에 따라 이렇게 되뇌었다. 「그 여자는 살아야 해. 그래서 자기 죄를 뉘우치고, 전

멸해 버린 내 집에서 저 불사신과 같이 살아남은 노인과 하나밖에 없는 내 아들을 돌봐주어야 해. 아내는 아들을 사랑했지. 아내가 그런 짓을 한 것도 다 그애를 위해서였으니까. 자식을 사랑하는 어미의 마음을 절망시켜서는 안 되지. 죄는 뉘우치겠지. 그리고 아내가 죄를 지었다는 건 아무도 모르고 말 수도 있겠지. 내 집에서 저질러진 그 죄, 세상 사람들도 벌써 눈치는 챘겠지만 그것도 시간이 지나면 잊혀지고 말 거야. 설령 몇 사람의 적이 그걸 기억해 낸다 해도 그렇지. 그땐 그 죄도 내가 뒤집어서 버리면 그만 아닌가. 죄가 하나, 둘, 셋쯤 된다 한들, 그게 무슨 상관이랴! 나와 함께 온 세상이 빠져들어 버린 듯한 이 심연을 떠나서 아내는 아들만 데리고 도망가면 되는 거야. 아내는 살 수 있어. 행복해질 수도 있을 걸. 왜냐하면 아내의 모든 사랑은 오직 아들에게 있고 그애는 어미 곁을 떠나지 않을 테니까. 그렇게 되면 나도 좋은 일을 한 셈이 되지. 그 생각을 하니, 마음이 좀 가벼워지는군」

그러고 나서 검사는 실로 오래간만에 편안히 숨을 쉬었다.

마차가 집 마당에 도착했다.

빌포르는 마차 발판에서 집 앞의 계단으로 뛰어내렸다. 그는 하인들이 자기가 너무 일찍 돌아와서 놀라는 것을 보았다. 그 외의 다른 표정이라곤 찾아볼 수 없었다. 하인들은 어느 누구도 그에게 말을 하려 들지 않았다. 모두들 보통때와 마찬가지로 그의 앞에 발을 멈추고 서서, 빌포르가 지나가기만 기다렸다. 그저 그뿐이었다.

그는 누아르티에 노인의 방 앞을 지나갔다. 반쯤 열린 문 사이로, 두 사람의 그림자가 보이는 것 같았다. 그러나 그는 노인의 방에 누가 왔는지는 신경이 쓰이지 않았다. 그의 마음은 딴곳에 가 있었기 때문이다.

「좋아」 그는 아내의 방과 지금은 텅 비어 있는 발랑틴의 방으로 통하는 계단을 올라가며 중얼거렸다.「좋아, 여기는 아무런 변화가 없었군」

그는 우선 층계의 창문을 닫았다.

「누가 들어오면 안 될 테니까」 하고 그는 말했다.「아내에게 털어놓고 말해야지. 내 죄를 고백하고 모든 걸 얘기해야지……」

그는 방문 앞으로 갔다. 유리 손잡이에 손을 대었더니 문이 열렸다.

「잠겨 있지는 않았군! 그래, 좋아」 하고 빌포르는 중얼거렸다.

그리고 그는 매일 밤 에두아르의 침실로 꾸며주는 조그만 살롱으로 들어갔다. 에두아르는 기숙사에 들어가 있었지만, 매일 밤 잠은 집에 와서 자곤 했다. 어머니가 한시도 떨어져 있으려 하지 않았기 때문이다.

그는 그 방을 획 둘러보았다.

「아무도 없군」 하고 그는 말했다.「침실에 있는 모양이지?」

그는 문으로 달려갔다. 그 문은 잠겨 있었다. 그는 가슴이 철렁해서 우뚝 섰다.

「엘로이즈!」 하고 그는 소리쳐 불렀다.

가구가 움직이는 소리가 난 것 같았다.

「누구세요?」 아내의 목소리가 들렸다.

그 목소리는 보통때보다 약하게 들려온 것 같았다.

「문 열어! 문 좀 열어!」 빌포르가 소리쳤다.「나야!」

그러나 남편의 명령에도 불구하고 게다가 그것도 불안한 어조로 말을 했건만, 안에서는 문을 열지 않았다.

빌포르는 문을 발로 차 때려부수었다.

빌포르 부인은 자기 방으로 통하는 내실 입구에서 새파란 얼굴에 경련하는 듯한 표정으로 서서 남편을 무섭게 쏘아보고 있었다.

「엘로이즈! 엘로이즈!」 그가 소리쳤다. 「왜 그래? 여보, 응?」

부인은 남편에게 빳빳해진 납덩이 같은 하얀 손을 내밀면서 혼심의 힘을 다해 서 있는 듯했다.

「이젠 끝났어요」 부인은 목구멍이 찢어지는 듯 그렁거리는 소리로 말했다. 「더 이상 무슨 할말이 또 있으세요?」 그러더니 양탄자 위에 〈쾅!〉하고 쓰러졌다.

빌포르는 아내에게 달려들어 그 손을 잡았다.

그 손은 금 마개가 달린 수정 약병을 떨면서 꼭 쥐고 있었다.

빌포르 부인은 죽은 것이었다.

빌포르는 두려움에 정신을 잃고, 방 입구까지 물러났다. 그리고 시체를 바라보았다.

「내 아들!」 그는 갑자기 소리쳤다. 「내 아들은 어디 있지? 에두아르! 에두아르!」

아들의 이름을 부르는 그 소리가 너무나 불안에 차 있어서 하인들이 몰려왔다.

「내 아들, 내 아들은 어디 있지? 그애가 봐서는 안 돼! 애를 집에 들여서는 안 돼! 그애가 봐서는 안 돼!……」

「에두아르 도련님은 아래층엔 안 계십니다」 하인이 대답했다.

「아마 정원에서 놀고 있을 거야. 어서 가봐! 어서 가봐!」

「아닙니다. 마님께서 반 시간쯤 전에 도련님을 불러들이셨습니다. 도련님은 마님 방에 들어가신 뒤로 아직 안 내려오셨습니다」

빌포르의 이마에는 얼음 같은 식은땀이 비 오듯 흘렀다. 타일을 딛고 있는 그의 발이 비틀거리고 생각은 고장난 시계의 미친 톱니바퀴처럼 그의 머릿속에서 빙빙 돌기 시작했다.

「마님 방이라고!」 그는 웅얼거렸다. 「마님 방이라고!」

그는 한 손으로 이마의 땀을 닦으며, 한 손으로는 벽을 짚고, 천천히 발길을 돌려 다시 안으로 걸어 들어갔다.

방으로 돌아온 그는 싫어도 아내의 시체를 안 볼래야 안 볼 수가 없었다.

에두아르의 이름을 부르려면 지금은 관이 되어버린 아내의 방에 메아리를 일으켜야 했다. 하지만 말을 한다는 것은 무덤의 침묵을 더럽히는 것이었다.

빌포르는 혀가 목구멍 속에서 굳어버린 것처럼 느껴졌다.

「에두아르, 에두아르」 그는 더듬듯이 입속말로만 웅얼거렸다.

아이는 대답이 없었다. 하인들 말에 의하면 어머니 방으로 들어가서 나오지 않았다는데, 그 아이는 도대체 어디 있단 말인가?

빌포르는 한걸음 앞으로 걸어갔다.

빌포르 부인의 시체는 방문을 가로지르고 있었다. 그 방안에는 틀림없이 에두아르가 있어야만 했다. 부인의 시체는 눈을 뜬 채 입술에는 무시무시하고도 불가사의한 비웃음을 띠며, 마치 문을 지키는 듯이 누워 있었다.

시체 뒤쪽 걷어 올려진 방의 커튼 사이로, 피아노와 푸른 공단의 긴 의자가 놓여 있는 실내의 일부가 드러나 보였다.
빌포르는 서너 걸음 걸어 들어갔다. 그러자 긴 의자 위에 어린애가 누워 있는 것이 눈에 띄었다. 아이는 자고 있는 모양이었다.
빌포르는 형언할 수 없는 기쁨으로 가슴이 뛰었다. 몸부림치고 있는 이 지옥 속에 한줄기 맑은 햇빛이 스며든 것이다.
이제는 아내의 시체를 넘어 방안으로 들어가 아이를 안고 그 아이와 멀리, 아주 멀리 도망치기만 하면 되는 것이었다.
더 이상 빌포르는 세련된 문화인이 아니었다. 그는 상처 입고 이빨이 부러진 채 빈사 상태에 빠진 한 마리 호랑이에 불과했다.
그가 지금 두려워하고 있는 것은 사람들의 비난이 아니라 망령이었다.
그는 마치 타오르는 불꽃 위를 넘어가듯 시체 위를 훌쩍 뛰어넘었다.
그는 아이를 덥석 들어 꼭 껴안고는 흔들어 대며 이름을 불렀다. 그러나 아이는 대답이 없었다. 그는 아이의 뺨을 빨아마시기라도 할 듯, 입을 덥석 볼에 갖다 대었다. 그러나 어린애의 뺨은 하얗고 얼음같이 차가웠다. 그는 어린애의 뻣뻣해진 사지를 만져봤다. 그리고 어린애의 심장에 손을 대보았다. 이미 심장은 뛰고 있지 않았다.
에두아르는 죽은 것이다.
에두아르의 가슴에서 넷으로 접은 쪽지 하나가 떨어졌다.
빌포르는 정신없이 털썩 주저앉았다. 그의 맥없는 팔에서 어린애가 미끄러져 어머니 옆으로 굴러 떨어졌다.
 빌포르는 그 쪽지를 주웠다. 아내의 글씨체였다.
 그는 급히 읽어 내려갔다.
 편지에는 이런 글이 씌어 있었다.

 당신은 제가 좋은 어미였는지 아닌지를 아실 거예요. 제가 죄를 지은 것도 이 아이를 위해서였으니까요! 좋은 어미는 자식을 두고 혼자 떠나지는 못합니다!

빌포르는 자기 눈을 믿을 수가 없었고 자기의 정신도 믿어지지 않았다. 그는 에두아르 옆으로 몸을 끌고 가서, 마치 사자가 죽은 새끼를 살펴보듯 세심하게 살펴보았다.
 그러더니 가슴을 찢는 소리가 터져나왔다.
「신이었구나!」 하고 그는 중얼거렸다. 「역시 신이었구나!」
 그는 이 두 사람의 희생자가 무섭게 느껴졌다. 두 구의 시체를 감싸고 있는 소리 없는 공포가 그에게 와락 달려들기 시작했다.
 조금 전만 해도 그는 강자가 가질 수 있는 커다란 힘인 분노와 고뇌의 마지막 미덕인 절망에 의해서 지탱되고 있었다. 그것은 곧 티탄(그리스 신화에 나오는 하늘과 땅의 신이 낳은 아들. 신들에게 거역하여, 산과 산을 넘어 하늘로 올라가려다가 제우스의 노여움을 사서 죽음을 당했다——옮긴이)이 하늘을 기어오를 수 있었던 힘이요, 또한 아이아스(트로이 전쟁에서 돌아오다가 배가 난파하자, 바위 위에 올라가 신들을 저주한 인물——옮긴이)가 신들에게 주먹을 휘두를 수 있게 하던 힘이었다.

빌포르는 괴로움의 무게를 이기지 못하고 고개를 숙였다. 그는 무릎을 짚고 일어나 땀에 젖고 두려움으로 곤두선 머리카락을 흔들었다. 그리고 일찍이 어느 누구도 동정해 본 일이 없는 그는, 아버지 누아르티에 씨를 만나러 갔다. 이처럼 마음이 약해진 지금, 그는 누군가에게 자신의 불행을 호소하고 그 곁에서 울고 싶었던 것이다.

그는 계단을 내려가 아버지의 방으로 들어갔다.

빌포르가 들어갔을 때, 노인은 움직일 수 없는 몸이 허락하는 한 호의를 보이며, 부소니 신부의 이야기를 즐겁게 듣고 있었다. 신부는 여느 때와 다름없이 침착하고도 차가운 태도로 이야기하고 있었다.

빌포르는 신부를 보더니 자기도 모르게 이마로 손을 가져갔다. 노한 파도가 유난히 거품을 뿜고 일어나듯, 지난날의 기억이 그의 머릿속에 떠올랐다.

그는 오퇴유의 만찬회 다음 다음날, 자기가 신부를 찾아갔던 일과 발랑틴이 죽은 바로 그날 신부가 자기를 찾아왔던 일이 생각났다.

「여기 와 계시군요!」하고 그는 말을 건넸다.「마치 늘 죽음의 신과 같이 다니시는 것 같군요」

신부는 일어섰다. 빌포르의 얼굴빛이 변하고 눈에서는 사나운 빛이 쏟아져 나오고 있는 것을 본 신부는 중죄 재판소에서의 일이 끝났다는 것을 알았다. 아니 아는 것 같았다. 그뒤의 일에 대해서 신부는 아무것도 모르고 있었다.

「따님의 명복을 비는 기도를 하려고 왔던 겁니다」하고 신부는 대답했다.

「그런데 오늘은 웬일로 오셨나요?」

「오늘은 당신이 제게 진 빚을 이제는 충분히 갚았다는 것과 이제부터는 하느님께서도 저와 마찬가지로 만족하시기를 빌려고 왔습니다」

「아니!」 빌포르는 이마에 공포의 빛을 띠고 뒷걸음질을 치며 말했다.「이 목소리, 이 목소리는 부소니 신부의 목소리가 아닌데!」

「그렇습니다」

신부는 가발을 벗어던지면서 머리를 세게 흔들었다. 그러자 지금까지 꼭 붙어 있던 긴 머리카락들이 어깨 위로 축 늘어지며, 그의 씩씩한 얼굴을 드러냈다.

「이건, 몬테크리스토 백작의 얼굴이 아닌가!」

빌포르는 눈을 커다랗게 뜨고 있었다.

「검사, 그것도 아닙니다. 좀더 옛날을 생각해 보십시오」

「이 목소리는? 이 목소리를 어디서 내가 처음 들었더라?」

「마르세유에서 처음 들으셨을 겁니다. 지금으로부터 이십삼 년 전 바로 당신이 생메랑 댁 따님과 결혼하던 날입니다. 기록을 뒤져보십시오」

「당신은 부소니가 아니라고? 몬테크리스토도 아니고? 오! 그럼, 당신이 바로 숨어서 무자비하게 나를 쫓은 내 철천지원수로군! 내가 마르세유에서 당신한테 무슨 짓을 했다고!」

「말 잘하셨군요. 잘하셨어요」 하고 백작은 넓은 가슴 위로 팔짱을 끼며 말했다.「잘 생각해 보시죠! 생각해 보세요!」

「도대체 내가 널 어떻게 했다는 거냐?」 하고 빌포르는 소리쳤다. 그의 정신은 이미 이성과 착란이 뒤섞이는 지경에 이르러, 이미 꿈도 생시도 아닌 몽롱한 안개 속을 헤매고 있었다.

「내가 너한테 무슨 짓을 했단 말이냐? 말을 해! 어서!」

「당신은 내게 잔인하고도 천천히 다가오는 사형을 선고했지요. 당신은 또 내 아버지를 죽였소. 당신은 내 자유와 더불어 내 사랑을 빼앗아 갔소. 그리고 사랑과 함께 행복을 앗아간 거요!」

「그러는 너는 누구냐? 도대체 누구야?」

「나는 당신이 이프 성의 토굴에 묻어버린 불행한 사나이의 망령이오. 결국 그 토굴에서 빠져나오게 된 망령에게 신은 몬테크리스토라는 가면을 씌워주셨던 거요. 그래서 오늘까지 당신이 알아볼 수 없도록 다이아몬드와 황금을 뒤집어쓰고 다녔던 거요」

「아! 알겠다. 알겠어!」 하고 검사는 소리쳤다.

「너는……」

「그렇다! 에드몽 당테스다!」

「에드몽 당테스!」 검사는 백작의 손목을 잡으며 말했다. 「그래, 그렇다면 이리 와!」

그는 백작을 끌고 계단으로 갔다. 백작은 놀라면서, 자기가 어디로 끌려가는지도 모른 채 그러나 필시 새로운 비극이 또 일어났다는 것을 직감하며 검사의 뒤를 따라갔다.

「자! 이걸 봐라! 에드몽 당테스!」 하고 그는 백작에게 아내와 아들의 시체를 가리키며 말했다. 「자! 이젠 속이 시원하냐?」

백작은 이 끔찍한 광경에 얼굴빛이 변했다. 그는 이미 복수의 한도를 넘어섰다는 생각이 들었다. 그는 이제는 〈신은 내 편이오, 나와 함께 있다〉는 말을 할 수 없게 되었다는 것을 깨달았다.
 그는 표현할 수 없는 고뇌에 사로잡혀, 어린애에게 달려들더니 어린애의 눈을 뒤집어보고 맥을 짚어보았다. 그러고는 아이를 안고 발랑틴의 방으로 달려가서 문을 단단히 잠갔다.
「내 아이를!」 하고 빌포르는 소리쳤다. 「내 아이의 시체를 빼앗아 갔구나, 오! 빌어먹을 놈!」
 그는 몬테크리스토 백작의 뒤를 쫓아가려 했다. 그러나 꿈 속인 양 발이 말을 듣지 않았다. 눈알이 터져나갈 것만 같았다. 가슴을 움켜쥐고 있던 손가락은 점점 더 안으로 파고들어가 손톱에 피가 배어나오고 있었다. 관자놀이의 혈관은 끓어오르는 생각으로 부풀어올라, 너무나 좁은 두개골을 터뜨리고 불바다 속으로 뇌수를 담그고 있었다.
 이렇게 그는 몇 분 동안을 꼼짝하지 못했다. 그러더니 이윽고 무서운 광기가 시작되었다.
 그는 큰소리로 고함을 지르더니 이내 껄껄거리고 웃었다. 그러더니 층계를 뛰어내렸다.
 십오 분쯤 후에 발랑틴의 방문이 열리며 몬테크리스토 백작의 모습이 나타났다.
 창백한 얼굴에 서글픈 눈. 침착하고 기품 있던 그의 얼굴이 지금은 가슴이 미어지는 괴로움으로 견딜 수 없는 듯했다.
 그는 어린애를 안고 있었다. 갖은 수단을 다 써보았건만, 아이는 살아나지 않았던 것이다.
 그는 한쪽 무릎을 꿇고 아이의 머리를 어머니의 가슴에 기대게 하여 정중하게 에두아르를 어머니 옆에 눕혔다. 그는 다시 일어나 방을 나왔다. 계단에서 하인을 만나자 그는, 「빌포르 씨는 어디 계시지?」하고 물었다.

하인은 아무 말 않고, 손으로 정원 쪽을 가리켰다.

백작은 계단을 내려와 하인이 가리킨 쪽으로 걸어갔다. 그러자 하인들에게 뼁 둘러싸여 빌포르가 손에 삽을 들고 미친 듯이 땅을 파헤치는 모습이 보였다.

「여기도 아냐」하고 빌포르는 중얼거리고 있었다.「여기도 아니고」

그러고는 좀더 멀찌감치 떨어진 곳을 파헤쳤다.

백작은 그의 곁으로 다가가 낮은 목소리로,「당신은」하고 매우 겸허하게 말했다.「아드님을 잃으셨습니다. 하지만……」

빌포르는 백작의 말을 가로막았다. 그는 들을 생각도 안했지만, 들리지도 않는 것 같았다.

「오! 내 꼭 찾아내고야 말겠어」하고 그는 말했다.「아무리 없다고 해도 소용없어요. 내 꼭 찾아내고 말 테니까. 최후의 심판 날까지라도 찾아내고야 말 거요」

몬테크리스토 백작은 두려운 듯 뒤로 주춤 물러섰다.

「오! 미치고 말았구나!」하고 그는 말했다.

그러고는 마치 이 저주받은 집의 벽이 자기 위로 와르르 무너질까 봐 겁이 난 듯, 그는 거리로 달려나왔다. 그때 그는 처음으로 자기가 과연 그렇게까지 할 권리가 있었던가를 생각해 보았다.

「오! 이것만으로도 충분해」하고 그는 말했다.「마지막 하나만은 구해 주지」

집으로 돌아온 백작은 막시밀리앙을 만났다. 막시밀리앙은 샹젤리제의 저택 안에서 신이 묘지로 돌아갈 시기를 정해 주기만 기다리는 망령처럼 말 한마디 없이 거닐고 있었다.

「막시밀리앙 씨 준비하시오」 백작은 미소를 지으며 말했다. 「내일 파리로 떠날 테니까」

「이제, 여기서 하실 일은 다 끝내셨나요?」 막시밀리앙이 물었다.

「그렇소」 하고 백작은 말했다. 「내가 한 일이 지나치진 않았어야 할 텐데!」

출발

 최근에 일어난 모든 사건들은 전 파리의 화제가 되었다. 엠마뉘엘과 그의 아내도 메레 가의 작은 응접실에서 당연히 놀란 가슴으로 그 일들을 이야기하고 있었다. 그들은 모르세르, 당글라르, 빌포르의 세 가문에게 갑자기 뜻하지 않게 찾아온 세 개의 사건을 연관지어 보고 있었다.
 두 사람을 찾아온 막시밀리앙은 그들의 이야기를 듣고 있었다. 아니, 듣고 있었다기보다는 여느 때와 같은 무관심한 태도로 그 자리에 같이 앉아만 있었다.
 「글쎄, 여보」 하고 쥘리가 말했다. 「어제까지만 해도 그렇게 돈도 많고 행복하던 그 사람들이 자기네 재산이며 행복, 높은 지위 같은 것을 쌓아올릴 계산을 하면서 거기에 악마의 자리를 남겨놓는 걸 잊어버렸던 모양이죠? 그래서 혼인이나 세례식에 부르는 걸 잊어버린 저 페로(17세기 프랑스의 동화 작가 —— 옮긴이)의 동화에 나오는 심술궂은 요정들처럼, 악마가 자기를 빼놓은 것이 화가 나서 그 보복을 하느라고 갑자기 나타난 거 아닐까요?」

「정말이지 재난치곤 크군!」 엠마뉘엘은 모르세르와 당글라르의 일을 생각하며 말했다.

「얼마나 괴로웠을까!」 쥘리는 발랑틴을 생각하면서도 여자의 본능에서 차마 막시밀리앙 앞에서는 그 이름을 입 밖에 내지 못하고 말했다.

「그 사람들이 천벌을 받은 거라면」 하고 엠마뉘엘이 말했다. 「그건, 자비로우신 하느님이 그 사람들이 과거에 죄를 가볍게 해줄 만한 일을 하지 않았다고 생각하셨기 때문일 거야. 결국 그 사람들은 저주받게 돼 있었던 거지」

「그렇게 말하면 너무 심하지 않아요?」 하고 쥘리가 말했다. 「만약 우리 아버님께서 권총으로 자살하려고 하셨을 때, 누군가가 당신같이 아버님을 보고 자업자득이라고 말했다면 그건 그 사람 생각이 틀린 거 아니에요?」

「그야 그렇지. 하지만 그때 하느님께선 아브라함(이스라엘의 신앙의 아버지로서 추앙받은 사람 —— 옮긴이)이 그 아들을 희생시키는 걸 허락하지 않으셨던 것과 마찬가지로, 아버지가 자살하시는 것도 허락하시지 않았어. 하느님은 아브라함의 경우와 마찬가지로 우리에게도 천사를 보내주셔서 죽음의 날개를 잘라버리신 거지」

그가 그 말을 막 끝내자마자 종소리가 울렸다.

그것은 손님이 온 것을 알리는 문지기의 신호였다. 그와 동시에 응접실 문이 열리더니 몬테크리스토 백작이 나타났다.

두 사람은 일제히 환성을 질렀다.

막시밀리앙은 일단 고개를 쳐들었다가는 다시 떨어뜨리고 말았다.

「막시밀리앙 씨」 백작은 자기가 나타난 것 때문에 방안에 있던 사람들의 표정이 달라진 것은 염두에 두고 있지 않은 듯, 「당신을 찾아왔습니다」 하고 말했다.

「저를요?」 막시밀리앙은 꿈에서 깨어나는 듯 물었다.

「그래요」 하고 백작은 말했다. 「데리러 오기로 하지 않았소! 준비하고 있으라고 그랬던 것 같은데?」

「네, 보시다시피 준비는 다 됐습니다」 막시밀리앙이 대답했다. 「두 사람에게 작별 인사를 하러 왔던 거예요」

「그런데 어딜 가시나요, 백작님?」 쥘리가 물었다.

「우선은 마르세유로 갑니다」

「마르세유요?」 부부는 동시에 반문했다.

「네. 막시밀리앙 씨를 데리고 가려고요」

「백작님」 하고 쥘리가 말했다. 「오빠가 우울증에서 벗어나 다시 건강해져서 돌아오게 해주세요」

막시밀리앙은 얼굴이 붉어진 것을 감추려고 고개를 돌렸다.

「그럼 막시밀리앙 씨가 괴로워하고 있는 걸 알고 계셨군요?」 백작이 물었다.

「그럼요」 쥘리가 대답했다. 「그래서 저희와 같이 있으면 더 우울해지지나 않을까 걱정하고 있었어요」

「기분 전환을 시켜드리지요」 백작이 대답했다.

「자, 준비는 다 되어 있으니」 하고 막시밀리앙이 말했다.

「그럼 다들 잘 있어요! 잘 있게, 엠마뉘엘! 안녕, 쥘리!」

「안녕이라니?」 쥘리가 물었다. 「그럼 준비도 안하고 여권도 없이 이대로 떠난단 말이에요?」

「머뭇거리면 그만큼 더 헤어지기가 어려운 법입니다」 백작이 말했다. 「그리고 막시밀리앙 씨는 준비가 다 되어 있을 겁니다. 제가 미리 얘길 해놓았으니까요」

「여권도 있고, 짐도 다 싸놓았습니다」 막시밀리앙은 아무 표정 없이 침착한 어조로 말했다.

「좋습니다」 백작이 미소를 지으며 말했다. 「그런 걸 보면 역시 훌륭한 군인다운 정확성이군요」

「그럼 이대로 가실 건가요?」 쥘리가 물었다. 「이렇게 당장? 단 하루, 아니 단 한 시간의 여유도 없나요?」

「내 마차가 문 앞에 와 있습니다. 닷새 안으로는 로마에 도착해야합니다」

「그러나 막시밀리앙 형님은 로마로 가는 게 아닌가요?」

엠마뉘엘이 물었다.

「나야 백작이 데리고 가는 데로 따라만 가는 거지」 막시밀리앙은 서글픈 미소를 지으며 말했다. 「앞으로 한 달 동안은 백작에게 모든 걸 맡기기로 했으니까」

「아니! 백작님! 이게 무슨 말인가요?」

「막시밀리앙 씨는 나와 같이 다닐 겁니다」 백작은 그 설득력 있는 특유의 상냥한 표정으로 말했다. 「그러니 염려 마십시오」

「쥘리, 잘 있어! 엠마뉘엘도 안녕히!」

「어떻게 사람이 저렇게 무심할 수 있을까!」 쥘리가 말했다. 「그러니 아무래도 걱정스러워요. 오빠, 우리한테 뭔가 감추는 게 있죠?」

「천만에요! 두고 보십시오! 돌아올 땐 아주 명랑해져 있을 테니!」하고 백작이 말했다.

막시밀리앙은 백작에게 경멸과 분노가 어린 눈길을 보냈다.

「떠납시다!」 백작이 말했다.

「떠나시기 전에 말씀드리고 싶어요, 백작님」하고 쥘리가 말했다.「요전에 일어난 일을……」

백작은 여자의 두 손을 잡으며 말했다.「무슨 말씀을 하시려는지 알고 있습니다. 나는 부인의 눈을 읽었고 부인께서 무슨 생각을 하셨는지 이해하고도 남습니다. 하지만 그보다도 내가 마음으로 느낀 것이 훨씬 의미 있다고 생각합니다. 실은, 이야기에 나오는 착한 사람들처럼 나는 두 분을 만나지 않고 떠났어야 했을 겁니다. 그러나 그럴 용기가 부족하더군요. 왜냐하면 나 역시 약하고 허영심 많은 인간이라서, 기쁘고 즐거워서 눈물이 어린 친구들의 눈을 보면 마음도 흐뭇해지기 때문이죠. 자, 이젠 가겠습니다. 그리고 이기심에서 드리는 말씀입니다만, 두 분 다 저를 잊지 말아주셨으면 합니다. 아마 다시는 두 분을 만날 수 없게 될 테니까요」

「다시는 만나뵐 수 없다고요!」엠마뉘엘이 소리쳤다. 쥘리의 뺨에는 구슬 같은 눈물이 주르륵 흘러내리고 있었다.

「다신 만나뵐 수 없다니요? 그렇다면 당신은 인간이 아니시군요! 저희를 두고 떠나시는 신이로군요! 지상에 은혜를 베풀러 내려왔다가 다시 하늘로 올라가시는 신이로군요!」

「그런 말씀 마십시오」 백작이 격렬하게 말했다.「절대로 그런 말씀은 마세요. 하느님은 결코 나쁜 짓은 하시지 않습니다.

하느님은 어디서든 멈추고 싶은 데서 멈추실 수 있습니다. 우연이란 것이 하느님보다 더 강할 수는 없어요. 하느님은 우연까지도 지배하시니까요. 엠마뉘엘, 저는 인간입니다. 그러니 당신의 그 찬사는 부당하고, 그 말씀은 신을 모독하는 것입니다」

이렇게 말한 그는 품안으로 달려온 쥘리의 손에 입을 맞추며 한 손은 엠마뉘엘에게 내밀었다. 그리고 나서 발랑틴이 죽은 후, 행복이 깃든 이 따스한 집에서 뛰쳐나와 무감각하고 얼빠진 사람이 되어버린 막시밀리앙에게 따라오라는 손짓을 했다.

「제발 오빠에게 다시 활기를 찾아주세요!」 쥘리는 백작의 귀에다 대고 말했다.

백작은 십일 년 전, 모렐 씨의 서재로 통하는 계단에서 그랬듯이 쥘리의 손을 꼭 쥐었다.

「당신은 지금도 선원 신드바드를 믿으시나요?」하고 빙긋이 웃으며 그는 물었다.

「그럼요!」

「그렇다면 하느님만 믿고 안심하고 계세요」

백작의 말대로 문 앞에서는 마차가 기다리고 있었다. 네 마리의 말이 갈기를 곤두세우며 초조한 듯이 바닥을 발로 차고 있었다.

계단 밑에서는 알리가 땀에 흠뻑 젖은 얼굴로 기다리고 있었다. 그는 꽤 먼 길을 달려온 것이다.

「그래」 하고 백작은 알리에게 아라비아어로 물었다. 「노인에게 갔다 왔나?」

알리는 갔다 왔다는 표시를 했다.

「그럼 내가 시킨 대로 편지를 노인의 눈앞에 펼쳐 보였겠지?」
「네」 노예는 여전히 눈짓으로 공손하게 대답했다.
「그래, 뭐라고 그러시던가? 아니, 노인이 어떻게 하시던가?」
알리는 주인에게 잘 보이도록 불 밑으로 갔다. 그러고는 있는 지혜를 다 동원하여 노인의 표정을 흉내 내며 누아르티에 노인이 〈그래〉 할 때 하는 식으로 두 눈을 감아 보였다.
「좋아, 그럼 승낙하신 거로군」 백작이 말했다. 「출발하지!」
백작의 그 말이 끝나기가 무섭게 마차는 달리기 시작했고 말들은 도로 위에 불꽃을 튀겼다.
막시밀리앙은 한쪽 구석에 앉아 그저 잠자코 있었다.
반시간이 지나자 갑자기 마차가 멈췄다. 백작이 알리의 손가락과 이어져 있는 가느다란 비단 끈을 잡아당긴 것이다.
알리는 마차에서 내려 문을 열었다.
밤하늘에는 별이 총총했다. 마침 그때 마차는 빌쥐프의 언덕 위에 와 있었으므로 언덕 꼭대기에서 내려다보이는 파리가, 어두운 바다처럼 인광(燐光)의 파도 같은 무수한 빛을 발하고 있었다. 그것은 말 그대로 파도였다. 광폭한 대양의 파도보다 더욱 요란하고 더욱 크게 미친 듯 흔들리는 파도, 드넓은 바다의 파도인 양 가라앉을 줄 모르는 파도, 언제나 부딪히며 끊임없이 거품을 뿜어내고 끊임없이 무언가를 삼켜버리는 파도였다.
백작은 그곳에 혼자 서 있었다. 그가 손짓을 하자 마차가 몇 걸음 앞으로 나아갔다.
그때 백작은 팔짱을 끼고서, 출렁거리는 심연 속에서 나와 세계를 진동시키려 하는 모든 사상(思想)이 용해되고 뒤얽히어, 거기서 형체를 이루는 이 불의 도가니를 한참 동안 바라보고 있었다. 그러다가 그는 종교적인 시인들과 동시에 냉소적인 유물론자들에게도 꿈을 가지게 하는 이 바빌로니아 위로 날카로운 시선을 보내며, 「위대한 도시여!」하고 마치 기도라도 하는 듯이 두 손을 모르고 고개를 숙이며 중얼거렸다. 「내가 너의 문을 들어선 지, 아직 채 육 개월도 못 되었다. 나를 이리로 인도한 것은 신의 뜻이었다고 나는 믿는다. 그리고 신의 의지는 또한 여기서 나를 데려가려 한다. 내가 그대의 품안에 나타나게 된 비밀을, 나는 내 마음을 들여다볼 수 있는 신에게만은 털어놓았다. 내가 지금 아무 증오도, 자만심도 없이 다만 조금의 회한만을 품고 이곳을 떠나간다는 것을 신만은 알고 있다. 신께 받은 힘을 나를 위해서나 무익한 일을 위해서는 쓰지 않았다는 것도 신만은 알고 있다. 오! 거대한 도시여! 너의 뛰는 가슴속에서 나는 내가 찾던 것을 찾았노라! 끈기 있는 광부처럼, 나는 너의 내부에서 악을 찾아 뿌리뽑았다. 이제 나의 일은 끝났고 나의 사명도 완수했다. 이젠 너에게서 아무런 기쁨도, 슬픔도 느끼지 못하리라! 안녕히! 파리여, 안녕히!」

그의 눈길은 그러고도 오랫동안 밤의 정령처럼 넓은 평야 위를 방황하고 있었다. 그러고 나서 그는 손으로 이마를 짚으며 다시 마차에 올랐다. 문이 닫히자 마차는 먼지와 소음을 일으키며 언덕 반대편을 향해 달렸다. 막시밀리앙은 생각에 잠겨 있었고 몬테크리스토 백작은 그런 그를 바라보았다.

「막시밀리앙 씨」하고 백작이 먼저 입을 열었다. 「날 따라온 걸 후회하지 않겠소?」

「네, 후회하지 않아요. 하지만 파리를 떠난다는 게……」

「만약 당신이 파리에 있는 것이 행복하리라고 생각했다면, 난 당신을 데리고 오지 않았을 거요」

「파리에는 발랑틴이 잠들어 있습니다. 그러니 파리를 떠난다는 건 발랑틴을 두 번 잃는 게 됩니다」

「막시밀리앙 씨」하고 백작은 말했다.「우리가 잃어버린 친구들은, 지상에서 잠들고 있는 게 아닙니다. 그들은 우리의 가슴속에 묻혀 있지요. 그건 우리가 항상 그들과 함께 있기를 바라시는 하느님의 뜻에서 비롯된 겁니다. 제게는 그렇게 해서 늘 가슴속에 있는 사람이 둘 있지요. 한 사람은 제게 생명을 주신 분, 또 한 사람은 제게 지혜를 주신 분입니다. 그 두 분의 정신이 제 안에서 살아 있는 겁니다. 저는 무엇인가 생각이 정리되지 않을 때에는 그 두 분과 의논을 하지요. 그러니 제가 전에 무엇인가 좋은 일을 했다면 그건 그 두 분의 의견을 따랐기 때문입니다. 막시밀리앙 씨, 자, 마음속의 목소리와 한번 의논해 보세요. 그리고 앞으로도 계속 그런 언짢은 얼굴을 나에게 보여도 괜찮을지 한번 물어보세요」

「백작님」하고 막시밀리앙은 대답했다.「제 마음속의 목소리는 너무나 슬픕니다. 그래서 앞으로 제게는 불행한 일밖엔 없을 거라고 말하고 있네요」

「매사를 검은 베일을 통해서 보는 듯 어둡게만 보는 것은, 마음 약한 사람들의 특징이죠. 마음 자체가 마음에 한계를 그어 놓기 때문에 그런 겁니다. 당신의 마음은 지금 어둡습니다. 그러니 그 마음으로 내다보는 하늘도 컴컴할 수밖에요」

「그건 사실일지도 모르죠」막시밀리앙이 대답했다.

그러고 나서 그는 다시 생각에 잠겼다.

백작만이 가능한 그 번개 같은 속도로 여행은 계속되었다. 달려가는 거리 위로 도시들이 마치 그림자처럼 지나갔다. 나무들은 가을 바람에 흔들려, 마치 산발한 거인들처럼 그들 앞으로 다가섰다가, 바로 앞까지 다가가 보면 어느새 휙휙 달아나 버리고 없었다. 이튿날 아침쯤에 그들은 샬롱에 도착했다. 샬롱에서는 백작의 증기선이 그들을 기다리고 있었다. 마차는 바로 배 위로 옮겨져 두 사람은 금방 배에 올라탔다.

배는 경주용으로 건조되어 있어, 인도의 통나무배 같았다. 배의 양쪽 키는 두 개의 날개 같았고, 배는 철새처럼 물을 헤쳐나갔다. 막시밀리앙도 이러한 속도에 도취감 같은 것을 느끼지 않을 수 없었다. 그리고 가끔 바람이 그의 머리카락을 날려 그 이마에 드리워진 구름을 잠시나마 쓸어가는 것 같았다.

한편, 파리가 점점 멀어짐에 따라 거의 이 세상의 것이라고는 생각할 수 없는 고요가 후광처럼 백작의 몸을 감싸기 시작했다. 마치 조국으로 돌아가는 망명객 같았다고나 할까.

이윽고 마르세유가 보이기 시작했다. 희고 따뜻한, 그리고 생명이 넘치는 마르세유! 티레(고대 페니키아의 항구 도시——옮긴이)와 카르타고(페니키아인들이 북해에 건설한 항구 도시——옮긴이)의 자매 도시이며, 이 두 항구의 뒤를 이어 지중해를 지배한 마르세유! 세월이 흘러감에 따라 더욱 젊어지는 마르세유, 그 항구가 지금 그들의 눈앞에 나타났다. 그 둥근 탑이며, 생니콜라 요새며, 퓌제(마르세유 출신의 유명한 조각가——옮긴이)의 조각으로 장식된 시청, 그리고 그들이 어린 시절에 놀던 벽돌이 깔린 항구, 이 모두가 그들 두 사람에게는 무수한 추억이 담긴 풍경이었다. 그리하여 같은 감동을 느끼며 그들은 일단 칸비에르에서 배를 멈추었다.

마침 배 한 척이 알지에를 향하여 떠나고 있었다. 짐이며, 갑판에 들어찬 승객들, 그리고 작별 인사를 보내며 흐느껴 우는 가족과 친구들이 보였다. 그것은 매일 보는 사람에게조차도 감동적인 광경이었다. 그러나 막시밀리앙은 부두의 커다란 포석 위에 발을 올려놓는 순간부터 어떤 한 가지 생각에 몰두해 있어, 그러한 풍경에도 마음이 흔들릴 줄을 몰랐다.

「여길 보세요」하고 그는 백작의 팔을 잡으며 입을 열었다. 「파라옹 호가 살아 돌아왔을 때, 아버지는 여기에 서 계셨지요. 당신이 죽음과 불명예에서 건져준 아버지께선 와락 제 팔에 안기셨어요. 제 얼굴 위로 흘러내리던 아버지의 눈물이 지금도 느껴지는군요. 그때 운 것은 아버지뿐만이 아니었습니다. 우리 두 사람을 지켜보고 있던 사람들도 모두 울었지요」

백작은 미소를 지었다.

「나는 그때 저기에 있었소」하고 그는 청년에게 길 한쪽 모퉁이를 가리키며 말했다.

그런데 그 순간 바로 백작이 가리키고 있던 쪽에서 가슴을 에는 듯한 울음 소리가 들려왔다. 그리고 한 여인이 막 출발하려는 배의 어느 승객에게 손짓을 하는 모습이 눈에 띄었다. 그 여자는 얼굴에 베일을 쓰고 있었다. 그 여인을 본 백작의 표정은 이상하게 동요하기 시작했다. 만약 막시밀리앙이 배만 열심히 보고 있지 않았더라면 그것을 눈치 챌 수 있었을 것이다.

「아니!」하고 막시밀리앙이 소리쳤다.「내가 잘못 본 건 아닌데! 저기 모자를 흔들며 인사하고 있는 저 청년, 저 군복 입은 청년 말이에요, 저건 알베르 드 모르세르가 아닌가요?」
「그렇군요」 하고 백작은 대답했다. 「나도 그런 줄 알았소」
「그걸 어떻게 아셨죠? 배의 반대쪽을 보고 계셨잖아요」
 백작은 빙긋 웃어만 보였다. 그는 늘 대답하고 싶지 않을 때엔 그렇게 했다.
 그의 눈은 다시 베일을 쓴 그 여인에게로 향했다. 여자는 길모퉁이에서 사라졌다.
 그러자 그는 다시 막시밀리앙을 돌아보며, 「막시밀리앙 씨」 하고 말했다. 「여기서 무슨 볼일은 없소?」
「아버님 묘에 가서 울기나 했으면 합니다」 하고 막시밀리앙은 우울하게 대답했다.
「그럼, 그렇게 하시지요. 저도 나중에 갈 테니. 거기서 기다리세요」
「그럼 혼자 어디 가보실 데가 있군요?」
「예…… 저도 자식된 도리로 꼭 가보아야 할 데가 있습니다」
 막시밀리앙은 백작이 내민 손에 힘없이 자기 손을 떨어뜨렸다. 그러고는 말할 수 없이 서글픈 표정으로 고개를 숙인 후 백작과 헤어진 그는 도시의 동쪽을 향해 걸어갔다.
 백작은 막시밀리앙이 가는 대로 내버려두었고, 그의 모습이 보이지 않게 될 때까지 그 자리에 그냥 서 있었다. 그러고 나서 멜랑 가의 가로수길 쪽으로 걸어갔다. 이 책 첫머리에서 읽어, 독자들이 익히 알고 있는 그 조그만 집을 찾아가는 길이었다.
 그 집은 지금 한가한 마르세유 시민들의 산책로가 되어 있는 커다란 보리수 길 그늘에 서 있었다. 남프랑스의 뜨거운 태양 빛에 노랗게 바랜 돌 위에서 오랜 세월 동안 그을리고 갈가리 찢어진 팔들을 서로 엮고 있는 두꺼운 포도 덩굴들이 그 집을 온통 뒤덮고 있었다. 사람들의 발길에 닳아버린 돌 계단을 올라가면 입구가 있었다. 그 문은 석 장의 판자로 만들어져 있었는데 오랜 풍상으로 낡아서 틈이 벌어져 있었지만 그 틈을 메우지도 않고 페인트칠도 하질 않아서 오직 습기로 다시 이어지기만을 기다리고 있었다.

낡았지만 아름다운 그 집, 외양은 그처럼 초라하지만 아늑해 보이는 그 집은 지난날 당테스 노인이 살았던 바로 그 집이었다. 다만 노인은 그 집의 다락방에 살았는데, 지금은 이 집 전체를 메르세데스가 쓰도록 몬테크리스토 백작이 마련해 주었던 것이다.

떠나는 배를 환송하고 돌아가는 모습을 보았던, 베일을 쓴 그 여인이 들어간 집이 바로 이 집이었다. 백작이 길모퉁이로 돌아섰을 때 그 여인은 막 문을 잠그는 참이었다. 그래서 백작은 그 여인을 발견한 순간 다시 놓쳐버린 셈이다.

백작에게는 그 닳아빠진 돌 계단이 너무나 낯익었다. 그는 어느 누구보다도 그 낡은 문을 여는 방법을 잘 알고 있었다. 그것은 대가리가 큰 못으로 안쪽의 고리를 벗길 수 있게 되어 있었다.

그리하여 그는 마치 친구나 집주인처럼, 노크도 하지 않고 안내도 없이 곧장 집안으로 들어갔다.

벽돌을 깐 오솔길 맨 끝에, 열기와 햇빛을 담뿍 받고 있는 좁은 정원이 펼쳐져 있었다. 그곳은 바로 들은 대로 메르세데스가 백작이 세심하게 이십사 년 전에 묻어둔 그 돈을 발견한 장소였다. 길로 나 있는 문으로는 이 정원 맨 앞쪽에 서 있는 나무들이 몇 그루 드러나 보였다.

문 앞에서 백작은 흐느낌과도 같은 한숨 소리를 들었다. 그 한숨 소리가 난 쪽으로 눈을 돌려보니, 메르세데스가 잎사귀가 무성하고 새빨간 꽃들이 핀 버지니아 재스민 그늘 밑에서 고개를 숙이고 앉아 울고 있었다.

메르세데스는 베일을 벗고 있었다. 그리고 두 손으로 얼굴을 가린 채 혼자서 하늘을 향해, 지금까지 아들이 있어서 참고 견뎌왔던 그 오랜 한숨과 울음을 마음껏 토해 내고 있었다.

몬테크리스토 백작은 두어 걸음 앞으로 걸어나갔다. 발밑에서 모래가 바삭거렸다.

메르세데스는 얼굴을 들었다. 그리고 자기 앞에 남자가 서 있는 것을 보자, 놀라서 소리를 질렀다.

「부인」 하고 백작은 말했다. 「이제 제겐 부인을 행복하게 해 드릴 힘은 없습니다. 다만 위로라도 해드리고 싶습니다. 친구로부터라고 생각하고 제 뜻을 받아주시겠습니까?」

「사실 저는 너무나 불행하게도」 하고 메르세데스는 대답했다. 「이제 이 세상에 혼자 남게 되었어요…… 제겐 오직 아들 하나뿐이었는데, 그애마저도 떠나버렸으니」

「아드님은 잘 결정했습니다」 하고 백작은 말했다. 「정말 훌륭한 청년입니다. 아드님께서는, 남자라면 누구나 재능으로든, 노동으로든 아니면 밤잠을 안 자거나 피를 흘리면서 조국에 이바지해야 한다는 걸 안 겁니다. 부인 곁에 남아 있으면 분명 헛되이 세월만 보내게 되었을 겁니다. 부인의 슬픔도 견뎌내기 어려워했을 거고요. 결국은 무력감 때문에 남을 미워하며 살게 되었겠지요. 이렇게 역경과 싸워 그걸 행운으로 바꿈으로써 강하고 위대해질 겁니다. 두 분의 미래를 새로 세워보겠다는 뜻이니 그대로 놓아두십시오. 제가 약속드리건대, 아드님은 절대로 안전하실 겁니다」

「아!」 부인은 쓸쓸하게 고개를 저으며 말했다. 「백작께서 말씀하시는 그 행운이 그애에게 있기를 하느님께 간절히 기도하겠습니다. 제게는 그런 행운이 오지 않겠죠. 제 마음속에서나 제 주위에서나 모든 것이 다 무너져버려서 전 이젠 무덤까지 와 있는 듯한 느낌입니다. 제가 너무나 행복하게 지내던 이곳으로 다시 돌아오게 해주신 건 정말 고맙습니다. 인간은 자기가 행복했던 장소에서 죽어야 하니까요」

「저런!」 하고 백작은 말했다. 「그 말씀을 들으니 제 마음이 타는 듯 아파오는군요. 부인께서 저를 미워하시는 것이 너무나 당연한 만큼, 제 마음은 더더욱 그렇습니다. 부인의 불행은 모두 제게 그 원인이 있습니다. 그런데 어째서 부인께서는 저를 책망하질 않고 동정해 주십니까? 저는 그것이 오히려 더 괴롭군요」

「미워한다고요, 비난한다고요, 에드몽, 당신을……? 제 자식의 목숨을 구해 주신 분을 미워하고 책망하다니요! 그럼 당신은 모르세르가 자랑으로 삼고 있는 그 아들을 죽이려는 끔찍하고도 피비린내 나는 생각을 하셨군요, 그렇지요? 아! 저를 좀 보세요. 그리고 제 마음속에 당신에 대한 원망이 자리하고 있는지 자세히 좀 보세요」

백작은 눈을 들어 반쯤 일어서서 자기에게 손을 내밀고 있는 메르세데스를 바라보았다.

「오! 저를 좀 보세요」 여자는 깊은 우수를 띤 어조로 말을 계속했다. 「이제는 제 눈빛을 아무렇지 않게 보실 수 있을 거예요. 이제는, 옛날 당신의 아버님이 사시던 그 다락방 창에서 저를 기다려주던 에드몽 당테스에게 웃음을 띠고 찾아오던 때와는 다르니까요…… 그후로 오랜 세월이 지나갔지요. 그리고 그 시절의 저와 지금의 저 사이에는 깊은 심연이 가로놓여 있습니다. 에드몽, 당신을 책망하고 당신을 미워하라고요! 천만에요. 오히려 책망하고 미워하는 건 제 자신일 뿐이에요. 전 얼마나 못난 인간이지요!」 메르세데스는 두 손을 모으고 하늘을 우러러보며 소리쳤다. 「벌을 받은 거예요! ……옛날의 저는 사람을 천사처럼 만들어주는 신앙과 순결과 사랑, 이 세 가지 행복을 지니고 있었습니다. 하지만 못난 저는 하느님을 의심하고 말았어요」

백작은 한걸음 여자 앞으로 다가섰다. 그리고 말없이 손을 내밀었다.

「안 돼요」 메르세데스는 조용히 자기 손을 움츠리며 말했다. 「제게 손대지 마세요. 당신은 저 하나만은 용서해 주셨습니다. 하지만 당신이 복수한 그 어느 누구보다도 제가 저지른 죄가 더 큽니다. 다른 사람들은 증오라든가 탐욕 또는 이기심에서 죄를 지었지만, 저는 비겁한 마음에서였으니까요. 그들은 바라는 것이 있어서 그랬지만 저는 겁이 나서 그랬지요. 안 됩니다. 제 손을 잡지 말아주세요. 에드몽, 제게 다정한 말씀을 해주시려는 거군요. 하지만 그걸 입 밖에 내지는 마세요. 전 다 알고 있으니까요. 그런 말씀을 들을 분은 다른 곳에 있을 겁니다. 전 이미 자격이 없어요. 보세요……」 그녀는 베일을 완전히 벗어버렸다. 「보세요…… 불행 때문에 제 머리는 이렇게 잿빛이 되었고, 눈물을 너무 많이 흘려 눈가에 푸르스름한 그늘이 생겼고, 이마에는 주름이 졌습니다. 그런데도 에드몽, 당신은 여전히 젊고 훌륭하고 당당하시군요. 그건 당신이 믿음을 가지고 계셨기 때문일 거예요. 그리고 힘을 가지고 계셨기 때문이지요. 그것은 당신이 하느님의 품속에서 살았고, 하느님이 당신을 받쳐주셨기 때문이겠죠. 그러나 저는 비겁했어요. 저는 하느님을 외면했습니다. 그리고 하느님께서도 저를 버리신 거예요. 그래서 전 이렇게 되고 말았지요」

메르세데스는 울음을 터뜨렸다. 그녀의 가슴은 지난날의 추억이 밀려와 산산이 부서지고 있었다.

백작은 여자의 손을 잡고, 정중하게 그 손에 입을 맞추었다. 그러나 그녀는 그 입맞춤에는 아무 정열도 없다는 것을 느낄 수 있었다. 그것은 마치 대리석 성녀 상(像)의 손등에 입을 맞추는 것 같았다.

「이 세상에는」 하고 여자는 말을 이었다. 「한번의 실수로 모든 미래가 파멸에 이르고 말 운명을 타고난 사람들이 있지요. 저는 당신이 죽은 줄로만 알고 있었습니다. 그때 저는 죽어야만 했어요. 당신을 잃은 슬픔을 평생 가슴속에 간직하고 산다 한들 무슨 소용이 있겠어요? 결국, 서른아홉밖에 안 된 제가 쉰 살은 된 여자처럼 늙어버린 것이 고작인데. 많은 사람들 가운데서 저만이 당신을 알아보고 아들을 구할 수 있었던 것뿐이죠. 아무리 죄가 있는 사람일지라도 남편이었던 그 사람을 살렸어야만 했던 게 아닐까요? 그렇건만 저는 그 사람이 죽는 것을 그냥 내버려두었어요. 그 사람이 신의를 저버리고 배반자가 된 것도 실은 저 때문이었다는 것은 생각해 보지도 않았고, 생각해 보려고도 않았고요! 게다가 자식하고 여기까지 온 게 도대체 뭐란 말인가요? 이렇게 여기서 그애를 떠나보내 타는 듯한 아프리카 땅에서 그애 혼자 헤매게 했으니! 오! 전 정말 비겁한 여자였어요! 저는 제 사랑을 배반했습니다. 그리고 믿음을 버린 사람들처럼, 제 주위의 모든 사람들을 불행하게 만들었어요!」

「그렇지 않아요, 메르세데스」하고 백작은 말했다.「그렇지 않습니다. 좀더 자신을 옳게 판단하셔야 합니다. 당신은 고귀하고 맑은 분입니다. 당신이 슬퍼하시는 모습을 보면, 저는 힘을 잃습니다. 하지만 제 뒤에는 눈에 보이지 않는, 인간으로서는 알지 못하는 하느님이 계십니다. 저는 그 분의 대리인에 불과하지만 제가 던지는 불길을 막으려고는 안하셨을 뿐입니다. 나는 지난 십년 동안 날마다 그 발밑에 무릎을 꿇었던 하느님께 맹세할 수 있어요. 나는 당신을 위해, 내 일생과 하고자 하던 일체의 계획을 희생하려 했었지요. 그러나 메르세데스, 내가 좀 오만하게 말한다면, 하느님은 나를 필요로 하셨습니다. 그래서 난 살아남은 거지요. 과거를 돌이켜보고 현재를 살펴보십시오. 그리고 미래까지 짐작해 보십시오. 그러고 나서 과연 내가 하느님의 도구였는가 아닌가를 생각해 주십시오. 너무나 끔찍한 불행과 가혹한 고통, 그리고 사랑하던 모든 사람들에게 잊혀진 채 전혀 모르는 사람들의 괴롭힘을 받았던 것이 저의 지난 반생이었지요. 투옥되어 고독과 비참한 나날을 계속 겪는가 했더니, 다시 세상으로 나와 자유의 몸이 되었고 저 휘황찬란하고 눈부신 막대한 재산이 굴러 들어왔습니다. 장님이 아닌 한, 이건 분명 하느님이 저에게 어떤 큰일을 시키려고 보내주신 거라고 믿을 수밖에 없었어요. 그때부터 그 재산은 하느님이 거룩한 사명을 위해 내리신 것으로 생각되었습니다. 그 뒤부터 당신이 가끔 즐거움을 누리던 이 세상의 생활 같은 것은 완전히 사라졌습니다. 안온한 시간이라고는 단 한 시간도 없었지요. 저는 마치 저주받은 도시들을 불태우러 가는 불 구름인 양, 그저 자꾸만 밀려가는 것 같았습니다. 위험한 원정을 머릿속에 그리며, 위태로운 여행을 찾아 출범하는 대담한 선장들처럼 저는 식량을 준비하고 무기를 실었습니다. 공격과 방어를 위한 갖가지 도구를 모으고, 심한 운동에도 견딜 수 있게 몸을 단련하고, 아무리 큰 충격에도 끄떡 않을 수 있는 심장을 기르고, 사람을 죽일 수 있는 팔을 만들며, 눈은 어떤 고통스러운 꼴도 태연하게 볼 수 있도록 단련시키고, 아무리 무서운 광경을 당하더라도 입술에는 미소를 띨 수 있도록 훈련을 해나갔지요. 이렇게 해서 옛날에는 사람 좋고, 남을 잘 믿으며, 무엇이든 곧 잊어버리던 제가, 이제는 복수심이 강하고 본심을 숨기며 심술궂은, 아니 그보다도 태어날 때부터 매사에 비정했던 인간으로 변했지요. 그러고는 앞에 펼쳐진 길로 달리기 시작했습니다. 그래서 결국 그 길을 뛰어넘어 목적지에 도달했지. 그 길에서 저를 만난 사람들이 모두 불행해지고 만 거지요」

「그만해요!」 메르세데스가 말했다. 「그만해 두세요. 에드몽! 단 한 사람, 당신을 알아볼 수 있었던 여자는 또한 단 한 사람, 당신을 이해할 수 있는 여자라는 걸 믿어주세요. 그런데 에드몽, 단 하나의, 당신을 알아보고 이해할 수 있는 여자는, 비록 당신이 당신의 길에서 만나 그 여자를 유리처럼 부서뜨렸다 해도, 당신을 우러러볼 겁니다! 에드몽! 옛날의 저와 지금의 저 사이에는 깊은 심연이 있는 것과 마찬가지로, 당신과 다른 사람들 사이에도 커다란 차이가 있어요. 그리고 제 가슴의 가장 큰 고통은, 분명히 말씀드려서 당신을 다른 사람과 비교해 보게 되는 데 있습니다. 이 세상에 당신만한 가치가 있는 사람, 당신과 닮은 사람은 한 사람도 없어요. 에드몽, 이젠 작별 인사를 해주세요. 그리고 그만 헤어지도록 해요」

「그럼, 제가 떠나기 전에 뭐든 도와드릴 것이 없을까요?」 백작이 물었다.

「에드몽, 제가 바라는 것은 오직 하나, 제 아들이 행복해지는 것뿐이에요」

「그럼 아드님이 죽음에서 비켜나 있게 해달라고 하느님께 기도하십시오. 인간의 목숨은 오직 하느님 손에 있는 거니까요. 그 나머지 일은 제가 맡지요」

「고마워요, 에드몽」

「하지만 메르세데스, 당신은?」

「아무것도 필요없습니다. 저는 두 개의 무덤 사이에서 살고 있으니까요. 그중 하나는, 이미 오래전에 죽은 에드몽 당테스의 무덤이죠. 저는 그 사람을 사랑했어요. 이제 이 말조차도 시들어버린 제 입술에는 어울리지 않는군요. 그러나 마음속으로는 아직도 기억하고 있지요. 그리고 또 하나의 무덤은, 에드몽 당테스의 손에 죽은 사람의 무덤입니다. 죽임을 당한 것도 무리는 아니라고 생각하지만, 그렇더라도 저는 그를 위해 기도하지 않으면 안 됩니다」

「아드님은 행복해질 겁니다, 부인」 하고 백작은 다시 한번 말했다.

「그렇다면 저는 더할 나위 없이 행복해지는 거예요」

「하지만…… 당신은 어쩌시려고요?」

메르세데스는 쓸쓸히 웃었다.

「여기서 옛날의 메르세데스처럼 다시 살겠다면, 일을 하면서 살겠다고 말하면 믿지 않으시겠죠. 저는 지금은 기도하는 일밖엔 못합니다. 그리고 별로 일할 필요도 없고요. 땅속에 묻어두신 돈을 말씀하신 그 장소에서 찾았습니다. 사람들은 제가 어떤 여자인지 알아보려 하겠지요. 제가 무엇을 하는가도 묻겠지요. 그러나 제가 어떻게 하고 사는지는 아무도 모를 겁니다. 그런 건 아무래도 좋아요. 이건, 하느님과 당신과 저 사이의 일이니까요」

「메르세데스」 하고 백작은 말했다. 「당신을 나무라는 건 아닙니다만, 당신은 모르세르 씨가 모아놓은 재산을 전부 버리셨다던데, 그건 너무 큰 희생인 것 같습니다. 그 재산의 절반은 마땅히 당신의 재산이며 당신이 관리하셨어야 했을 텐데요」

「말씀하시는 뜻은 알겠어요. 하지만 그 말씀을 받아들일 수는 없네요. 에드몽, 아들아이가 그렇게는 못하게 할 테니까요」

「그럼 저도 아드님이 찬성하지 않을 일은 아무것도 말씀드리지 않겠습니다. 알베르 씨의 의향을 알아본 후 거기에 따르도록 하겠습니다. 하지만 만약 그가 내 뜻을 받아들인다면 당신도 거리낌없이 따라주시겠죠?」

「에드몽, 저는 이젠 생각이란 걸 할 수 있는 여자가 못 됩니다. 결심 같은 것도 못하고요. 그저, 이젠 절대로 결심 같은 건 하지 않겠다는 결심만 할 수 있지요. 하느님이 내리신 무서운 태풍에 시달린 저는 의지 같은 건 다 잃어버렸어요. 지금의 저는 마치 독수리 발톱에 잡힌 참새같이, 하느님의 손에 꽉 잡혀 있습니다. 제가 이렇게 살아 있는 것도 하느님께서 죽지 못하게 하시기 때문이에요. 만약 하느님이 제게 구원의 손길을 보내주신다면, 그것도 하느님의 뜻이니 그 손에 매달려야겠죠」

「생각을 잘하셔야 합니다」하고 백작은 말했다.「그건 하느님을 따르는 바른 태도가 아닙니다. 하느님은 인간이 그분의 마음을 이해하고 그 힘에 대해 생각하기를 바랍니다. 바로 그 때문에 우리에게 자유 의지를 주신 겁니다」

「제발, 그런 말씀은 말아주세요!」메르세데스가 외쳤다. 「만약 하느님께서 제게 자유 의지를 주셨다면, 어째서 제가 이렇게 절망에서 헤어날 수 없는 거죠?」

백작의 안색이 약간 변했다. 그러고는 이 너무나 무거운 고뇌에 짓눌렸는지, 고개를 떨어뜨렸다.

「또 만나자는 인사를 해주지 않으시겠습니까?」하고 그는 손을 내밀며 말했다.

「그러지요」하고 여자는 엄숙한 표정으로 백작에게 하늘을 가리켜 보이며 대답했다.「그럼 제가 아직도 희망을 잃지 않고 있다는 것을 증명하는 게 되겠죠」

그러고 나서 메르세데스는 떨리는 손으로 백작의 손을 가볍게 잡았다 놓은 다음 계단으로 뛰어가, 백작의 눈앞에서 자취를 감추었다.

백작은 천천히 그 집을 나와 부두로 되돌아갔다.

메르세데스는 당테스 노인이 살던 조그만 방 창가에 서 있었다. 그러나 그가 돌아가는 모습을 보려고는 하지 않았다. 그녀의 눈은, 아들을 태우고 넓은 바다로 떠나가고 있는 배만을 향하고 있었다.

그러나 자신도 모르게 가느다란 소리로, 「에드몽, 에드몽, 에드몽!」하고 속삭이듯 중얼거리고 있었다.

과거

 백작은 아픈 가슴을 안고 분명히 두번 다시 만나지 못할 메르세데스를 남겨두고서 그 집을 떠났다.
 어린 에두아르가 죽은 이후로 몬테크리스토 백작의 심경에는 커다란 변화가 일어났다. 험한 비탈길을 더디게 올라가, 이제 복수의 절정에 다다른 그는 산 저편에서 회의의 골짜기를 발견했던 것이다.
 그뿐이 아니었다. 메르세데스와 이야기하는 동안 그의 가슴에서는 너무나 많은 추억이 되살아났다. 그래서 우선 그 추억들을 물리치지 않으면 안 되었다.
 범속한 사람들에게는 그럴듯하게 보이지만 실제로는 고상한 인격을 파괴하고 마는 우울 속에서, 백작처럼 강한 사람이 언제까지나 방황하고 있을 수는 없었다. 백작은 이토록 자책을 하게 된 까닭은 자신의 계획에 무엇인가 오산이 있기 때문임에 틀림없다고 생각했다.

「지난 일은 잘못했다고 생각한다」하고 그는 중얼거렸다. 「그러나 이렇게 내가 잘못했다고만 볼 수는 없지」그는 계속해서 말했다. 「내가 목적지를 제대로 정하지 못한 것이었다고? 그럴 수가 있나! 그렇다면, 십년 동안 걸어온 길이 다 잘못된 길이었단 말인데! 그럴 수가 있나! 겨우 한 시간도 안 되는 시간 사이에, 모든 희망을 걸고 쌓아온 것이 불가능한 일은 아니지만 신을 모독하는 일이라는 것을 인정해야 한단 말인가! 그렇게는 생각할 수 없어! 그렇다면 난 미치고 말 테니까! 지금 내 판단에서 부족한 점은, 내 과거에 대한 정당한 평가가 서 있지 않다는 것이다. 왜냐하면 지금 나는 과거를 멀리서 되돌아보고 있는 거니까. 그렇다. 과거란 세월이 흐르면, 마치 사람이 스치고 지나가는 풍경과 같이, 사람에게서 멀리 떠나가는 법. 나는 마치 꿈속에서 몸을 다친 사람들과도 같다. 그들은 그 상처를 보고 느끼기는 하지만 그것이 언제 생겼는지는 기억하지 못한다.

자, 다시 태어난 인간이여, 억만장자여. 잠에서 깨어난 인간이여, 이 세상 밖을 내다보는 강한 자여, 여기서 잠깐 저 비참함과 굶주림 속에서 지낸 암담한 생활을 상기하라! 숙명의 힘에 쫓기고 불행에 밀려 절망만으로 가득 찼던 길을 돌이켜보라! 지금 몬테크리스토 백작이 당테스의 모습을 바라보고 있는 거울 속에는 다이아몬드와 황금과 행복이 너무나 찬연하게 빛나고 있다. 다이아몬드를 감추고, 황금에 흙탕을 묻혀 광채를 지워라. 그리고 부를 지닌 자여, 굶주리던 지난날을 생각하라. 자유로운 자여, 지난날 죄수 시절을 생각하라. 다시 소생한 자여, 시체와 같았던 지난날을 기억하라」

몬테크리스토 백작은 이렇게 혼잣말을 하며 캐스리 거리를 따라 내려갔다. 그 거리는 바로 이십사 년 전, 소리 없이 밤의 호송대에게 그가 끌려가던 길이었다. 지금은 환하고 활기에 찬 거리의 집들이, 그날 밤엔 어둡고 괴괴하고 꽉 닫혀 있었다.

「그러나 역시 같은 집들인 건 틀림없구나」 하고 그는 중얼거리듯 말했다. 「다만 그때는 밤이었는데, 지금은 대낮인 것이 다를 뿐. 이 모든 것들을 밝게 비추고 명랑하게 만드는 것은 태양이 있기 때문이지」

그는 생로랑 거리를 지나 부두로 내려가서, 수하물 위탁소 쪽으로 갔다. 그가 배에 실리던 곳이다. 천막을 친 유람선이 지나가고 있었다. 백작은 선장을 불렀다. 상대방은 이내 횡재했다는 듯, 재빨리 배를 몰아 백작 앞으로 다가왔다.

날씨는 쾌청했다. 따라서 배를 타고 가는 여행도 즐거웠다. 태양은 가까이 다가갈수록 시뻘겋게 타오르는 파도 속으로 빨갛게 불타오르며 가라앉고 있었다. 거울처럼 편편한 바다에는, 숨은 적에게 쫓기는 고기가 구원을 얻으려는 듯 수면 위로 뛰어오를 때마다 주름이 일곤 했다. 그리고 수평선에서는 마르티그로 돌아가는 어선이며 코르시카나 스페인으로 가는 상선들이, 마치 바다를 건너는 갈매기처럼 하얗고 우아한 자태를 보이며 지나가고 있었다.

이렇게 맑게 갠 하늘과 아름다운 배들, 그리고 주위를 온통 금빛으로 물들이는 햇빛에도 불구하고 백작은 외투로 몸을 감싼 채, 지난날의 그 무서웠던 항로를 곰곰이 되새기고 있었다.

카탈로니아 마을에서 외롭게 반짝이던 불빛 하나, 어디로 끌려가는가를 처음으로 알게 해준 이프 성의 모습, 바다로 뛰어들려고 하다가 헌병들과 격투가 벌어졌던 일, 이젠 글렀다는 생각에 절망하던 일, 그리고 관자놀이에 닿던 총구가 마치 얼음고리처럼 차갑게 느껴지던 일 등을 생각하고 있었다.

그러고는 여름 동안 메말랐던 샘이 가을에 구름이 끼면 차츰 물기를 되찾아 물을 한 방울 한 방울 뿜어올리듯, 몬테크리스토 백작의 마음은 지난날 에드몽 당테스의 가슴속에 깔려 있던 아픔을 차츰 차츰 길어올리기 시작했다.

그러자 그에게는 이미 맑게 갠 하늘도, 아름다운 선박도, 타는 듯한 햇빛도 보이지 않았다. 하늘은 상복으로 덮여 버렸다. 그리고 이프 성이라고 불리는 시커먼 거인의 모습이 마치 철천지원수의 망령인 양 불쑥 눈앞에 나타나자, 그는 자신도 모르게 몸서리를 쳤다.

배가 도착했다. 백작은 본능적으로 배의 끝까지 물러났다. 뱃사람이 아무리 상냥한 목소리로 「이젠 다 왔습니다, 나리」라고 해도 그의 귀에는 들리지 않았다.

백작은 바로 그 장소, 그 바위 위로 호송대의 헌병들에게 난폭하게 끌려 올라갔던 것이다. 그는 총검 끝으로 마구 허리를 찔리며 억지로 그 비탈길을 올라갔던 일을 생각했다.

그 당시, 당테스에게는 그 길이 굉장히 길어 보였다. 그러나 지금은 아주 짧은 것처럼 생각되었다. 노를 저어 바닷물이 튀어오를 때마다 무수한 생각과 추억이 그의 머릿속에서 솟아올랐다.

7월 혁명(1830년 7월, 샤를 10세의 전제 정치에 분개해서 일으킨 혁명——옮긴이) 이후로, 이프 성에는 죄수가 한 사람도 없었다. 위병소에는 밀수를 경비하기 위해 한 분대만이 머무르고 있었다. 그리고 수위 한 사람이, 지금은 호기심의 대상이 되고 있는 이 무시무시한 건물을 구경하러 오는 사람들을 위해 문 앞에 서 있었다.

백작은 건물 내부를 세세하게 알고 있었다. 그렇지만 원형 천장 아래로 들어갈 때, 어두컴컴한 계단을 내려갈 때, 그리고 토굴로 안내받았을 때, 그의 이마는 창백해졌고 이마에 솟은 식은땀이 심장 속까지 역류하는 것 같았다.

백작은 혹시 왕정복고 시대(1814년 부르봉 왕조의 재흥에서 몰락까지의 시기——옮긴이)의 간수가 남아 있지 않냐고 물었다. 그러나 그들은 모두 퇴직했거나 아니면 직업을 바꾸었다고 했다.

백작을 안내하는 수위만이, 1830년 이후에 여기에 왔노라고 대답했다.

그는 좁은 환기창으로 새어 들어오는 푸르스름한 햇빛을 다시 보게 되었다. 지금은 다 치워져 버렸지만 전에 침대가 놓여 있던 자리도 보았다. 그리고 그 침대 뒤로 뚫려 있던 구멍의 흔적도 보았다. 지금은 막혀 있지만 그 막아놓은 돌들이 새 돌인 것으로 보아, 그 옛날 파리아 신부가 구멍을 냈던 자리라는 것만은 알아볼 수 있었다.

백작은 다리에서 힘이 빠져버렸다. 그는 나무 걸상을 끌어다가 앉았다.

「옛날에 미라보가 갇혀 있었다는 얘기 말고, 이 감옥에 전해 내려오는 또 다른 재미있는 얘기는 없소?」하고 백작은 물었다.「산 사람을 가두었던 곳이라고는 믿어지지 않을 만큼 음침한 이 감옥에, 전설 같은 게 뭐 없을까?」

「예, 있습니다」하고 수위는 대답했다.「실은, 간수로 있던 앙투안한테서 들은 얘긴데, 바로 이 토굴에 대한 것입니다요」

백작은 소름이 끼쳤다. 앙투안이라는 간수는 바로 자기 감방의 간수였기 때문이다. 그는 그 이름도 얼굴도 거의 잊어버리고 있었다. 그런데 그 이름을 듣는 순간, 백작의 머릿속에는 수염이 많이 난 얼굴과 갈색 윗저고리가 떠올랐고, 그 열쇠 뭉치 소리가 지금도 귀에 울리는 듯했다.

백작은 뒤를 돌아보았다. 수위의 손에서 타고 있는 횃불의 불빛 때문에 더욱 깊어 보이는 어두컴컴한 복도에, 앙투안의 모습이 보이는 것만 같았다.

「들려드릴까요?」하고 수위는 물었다.

「들려주시구려」하고 백작이 대답했다.

그리고 자신의 얘기를 듣는 일이 무서웠던 그는 심장의 세찬 고동을 억누르기 위해 가슴에 손을 얹었다.

「어서 들려주시오」하고 백작은 또 한번 말했다.

「이 토굴 속에」하고 사나이는 이야기를 시작했다.「아주 오래전 일입니다만, 어떤 죄수가 들어 있었지요. 상당히 위험한 인물이었던 모양이에요. 게다가 재주가 또 비상했기 때문에, 그만큼 더 위험한 사람이었죠. 그때 다른 죄수 하나가 그 사람하고 같이 있었는데, 그 사람은 나쁜 사람은 아니었답니다. 불쌍한 신부였는데 미치광이였대요」

「아, 미치광이였다고요, 네」하고 백작은 말했다.「그런데 어떻게 미쳤었답니까?」

「자기를 놓아주면 수백만을 주겠다고 했다는군요」

백작은 고개를 들어 하늘을 쳐다보았다. 그러나 하늘은 보이지 않았다. 그와 하늘 사이에는 돌 천장이 가로막혀 있었기 때문이다. 그는 파리아 신부가 보물을 주겠다고 말한 사람들과 그 보물 사이에는 이 돌 천장만큼이나 두꺼운 벽이 가로놓여 있었다는 생각을 했다.

「죄수들끼리는 서로 만날 수가 있었던 모양이죠?」하고 백작이 물었다.

「웬걸요! 금지되어 있었죠! 그런 걸, 양쪽 토굴 사이로 굴을 파서, 그리로 몰래 다녔던 거죠」

「그래, 그 두 죄수 중에 누가 그걸 팠을까요?」

「아, 그거야 물론, 젊은이였지요」수위가 대답했다. 「신부는 늙어서 기운도 없었지만, 젊은이는 머리가 비상하고 힘도 장사였답니다. 게다가 신부는 무슨 생각을 해내서 실행하기엔 너무나 정신이 흐려져 있었으니까요」

「눈먼 인간들이로구나!」하고 백작은 중얼거렸다.

「좌우간」하고 수위는 말을 이었다. 「젊은이가 굴을 판 건 틀림없는데 뭘로 팠는지는 아무도 모르죠. 하지만 파긴 팠지요. 아직도 그 자리가 남아 있으니까요. 저것 보십시오. 보이시죠?」

이렇게 말하며 수위는 횃불을 벽 가까이로 가져갔다.

「정말, 그렇군요!」백작은 목멘 소리로 말했다.

「그렇게 해서 두 죄수가 서로 왕래했습지요. 그 왕래가 얼마나 지속됐는지는 아무도 모릅니다. 그러던 어느 날 그 늙은 죄수가 병이 나서 죽었어요. 그런데 젊은 죄수가 어떻게 했는지 아십니까?」 수위는 말을 중단하며 물었다.

「글쎄요, 들어봅시다」

「그자는, 죽은 사람을 옮겨다가 자기 침대에 눕히고 얼굴을 벽 쪽으로 돌려놓았습니다. 그러고 나서 자기는 노인의 빈 방으로 돌아와서 구멍을 메우고 시체 넣는 자루 속엘 들어갔답니다. 원, 그런 생각을 하다니, 그런 얘기 들어보셨습니까?」

백작은 눈을 감았다. 시체의 냉기가 채 가시지 않은 그 투박한 부대가 자기 얼굴에 닿았을 때 느꼈던 갖가지 감정이 되살아나는 듯했다.

간수는 얘기를 계속했다.

「그러니까 그 사람은 이런 계획을 했던 거지요. 이프 성에 묻는다면 일부러 돈을 들여 관을 만들어서 묻지는 않을 테니, 묻힌 다음에 땅을 파고 나올 셈이었죠. 그런데 불행히도 이프 성의 관례는 그 사람 계획과는 달랐지요. 여기선 시체를 매장하지 않았습니다. 죄수가 죽으면 발에 쇠뭉치를 달아서 바다에 던져버리는 게 고작이었습니다. 그래서 그렇게 해버렸죠. 그러니 그 죄수는 저 꼭대기에서 바다로 던져졌죠. 그리고 그 이튿날에야 젊은이 침대에서 진짜 시체를 발견했답니다. 그때서야 진상이 밝혀졌지요. 시체를 버린 사람들 말이, 시체를 공중에 던지자 무서운 비명이 들려왔는데, 바다에 떨어지면서 이내 그 소리가 사라지면서 바닷속으로 가라앉았다는 거예요. 그런데 그 얘길 그때까진 감히 못하다가 사태가 판명된 다음에야 했다는군요」

백작은 숨이 가빴다. 이마에는 땀이 흐르고, 가슴이 답답해졌다.

〈아니다!〉하고 그는 속으로 다짐했다.〈아니다! 아까 내가 회의를 느꼈던 건 망각으로의 첫걸음이었다. 지금 내 가슴은 다시 찢어지려 한다. 다시 복수에 대한 집념이 타오른다!〉

「그래, 그 죄인에 대해선」하고 백작은 물었다.「그후로는 아무 얘기도 없었나요?」

「아무 얘기도 없었지요. 둘 중에 하나겠지요. 바로 떨어졌다면, 15미터 높이에서 떨어진 거니 즉사했겠죠」

「아까 발에 쇠뭉치를 매달아서 던졌다고 했는데, 그렇다면 선 채로 떨어졌을 게 아니오?」

「선 채로 떨어졌다면」하고 상대방은 대답했다.「쇠뭉치의 무게 때문에 물밑으로 끌려 내려갔겠죠. 결국 가엾게도 그대로 저 세상으로 갔을 겁니다」

「그 죄수를 동정하시오?」

「물론이죠. 아무리 바다가 그 사람 고향이라지만」

「그게 무슨 소리죠?」

「소문에 듣자니, 그 사람은 당시 선원이었는데 보나파르트 당원이라서 잡혀 왔다더군요」

〈맞았어.〉백작은 혼자 속으로 생각했다.〈하느님은 파도며 불길 위로 넘어 다닐 수 있도록 너를 만들어주신 거다. 그래서 지금도 일개 선원으로 이야기를 좋아하는 사람들의 추억 속에 남아 있구나. 사람들은 난롯가에서 그 사나이의 무서운 체험담을 이야기한다. 그리고 이야기가 그 사나이가 허공을 가르고 깊은 바다 속에 빠지는 데까지 오면, 모두들 몸서리를 치는 거다.〉

「그 사람 이름은 몰랐던가요?」백작은 소리 높여 물었다.

「아, 그야 물론」하고 수위는 말했다.「한데, 34호라는 호칭밖엔 몰랐어요」

〈빌포르, 빌포르!〉하고 백작은 다시 속으로 생각했다. 〈그 호칭이야말로, 네가 잠 못 이루는 밤 내 망령한테 시달릴 때, 수없이 되뇌던 호칭일 것이다.〉

「계속 더 보시겠습니까?」 수위가 물었다.

「그럽시다. 그리고 그 불쌍한 신부가 있던 감방도 보여주면 좋겠는데」

「아! 27호실 말씀이죠?」

「그렇소. 27호실이오」

백작은 그가 파리아 신부에게 처음 이름을 물었을 때, 벽 저쪽에서 번호를 대던 그 목소리가 귀에 울리는 것만 같았다.

「그럼, 이리 오십시오」

「잠깐만」 하고 백작은 말했다. 「이 토굴을 마지막으로 한번 더 자세히 보아야겠소」

「그럼, 잘됐습니다. 제가 그 방 열쇠를 놓고 왔는데」 하고 수위가 말했다.

「그럼, 가서 가져오시구려」

「그러죠. 불은 여기다 두고 가겠습니다」

「아니, 가지고 가시오」

「하지만 어두우실 텐데요」

「난 밤에도 다 보이니까」

「그러세요? 그럼 그 사람과 같으시군요」

「그 사람이라니? 누구?」

「34호 죄수 말입니다. 토굴 제일 어두운 구석에 바늘이 떨어져 있어도 볼 수 있었다고 하더군요」

「그렇게까지 되는 데는 십년이란 세월이 걸렸지」 하고 그는 중얼거렸다.

안내인은 불을 들고 사라졌다.

백작의 말은 거짓이 아니었다. 어둠 속에 혼자 남게 되자, 그는 이내 모든 것을 대낮에 보듯 환히 구별할 수 있었다.

그래서 그는 주위를 살펴보았다. 그는 그 방이 바로 자기가 있던 토굴임을 확인할 수 있었다.

「그렇다」 하고 그는 말하였다. 「저게 바로 내가 늘 앉아 있던 돌! 그리고 내가 어깨로 문대어 벽이 팬 자국! 저게, 어느 날인가, 머리를 벽에 부딪쳐 깨어버리려던 날, 내 이마에서 흐른 핏자국이지? ……오, 이 숫자들…… 그렇다. 지금도 생각나지만…… 아버지가 아직 살아 계시려니 생각하고 나이를 계산하느라 써놓았던 숫자들이지! ……계산을 해보고는 잠깐 동안 희망을 가졌었지. 하지만 난 아버지가 굶주리시는 것과 메르세데스가 배신하는 건 전혀 계산에 넣지 않았었지!」

그때 백작의 입술에서는 쓰디쓴 웃음이 새어 나왔다. 그는 마치 꿈속에서처럼, 무덤으로 옮겨지는 아버지의 모습과 결혼식장으로 걸어가는 메르세데스의 모습을 보았던 것이다.

다른 쪽 벽면에 새겨진 글자가 그의 눈길을 끌었다. 지금도 그것은 푸르스름한 벽 위에 뚜렷하게 드러나 보였다.

〈신이여!〉 하고 백작은 읽었다. 〈제게서 기억을 없애지 마옵소서.〉

「오! 그렇지!」 하고 백작은 외쳤다. 「이건 마지막에 가서 내가 하던 유일한 기도였다. 그때에는 이미 자유 같은 것은 체념하고 말았었지. 오직 기억이나 잃지 않게 해달라고 빌었으니까. 나는 미쳐서 모든 것을 잊어버리게 될까 봐 겁을 먹고 있었지. 신이여! 당신은 제가 기억을 잃지 않게 해주셨습니다. 그래서 저는 모든 것을 기억하고 있습니다. 감사합니다. 감사합니다. 하느님!」

그때 벽 위에 불빛이 어른거렸다. 안내인이 오고 있는 것이었다.

백작은 그의 앞으로 갔다.

「절 따라오시죠」 안내인이 말했다.

밝은 데로 다시 올라갈 필요 없이 그는 지하도를 통해 다른 쪽 입구로 안내되었다.

거기서도 무수한 생각들이 백작을 엄습했다.

제일 먼저 눈에 띈 것은 벽면에 새겨진 해시계였다. 그것은 파리아 신부가 시간을 재기 위해 파놓은 것이었다. 그 다음에 눈에 띈 것이 파리아 신부가 숨을 거둔 침대의 부서진 조각들이었다.

조금 전 자기 토굴에서 느꼈던 괴로움 대신, 부드럽고 따뜻한 감사의 마음이 백작의 가슴을 가득 채웠다. 눈물이 주르르 흘렀다.

「여기가」 하고 안내인은 말했다. 「그 미친 신부가 있던 방이지요. 저리로 그 젊은 죄수가 신부를 만나러 다녔다는군요. (이렇게 말하며 안내인은 굴 입구를 가리켰다. 이 방에서는 구멍이 뚫린 채 그대로 남아 있었다) 어느 학자가 그러던데」 하고 안내인은 다시 말을 이었다. 「저 돌 색깔로 봐선, 두 죄수가 한 십년쯤 서로 왕래했을 거라는군요. 그러니 그 십년이 얼마나 지루했겠습니까? 불쌍하기도 하지요」

백작은 주머니에서 금화 몇 닢을 꺼내 안내인에게 주었다. 안내인은 상대방이 누군지도 모르고 또 한번 동정의 뜻을 표했다.
　안내인은 잔돈 몇 푼이려니 생각하고 그것을 받았다. 그러나 불빛에 비춰보고 나서 손님이 너무나 큰돈을 준 것을 알고 놀라고 말았다.
　「저」 하고 그는 말했다. 「돈을 잘못 보신 모양입니다」
　「왜요?」
　「제게 주신 건 금화입니다」
　「알고 있소」
　「예? 알고 계시다고요?」
　「그렇다니까」
　「그럼, 제게 금화를 주시려고요?」
　「그렇소」
　「이런 걸 받아도 괜찮을까요?」
　「암, 물론이지」
　안내인은 눈이 휘둥그레져서 백작을 쳐다보았다.
　「아무 거리낌 없이」 하고 백작은 마치 햄릿처럼 말했다.
　수위는 이런 복이 굴러 들어온 것이 선뜻 믿어지지 않는 듯 다시 말했다. 「저, 어째서 제게 이렇게 친절하게 해주시는지 모르겠습니다」
　「이유는 간단하오」 하고 백작은 말했다. 「나도 옛날에 선원이었소. 그래서 그 얘길 들으니 크게 감동받았던 거요」
　「그럼」 하고 안내인은 말했다. 「저도 감사드리는 의미에서 저도 뭘 좀 드려야겠는데요」

「뭘 주시겠다? 조개껍질이오? 아니면 짚으로 만든 물건들 말이오? 괜찮소」

「아닙니다. 아까 그 얘기와 관계 있는 겁니다」

「그게 정말이오?」 백작은 성급하게 물었다. 「그게 도대체 뭔데요?」

「제 얘길 들어보십시오」 하고 수위는 말했다. 「이런 겁니다. 한 죄수가 십오 년이나 갇혀 있던 방에는 뭔가 있는 법이죠. 그래서 제가 벽을 잘 살펴보았습니다」

「허어!」 그때 신부가 물건을 감추기 위해 이중으로 만들어 놓은 비밀 장소가 백작의 머릿속에 떠올랐다.

「여기저기 찾아보았더니」 하며 수위를 말을 계속했다. 「침대 머리맡과 벽난로의 아궁이 사이가 비었는지, 두드려보니 쿵 울리는 소리가 나더군요」

「그래요?」 백작이 말했다.

「그래서 돌을 들어보았더니, 그 속에……」

「줄사다리와 연장들이 있던가요?」 하고 백작은 소리쳤다.

「그걸 어떻게 아시지요?」 안내인이 놀라서 물었다.

「알다니, 그저 그랬을 거라고 짐작하는 것뿐이오」 하고 백작은 대답했다. 「죄수들의 비밀 장소에서 나오는 게 대체로 그런 물건들이니까」

「맞았습니다」 하고 수위는 말했다. 「바로 줄사다리와 연장들이 나오더군요」

「그걸 아직도 가지고 있소?」 백작이 물었다.

「아니죠. 그렇게 신기한 것들은 모두 여기 구경 오신 분들께 팔았습니다. 그런데 남겨둔 게 하나 있습죠」

「그게 뭐요?」백작은 초조하게 물었다.

「긴 천에다 쓴 책 같은 거지요」

「오! 그 책을 남겨두었다고?」

「그게 책인지 아닌지는 모르겠습니다만」하고 안내인은 말했다.「하지만 남아 있긴 합니다」

「그 책을 내게 갖다주시구려」하고 백작은 말했다.「그게 만약 내가 상상하고 있는 거라면 내 후하게 사례할 테니」

「그럼 곧 가져오겠습니다」

이렇게 말하며 안내인은 밖으로 나갔다.

백작은 경건하게, 그 부서져 버린 침대 앞으로 가서 무릎을 꿇었다. 거기서 신부가 숨을 거두었기 때문에, 그 침대는 그에게 그대로 제단이 되었던 것이다.

「오! 제2의 아버지여!」하고 그는 말했다.「제게 자유와 학문과 부귀를 주신 분이여! 우리 범인들보다 뛰어난 자질을 가지셨던 분, 선과 악을 판별하는 힘을 가지셨던 분이여! 만약 무덤 속에 잠들어 계시더라도 지상에 남아 있는 인간들의 소리를 들으실 수 있다면, 그리고 시신은 썩어 없어졌다 해도 우리가 그처럼 사랑했고 고통받았던 곳에 영혼이 떠다닐 수 있다면, 고귀한 마음을 가진 분이여, 위대한 정신의 소유자, 깊이 있는 영혼을 지닌 당신께서 제게 쏟으시던 그 사랑을 생각하시어, 그리고 제가 바쳐온 자식으로서의 존경심을 생각하시어, 제발, 부탁입니다. 어떤 표시로, 또는 어떤 계시 같은 것으로 제 마음속에 남아 있는 회의를 씻어주십시오. 그것이 확신으로 변하지 않는 한, 제 마음속에서 깊은 회한으로 변할 겁니다」

백작은 고개를 떨어뜨리고 두 손을 모았다.
「이것입니다. 나리!」하는 목소리가 등뒤에서 들려왔다.
백작은 섬뜩해져서 뒤를 돌아보았다.
안내인은 문제의 그 천 두루마리를 백작에게 내밀었다. 그것은 파리아 신부가 그의 학식의 정수를 쏟아 부은 것이었다. 그것이야말로 이탈리아 왕가에 관한, 파리아 신부의 필생의 저서였던 것이다.
백작은 얼른 그것을 받아들었다. 그리고 그는 우선 머리말로 가서 그것을 읽었다.
〈주께서 가라사대 너는 용의 이를 뽑고, 사자를 짓밟으리라 하셨느니라.〉
「오!」하고 백작은 소리쳤다. 「이게 대답이로구나! 감사합니다! 아버지, 감사합니다!」
백작은 주머니에서 1,000프랑짜리 지폐 열 장이 든 지갑을 꺼내며 말했다.
「자, 이걸 받으시오」
「이걸 제게 주시려고요?」
「그렇소. 단, 이 지갑은 내가 떠난 뒤에 열어보시오」
이렇게 말하며 백작은 방금 손에 넣은 무엇보다도 귀중한 보물을 가슴에 품고 지하도를 뛰어나와 다시 배에 올랐다.
「마르세유로!」하고 그는 말했다.
그리고 배는 차츰 멀어져 가는데, 눈으로는 계속 그 시커먼 감옥을 바라보며「저주 있으라」하고 그는 중얼거렸다. 「나를 저 컴컴한 감옥에 가둔 자여, 그리고 내가 그 속에 갇힌 것을 잊고 있던 자들이여, 저주 있으라!」

다시 카탈로니아 마을 앞을 지나게 되었을 때, 백작은 그쪽을 돌아보며 외투를 머리에 뒤집어쓴 채 한 여자의 이름을 중얼거렸다.

이로써 승리는 완전해졌다. 백작은 또 한번 의혹을 무찔렀던 것이다.

그가 거의 연정이라고까지 할 수 있는 감정으로 지금 입속으로 불러본 이름은 〈하이데〉였다.

배에서 내리자 백작은 막시밀리앙이 가 있을 묘지 쪽으로 갔다.

십년 전, 백작 역시 그 묘지에서 지성스레 무덤 하나를 찾으려 했다. 그러나 그 무덤은 찾지 못하고 말았다. 수백만의 부를 지니고 프랑스에 돌아온 그는, 굶어 죽은 아버지의 무덤을 찾지 못했던 것이다.

모렐 씨가 그곳에 십자가를 세워놓긴 했었다. 그랬건만 십자가가 쓰러져버렸던 것이다. 그래서 무덤 파는 사람들이 묘지에 쓰러져 있는 고목들을 치우듯, 그 십자가를 장작으로 태워버렸던 것이다.

거기에 비하면, 훌륭한 실업가인 모렐 씨는 훨씬 행복했다고 볼 수 있다. 그는 자식들의 팔 안에서 숨을 거두었고, 자식들이 자기보다 이 년 먼저 죽은 아내의 곁에 묻어주었으니까.

그늘의 이늠이 새서신 꺼다린 대리럭 묘비 두 개가, 철채오로 둘러싸여 네 그루의 삼나무가 그늘을 이루고 있는 조그마한 울 안에 나란히 서 있었다.

막시밀리앙은 삼나무에 기대서서 멍하니 두 무덤을 바라보고 있었다.

그의 슬픔은 너무나 커서, 그는 거의 넋이 나간 사람 같았다.
「막시밀리앙 씨!」하고 백작은 그를 불렀다.「거길 보고 있다니, 여길 보셔야지」하며 그는 하늘을 가리켰다.
「죽은 사람들은 어디에나 있습니다」하고 막시밀리앙은 대답했다.「저를 데리고 파리를 떠나실 때 백작께서 직접 그렇게 말씀하시지 않았어요?」
「막시밀리앙 씨」하고 백작은 말했다.「여기 오는 도중에 당신은 마르세유에서 며칠 묵었으면 했는데 지금도 그러고 싶소?」
「이젠 그럴 생각은 없습니다. 하지만 다른 곳보다는 여기서 기다리는 게 덜 괴로울 것 같긴 하군요」
「그럼, 잘됐군요. 여기서 이만 난 당신과 헤어져야 하겠으니까요. 당신의 약속은 믿고 있어도 되겠죠?」
「아! 전 잊어버리겠습니다. 백작님, 잊어버리겠어요!」하고 막시밀리앙이 대답했다.
「안 됩니다. 약속을 잊어선 안 되지요. 막시밀리앙 씨, 당신은 무엇보다도 명예를 지킬 줄 아는 분이니까요. 그리고 당신은 약속을 했고, 또 앞으로도 약속을 할 분이니까요」
「백작님, 저를 불쌍하게 봐주세요. 전 정말 불행한 인간입니다!」
「막시밀리앙 씨, 난 당신보다 더 불행한 사람을 알고 있습니다」
「그럴 리가!」
「유감스럽게도」하고 백작은 말했다.「누구나 다, 자기 옆에서 눈물을 흘리며 신음하는 불행한 사람들에 비해 자기가 훨씬 더 불행하다고 생각하지요. 이게 바로 우리 가련한 인간들의 오만 중의 하나입니다」

「하지만 사랑하고 아끼던 오직 하나뿐인 보물을 잃어버린 사람보다 더 불행한 사람이 이 세상에 있을까요?」

「내 얘길 들어보시오. 막시밀리앙 씨」하고 백작은 말을 이었다.「이제부터 내가 하는 말을 잘 새겨두시오. 당신처럼 모든 행복을 한 여자에게 걸었던 사나이를 나는 알고 있습니다. 그는 젊었고, 또 그에겐 사랑하는 아버지와 마음속 깊이 사모하는 약혼녀가 있었지요. 그런데 그가 막 그 여자와 결혼하려는 순간, 운명의 장난으로 인해 그는 자유와 사랑하는 여자를 빼앗기고, 그때까지 꿈꾸어오던 그리고 꼭 자기 것이 되리라고 믿었던 미래를 (그는 형상만 볼 줄 아는 소경 같았으니까요) 송두리째 빼앗긴 채 토굴 속으로 끌려 들어갔습니다. 만약 나중에 하느님께서 그 모든 것이 당신의 섭리에 따른 것이었다고 알려주시지 않았더라면 그는 아마 그 일 때문에 신의 선의를 믿지 않게 되었을 거예요」

「오! 하지만」하고 막시밀리앙은 말했다.「토굴에서는 일주일이나 한달, 아니면 일년 후에는 나올 수 있잖아요?」

「그 사람은, 십사 년 동안 토굴에서 살았지요」백작은 청년의 어깨에 손을 얹으며 이렇게 말했다.

막시밀리앙은 몸서리를 쳤다.

「십사 년이라!」하고 그는 중얼거렸다.

「그래요. 십사 년이었어요」백작이 되뇌었다.「그 사람도 그 십사 년 동안 여러 번 절망에 빠졌었지요. 그 사람도 막시밀리앙 씨, 당신처럼 자기가 이 세상에서 가장 불행한 인간이라 생각하고 자살하려고 했습니다」

「그래서요?」
「그런데 마지막이라고 생각한 순간에, 하느님은 인간을 통해 그 모습을 나타내셨지요. 하느님은 이젠 기적 같은 건 일으키지 않으시니까요. 그런데 그 사람은 아마 처음엔 (눈물에 젖은 눈을 뜨려면, 시간이 걸리니까) 하느님의 무한한 자비를 이해하지 못했던 것 같아요. 하지만 그는 참을성 있게 기다렸습니다. 그래서 어느 날 그는 모습이 바뀌어, 부와 권능을 지닌 거의 신과 같은 인간이 되어서 기적적으로 그 무덤을 빠져나왔지요. 그는 제일 먼저 아버지를 생각했습니다. 그러나 그 아버지는 이미 이 세상을 떠나고 난 뒤였지요」
「저 역시, 아버님은 돌아가셨습니다」 막시밀리앙이 말했다.
「하긴 그래요. 하지만 당신의 아버님은 당신의 팔에 안겨 사랑과 행복, 존경과 부를 지니신 채, 천명을 다하시고 돌아가셨죠. 그러나 그 사람의 아버지는 가난과 절망 속에서 하느님께 회의를 품고 죽었습니다. 그래서 그 아버지가 죽고 나서 십년 뒤, 아들 되는 그 사나이가 무덤을 찾아갔을 때엔 무덤조차 남아 있지 않았지요. 그래서 아무도 〈너를 그처럼 사랑하던 이의 마음은, 저기 하느님의 품속에 잠들었도다〉라는 비문을 읽을 수 없었지요」
「오!」 하고 막시밀리앙은 말했다.
「막시밀리앙 씨, 그러니 그 사람이야말로 당신보다는 좀더 불행한 자식인 셈이지요. 왜냐하면 그는 자기 아버지의 무덤조차 찾지 못했으니까요」
「하지만」 하고 상대방은 말했다. 「그 사람에겐 사랑하는 여자가 남아 있지 않았나요?」

「천만에! 그 여자는……」
「그 여자도 죽었나요?」 막시밀리앙이 소리쳤다.
「그 이상이었죠. 그 사람을 버렸으니까요. 여자는 그 사람을 비참하게 만든 사람들 중의 한 남자와 결혼했더란 말이에요. 그러니 막시밀리앙 씨, 그 사나이는 확실히 당신보다 더 불행한 사람이었단 말예요!」
「그런데」 하고 막시밀리앙은 물었다. 「하느님은 그 사람을 위로해 주셨단 말인가요?」
「적어도 마음을 가라앉힐 수 있게는 해주셨지요」
「그래, 그 사람이 언젠가는 행복해질 날이 올까요?」
「그러길 바라는 거죠, 막시밀리앙 씨」
청년은 고개를 가슴에 파묻었다.
「약속을 지키겠습니다」라고 말한 그는 잠시 침묵한 후에, 백작에게 손을 내밀며 말했다. 「단, 잊어버리지 말아주셨으면 하는 건……」
「막시밀리앙 씨, 10월 5일에 몬테크리스토 섬에서 기다리겠어요. 4일에 바스티아 항에 요트를 대기시켜 놓지요. 그 요트 이름은 〈유러스(동풍 또는 동양이란 뜻――옮긴이)〉인데, 선장한테 당신 이름을 대면 바로 나한테 데려다줄 겁니다. 그럼 약속한 겁니다. 그렇죠?」
「약속하겠습니다. 그리고 약속을 지키겠어요. 하지만 백작님, 10월 5일엔 잊지 마시고……」
「어린애시로군. 사내 대장부의 약속이라는 게 어떤 건지 아직 모르고 계시니……. 그 말 벌써 몇 번 했죠? 그날, 당신이 그때까지도 죽으려 한다면, 내가 도와드리겠다고 말이에요.

자, 그럼 막시밀리앙 씨, 안녕!」

「떠나시려고요?」

「네. 이탈리아에 볼일이 있어서요. 당신을 혼자 남겨두고 가겠습니다. 혼자서 불행과 싸워보셔야 하니까요. 하느님께서 선택된 인간들을 데려오라고 보내주신, 날개가 튼튼한 독수리하고만 남게 되었습니다. 막시밀리앙 씨, 가니메데스(그리스 신화에 나오는 미소년. 제우스가 독수리로 변신하여 납치해 갔다 ──옮긴이)의 이야기가 아주 터무니없는 건 아니에요. 그건 일종의 우의(寓意)지요」

「언제 떠나시나요?」

「지금 당장 떠납니다. 증기선이 기다리고 있어요. 한 시간만 지나면, 난 아주 멀리 가 있을 겁니다. 항구까지 같이 안 가주시겠습니까, 막시밀리앙 씨?」

「가고말고요」

막시밀리앙은 백작을 항구까지 전송했다. 벌써 검은 연통에서는 커다란 깃털 같은 연기가 솟아나와 하늘로 피어오르고 있었다. 이윽고 배가 떠났다. 그리고 백작이 말한 대로 한 시간 후에는, 깃털 같던 그 뽀얀 연기가 희미한 밤안개가 들어찬 동녘 수평선 위를 한줄기 가는 선이 되어 흘러가고 있었다.

페피노

 백작의 증기선이 모르지옹 곶 뒤로 사라지려고 할 때였다. 피렌체에서 로마로 가는 길 위를 한 사나이가 역마차를 몰고 가고 있었다. 그는 아쿠아펜텐테의 작은 마을을 막 지나치고 있었는데, 자기가 가는 길을 알리지 않으려고 일부러 길을 자주 바꾸었다. 그러나 누구 하나 이상하게 보는 사람은 없었다.
 그는 프록코트랄까, 아니 여행으로 인해 몹시 구겨져 버린 외투 같은 것을 입고 있었지만, 번쩍번쩍하고 빳빳한 레지옹 노뇌르 훈장의 리본을 윗저고리에까지 단 깃이 드러나 보였다. 그의 이 두 가지 특징 말고도 마부에게 말하는 어조를 보더라도 프랑스 사람임에 틀림없었다. 게다가 이 사나이는 피가로(프랑스 18세기의 극작가 보마르셰의 작품 『피가로의 결혼』의 주인공 ── 옮긴이)가 쓰는 〈고담〉(제기랄! 이라는 뜻의 감탄사.

피가로는 대부분의 경우에 이 감탄사를 썼다——옮긴이)처럼 미묘한 뜻을 나타내는 몇 마디 음악 용어 말고는 이탈리아어를 전혀 할 줄 몰랐다. 그는 국제어(프랑스어——옮긴이)를 구사하는 나라에서 태어났음에 틀림없었다.

그는 비탈길을 올라갈 때마다, 마부에게 〈알레그로!〉라고 소리치곤 했다.

그런가 하면, 또 내리막길에서는 〈모데라토!〉라고 말했다.

아쿠아펜텐테를 지나 피렌체에서 로마까지 가는 데 있는 오르막길과 비탈길의 수는 이루 헤아릴 수조차 없다.

그런데 번번이 이 두 마디만을 되풀이하는지라, 마부들은 허리를 잡고 웃었다.

영원한 도시(로마——옮긴이)가 눈앞에 뻔히 보이는 스토르타에 이르면, 외국인들은 제일 먼저 눈에 확 띄는 유명한 성 베드로 성당의 원형 지붕을 보려고 자리에서 일어선다. 그런데 그는 이런 감격 어린 호기심을 전혀 느끼지 못하는 것 같았다. 그런 기색은 조금도 없었다. 그는 다만 주머니에서 지갑을 꺼내고 그 지갑 속에서 넷으로 접은 종이쪽지를 빼내, 거의 정중하다 싶을 정도로 주의를 기울여 폈다가 다시 접어넣었다. 그러고는「됐어. 이게 그대로 있거든」하는 이 한마디를 중얼거릴 뿐이었다.

마차는 포폴로 문을 지나자 왼쪽으로 방향을 돌려 스페인 호텔 앞에서 멈췄다.

우리가 이미 본 적 있는 호텔 주인 파스트리니가 모자를 손에 들고 호텔 입구에서 손님을 맞이했다.

손님은 차에서 내려 고급 식사를 주문한 뒤, 톰슨 앤드 프렌치 상사의 주소를 물었다. 그 상사는 로마에서도 이름난 상회였기 때문에 즉시 그 주소를 알 수 있었다. 그 상사는 성 베드로 성당 옆, 방키 거리에 있었다.

다른 곳에서와 마찬가지로, 로마에서도 역마차가 왔다는 것은 하나의 사건이었다. 마리우스(카이사르의 백부——옮긴이)와 그라쿠스(로마의 유명한 웅변가 형제——옮긴이)의 후손들인 십여 명의 소년들이 신발도 신지 않은 채 팔꿈치가 드러난 옷을 입고서 한 팔로는 허리를 떡하니 짚고, 또 한 팔은 맵시 있게 머리 위로 올리고는 여행자와 마차와 말을 구경하고 있었다. 이 마을의 개구쟁이들 사이로 교황령의 건달들 또한 오십여 명 끼여들었다. 그들은 테베레 강(로마를 흐르고 있는 강——옮긴이)에 물이 괴일 때는 생안젤로 다리 위에서 강으로 뛰어들며 노는 패들이었다.

그런데 이 로마의 개구쟁이들이나 건달들은 파리의 그런 패들보다는 훨씬 나았다. 그들은 각 나라의 말들을, 그중에서도 특히 프랑스어를 잘 알고 있었던 것이다. 그래서 그들은 새로 온 이 여행자가 방과 식사를 주문하고 톰슨 앤드 프렌치 상사의 주소를 묻는 소리를 곁에서 다 들었다.

그래서 새로 온 손님이 관례대로 안내인을 데리고 호텔을 나가자 한 사나이가 구경꾼들 틈에서 빠져나왔다. 그러고는 여행자와 안내인 목래 몇 걸음 떨어져서 파리의 경찰관처럼 교묘하게 뒤를 밟아갔다.

그 프랑스인은 톰슨 앤드 프렌치 상사를 찾아가는 게 몹시 급했던지, 마차에 말을 다는 시간조차도 기다리지 못했다. 그래서 마차는 나중에 따라오거나 아니면 은행가의 집 문 앞에서 기다리도록 일러놓았다.

그는 마차가 채 따라오기도 전에 벌써 상사에 도착했다.

프랑스 사람은 안내인을 객실에 남겨놓고, 자기는 안으로 들어갔다. 그러나 안내인은 로마에서는 은행이나 교회, 고적, 박물관 등지에서 흔히 볼 수 있는 이렇다 할 직업이 없는 축에 속하는 두서너 명의 사나이들과 곧 얘기를 시작했다.

프랑스 사람이 들어가자, 좀 전에 구경꾼들 틈에서 빠져나와 줄곧 뒤를 따라온 그 사나이도 안으로 들어갔다. 프랑스 사람은 사무실 창구의 초인종을 누른 후 문 안으로 들어갔다. 그림자처럼 쫓아온 그 사나이도 그렇게 했다.

「여기가 톰슨 앤드 프렌치 상사지요?」하고 외국인은 물었다.

엄숙한 표정의 사무원이 제1실 수위 같은 눈짓을 보내자 사환같이 보이는 사나이가 일어섰다.

「누구시지요?」사환은 외국인 앞으로 다가서며 물었다.

「당글라르 남작이오」여행자가 말했다.

「이리 오시지요」

문이 열리자 남작과 사환이 그 문 안으로 사라졌다. 당글라르 뒤를 따라온 사나이는 대기용 벤치에 앉아 있었다. 사무원은 약 오 분 가량이나 무엇인가를 계속 쓰고 있었다. 그 오 분 동안 벤치에 앉아 있던 사나이는 입을 꾹 다문 채 꼼짝하지 않고 있었다.

이윽고 사무원의 펜 소리가 멎었다. 사무원은 고개를 들고 조심스레 주위를 살펴보았다. 그러고는 단 둘만 있는 것을 확인한 후에, 「웬일이야? 페피노 아닌가?」하고 말했다.

「그래」상대방은 그 한마디로만 대답했다.

「저 뚱뚱보한테서 무슨 근사한 냄새라도 맡았나?」

「저자는 대단치 않아, 미리 보고도 받았고」

「그럼, 저 친구가 왜 여길 왔는지 알고 있단 말이지?」

「그야 물론 돈을 받으러 온 거지. 단지 액수를 모를 뿐이야」

「곧 가르쳐주지」

「고마워. 하지만 요전번처럼 또 거짓 정보를 흘리면 안 되네」

「그게 도대체 무슨 말이야? 지금 누구 얘길 하는 거야? 지난번에 여기서 3,000에퀴 가져간 그 영국 사람 얘긴가?」

「아냐. 그치는 사실 3,000에퀴를 가지고 있었어. 우리가 그건 찾아냈으니까. 내 얘긴 그 러시아 귀족 얘기야」

「왜? 그게 어쨌다고?」

「넌 그치가 3만 프랑 가지고 있다고 그랬지. 그런데 뒤져보니 2만 2,000밖에 없었거든」

「잘못 찾았던 게지」

「루이지 밤파가 직접 몸을 뒤져봤는걸」

「그렇다면 그치가 빚이 있어서 그걸 갚은 게지」

「러시아 놈이?」

「아니면 써버렸거나」

「그럴지도 모르지」

「확실히 그래. 그럼, 내 잠깐 가보고 오지. 그 친구 내가 액수도 알기 전에 일을 끝내 버릴지 모르니까」

페피노는 그러라는 표정을 지어보였다. 그런 다음 주머니에서 묵주를 꺼내 들고 기도문 같은 말을 웅얼거렸다. 그동안에 사무원은 아까 사환과 남작이 들여간 문 안으로 사라져버렸다.

십 분쯤 후에 사무원은 싱글벙글하며 다시 나타났다.

「어떻게 됐어?」 페피노가 그의 친구에게 물었다.
「근사해!」 하고 은행원은 대답했다. 「액수가 만만치 않아」
「500-600만 되지?」
「맞았어. 너, 액수도 알고 있었구나!」
「몬테크리스토 백작의 영수증과 맞바꾸는 거지?」
「너, 그 백작을 아나?」
「그리고 로마, 베네치아, 비엔나에서 받게 돼 있지?」
「맞았어!」 은행원이 외쳤다.
「어떻게 그렇게 자세히 알지?」
「미리 정보를 받았다고 말하지 않았어?」
「그러면서 왜 나한테 또 묻지?」
「저치가 바로 우리가 찾고 있는 그 인물인지 아닌지 확인하려고」
「바로 저자가 틀림없어!…… 500만, 나쁘지 않은 액수지. 안 그래, 페피노?」
「우린 저런 돈은 생전 못 만져보겠지?」
「그래도」 하고 페피노는 의젓하게 대답했다. 「얼마쯤 떨어지는 게 있겠지」
「쉿! 온다!」
사무원은 다시 펜을 잡았고, 페피노는 묵주를 들었다. 이렇게 해서 문이 다시 열렸을 때 한 사람은 뭔가를 쓰고 있었고, 또 한쪽은 기도를 하고 있었다.
당글라르는 희색이 만면했다. 그는 사무원의 배웅을 받으며 문 밖으로 나갔다.
당글라르 뒤를 따라 페피노가 내려갔다.

약속대로 당글라르를 맞으러 오게 되어 있던 마차가 톰슨 앤드 프렌치 상사 문 앞에서 기다리고 있었다. 안내인이 마차 문을 열어주었다. 그런 종류의 안내인이란, 부리기 쉬워서 무슨 일이든 시킬 수 있는 인간이었다.

당글라르는 이십대 청년처럼 가볍게 마차 위로 뛰어올랐다.

안내인은 마차 문을 다시 닫고, 마부 옆에 가서 앉았다.

페피노는 마차 뒤에 탔다.

「각하, 성 베드로 성당을 구경하시겠습니까?」 안내인이 물었다.

「거긴 뭐하러?」

「그냥 구경이나 하시는 거죠. 뭐」

「난 로마에 구경하러 온 게 아니오」 하고 당글라르는 큰소리로 말했다. 그러고는 탐욕스러운 웃음을 빙그레 지어보이며, 나직하게 「돈을 받으러 온 거야」 하고 덧붙여 말했다.

그러면서 그는 신용장이 들어 있는 지갑을 만져보았다.

「그럼, 어디로 모실까요?」

「호텔로」

「파스트리니 호텔로!」 하고 안내인이 마부에게 말했다.

그러자 마차는 마치 자가용처럼 빨리 달리기 시작했다.

십 분 후 남작은 자기 방으로 돌아왔다. 페피노는 이 장의 처음에 나왔던 마리우스나 그라쿠스의 후손들 중 한 소년의 귀에다 몇 마디 이르고 난 다음, 호텔 앞에 세워놓은 벤치에 가서 앉았다. 지령을 받은 그 소년은 죽어라 하고 카피톨 언덕을 향해 달렸다.

당글라르는 피곤했고 또 만족스러웠기 때문에 이내 졸음을 느꼈다. 그는 자리에 누워 지갑을 베개 밑에 감춘 다음, 잠이 들었다.

페피노는 할 일이 없어졌다. 그는 오가는 사람들과 트럼프를 해서 3에퀴를 잃었다. 그러고는 홧김에 올비에토 포도주 한 병을 다 마셨다.

간밤에 일찍 잤건만 당글라르는 다음날 아침 늦게야 잠에서 깼다. 지난 오륙 일간 잠을 자기는 했지만 푹 자지는 못했던 것이다.

그는 아침을 든든히 먹었다. 그러고는 자기 말마따나, 이 영원한 도시를 관광할 마음은 없었던 터라 마차를 정오에 대기시키도록 일러놓았다.

그러나 그는 수속이 복잡하다는 것과 마차 주인이 게으름을 피운다는 사실은 계산에 넣지 못했다.

마차는 두시에야 왔다. 그리고 안내인은 세시가 되어서야 비로소 여권을 가져왔다.

이러한 준비 절차를 보기 위해 파스트리니 호텔 문 앞에는 다시 구경꾼들이 모여들었다.

물론 그 자리에는 마리우스나 그라쿠스의 후손들이 빠질 리 없었다.

당글라르 남작은 잔돈푼이나 얻으려고 자기를 〈각하, 각하〉 하고 부르는 건달들 사이를 의기양양하게 지나갔다.

다 알다시피 범속하기 그지없는 당글라르는 여태까지 남작이라고 불리는 것에 만족해 왔을 뿐, 아직 각하 대우는 받아보지 못했던 터라 이 새로운 칭호에 으쓱해지지 않을 수 없었다. 그래서 12포르만 더 주면, 전하라고도 불러줄 이들 치사한 군중에게 12포르나 뿌려주었다.

「어디로 모실까요?」하고 마부가 이탈리아어로 물었다.

주인 파스트리니가 이들의 질문과 대답을 통역해 주었다. 「안코나 가도로」남작이 대답했다. 그러자 마차는 달리기 시작했다.

사실 당글라르는 그 길로 베네치아에 가서 재산의 일부를 챙겨놓고 거기서 다시 윈으로 가, 나머지 재산을 현찰로 바꿀 생각이었다.

그리고 환락의 도시라고 불리는 이 마지막 도시에 아주 자리를 잡을 속셈이었다.

로마 교외를 12킬로미터쯤 달렸을까, 벌써 땅거미가 내리기 시작했다. 당글라르는 이렇게 늦게 떠나게 될 줄 몰랐던 것이다. 그럴 줄 알았더라면 호텔에서 묵었을 것이다. 그는 마부에게 다음 마을에 도착하려면 얼마나 더 가야 하느냐고 물었다. 마부는,「모르겠는데요」라고만 대답했다.

당글라르는 〈좋아!〉하는 뜻의 고갯짓을 해보였다.

마차는 계속 길을 달렸다.

당글라르는 간밤에 맛보았던 그 흐뭇한 기분을 아직도 음미하고 있었다. 그 기분으로 잠도 잘 잤던 것이다. 그는 이중 용수철로 된 근사한 영국식 사륜 마차에 느긋하게 누워 있었다. 그는 두 필의 준마가 사기글 싣고 달터가고 있음을 느낄 수 있었다. 말은 대략 28킬로미터마다 바꾸도록 되어 있었다. 그는 그것도 알고 있었다. 은행가가 파산을 하게 되었을 경우 달리 어찌할 수가 있단 말인가?

그는 십 분쯤 파리에 두고 온 아내 생각을 했다. 그리고 또

십 분쯤은 다르미 양과 함께 세계를 돌아다니는 딸 외제니 생각을 했다. 그리고 또 십 분쯤은 채권자들과 그들의 돈을 어떻게 쓸 것인가를 생각해 보았다. 그 다음엔 생각할 일이 아무것도 없는지라, 그는 눈을 감고 잠이 들었다.

그러면서도 가끔 마차가 유난히 흔들릴 때는 눈을 뜨곤 했다. 그때마다 그는 화석이 된 화강암 거인과도 같은 로마의 부서진 수도관들이 너저분하게 뒤덮인 로마의 교외를 여전히 같은 속도로 달리고 있구나 하고 생각했다. 그러나 밖은 춥고 어두웠으며 비를 머금고 있었다. 그래서 꾸벅꾸벅 졸고 있는 그로서는, 〈모르겠는데요〉라는 대답밖엔 할 줄 모르는 마부에게 차창으로 머리를 내밀어 여기가 어디냐고 자꾸 묻느니보다는 한쪽 구석에서 눈을 딱 감고 반쯤 자고 있는 편이 훨씬 기분이 좋았다.

그래서 당글라르는 역참에나 닿으면 눈을 뜰 양으로 계속 자고 있었다.

마차가 멎었다. 당글라르는 이제야 기다리고 기다리던 목적지에 도착했구나 하고 생각했다.

그리고 눈을 떠서 이제는 분명 어느 도시의 한복판이거나 아니면 적어도 어느 마을쯤에 와 있겠거니 생각하며, 밖을 내다보았다. 그러나 밖에는 오막살이 집 같은 것이 한 채 있을 뿐이었다. 그리고 사람들 서너 명이 그림자처럼 왔다갔다하는 것이 눈에 띄었다.

당글라르는 마부가 이제 자기 일은 끝냈으니 돈을 받으러 오리라 생각하고 일단 그를 기다려보았다. 그리고 이 기회에 새로 바뀐 마부에게 이것저것 궁금한 것을 물어볼 셈이었다.

그러나 말을 떼고 새 말을 매었건만, 돈을 달라고 오는 사람은 없었다. 당글라르는 이상해서 문을 열어보았다. 그러나 문은 이내 어떤 억센 손이 와서 다시 쾅 닫아버렸다. 그리고 마차는 다시 움직이기 시작했다.

당글라르 남작은 정신이 번쩍 들었다.

「여봐!」 하고 그는 마부에게 말했다. 「여봐! mio caro(이탈리아어로 〈내 사랑〉이라는 뜻——옮긴이)!」

이 말 역시 딸이 카발칸티 공작과 이중창으로 부르던 로망스에서 그가 외어두었던 이탈리아어였다.

그러나 마부는 아무 대답이 없었다.

당글라르는 유리창을 열었다.

「여봐! 도대체 어디로 가는 거야?」 하고 그는 창 밖으로 고개를 내밀며 물었다.

「머리를 집어넣어 Dentro la testa!」 위협적인 동작과 함께 무거운 명령조의 목소리가 떨어졌다.

당글라르는 Dentro la testa라는 말이 머리를 움츠리라는 뜻임을 알 수 있었다. 그의 이탈리아어 실력은 그처럼 급속도로 향상되었던 것이다.

그는 다소 불안을 느끼며 하라는 대로 했다. 불안은 시시각각 짙어졌다. 출발할 때 잠도 잘 잘 정도로 머리가 텅 비어 있있지만, 지금은 이런 상황에 처한 여행자들이 할 수밖에 없는 갖가지 생각들로 당글라르의 머릿속은 꽉차 버렸다.

그의 눈은 암흑을 뚫을 정도로 놀랄 만큼 예민해졌다. 그런 현상은 걱정에 사로잡힌 최초의 순간에나 가능한데, 한참 동안 눈을 쓰고 나면 차츰 다시 약해지게 마련이다. 공포에 사로잡히기 전에는 모든 것이 똑바로 보이지만 일단 공포를 느끼게 되면 모든 것이 이중으로 보이고 공포에 사로잡혀 버리면 삼중으로 보이는 법이다.

당글라르는 외투를 두른 한 사나이가 마차의 오른쪽 옆에서 말을 달리고 있는 것을 보았다.

「헌병인가 보군」하고 그는 말했다.「프랑스에서 로마의 관헌에 지명 수배 통신이라도 보냈나?」

그는 이러한 불안을 떨쳐버리기로 마음 먹었다.

「도대체 날 어디로 데려가는 거죠?」하고 그는 또다시 물었다.

「Dentro la testa!」하고 아까와 같이 위협적인 어조로 그 목소리가 외쳤다.

당글라르는 왼쪽 문을 보았다.

왼쪽 문 옆에서도 또 다른 사나이가 말을 달리고 있었다.

그는 이마의 땀을 닦으며 생각했다. 〈분명, 내가 붙잡힌 거군.〉

그는 다시 마차 한구석에 쓰러졌다. 그러나 이번에는 잠을 자기 위해서가 아니라, 생각을 하기 위해서였다.

얼마쯤 지나자 달이 떴다.

그는 마차 안에서 로마 교외를 내다보았다. 좀 전에 지나오면서 본 돌의 망령과도 같은 커다란 수도관들이 또다시 눈에 들어왔다. 다만 아까는 오른쪽에서 보이던 것이 이번에는 왼쪽에서 보일 뿐이었다.

그는 지금 마차가 방향을 바꿔 로마로 돌아가고 있음을 깨달았다.

「빌어먹을!」하고 그는 중얼거렸다.「날 넘기라는 명령이 떨어졌구나!」

마차는 계속해서 무시무시한 속력으로 달리고 있었다. 무서움에 사로잡힌 채 한 시간이 지나갔다. 왜냐하면 마차 밖으로 보이는 사물들 하나하나가 오던 길을 되돌아가고 있음을 알려주었기 때문이다. 이윽고 그는 시커먼 산더미 같은 것을 보았다. 마치 마차가 그것을 들이받을 것만 같았다. 그러나 마차는 한번 빙그르 돌더니 그 시커먼 산더미를 끼고 달렸다. 그것은 로마를 둘러싸고 있는 성벽이었을 뿐이었다.

「아니!」하고 당글라르는 중얼거렸다.「시내로 들어가는 게 아니잖아? 그렇다면 관헌에게 붙잡힌 게 아니로구나. 그럼, 그렇지 않다면……」

머리털이 곤두섰다.

로마 산적들의 흥미진진한 이야기가 생각났다. 그것은 파리 사람들에겐 거의 믿기지 않는 얘기였다. 그런데 알베르 드 모르세르와 외제니의 혼담이 있을 무렵 알베르가 아내와 딸에게 해주었던 이야기가 떠올랐다.

「도둑들인가 보다!」하고 그는 중얼거렸다.

갑자기 마차는 모랫길이 아닌 딱딱한 땅을 구르기 시작했다. 당글라르는 후닥닥 길 양쪽을 둘러보았다. 이상한 모양을 한 건물이 눈에 띄었다 알베르의 얘기로 가득 차 있던 그의 머릿속에서는 이젠 그 세세한 설명들까지 다 되살아났다. 그래서 그는 지금 자기가 아피아 가도에 있다고 생각했다.

왼쪽을 내다보니, 계곡 같은 곳에 원형의 동굴이 있었다. 그것은 카라칼라(3세기 로마의 황제——옮긴이)의 원형 경기장이었다.

오른쪽 문 앞에서 말을 달리고 있던 사나이의 명령 한마디에 마차가 멎었다.

그와 동시에 왼쪽 문이 열렸다.

「내려라 Scendi!」하고 명령하는 목소리가 났다.

당글라르는 즉시 내렸다. 그는 아직 이탈리아어를 하지는 못했지만 알아듣기는 했다.

당글라르 남작은 이미 죽은 목숨이라 생각하고 주위를 둘러보았다. 마부 말고도 네 명의 사나이들이 그를 둘러싸고 있었다.

「이쪽으로 Di qau」하고 네 사람 중 하나가 아피아 가도에서 로마 교외의 불규칙한 나무들로 통하는 오솔길을 내려가며 말했다.

당글라르는 아무 소리 못하고 안내인의 뒤만 따라갔다. 뒤를 돌아보지 않아도, 나머지 세 사나이가 뒤에서 따라오고 있다는 것을 알 수 있었다.

그 세 사람은 마치 보초인 듯 거의 같은 간격으로 배치되어 있는 것 같았다.

당글라르가 안내인과 단 한마디 말도 못해 보고 십 분쯤 걷고 나니, 언덕과 높은 수풀이 눈앞에 나타났다. 세 사나이는 덤덤히 우뚝 선 채, 당글라르를 가운데 놓고 삼각형을 이루었다.

그는 무슨 말을 하고 싶었지만 입이 떨어지지 않았다.「앞으로 Avanti!」하고 짤막하고도 명령적인 그 목소리가 다시 말했다.

당글라르는 그 말과 동작으로 상황을 이해할 수 있었다. 왜냐하면 그의 뒤에 따라오던 사나이에게 세게 떠밀려서 앞에 가던 안내인에게 부딪혔기 때문이다.

그 안내인이 바로 페피노였다. 그는 족제비나 도마뱀이 아니고선 알아내지도 못할 꾸불꾸불한 길을 지나서 높은 수풀 사이로 들어갔다. 페피노는 덤불이 무성하게 덮인 바위 위에 섰다. 그리고 눈꺼풀처럼 반쯤 열려 있는 그 바위 안으로 페피노가 들어갔다. 그는 옛날 이야기에 나오는 악마들이 뚜껑 속으로 사라지듯, 그렇게 바위 안으로 자취를 감추었다.

당글라르를 따라오던 사나이는 목소리와 몸짓으로 따라하라는 명령을 내렸다. 이쯤 되면 의심할 여지가 없었다. 이 파산한 프랑스 은행가의 상대는 로마의 산적들이었다.

당글라르는 앞뒤로 큰 위험에 부딪히자 두려움이 오히려 담력으로 변했다. 로마 교외의 바위 틈으로 기어 들어가기는 배가 너무 불러서 거북했지만, 페피노의 뒤를 따라 기어 들어갔다. 그러고는 눈을 감고 미끄러져 내려갔다.

발이 땅에 닿자, 그는 눈을 떴다.

길은 넓었으나 캄캄했다. 제 집에 온 페피노는 이제 자기를 감출 필요가 없었으므로 부싯돌로 횃불을 켰다.

나머지 두 사나이도 당글라르의 뒤를 지키며 그의 뒤를 따라 내려왔다. 그리고 이따금씩 당글라르가 발을 멈출 때마다 등 뒤에서 그를 밀어, 순탄한 언덕을 지나 음침한 네거리 한가운데까지 몰아왔다.

과연 관을 포개어 쌓아놓은 듯한 암벽은 흰 돌 사이에서 마치 퀭하게 열린 송장의 시커먼 눈 같았다.

보초 하나가 왼손으로 철거덕 총을 장전했다.

「누구냐?」하고 보초가 물었다.

「우리야!」하고 페피노가 말했다.「두목은 어디 있지?」

「저기」하고 보초는 어깨 너머로 바위 속에 뚫려 있는 커다란 방 같은 곳을 가리켰다. 그곳에는 커다란 아치 모양의 입구를 통해 햇빛이 밝게 비껴들고 있었다.「근사한 걸 잡아왔습니다, 두목님. 근사한 거예요」하고 페피노가 이탈리아어로 말했다.

그는 당글라르의 프록코트 깃을 붙잡고 문처럼 생긴 구멍 쪽으로 끌고 갔다. 그러고는 두목이 거처하는 듯한 방으로 데리고 들어갔다.

「이자가 그 인물인가?」하고 두목은 물었다. 두목은 플루타르크의『알렉산더 대왕전』을 열심히 읽고 있는 참이었다.

「그렇습니다」

「좋아. 내게 보여줘」

이 무례한 명령에 페피노는 얼른 당글라르의 얼굴에 횃불을 갖다 비추었다. 그 바람에 당글라르는 눈썹이 탈까 무서워 후다닥 뒤로 물러섰다.

당황한 당글라르의 얼굴에는 창백하고도 추한 공포의 빛이 가득 찼다.

「지친 모양이니 침대로 데리고 가」두목은 말했다.

「오!」하고 당글라르는 중얼거렸다.「그 침대라는 게 분명 벽에 파놓은 관일 거야. 재우라는 것도 아까 어둠 속에서 번쩍이던 단도로 나를 죽이라는 소릴 테고」

과연 그 널따란 방의 컴컴한 구석구석에서는 예전에 알베르가 만났을 때『갈리아 원정기』를 읽고 있었다던 그 사나이(지금은 『알렉산더 대왕전』을 읽고 있었다)의 동료들이 마른 풀이며 이리 가죽으로 만든 잠자리에서 불쑥불쑥 일어나는 모습이 보였다.

당글라르는 낮은 신음 소리를 내고는 안내인의 뒤를 따라갔다. 그는 기도할 생각도, 그렇다고 악을 쓸 생각도 없었다. 그에게는 이미 힘도, 의지도, 감정도 없어졌다. 그는 그저 이끄는 대로 끌려갈 뿐이었다.

가는 도중에 발끝에 계단이 걸리자, 그는 층계를 올라간다는 것을 알아채고 머리를 부딪히지 않으려고 본능적으로 고개를 숙였다. 그러자 바위를 깎아 만든 골방에 이르렀다.

그 방은 아무 장식도 없는 살풍경하고 짐작할 수 없을 만큼 깊이 내려앉은 방이었지만, 습하지도 않고 깨끗한 방이었다.

건초를 깔고 그 위에 양가죽을 덮어씌운 침대가 있었다. 침대는 세워져 있는 게 아니라, 한쪽 구석에 펼쳐져 있었다. 그것을 본 당글라르는 자기 목숨이 살아날 수 있는 좋은 징조라고 생각했다.

「오! 하느님, 감사합니다!」 하고 그는 중얼거렸다. 「이건 진짜 침대로구나!」

지난 한 시간 동안 그가 신의 이름을 입 밖에 낸 것은 이번이 두번째였다. 지난 십년 동안, 한번도 없었던 일이었다.

「여기디 Ecco!」 하고 안내인은 말했다. 그는 당글라르를 방 안으로 밀어넣고 문을 잠갔다. 빗장을 닫아거는 소리가 났다. 당글라르는 갇힌 것이다. 설령 빗장이 채워지지 않았다 하더라도 산 세바스티아노의 지하 묘지를 점령하여, 두목을 중심으로 진을 치고 있는 이 대부대를 빠져나간다는 것은 성 베드로

가 되어서 천사의 인도를 받지 않는 한 도저히 불가능한 일이었다. 게다가 그 두목이라는 인물이 예의 그 유명한 루이지 밤파라는 것을 독자들도 이내 알아챘었을 줄로 안다.

당글라르도 전에 알베르가 루이지 밤파를 프랑스인이라고 얘기했을 때는 설마 하고 믿지 않았지만, 그 산적이 바로 그 사람이라는 것은 알 수 있었다. 그는 산적이 누구인지 알아보았을 뿐 아니라, 알베르가 갇혀 있었다는 외국인들을 위한 이 감방까지도 대번에 알아볼 수 있었다.

웬지 즐거운 마음으로 이러한 기억들을 되살려내면서, 당글라르는 차츰 산적들이 자기를 대번에 죽이지 않은 걸 보면 죽일 뜻이 없음에 틀림없다고 생각했다.

그들은 자기한테서 돈을 빼앗으려고 잡아온 것이다. 그런데 지금 자기에겐 고작 몇 루이밖에 없으니, 분명 자기를 인질로 삼아 몸값을 요구할 것이다.

그는 알베르가 약 4,000에퀴 정도를 요구당했던 사실을 기억해 냈다. 자기가 알베르보다는 훨씬 풍채가 당당할 테니, 적어도 8,000에퀴 정도는 요구할 것이라고 생각했다.

8,000에퀴라면 4만 4,000프랑이다. 그래도 그에게는 505만 프랑이 남는 셈이다. 그것만 있으면 어딜 가도 일을 해볼 수 있다. 설마 505만 프랑의 몸값을 요구해 오진 않을 테니, 이럭저럭 무엇이라도 해볼 수 있으리라고 거의 확신하게 되었다. 그는 침대에 누워 서너 번 몸을 뒤척인 후에 루이지 밤파가 연구하고 있는 전기의 영웅같이 편안히 잠이 들었다.

루이지 밤파의 메뉴

당글라르가 두려워하던 죽음이라는 영원한 잠이 아니라면 잠에서 깨기 마련이다.

당글라르는 잠에서 깨어났다.

비단 커튼에 비로드를 늘어뜨린 벽, 벽난로 속의 향나무에서 피어오르는 연기가 공단을 드리운 천장에서 흘러내리던 향기만 맡아온 파리 사람에게 석회암 동굴 속에서 눈을 뜨는 일은 악몽과도 같았다.

양가죽으로 만든 침대보를 덮고 잔 당글라르는 사모아인이나 라플란드인이 된 꿈을 꾸는 듯했다.

그러나 이런 상황이라면 아무리 강한 의구심이라도 현실로 돌아가는 데 일 초도 걸리지 않는 법이다.

「그렇지, 참」하고 그는 중얼거렸다. 「나는 알베르 드 모르세르가 말하던 그 산적들 손에 잡혀 있지」

그는 우선 다치지 않았는지 확인해 보기 위해 숨을 깊이 들이쉬어 보았다. 그것은 『돈 키호테』에서 배운 방법이었다. 읽은 것이 그 책만은 아니었지만, 그래도 내용 중 무엇인가를 외우고 있는 것은 그 책뿐이었다.

「놈들은 날 죽이지도 해치지도 않았어. 그렇다면 뭔가를 훔쳐간 게 아닐까?」 하고 그는 말했다.

그는 얼른 주머니에 손을 넣어보았다. 그러나 주머니에는 아무 이상이 없었다. 로마에서 베네치아까지 가는 여비로 넣어두었던 100루이도 주머니 속에 그대로 있었다. 그리고 505만 프랑의 신용장이 들어 있는 지갑도 프록코트 주머니 속에 고스란히 있었다.

〈산적치곤 묘한 놈들인데!〉 하고 그는 생각했다. 〈지갑도 통행증도 그대로 놔두다니! 어젯밤 잘 때 생각한 대로 나를 인질로 삼아 몸값을 받아내려는 거군. 아니, 시계도 그냥 있잖아? 어디 몇 시인지 볼까?〉

당글라르는 전날 출발할 때 브레게(유명한 시계 제작자—옮긴이)의 걸작품인 그 시계의 태엽을 정성껏 감아놓았었다. 마침 시계는 아침 다섯시 반을 가리켰다. 그 시계가 없었더라면 시간도 모를 뻔했다. 골방에는 햇빛이라곤 전혀 들어오지 않았던 것이다.

산적들에게 먼저 자진해서 설명을 요구해 볼 것인가? 아니면 저쪽에서 무슨 말이 나올 때까지 끈기 있게 참아볼 것인가? 후자의 경우가 신중한 태도일 것 같았다. 그래서 당글라르는 기다리기로 했다.

그는 정오까지 기다렸다. 그때까지 문 밖에서는 보초가 그를 지키고 있었다. 아침 여덟시에 보초가 교대했다.

그때 당글라르는 도대체 어떤 사람이 자기를 감시하고 있는지 보고 싶다는 생각이 들었다. 그는 문틈으로 빛이 새어 들어오고 있다는 것을 알았다. 그것은 물론 햇빛이 아니라 램프 불빛이었다. 그가 틈 가까이로 다가갔을 때, 보초를 서던 산적은 마침 브랜디를 마시고 있었다. 브랜디는 가죽 주머니 속에 들어 있어서, 그 냄새가 이만저만 비위를 건드리는 게 아니었다.

「어휴! 메스꺼운 냄새로군!」 하고 그는 방구석으로 다시 물러서며 중얼거렸다.

정오가 되자 브랜디를 마시던 사나이도 다른 보초와 또다시 교대했다. 당글라르는 새로 온 보초를 또 보고 싶어졌다. 그는 다시 문틈으로 다가갔다.

이번 보초는 역사(力士)같이 건장한 산적이었다. 커다란 눈에 두툼한 입술, 널찍한 코가 꼭 골리앗 같았다. 시뻘건 머리는 뱀처럼 구불구불하게 어깨 위로 늘어져 있었다.

「저런! 이건 사람이 아니라 사람을 잡아먹는 귀신 같구나. 나야 늙고 살이 굳어서 잡아먹어 봤자 맛도 없을 텐데」

당글라르는 이렇게 아직 농담할 정도의 여유는 남아 있었다.

바로 그때 보초는 자기가 식인귀가 아님을 증명하려는 듯, 방 문 맞은편에 걸터앉아 바구니에서 검은 빵과 양파, 치즈를 꺼내서 아귀아귀 먹기 시작했다.

당글라르는 문틈으로 산적이 먹는 음식을 흘끗 내다보며 말했다. 「세상에! 저런 냄새나는 음식을 잘도 먹는군」

그러고는 다시 예의 양가죽 위에 앉으려고 하니, 먼젓번 보초가 마시던 브랜디 냄새가 생각났다.

그러나 당글라르도 별수없었다. 자연의 신비란 불가해한 것이어서 아무리 못 먹을 것 같은 음식이라도, 배고픈 자에게는 놀라운 힘을 발휘해 유혹하는 것이다.

당글라르는 갑자기 허기를 느꼈다. 그러고 보니 그 남자가 아까보다는 덜 추하고, 빵도 덜 시커멓고, 치즈도 훨씬 신선해 보였다.

마침내 미개인이 먹는 저 지독한 음식인 날양파까지도 그에게는, 로베르 소스라든가 아니면 자기가 집안 요리사에게 〈드니조, 오늘은 맛있는 것 좀 해주게〉 하고 말하면 기막힌 솜씨로 만들어주던 미로통(쇠고기와 양파로 만든 스튜——옮긴이)을 연상시켰다.

그는 일어서서 문을 두드리러 갔다.

산적이 고개를 들었다.

당글라르는 상대방이 자기 소리를 들었다고 생각하고 다시 한번 두드렸다.

「뭐야Che cosa?」 하고 산적이 물었다.

「나 좀 보시오!」 당글라르는 손가락으로 문을 두드리며 말했다. 「나한테도 뭘 좀 먹여줄 생각을 해야 할 게 아니오?」

그러나 이쪽의 말을 못 알아들었는지, 아니면 식사 문제에 대해선 아무 명령을 받지 않아서였는지, 산적은 자기 먹을 것만 다시 먹기 시작했다.

당글라르는 자존심이 상했다. 그래서 다시는 이러한 야만인과는 상대를 않겠다고 마음먹고, 양가죽 위에 가서 다시 드러누워 입을 다물었다.

네 시간이 지나갔다. 그 사나이 역시 다른 산적과 교대했다. 창자가 뒤틀리는 것을 느낀 당글라르는 조용히 일어나, 다시 문틈에 귀를 대보았다. 처음에 그를 안내해 주던 영리한 얼굴이 보였다.

바로 페피노였다. 그는 문을 마주 보고 앉아서 양다리 사이에 베이컨과 이집트 콩을 넣어 향기로운 냄새를 뿜으며 바글바글 끓고 있는 냄비를 앞에 놓고, 되도록 편안하게 보초를 설 태세였다.

페피노는 그 이집트 콩 옆에 조그마한 빌트리 포도 바구니와 오르비에토 포도주 병을 놓았다. 페피노는 식도락가임에 틀림없었다.

이렇게 맛있는 식사를 준비하는 것을 보자 당글라르는 입에 군침이 돌았다.

「아! 아!」 하고 당글라르는 말했다. 「어디, 이자는 다른 놈들보다 좀 다루기가 쉬운지 보자」

그는 가만히 문을 두드렸다.

「갑니다」 하고 산적은 대답했다. 그는 파스트리니 집을 드나들면서 프랑스어의 그 독특한 억양까지 배워두었던 것이다.

과연 그는 문을 열어 왔다.

당글라르는 그 대답 소리로 그자가 바로 퉁명스럽게 〈머리를 움츠려〉하고 소리치던 자임을 알았다. 그러나 지금은 그런 걸 탓할 때가 아니었다. 오히려 그는 부드러운 미소를 띠고 가능한 한 상냥한 얼굴로 「실례지만」 하고 말을 꺼냈다. 「제겐 식사를 안 주십니까?」

「뭐라고요?」 하고 페피노가 소리쳤다. 「각하께서는 혹시 시장하십니까?」

「혹시라니. 나는 스물네 시간 동안 아무것도 못 먹었는데」 하고 그는 중얼거렸다. 그러더니 소리를 높여 말했다. 「예, 배가 고픕니다, 몹시 배가 고파요」

「그럼 각하께선 뭘 잡수시겠다는 말씀이군요?」

「예, 되도록 지금 바로요」

「그야 간단하죠」 하고 페피노는 말했다. 「여기선 필요한 건 뭐든지 구할 수 있습니다. 물론 돈은 내야죠. 정직한 기독교도들이 하는 것과 꼭 같습죠」

「돈이야 물론 내야죠!」 당글라르가 말했다. 「사실, 사람을 잡아다 가둔 이상 뭘 먹여주기는 해야 할 게 아니오?」

「오! 각하!」 페피노가 말했다. 「통례가 그렇질 않습니다」

「그건 이치에 맞지 않는 일인데요」 하고 당글라르가 말했다. 그는 보초를 구슬려서 상대방의 동정을 살 생각이었다.

「하는 수 없지요. 그럼 먹을 걸 좀 갖다주시오」

「당장 갖다드리지요, 각하. 그런데 뭘 잡수시겠습니까요?」 이렇게 말하며 페피노는 그릇을 땅에 내려놓았다. 그 바람에 뜨거운 김이 당글라르의 콧속으로 곧장 올라왔다.

「주문하시죠」 다시 페피노가 이렇게 물었다.

「그럼 여기에 식당이 있단 말인가요?」 당글라르가 물었다.

「뭐라고요? 식당이 있냐고요? 완벽한 식당이 있고말고요!」

「요리사들은?」

「일류들이죠!」

「그럼 닭이든, 생선이든, 고기든 뭐든지 좋으니 먹게 해주시오」

「좋으실 대로. 그럼 닭으로 할까요?」

「네, 닭으로」

페피노는 일어서면서 있는 힘을 다해 크게 외쳤다.

「각하에게 닭 한 마리!」

페피노의 소리가 채 천장 밑에서 사라지기도 전에 그 옛날의 생선 장수들처럼 젊고 잘생기고 늘씬한, 반은 벌거벗은 청년이 나타났다. 그는 닭을 은쟁반에 담아 머리에 이고 왔다.

「마치 카페 드 파리에라도 온 것 같은걸」 하고 당글라르는 중얼거렸다.

「자, 가져왔습니다, 각하!」 페피노는 청년에게서 닭을 받아 벌레 먹은 탁자 위에 내려놓으며 말했다. 그 탁자는 의자와 양가죽 침대와 함께 이 방의 가구의 전부였다.

당글라르는 포크와 나이프를 청했다.

「여기 있습니다, 각하!」 페피노는 끝이 뭉툭한 나이프와 회양목으로 만든 포크를 내주었다.

당글라르는 한 손으로는 나이프를, 또 한 손으로는 포크를 들고 닭을 썰기 시작했다.

「죄송합니다만, 각하」 하고 페피노는 당글라르의 어깨에 손을 얹으며 말했다. 「여기는 선불입니다. 나중에 가서 딴소리를 할까 봐 그러는 거죠……」

〈아! 아!〉 하며 당글라르는 생각했다. 〈이건 파리하고 다르군. 설마 나를 온통 벗겨먹을 생각은 아니겠지. 어쨌든 후하게 나가자. 이탈리아에서는 물가가 싸다는 얘길 들어왔는데, 로마에서는 닭 한 마리에 12수쯤은 할까?〉

「여기 있소」 하면서 그는 페피노에게 1루이짜리 금화 한 닢을 던져주었다.

페피노는 금화를 주웠다. 그리고 당글라르는 다시 나이프를 닭으로 가져갔다.

「각하, 잠깐만」 페피노가 다시 일어서며 말했다. 「잠깐만요. 돈을 좀더 주셔야겠습니다」

〈바가지를 씌우겠다 싶더니, 정말 그렇군.〉 하고 당글라르는 속으로 생각했다. 그러고 나서 그는 요구하는 대로 줄 결심을 하고 말했다.

「이렇게 바짝 마른 닭 한 마리에 얼마를 더 내라는 거요?」
「각하께선 선금 1루이만 주셨습니다」
「닭 한 마리에 선금이 1루이요?」
「그렇죠, 선금이죠」
「좋소…… 그럼 나머지는?」
「나머지로 내셔야 할 돈은 4,999루이밖에 안 됩니다」

말도 안 되는 이 소리를 듣고, 당글라르는 눈이 휘둥그레졌다.

〈이게 무슨 말도 안 되는 소리람.〉 하고 생각했다. 그러고 다시 닭을 자르기 시작했다. 그러나 페피노가 왼손으로 당글라르의 오른손을 꽉 잡더니 다른 손을 내밀었다.

「어서 주십시오」 하고 페피노는 말했다.
「아니, 그럼 그 말이 농담이 아닌가요?」 하고 당글라르가 물었다.
「각하, 우린 농담 안합니다」 페피노는 마치 청교도처럼 진지하게 대답했다.
「아니, 이 닭 한 마리에 10만 프랑이란 거요?」

「각하, 이런 깊은 동굴 속에서 닭을 기르자면 그 고충이 이만저만이 아니올시다」

「웬만큼 해두시오!」하고 당글라르는 말했다.「과연 익살맞고 재미있는 얘기로군요. 그러나 배가 고프니 우선 먹읍시다. 자, 약소하지만 이 1루이는 당신한테 주겠소」

「그럼 나머지가 4,998루이가 되겠군요」페피노는 여전히 침착한 어조로 말했다.「참을성 있게 조금씩이라도 받아두지요」

「아, 그건」하고 당글라르는 끝까지 자기를 조롱하는 것이 화가 나서 말했다.「그건 절대로 안 낼 거요. 도대체 누구한테 그런 소릴 하는지 알고나 하시오」

페피노는 눈짓을 했다. 그러자 좀 전의 젊은 산적이 두 손을 내밀더니 닭고기를 획 채어갔다. 당글라르는 양가죽 침대에 가서 쓰러졌다. 페피노는 문을 닫고 다시 베이컨과 튀긴 콩을 먹기 시작했다.

당글라르는 볼 수는 없었지만 씹는 소리로 보아 페피노가 무엇을 하는지는 뻔히 알 수 있었다.

두말할 것도 없이 그는 먹고 있었다. 그것도 교양 없는 사람처럼 소리를 내며 먹고 있었다.

「빌어먹을!」하고 당글라르는 말했다.

페피노는 못 들은 체했다. 그는 고개 한번 돌리지 않고 유유히 침착하게 먹고 있었다.

당글라르의 배는 마치 다나이드(그리스 신화에 나오는, 남편을 죽인 죄로 지옥에서 밑 빠진 독에 물을 길어 붓게 된 여자——옮긴이)의 통처럼 밑바닥이 빠져 있는 것 같았다. 그 배는 영원히 채워지지 않을 만큼 텅 비어 있는 듯했다. 그래도 삼십 분

정도는 참을 만했다. 그러나 삼십 분이 백년은 되는 것 같았다.

그는 일어서서 다시 문 앞으로 갔다.

「날 더 이상 괴롭히지 마시오. 도대체 날 어쩌겠다는 건지, 말 좀 해보시오」하고 그는 말했다.

「각하, 그보다는 차라리 각하의 희망을 들어보도록 하지요. 말씀하시면 그대로 들어드릴 테니까요」

「그럼, 우선 문이나 열어주시오」

페피노는 문을 열었다.

「난」 하고 당글라르는 말했다. 「난 좀 먹어야겠소!」

「시장하십니까?」

「뻔히 알고 있으면서 왜 묻소?」

「각하, 그럼 뭘 드시겠습니까?」

「빵 한쪽만 주시오, 이놈의 동굴에선 닭 값이 그렇게 비싸니」

「빵이요? 알겠습니다」페피노가 말했다. 「어이! 빵!」 하고 그는 소리쳤다.

젊은 사나이가 빵 한 조각을 가지고 왔다.

「여기 있습니다!」 페피노가 말했다.

「이건 얼마요?」 당글라르가 물었다.

「4,998루이입니다. 2루이는 미리 받았으니까요」

「뭐라고? 빵 한 조각에 10만 프랑이라고?」

「10만 프랑입니다」 하고 페피노는 대답했다.

「그럼 닭 한 마리도 10만 프랑이고?」

「네. 여기는 일품 요리가 아니라, 모두 가격이 정해져 있습니다. 조금 먹든, 많이 먹든, 열 접시든, 한 접시든, 값은 마찬가지지요」

루이지 밤파의 메뉴

「또 농담을 하는군! 이보시오, 이건 말도 안 되는 소리요! 바보 같은 소리요! 나를 굶겨서 죽게 할 생각이라고 말하면 당장 굶어 죽겠소!」

「아닙니다, 각하. 자살을 하시려는 건 각하이십니다. 돈을 치르고 잡수시지요」

「뭘로 내라는 말이냐, 이 짐승 같은 놈아?」 당글라르는 화가 나서 말했다.

「10만 프랑짜리 닭 오십 마리하고, 거기다가 5만 프랑으로 반 마리를 더 살 수 있지요」

당글라르는 등골이 오싹해졌다. 눈앞이 캄캄해지는 것 같았다. 농담인 것은 사실이었지만, 그 농담의 뜻은 이제야 안 것이다.

다시 말하자면, 그 농담을 조금 전처럼 단순하게 받아들일 수 없게 된 것이었다.

「그럼 그 10만 프랑만 내면 다 끝나는 거요? 내 마음대로 먹을 수 있고?」 하고 그는 말했다.

「그야 물론이죠」 페피노가 대답했다.

「그럼 그걸 어떻게 내야 되지요?」 당글라르는 한결 가벼운 기분으로 말했다.

「간단하기 짝이 없죠. 당신은 로마의 방키 가에 있는 톰슨 앤드 프렌치 상사에 예금 구좌가 있지요. 그러니 그 은행 앞으로 4,998루이짜리 어음을 써주시면, 그걸 우리 은행에서 찾게 되지요」

당글라르는 적어도 어느 정도의 호의는 보여야겠다고 생각했다. 그는 페피노가 내민 펜과 종이를 받아 어음을 쓰고 서명을 했다.

「여기, 지참인에게 바로 지급하는 어음이오」 하고 그는 말했다.

「그럼 각하의 닭이 여기 있습니다」

당글라르는 한숨을 쉬며 닭을 썰었다. 그 막대한 값을 치른 것치고는 닭이 너무 말라 보였다.

페피노 쪽에서는 받아든 어음을 자세히 읽어본 후, 그것을 주머니에 넣고 다시 이집트 콩을 먹기 시작했다.

용서

 이튿날 당글라르는 다시 배가 고파왔다. 이 동굴 속의 공기는 이루 말할 수 없이 식욕을 돋우었다. 당글라르는 오늘만은 돈을 쓰지 않고 지내야겠다고 생각했다. 구두쇠인 그는 닭고기 반과 빵 반쪽을 감방 한 구석에 숨겨놓았던 것이다.
 그러나 이번에는 목이 말라왔다. 그것까지는 미처 생각하지 못했다.
 그는 혓바닥이 바짝 말라서 입천장에 붙을 때까지 갈증과 싸웠다.
 그러나 타는 듯한 갈증을 더 이상 참을 수 없게 되자, 그는 사람을 불렀다. 보초가 와서 문을 열었다. 못 보던 얼굴이었다. 그는 그래도 아는 얼굴에게 말을 하는 쪽이 좀 나으리라 싶어 페피노를 불렀다.

「각하, 어쩐 일이십니까?」하고 페피노는 급히 달려왔다. 그것이 당글라르에게는 좋은 징조같이 생각되었다.

「뭘 드실려고요?」

「마실 것을 좀」당글라르가 대답했다.

「각하, 아시겠지만 이 근방에선 포도주 값이 이만저만 비싼 게 아닙니다」하고 페피노는 말했다.

「그럼 물을 주시오」당글라르는 슬쩍 말을 피했다.

「그런데 각하, 물은 포도주보다도 더 귀하지요. 워낙 가물어서요」

「아니, 또 어제같이 나올 셈이로군!」하고 당글라르는 말했다.

농담인 듯 입으로는 웃고 있었지만, 관자놀이에서는 땀이 배어나오는 것을 느꼈다.

당글라르는 페피노가 시치미를 떼는 것을 보고,「자, 그럼 포도주 한 잔 마십시다. 안 될까요?」하고 말했다.

「아까도 말씀드렸지만, 각하」하고 페피노는 엄숙하게 말했다.「우린 잔으로는 안 팝니다」

「그럼, 한 병을 주시구려」

「어떤 것을 원하시는지요?」

「제일 값이 싼 것으로」

「값은 마찬가지인데요」

「값이 얼만데?」

「한 병에 2만 5,000프랑입니다」

「아니, 그럼」하고 당글라르는 아르파공(몰리에르의 작품 『수전노』의 주인공——옮긴이)이 아니면, 도저히 사람 목소리

용서 **417**

로서는 낼 수 없는 비통한 소리로 말했다.

「날 껍데기째 벗기려 드는구려. 이렇게 한 꺼풀 한 꺼풀씩 벗기느니보다는 차라리 그쪽이 훨씬 낫겠소」

「아마, 두목의 뜻도 그럴 겁니다」하고 페피노는 말했다.

「두목이라니, 그게 누구요?」

「그저께 각하께서 끌려나와 선을 보이신 게 바로 두목이지요」

「그 사람은 어디 있소?」

「여기요」

「날 좀 만나게 해주오」

「그야 문제없죠」

잠시 후, 당글라르 앞에 루이지 밤파가 나타났다.

「날 부르셨나요?」하고 그는 당글라르에게 물었다.

「나를 이리로 끌고 오게 한 두목이라는 사람이 당신이신가요?」

「그렇습니다. 각하」

「내 몸값으로 얼마를 요구하는 건지, 그걸 말해 주시죠」

「예, 지금 가지고 계신 500만 프랑만 내십시오」

당글라르는 무서운 경련으로 심장이 터지는 것만 같았다.

「내게 돈이라곤 그것밖에 없습니다. 그게 내 막대한 재산에서 남은 전부예요. 내게서 그걸 빼앗아가시려면, 차라리 내 목숨을 가져가십시오」

「그러나 각하, 각하께 피를 흘리는 일은 못하도록 되어 있습니다」

「누가 그걸 못하게 한단 말이오?」

「우리가 복종하고 있는 분이지요」

「그럼, 당신들도 누군가의 명령에 따르고 있는 건가요?」

「그렇습니다. 우리의 대장님이 또 계십니다」

「난 당신이 바로 그 대장인 줄 알았는데」

「나는 여기 있는 사람들의 두목일 뿐이죠. 제가 모시는 분은 또 따로 계십니다」

「그럼, 그 대장 위에도 또 대장이 있단 말인가요?」

「그렇죠」

「그건 또 누구요?」

「하느님이죠」

당글라르는 잠깐 생각에 잠겼다.

「모를 소리로군」

「모르시겠죠」

「그래, 나를 이 지경으로 만들라고 한 게, 당신의 대장이란 말이요?」

「그렇죠」

「목적이 뭡니까?」

「그건 전 모릅니다」

「하지만 내 지갑이 다 털리게 생겼는데」

「그러시겠죠」

「자, 어때요」 하고 당글라르는 물었다. 「100만 프랑 드릴까요?」

「아니오」

「그럼 200만?」

「그것도 아닙니다」

「300만? 400만? 자, 어떻소, 400이면? 나를 석방시켜 준다는 조건으로 400만 프랑을 드릴까 하는데」

「500만을 가지고 계시면서 왜 400만 프랑만 내시려고 하십니까?」하고 밤파는 말했다. 「은행가 선생이신지라 고리대금 근성을 가지고 있나 본데, 전 잘 모르겠군요」

「그럼, 아주 다 가져가시오」 당글라르가 소리쳤다. 「그리고 날 죽이란 말이오!」

「아, 아, 각하, 진정하십쇼. 흥분하시면 식욕이 왕성해집니다. 그렇게 되면 하루에 100만 프랑이 날아갈 테니 말입니다. 그러니 돈을 절약하는 의미에서 진정하세요!」

「하지만 내일이라도 돈이 하나도 없게 되면, 그땐 어쩔 셈이요?」 당글라르는 절망적으로 외쳤다.

「그땐 뱃속에서 꼬르륵 소리만 나겠지요」

「뱃속에서 꼬르륵 소리가 난다고?」 당글라르는 새파랗게 질려서 물었다.

「그렇게 되겠지요, 아마」 밤파는 태연하게 대답했다.

「그럼, 날 죽일 생각은 아니로군요?」

「그럼요」

「그렇다면 날 굶겨 죽이려는 게 아니오?」

「그건 얘기가 다릅니다」

「빌어먹을!」 하고 당글라르는 소리쳤다. 「그런 터무니없는 속셈이라면 나도 가만 있지 않을 테니 두고 보시오. 어차피 죽게 될 바에야 빨리 죽는 편이 낫지. 날 괴롭혀보시오! 날 고문하고, 죽여도 절대로 서명은 안할 테니!」

「각하, 좋으실 대로 하십시오」

이렇게 말하고 밤파는 나가버렸다. 당글라르는 고래고래 소리를 지르며 양가죽 침대로 가서 쓰러졌다.

〈도대체 이자들은 어떤 인간들일까? 나타나지 않는 대장이라는 자는 도대체 누굴까? 저자들은 날 어쩔 셈일까? 다른 사람들은 돈만 내면 놓아주는데, 어째서 나는 그렇게 안해 줄까?

오! 그렇다, 죽는 거다. 갑자기 콱 죽어버리는 거다. 그렇게 하는 것만이 나에 대한 불가사의한 그들의 복수 계획을 완전히 무너뜨리는 길이다.

그렇다……. 그러나 죽는다는 것은!〉

당글라르는 아마도 그의 긴 생애에서 처음으로 열망과 동시에 두려움을 가지고 죽음에 대해 생각하는 것 같았다. 그러나 마침내 그의 눈은 〈너는 죽어야 한다〉고 소리치는 무자비한 망령의 모습을 보는 순간 굳어버렸다. 그 망령은 그의 가슴속에 살면서 심장이 뛸 때마다, 〈너는 죽어야만 한다!〉고 되풀이하곤 했다.

당글라르는 사냥꾼에게 쫓겨, 있는 힘을 다했다가 너무나 절망한 나머지 때로는 기적적으로 도망쳐가는 야수와도 같았다.

당글라르는 도망갈 방법을 강구했다.

그러나 벽은 그대로 바윗덩어리였으며, 하나밖에 없는 출구에서는 한 사나이가 책을 읽고 있었다. 그리고 그 사나이 뒤로는 총을 든 산적들의 그림자가 왔다갔다하는 것이 보였다.

서명을 않겠다던 결심이 이틀 동안 계속되었다. 그 다음엔 식사를 시키고, 100만 프랑을 내겠다고 말했다.

그럴듯한 만찬이 나오고, 그는 100만 프랑을 냈다. 그후부터 가련한 당글라르의 생활은 혼란의 연속이었다.

그는 너무나 괴로운 나머지, 더 이상은 괴롭힘을 당하고 싶은 마음이 없었다. 그래서 아무리 무리한 요구라도 다 들었다. 그러나 12일쯤 지난 어느 오후, 그날도 호강하던 옛 시절을 연상시키는 식사를 했다. 식사가 끝나자 돈을 계산해 보았다. 그러자 자기앞 수표를 무수히 난발한 결과, 이제는 단돈 5만 프랑밖에 남지 않았다는 사실을 깨달았다.

그때 그의 마음속에 이상한 반발심이 치솟았다. 500만 프랑을 다 쓰고 난 지금, 나머지 5만 프랑만은 꼭 건져보고 싶었던 것이다. 그 마지막 5만 프랑을 내주느니 차라리 어렵더라도 배고픈 생활을 참아보기로 결심했다. 그러자 그에게 광기에 가까운 희망의 빛이 보였다. 오랫동안 신을 잊고 살아오던 그가 지금 홀연히 신을 생각한 것이다. 신은 종종 기적을 일으켰던 바, 혹시 이 동굴을 무너뜨려 교황청의 헌병들이 이 저주할 비밀 소굴을 발견해서 자기를 구해 낸다면 5만 프랑을 지킬 수 있을지도 모른다고 생각했다. 5만 프랑만 있으면 사람 하나쯤 굶어 죽지 않을 수는 있다. 그는 그 5만 프랑만은 남게 해달라고 신에게 기도했다. 그것도 울면서 기도했다.

이렇게 해서 또 사흘이 흘러갔다. 그동안 비록 그의 마음속에서는 아니다 하더라도 입술에서는 끊임없이 신을 향한 기도가 새어나왔다. 이따금씩 그의 정신은 몽롱해지곤 했다. 그럴 때마다 창 너머로 어느 초라한 방의 누추한 침대에 누워 있는 노인의 모습이 어른거리곤 했다.

그 노인 역시 굶어 죽었던 것이다.

나흘째 되는 날 그는 이미 인간이라고는 할 수 없는 몰골이 되었다. 그대로 산송장이 된 그는 전에 먹다가 땅바닥에 떨어진 빵 부스러기를 주워 먹었다. 그리고 바닥에 깔린 돗자리까지 뜯어 먹기 시작하였다.

그러자 그는 수호 천사에게 애원하듯 페피노에게 먹을 것을 달라고 애걸하였다. 그리고 빵 한 입만 주면 1,000프랑을 주겠다고 했다. 페피노는 대답하지 않았다.

닷새째 되는 날, 그는 문 앞으로 기어갔다.

「당신은 기독교 신자가 아니오?」하고 그는 무릎을 짚고 일어서며 말했다. 「하느님 앞에서는 다 같은 형제인 인간을 이렇게 굶겨 죽이려는 거요? 오, 친구들이여! 내 옛친구들이여!」 하고 그는 중얼거렸다.

그러더니 앞으로 푹 고꾸라졌다.

이어서 절망적인 몸짓으로 다시 몸을 일으키며,

「두목을! 두목을 불러주시오!」하고 외쳤다.

「여기 있습니다」갑자기 밤파가 모습을 나타내며 말했다. 「무슨 일이시죠?」

「이게 마지막이오. 이걸 가져가시오」하고 당글라르는 지갑을 내밀며 웅얼웅얼 말했다. 「그리고 날 여기서 살려주오. 이 동굴 속에서라도 이젠 석방되는 건 바라지도 않소. 그저 살려만 달라는 거요」

「그럼 몹시 괴로우신 모양이죠?」밤파가 물었다.

「물론 아주 죽을 지경이오!」

「하지만 이 세상에는 당신보다 더한 고통을 당한 사람들이 있습니다」

「그럴 리 없소」

「있습니다. 말하자면 굶어 죽은 사람들 말이오」

당글라르는 정신이 몽롱했을 때 창 너머로 본 그 초라한 방의 침대에 누워 있던 노인이 생각났다.

그는 이마를 땅에 부딪치며 신음했다.

「그래요. 사실 나보다 더 고통당한 사람들이 있었죠. 하지만 그 사람들은 순교자지요」

「그럼, 적어도 후회는 하는가요?」 하고 침울하고도 엄숙한 목소리가 들려왔다. 그 소리에 당글라르는 머리털이 곤두섰다.

그는 희미해진 눈으로 주위를 자세히 살펴보았다. 그리고 밤파의 뒤에서 외투로 몸을 감싸고 돌기둥 그늘에 숨어 있는 한 사나이를 보았다.

「뭘 후회한단 말씀이오?」 당글라르가 더듬거리며 말했다.

「당신이 저지른 죄를 말이오」 하고 같은 목소리가 대답했다.

「그야 물론 후회하고 있죠! 후회하고 있고말고요!」

하고 당글라르가 소리쳤다.

이렇게 말하며 그는 앙상한 주먹으로 자기 가슴을 쳤다.

「그렇다면 용서해 주겠소」 하고 그 사나이는 외투를 벗어 던지며 한걸음 앞으로 나와 불빛 아래에 섰다.

「몬테크리스토 백작!」 하고 당글라르는 말했다. 조금 전까지 굶주림과 고생으로 창백했던 그의 얼굴빛이 이번에는 두려움으로 창백해졌다.

「잘못 보셨습니다. 난 몬테크리스토 백작이 아니에요」

「그럼 도대체 당신은 누구시죠?」

「나는 당신 때문에 신세를 망친 사람이오. 나는 당신이 행운을 잡기 위해 밟고 올라섰던 사람 중에 하나요. 나는 당신 때문에 아버님을 굶주려 돌아가시게 했고, 또 당신을 굶겨 죽이려다가 바로 지금 당신을 용서해 주는 사람이오. 그 까닭은 나 자신 또한 용서를 받아야 할 사람이기 때문이오. 자, 나는 에드몽 당테스요!」

당글라르는 외마디 소리를 지르더니, 그대로 땅바닥에 엎드려버렸다.

「일어나시오」하고 백작은 말했다.「당신은 이제 살았소. 당신과 함께 죄를 범했던 공모자 두 사람은 운이 좋지 않았소. 하나는 미치고, 또 하나는 죽었으니까. 이 5만 프랑은 그냥 가지고 계시오. 이건 내가 주는 거요. 그 대신 당신이 양육원에서 훔친 500만 프랑은 아무도 모르게 벌써 다시 돌려주었소. 자, 어서 먹고 마시지요. 오늘 밤은 내가 한턱내는 거요. 밤파, 배불리 먹고 나면 석방시켜 주게」

백작이 사라질 때까지 당글라르는 계속 엎드려 있었다. 그가 다시 고개를 들었을 때, 복도에는 그림자만 뒤따라 지나가고 있었고, 그 앞에서 산적들이 고개를 숙이고 있는 모습이 보였다.

백작의 명령에 따라 밤파는 당글라르에게 이탈리아 최고급 포도주와 기가 막히게 좋은 과일들을 갖다주었다. 그리고 나서 당글라르는 역마차에 실려 길거리에 버려졌다.

그는 자기가 어디에 있는지도 모르고 날이 샐 때까지 그대로 있었다.

날이 새자 그는 자기가 시냇가에 있다는 것을 알았다. 목이 마른 그는 냇물까지 몸을 질질 끌고 갔다.

그리고 물을 마시려고 몸을 구부렸을 때 머리가 하얗게 센 것을 보았다.

10월 5일

저녁 여섯시쯤이었다. 금빛 찬란하게 빛나던 오팔색 가을 해가 하늘에서 푸른 바다로 떨어지고 있었다.

한낮의 더위가 차츰 식어가고 있었다. 그리고 타는 듯한 낮잠에서 깨어난 자연이 내쉬는 숨결 같은 미풍이 지중해 연안으로 불어왔다. 그 바람은 바다의 짠 내가 섞인 나무들의 향기를 해안에서 해안으로 실어갔다.

지브롤터에서 다다넬즈에 이르는, 튀니스에서 베네치아까지 펼쳐진 이 넓은 호수 위를 가볍고 날씬한 요트 한 척이 초저녁의 안개 속을 미끄러져 가고 있었다. 그 모습은 흡사 바람에 날개를 펴고, 수면 위를 스쳐가는 백조와도 같았다. 요트는 빠르면서도 우아하게 빛나는 물거품을 남기며 전진하고 있었다.

마지막 빛을 발하고 있던 태양도 차츰 서쪽 수평선 아래로 가라앉고 있었다. 그러나 번득이는 불꽃은 빛나는 신화의 꿈을 인정하려는 듯이, 파도 하나하나에 얼굴을 내밀고 있었다. 마치 암피트리테가 자기의 품속에 숨으려던 연인, 불의 신을 감청색 외투 깃 사이에 감추려 했지만 소용이 없었다는 신화를 이야기하고 있는 것 같았다.

바람은 곱슬거리는 처녀의 머리칼을 휘날릴 정도였지만 요트는 쏜살같이 달리고 있었다.

키가 크고 구릿빛 얼굴에 눈을 크게 뜨고 있는 한 사나이가, 카탈로니아인의 커다란 모자처럼 생긴 원추형 육지가 파도 한가운데로 머리를 내밀며 자기 앞으로 다가오는 것을 바라보고 있었다.

「저게 몬테크리스토 섬인가요?」 그 사나이는 깊은 슬픔에 잠긴 무거운 목소리로 물었다. 요트는 지금 이 사나이의 명령하에 움직이는 것 같았다.

「그렇습니다, 각하」 하고 선장은 대답했다. 「이제 다 왔습니다」

「이제 다 왔다고!」 청년은 한없이 쓸쓸한 어조로 중얼거렸다. 그러더니 낮은 목소리로 이렇게 덧붙였다.

「그렇지, 저기가 항구일 거야」

그러고는 다시 생각에 잠겼다. 그의 생각은 눈물보다도 더 슬픈 듯한 미소를 통해 드러났다.

몇 분 후 육지 쪽에서 불빛이 한번 번쩍 비치더니, 이내 사라지고 말았다. 그러자 총성 한 방이 요트까지 울려왔다.

「각하」 하고 선장은 말했다. 「육지에서 신호를 보내는 겁니다. 이쪽에서도 응답을 할까요?」

「어떤 신호를?」 하고 사나이는 물었다.

선장은 섬 쪽으로 손을 뻗쳤다. 섬 가운데쯤에서는 한 오라기 하얀 연기가 피어올라 차츰 퍼지면서 갈라지고 있었다.

「아, 그렇지」 하고 사나이는 꿈에서 깨어난 듯 말했다. 「신호를 보내지」

선장은 그에게 탄환을 잰 총을 주었다. 사나이는 그것을 받아 천천히 들어, 하늘을 향해 발사했다.

십 분 후에 배는 돛을 접고 작은 항구에서 약 오백 보쯤 떨어진 곳에 닻을 내렸다.

보트는 사공 네 사람과 안내인 한 사람을 태우고 이미 바다에 떠 있었다. 사나이도 요트에서 내렸다. 그러나 푸른 카펫을 깐 뱃머리에 앉으려고 하지 않고, 팔짱을 낀 채 그대로 서 있었다.

노 젓는 사람들은 날개를 말리고 있는 새들처럼 노를 반쯤 올린 채로 기다리고 있었다.

「갑시다!」 하고 사나이는 말했다.

여덟 개의 노가 일제히 물 한 방울 튀기지 않고 바다 속으로 들어갔다. 그러자 보트는 그 힘에 밀려 쏜살같이 달렸다.

보트는 삽시간에 자연적으로 생긴 작은 만에 도착했다. 그리고 가는 모래밭에 가 닿았다.

「각하, 이 두 사람 어깨 위에 타십시오. 해안까지 모셔다 드릴 테니까요」 하고 안내인이 말했다.

사나이는 그 말에 전혀 귀를 기울이지 않았다. 그리고 보트에서 발을 떼더니 물 속으로 미끄러져버렸다. 물이 그의 허리까지 찼다.

「오! 각하, 그러시면 안 됩니다. 저희가 주인님께 야단을 맞습니다」하고 안내인은 말했다.

사나이는 디딜 곳을 마련해 주는 두 사람의 선원을 따라 해안 쪽으로 걸어갔다.

삼십 보쯤 가자, 해안에 도달했다. 사나이는 마른 땅에 서서, 두 발을 구르고 있었다. 그리고 해가 완전히 져서 사방이 캄캄했기 때문에 주위를 둘러보며, 어느 쪽으로 가야 할지 길을 찾고 있었다.

그가 막 고개를 돌리는데 누군가 그의 어깨에 손을 얹었다. 그의 목소리를 듣자, 그는 움찔 놀랐다.

「안녕하시오. 막시밀리앙 씨」하고 그가 말했다. 「정확하게 오셨군요. 고맙습니다」

「오, 당신이었군요, 백작!」하고 청년은 반가운 듯 두 손으로 백작의 손을 잡으며 소리쳤다.

「그래요. 보시다시피 당신 못지않게 정확히 왔습니다. 그런데 흠뻑 젖으셨군요. 칼립소(이오니아 해에 있는 섬의 님프. 오디세우스의 아들 텔레마코스를 섬에 잡아두려 했다——옮긴이)가 텔레마코스에게 말했듯이, 자, 옷을 갈아입으셔야죠. 이리 오세요. 이리로 가면 당신이 머물 집이 준비되어 있지요. 거기에 가시면 피로도 추위도 모두 잊으실 겁니다」

백작은 막시밀리앙이 뒤를 돌아보고 있다는 것을 눈치 챘다. 그래서 그는 기다렸다.

과연 막시밀리앙은 자기를 데려다준 사람들이 아무 소리 없이 돈도 받지 않은 채 그대로 가버리는 것을, 이상하다는 눈으로 바라보고 있었다. 벌써 요트를 향해 돌아가는 보트의 노 젓는 소리가 들려왔다.

「아. 그렇군요」하고 백작은 말했다.「그 뱃사람들을 찾고 계시는군요?」

「물론이죠. 전 그 사람들한테 아무것도 주지 않았습니다. 그런데 그냥 돌아가다니요?」

「그건 염려 마세요」백작은 웃으면서 말했다.「해군들과 약속이 다 되어 있어서 내 섬에 오는 데는 운송료도, 선원도 모두 무료입니다. 문명국에서 쓰는 말을 빌리자면, 특약을 해놓았단 말씀이에요」

막시밀리앙은 놀란 눈으로 백작을 쳐다보았다.

「백작님, 당신은 파리에 계실 때하곤 많이 달라지셨습니다」

「어떻게요?」

「여기서는 웃으시니 말씀입니다」

백작의 얼굴에는 갑자기 구름이 끼었다.

「막시밀리앙 씨, 그 말을 들으니 생각이 나는군요」하며 그는 계속해서 말했다.「이렇게 당신을 다시 만나게 된 것은 나로서는 행복한 일이지요. 그런데 나는 어떤 행복이라도 금방 지나가 버린다는 사실을 잊고 있었군요」

「오, 그렇지 않습니다. 백작!」하고 막시밀리앙은 또다시 백작의 두 손을 잡으며 말했다.「제게 웃음을 보여주십시오. 제발 행복해지셔야 합니다. 그리고 당신의 그 냉정한 태도로 인생은 고통받는 자들에게만 괴로운 것이라는 것을 증명해 주십시오. 오! 당신은 인정이 많은 분이십니다. 당신은 친절하고 위대한 분이십니다. 당신은 내게 용기를 주시려고 일부러 쾌활한 표정을 지으시는 거지요?」

「아니오, 막시밀리앙 씨」하고 몬테크리스토 백작은 대답했다. 「사실 나는 행복했던 거예요」

「그렇다면, 백작께선 제 일은 잊고 계셨군요? 다행이로군요」
「무슨 말씀이신지?」

「그렇습니다. 아시겠지만, 지금의 저는 옛날에 투사가 투기장으로 들어가면서 황제에게 말했듯이 〈죽어가는 자가 인사드립니다〉하고 말해야 할 것 같습니다」

「그럼, 아직도 마음의 상처가 아물지 않으셨군요?」 백작은 이상하다는 눈으로 청년을 바라보며 말했다.

「오! 정말 제 마음의 상처가 아물 수 있으리라고 생각하셨습니까?」하고 막시밀리앙은 슬픔이 가득 찬 눈으로 물었다.

「내 얘길 들어보세요」하고 백작은 말했다. 「막시밀리앙 씨, 당신은 내 말을 잘 알아들을 수 있지요? 당신은 나를 비천한 인간, 아무 의미 없는 말이나 지껄이는 인간으로 생각하지는 않으셨겠지요? 당신에게 상처가 아물지 않았느냐고 물은 것은 내가 인간의 마음을 속속들이 알고 있기 때문입니다. 그러니 막시밀리앙 씨, 나하고 같이 당신의 마음속으로 깊이 들어가 그것을 찾아보도록 합시다. 모기에 물린 사자가 펄쩍 뛰듯이, 당신의 온몸이 떨 듯한 심한 고통을 아직도 느끼고 있나요? 무덤 속에 들어가야 가라앉을 만큼 타는 듯한 갈증을 느끼고 있나요? 죽은 사람의 뒤를 따르기 위해, 산목숨을 버릴 만큼 지독한 슬픔이 계속되고 있나요? 아니면 단순히 의기소침해져서, 무거운 권태감에 사로잡혀, 찬란하게 빛나는 희망의 빛을 가리고 있는 건 아닌지요? 아니면 모든 것을 잊어버리고 지금은 눈물조차 나오지 않는 상태인가요? 막시밀리앙 씨, 만일 눈물조차 나오지 않게 되었다면, 가슴이 마비되어 죽어버린 것 같은 생각이 든다면, 이제는 오직 하느님께 의지할 힘밖엔 없고 눈도 오직 하늘만을 찾게 되었다면, 우리들의 감정을 전하기에는 너무나 보잘것없는 말 따위에는 개의치 말기로 합시다. 막시밀리앙 씨, 당신의 상처는 이제 아물었습니다. 더 이상 탄식 같은 것은 하지 마세요」

막시밀리앙은 부드러우면서도 단호한 목소리로 말했다. 「백작님, 손가락으로는 땅을 가리키고 눈으로는 하늘을 우러러보는 사람이 말하는 것을 들어주십시오. 저는 친구의 품안에서 죽기 위해 이렇게 당신 곁으로 온 것입니다. 물론 제겐 사랑하는 사람들이 있습니다. 저는 제 누이를 사랑하고 있고, 누이의 남편 엠마뉘엘도 사랑하고 있습니다. 하지만, 저는 마지막 순간에 저를 굳센 팔로 안아주고 미소를 띠며 보아줄 사람이 필요했던 겁니다. 제 누이는 엉엉 울다가 기절해 버릴 테니까요. 그렇게 되면 누이가 괴로워하는 꼴을 보아야만 할 텐데, 저는 이미 너무나 많은 괴로움을 당해 왔습니다. 엠마뉘엘은 제 손에서 무기를 빼앗고 온 집안이 울리도록 소리를 지를 거예요. 그러나 백작님, 당신께서는 저와 약속을 하셨습니다. 게다가 당신은 만약 죽음을 이기신다면 신이라고 불릴 수도 있을 만큼 비범한 분이십니다. 그러니 저를 죽음의 문까지 조용하고 다정하게 데려다주실 거라 생각합니다」

「막시밀리앙 씨」하고 백작은 말했다. 「내겐 아직도 의문이 하나 남아 있소. 당신은 지금 슬픈 사연을 그렇게 늘어놓아야만 할 정도로 허약해졌단 말이오?」

「아닙니다. 저는 보시다시피 단순합니다」 하고 막시밀리앙은 백작에게 손을 내밀며 말했다. 「제 맥박은 평상시보다 약하지도 느리지도 않습니다. 그렇습니다. 저는 지금 막바지에 이르렀다는 생각이 듭니다. 더 이상은 못 갈 거예요. 당신은 제게 기다리라고, 희망을 가지라고 말씀했습니다. 불행한 현인인 당신은, 당신이 한 일을 알고 계신가요? 전 한 달 동안 기다렸습니다. 한 달 동안 고통을 겪었다는 얘기지요. 저는 희망을 가졌습니다. (인간이란 가련하고도 하찮은 존재니까요) 저는 희망을 가졌다고요. 어떤 희망이었을까? 그건 저도 모릅니다. 무엇인지도 알 수 없고, 터무니없고 바보 같은 것이었지요! 기적 같은 것이라고나 할까. 그러면 기적이란 무엇일까요? 그건 우리의 이성 속에 희망이라고 하는 미친 생각을 함께 넣어 준 하느님만이 말할 수 있는 겁니다. 그래요, 전 기다렸습니다. 그리고 희망을 가졌었지요. 그런데 우리가 얘기를 하고 있는 십오 분 사이에도, 당신은 모르시겠지만, 당신은 수없이 제 가슴을 치고 괴롭혔습니다. 왜냐하면 저는 당신의 말 한마디 한마디에서 희망 따윈 영원히 없다는 걸 확인하게 되었으니까요. 오, 백작님! 제발 저를 조용하고 편안하게 죽게 해주세요, 네!」

막시밀리앙은 있는 힘을 다해 이 말들을 쏟아놓았다. 백작은 그 말에 몸서리를 쳤다.

「백작님」 하고 막시밀리앙은 백작이 잠자코 있는 것을 보고 다시 말을 이었다. 「당신은 제게 꼭 살아야 할 기한을 10월 5일로 정해 주셨습니다. 백작님, 그런데 오늘이 바로 그 10월 5일입니다……」

막시밀리앙은 시계를 꺼냈다.

「아홉시네요…… 그러니, 앞으로 세 시간은 더 살아야 하는군요」

「좋습니다」 백작이 대답했다. 「이리 오시죠」

막시밀리앙은 아무 생각 없이 백작의 뒤를 따라갔다. 두 사람은 이내 동굴 속으로 들어가게 되었으나, 막시밀리앙은 아직 그 사실을 모르고 있었다.

그는 발밑에 양탄자가 밟히는 것을 느꼈다. 문이 열리자 짙은 향기가 확 풍겨오고, 강한 빛에 눈이 부셨다.

막시밀리앙은 문득 걸음을 멈춘 채, 더 나아가지 못하고 있었다. 그는 자기를 둘러싸고 있는 현혹적인 분위기에 힘을 잃어버릴까 봐 꺼려하는 듯했다.

몬테크리스토 백작은 그를 조용히 이끌었다.

「어떻습니까?」 하고 그가 물었다. 「옛날 로마인들이 자기들의 황제이자, 자기들이 죽으면 재산을 빼앗아가는 네로로부터 사형 선고를 받으면, 꽃으로 장식한 식탁에 앉아서 헬리오트로프나 장미 향기 속에서 죽음의 향기를 맡았다던데, 우리도 나머지 세 시간을 그들처럼 보내는 것도 나쁘지 않을 것 같은데요」

막시밀리앙은 미소를 지어 보였다.

「좋도록 하시죠」 하고 그는 말했다. 「죽음이란 결국 죽음이니까요. 그것은 망각이며, 안식이며, 생이 사라지는 것이죠. 다시 말하면 괴로움이 사라지는 것 아니겠습니까?」

그는 의자에 앉았다. 백작도 맞은편 의자에 자리를 잡았다.

그 방은 이미 소개된 바가 있는 희한한 식당이었다. 식당에는 꽃이며 과일들이 듬뿍 담긴 바구니를 머리에 이고 있는 대리석 조각 작품들이 장식되어 있었다.

막시밀리앙은 그 모든 것을 멍하니 바라만 보고 있었다. 무엇 하나도 뚜렷하게 보이는 것은 없었을 것이다.

「우리, 사내 대장부답게 이야기합시다」하고 그는 백작을 응시하며 입을 열었다.

「그럽시다. 말씀하세요」하고 백작이 대답했다.

「백작님, 당신은 인간의 모든 지식을 한 몸에 지니고 계십니다. 그리고 우리들의 세계보다 훨씬 앞서고 훨씬 우수한 세계에서 내려오신 듯한 느낌이 드는데요」하고 막시밀리앙이 말했다.

「과연 그 말에도 일리는 있겠지요」하고 백작은 쓸쓸한 미소를 띠며 대답했다. 그 미소 때문에 그의 얼굴은 더욱 멋있어 보였다. 「나는 고통이라고 불리는 별에서 내려온 사람이니까요」

「저는 백작께서 하시는 모든 말씀은 깊이 생각해 보지도 않고 그냥 믿어버립니다. 당신이 살라고 하셨기 때문에 제가 아직 살아 있다는 것이 바로 그 증거입니다. 그리고 당신이 희망을 가지라고 말씀하셨기에 저는 희망을 가져온 셈입니다. 그러니까 백작님, 저는 당신이 죽음을 경험해 보신 것만 같아서, 감히 묻습니다만, 죽음이란 정말 그렇게 괴로운 것일까요?」

몬테크리스토 백작은 이루 말할 수 없이 부드러운 눈길로 막시밀리앙을 바라보았다.

「그럼요」하고 백작이 말했다. 「만약 당신이 살고 싶어하는 육체를 난폭하게 부숴버리려고 한다면, 분명 괴롭겠지요. 만약 당신이 자신의 육체를 보이지 않는 단도로 찌른다면, 또 정신 없이 날아오는 총알로 아주 작은 충격에도 고통을 느끼는 당신의 머리를 쏜다면, 그야 물론 괴롭겠지요. 그리고 당신은 절망적인 고통 속에서 그처럼 비싸게 얻은 안식보다 삶이 훨씬 낫다고 생각하며, 추하게 이 세상을 떠날 겁니다」

「그래요, 그건 저도 알고 있습니다」하고 막시밀리앙은 말했다. 「죽음도 삶과 마찬가지로, 나름대로 고통과 기쁨의 비밀이 있겠지요. 그 모든 것을 다 알아야겠지요」

「맞습니다. 막시밀리앙 씨, 당신은 지금 좋은 말씀을 하셨습니다. 죽음이란 우리가 그것을 잘 다루느냐 못 다루느냐에 따라, 때로는 유모처럼 우리를 따뜻하게 안아주는 친구도 될 수 있고, 때로는 우리의 영혼을 육체로부터 난폭하게 앗아가는 적도 될 수 있는 겁니다. 천년쯤 지난 후에 인간이 자연의 모든 파괴력을 정복하여 인류의 복지를 위해 이용하게 된다면, 그리고 방금 당신이 한 말대로 인간이 죽음의 모든 비밀을 알게 된다면, 죽음은 아마 연인의 팔에 안겨 단잠에 들 듯 조용하고 행복한 것이 될 거예요」

「그런데 백작님, 당신께서는 죽고 싶을 때 그렇게 죽을 수 있을까요?」

「그럼요」

막시밀리앙은 그에게 손을 내밀었다.

「이젠 저도 알겠습니다」하고 그는 말했다. 「백작께서 왜, 이 대양 한가운데 있는 외딴 섬에서, 옛날 이집트의 왕도 부러워할 만한 무덤 같은 이 지하 궁전에서 저를 만나려고 하셨는지를 말입니다. 백작님, 그건 저를 아끼시기 때문이죠? 저를 아끼시기 때문에 제가 아까 말씀하신 것 같은 단말마의 고통을 겪지 않고, 발랑틴의 이름을 부르며 당신의 손을 잡고 죽을 수 있도록 해주시려는 거지요?」

「맞았어요」 하고 백작은 잘라 말했다. 「그럴 생각이었어요」

「감사합니다. 고통을 당하지 않고 죽을 수 있으리라고 생각하니, 이 가련한 마음도 즐거워지는군요」

「아쉬움 같은 건 없나요?」

「없습니다」

「그럼, 나에 대해서도 아무렇지 않단 말이죠?」 백작은 깊은 감동이 어린 어조로 물었다.

막시밀리앙은 말문이 꽉 막혔다. 그의 맑은 눈이 대번에 어두워지더니 심상치 않은 빛을 띠었다. 그리고 굵은 눈물 방울이 솟아나오는가 싶더니 금세 은빛 줄기가 되어 뺨 위로 흘러내렸다.

「아니?」 하고 백작은 말했다. 「아직도 이 세상에 미련이 남아 있단 말이요? 그런데도 죽겠다고 하시오?」

「오! 제발」 하고 힘없는 목소리로 막시밀리앙이 소리쳤다. 「백작, 더 이상 아무 말도 말아주세요. 더 이상 제 괴로움을 연장시키지 말아주세요!」

백작은 막시밀리앙의 마음이 약해졌다고 생각했다.

순간적으로 그러한 생각이 떠오르자, 그는 전에 자기가 이프 성에서 극복한 무서운 회의가 다시 되살아났다.

〈나는 지금 이 청년을 행복하게 해주려 하고 있다. 내가 저울 한쪽에 올려놓은 엄청난 불행과 평형을 이룰 수 있는 추를 구하려 했던 것이다. 그런데 만약 내 생각이 잘못이라면, 만약

이 청년이 내가 행복을 가져다주어야 할 만큼 불행한 사람이 아니었다면! 다만 선을 생각해 내는 것으로, 악을 잠시나마 잊어버리려고 한 것이라면 어쩌지?〉 하고 백작은 생각했다.

「막시밀리앙 씨」 하고 백작은 말했다. 「당신의 고뇌는 너무나 커요. 그건 나도 알 수 있어요. 하지만 당신은 하느님을 믿고 있소. 그러니 영혼의 구원에 대한 믿음을 함부로 버리려고 하지는 않을 텐데요」

막시밀리앙은 서글프게 웃었다.

「백작님, 아시겠지만 저는 꿈을 꾸려고는 하지 않습니다. 어쨌든 분명히 말씀드리지만 제 영혼은 이미 저의 것은 아닙니다」 하고 그는 말했다.

「막시밀리앙 씨, 아시다시피 난 이 세상에 친척이라고는 아무도 없어요. 난 지금까지 당신을 내 자식처럼 생각해 왔지요. 그러니 내 자식을 구하기 위해서 내 재산은 물론 내 목숨까지도 희생할 생각이오」 하고 백작은 다시 말했다.

「그 말씀은?」

「막시밀리앙 씨, 내 얘길 잘 들어주시오. 당신은 지금 목숨을 버리려 하고 있소. 그것은 당신이 막대한 재산이 주는 즐거움을 모르기 때문이오. 막시밀리앙 씨, 나는 1억 프랑에 가까운 재산을 가지고 있소. 그걸 당신에게 주겠소. 그 돈이면 무슨 일이든 하고 싶으면 다 할 수 있소. 야망이 있다면 무엇이든 이루어질 거요. 세계를 뒤흔들어서 이 세계의 면모를 바꾸어놓으시오. 바보 같은 짓을 해도 괜찮아요. 죄를 저질러야 할 경우엔 죄를 지어도 좋고, 어쨌든 살아만 줘요」

「백작님, 당신은 약속을 하셨습니다」 하고 막시밀리앙은 냉정하게 대답했다. 그러고는 시계를 꺼내며 덧붙였다.「열한시 반이군요」

「막시밀리앙 씨, 당신은 내 집에서, 내 눈앞에서 죽겠다는 생각을 하고 계시오?」

「그렇다면 전 떠나겠습니다」막시밀리앙은 또다시 침울하게 말했다.「안 그러면, 당신이 저를 아껴주신 것도 실은 저를 위해서가 아니라 당신 자신을 위해서였다고 생각하겠습니다」

그는 일어섰다.

「좋습니다」백작은 그 말을 듣고 얼굴빛이 밝아지며 말했다. 「막시밀리앙 씨, 당신은 뜻을 굽히지 않겠다는 거로군요. 좋아요. 당신은 정말로 불행한 모양입니다. 그리고 당신 말마따나 기적이라도 일어나지 않는 한, 돌이킬 수 없겠군요. 막시밀리앙 씨, 앉으세요. 그리고 기다리십시오」

막시밀리앙은 시키는 대로 앉았다. 이번에는 백작 쪽에서 일어섰다. 그러고는 금줄에 달려 있는 열쇠로 잠겨 있던 옷장에서 조심스레 조그만 상자를 꺼냈다. 그 상자는 네 귀퉁이에 슬픔에 잠겨 뛰어오르는, 몸을 구부린 여인상이 하늘을 열망하는 천사의 상징인 듯 조각되어 있었다.

백작은 그 상자를 탁자 위에 놓았다.

그는 상자를 열고서, 비밀 용수철로만 뚜껑이 열리는 조그만 도금된 상자를 또 꺼냈다.

그 상자 안에는 반쯤 굳은 액체성 물질이 들어 있었다. 그것은 상자에 붙어 있는 황금, 사파이어, 루비, 에메랄드의 빛을 반사시켜 형언할 수 없는 색을 띠고 있었다.

쪽빛과 자줏빛, 그리고 금빛이 아롱진 색깔이었다. 백작은 도금한 스푼으로 그것을 한 숟가락 떠서, 막시밀리앙의 얼굴을 지그시 바라보며 그것을 주었다.

그때 비로소 그 물질이 녹색에 가깝다는 것을 알 수 있었다.

「바로 이겁니다」 이윽고 백작이 입을 열었다. 「이게 내가 당신에게 약속한 거지요」

청년은 백작에게서 스푼을 받아들며 말했다. 「아직 살아 있을 때 진심으로 감사드려야겠습니다」

백작은 다른 스푼 하나를 들어 또 한번 상자 속의 약을 떴다.

「뭘 하시려고요?」 막시밀리앙은 백작의 손을 제지하며 말했다.

「사실은, 막시밀리앙 씨」 하고 백작은 웃으면서 말했다. 「나도 당신처럼 사는 게 싫어졌다오. 그래서 이렇게 기회가 생겼으니……」

「안 됩니다!」 막시밀리앙이 소리쳤다. 「아니, 당신이! 사람을 사랑하고, 사람들로부터 사랑받고, 희망을 믿고 계신 당신이! 안 됩니다! 저 같은 짓은 하시면 안 됩니다. 당신이 그런 짓을 하시면 그것은 죄악입니다! 그럼, 고귀하고 관대하신 백작님, 안녕히 계십시오. 발랑틴에게 가서 당신이 제게 베풀어주신 일들을 모두 얘기하겠습니다」

그러고는 백작에게 내민 왼손만은 꽉 쥔 채 아무런 주저 없이 천천히 백작에게서 받은 그 이상한 약물을 마셨다, 아니 음미했다 하겠다.

두 사람은 그대로 침묵했다. 알리는 아무 말 없이 담배와 수연통을 조심스레 가져와 커피를 따라놓고 나갔다.

대리석 상의 손에 얹혀 있던 램프의 불빛이 차츰 희미해지기 시작했다. 그리고 막시밀리앙은 향로의 향기가 차츰 역하게 느껴졌다.

그와 마주 앉은 몬테크리스토 백작은 번득이는 눈밖에 보이지 않았다. 막시밀리앙은 극심한 고통에 사로잡혔다. 그는 수연통이 손에서 빠져나가는 것을 느꼈다. 모든 사물들이 그 형태와 색깔을 잃고 있었다. 흔들리는 그의 눈에는 문이며 커튼이 열리는 것이 보였다.

「백작님」 하고 그는 말했다. 「이젠 죽는가 봅니다. 감사합니다」

그는 마지막으로 한번 더 백작의 손을 잡으려 했으나, 손이 맥없이 자기에게로 떨어지고 말았다. 그 순간 몬테크리스토 백작이 웃고 있는 듯 보였다. 그러나 백작의 깊은 영혼 속 비밀을 수없이 엿보게 하던 예전의 그 기이하고 두려운 웃음이 아니라, 아버지가 당치않은 소리를 하는 어린아이를 보고 웃을 때처럼 따뜻한 애정이 깃든 웃음이었다.

동시에 막시밀리앙의 눈에서는 백작의 모습이 점점 커지고 있었다. 그러더니 덩치가 거의 두 배는 되어 보이는 백작의 몸이 붉은 벽지 위에서 선명하게 드러나 보였고, 그의 검은 머리는 뒤로 넘겨져 있었으며, 마치 최후의 심판의 날, 악인들을 벌할 천사처럼 당당하게 우뚝 서 있었다.

막시밀리앙은 얼어맞은 듯 꼼짝 못하고 안락의자 위로 푹 쓰러졌다. 혈관 하나하나가 기분 좋은 혼수 상태로 빠져들었다. 그의 머릿속에는, 만화경 속에 갖가지 모양이 아로새겨지듯 수많은 생각이 다시금 떠오르고 있었다.

누운 채로 히스테릭하게 숨을 헐떡이고 있는 막시밀리앙은 자기에게서 살아 있는 것이라고는 이런 꿈밖에 없는 것처럼 느껴졌다. 그는 지금 돛을 활짝 펴고, 저 죽음이라 불리는 미지의 나라에 접근하는 막연한 혼수 상태로 빠져드는 것 같았다.

그는 또 한번 백작에게 손을 내밀어보았다. 그러나 이번에는 손을 움직일 수조차 없었다. 그는 또 마지막 작별 인사를 해보려 했다. 그러나 혀는 마치 무덤을 누르고 있는 돌처럼 목구멍 속에서만 힘겹게 움직일 뿐이었다.

무기력한 눈은 그저 자꾸 감기기만 했다. 그러나 자신을 휩싸고 있는 이 어두컴컴함에도 불구하고 어떤 그림자 하나가 움직이는 것이 그의 눈꺼풀 사이로 보이는 것 같았다.

백작이 막 문을 연 것이었다.

그러자 곧, 옆방이라기보다는 휘황찬란한 궁전에서 비쳐오는 듯한 눈부신 빛이 막시밀리앙이 편안히 임종을 맞이하고 있는 이 방으로 흘러 들어왔다.

그때, 그 방 어귀에 놀랄 만큼 아름다운 미인이 서 있는 것이 보였다.

창백하면서도 부드러운 미소를 띠고 있는 그 여자는 복수의 천사들을 쫓고 있는 자비의 천사 같았다.

「아, 벌써 천국의 문이 열린 것일까?」 죽어가는 막시밀리앙은 생각했다. 「저 천사는 내가 잃어버린 천사같이 생겼는데」

몬테크리스토 백작은 그 젊은 여자에게 막시밀리앙이 누워 있는 안락의자를 손으로 가리켰다.

여자는 두 손을 모으고 입술에는 미소를 띠며 막시밀리앙에게로 다가갔다.

「발랑틴! 발랑틴!」 막시밀리앙은 혼신을 다해 소리쳤다.

그러나 입으로는 단 한마디도 새어나오지 않았다. 그리고 마치 모든 힘이 오직 그 하나의 감동으로 몰린 듯, 그는 한숨을 내쉬고 눈을 감았다.

발랑틴은 그의 곁으로 달려갔다. 막시밀리앙의 입술이 다시 한번 움직였다.

「당신을 부르는 겁니다」하고 백작이 말했다. 「당신이 당신의 운명을 맡겼던 저 사람이 꿈속에서 지금 당신을 부르고 있는 거지요. 죽음은 당신들을 갈라놓으려 했습니다. 그런데 다행히도 마침 그때 내가 있어 그 죽음을 물리쳤지요! 발랑틴 양, 앞으론 이 지상에서 두 분이 서로 떨어질 일은 없을 겁니다. 당신 곁으로 가기 위해서 저 사람은 무덤 속으로 뛰어들었으니, 내가 없었더라면 두 분이 모두 죽었겠지요. 이제 두 분을 서로 만나게 해드리겠습니다. 하느님께서 내 손으로 두 사람을 구해 낸 일을 기억해 주시길 바랄 뿐입니다」

발랑틴은 몬테크리스토 백작의 손을 잡았다. 그러고는 참을 수 없는 기쁨에 충동적으로 그 손을 자기 입술에 갖다 댔다.

「내게 감사한다고 말해 주시오」하고 백작은 말했다. 「몇 번이라도 좋으니, 마음껏 말해 주시오. 나로 인해 두 분이 행복해졌다고 말해 주시오! 모르시겠지만, 내겐 그러한 확신이 너무나 필요합니다」

「네, 물론이죠. 정말 진심으로 감사드려요」하고 발랑틴은 말했다. 「제 감사의 뜻이 진심인지 아닌지 의심스러우시면 하이데 씨에게 물어보세요. 제가 좋아하는 하이데 언니에게 물어보시면 알아요. 언니는 제가 프랑스를 떠나온 다음부터 지금까지 제게 백작님 얘기를 해주면서, 오늘 나를 위해 빛나고 있는 이 행복한 날까지 참고 기다리도록 도와주었답니다」

「그럼 당신은 하이데를 좋아합니까?」하고 백작은 감동한 것을 감추려고 헛되이 애쓰면서 발랑틴에게 물었다.

「네, 정말로 좋아해요」

「그렇다면 발랑틴 양」하고 백작은 말했다.「한 가지 부탁이 있습니다」

「제게요? 부탁을 들어드릴 수 있으면 정말 기쁘겠지만……?」

「그래요. 방금 당신은 하이데를 언니라고 불렀는데 정말로 그 사람을 언니로 삼아주시오. 내게서 은혜를 입었다고 생각하시면 그 모든 것을 하이데에게 갚아주시오. 막시밀리앙 씨와 둘이서 하이데를 돌보아주시오. 왜냐하면」여기까지 말하자 백작의 음성은 목구멍 속으로 꺼져버리는 듯 잦아들었다.「왜냐하면 이제부터 하이데는 이 세상에 혼자 남게 되니까요」

「혼자라뇨!」백작의 뒤에서 목소리가 들렸다.「어째서요?」

백작은 뒤를 돌아보았다. 하이데였다. 하이데는 창백하고 얼어붙은 듯한 얼굴로 깜짝 놀란 몸짓을 하며 백작을 쳐다보고 있었다.

「왜냐하면 넌 내일부터 자유의 몸이 되니까」하고 백작은 대답했다.「이 세상에서 당연히 네가 서야 할 지위에 서게 되는 거야. 내 운명 때문에 너의 운명까지 어두워지게 하고 싶진 않으니까. 너는 왕자의 딸이다! 나는 너에게 네 아버지의 이름과 재산을 돌려줄 생각이야」

하이데는 얼굴빛이 새하얘졌다. 그리고 신에게 기도하는 처녀와 같이 두 손을 벌리고 눈물에 목이 멘 목소리로 물었다.

「그럼 저를 버리고 가실 건가요?」

「하이데! 하이데! 너는 젊고 아름다워. 나 같은 사람은 이름조차 잊어버리고 행복해져야 해!」

「알겠어요」하고 하이데는 대답했다. 「명령대로 따르지요. 당신의 이름까지 잊고 행복해지겠어요」

그러더니 나가려고 한걸음 뒤로 물러섰다.

「어쩌면!」 발랑틴은 축 늘어진 막시밀리앙의 머리를 어깨로 받친 채 소리쳤다. 「저렇게 얼굴빛이 창백해졌는데 하이데 씨의 마음을 모르세요? 하이데 씨가 얼마나 괴로워했는지 모르신단 말씀이세요?」

하이데는 가슴이 에이는 듯한 목소리로 말했다.

「어떻게 제 마음을 이해해 주시길 바라겠어요? 저분은 제 주인이시고, 저는 노예일 뿐인데요. 그러니 이제부터 저를 안 보신대도, 그럴 권리가 있으신걸」

백작은 그렇게 말하는 목소리의 어조에 몸이 오싹해졌다. 그것은 그의 가슴속 가장 깊은 곳까지 깨어나게 했다. 그의 눈이 하이데의 눈과 마주쳤다. 그러자 백작은 하이데의 눈에서 솟아나오는 빛을 감당할 수 없었다.

「이럴 수가!」 하고 백작은 외쳤다. 「그렇다면 내가 추측하고 있던 것이 사실이었던가! 하이데, 너는 나와 함께 있으면 정말 행복해지겠니?」

「저는 젊어요」 하이데는 조용하게 말했다. 「저는 당신이 늘 편안하게 해주시던 이 생활을 좋아하고 있어요. 그리고 죽고 싶어하지 않을 테지요」

「그럼 내가 만약 너를 떠난다면, 하이데……」

「그때는 죽을 생각이에요」

「그럼 넌 나를 사랑하고 있나?」

「오! 발랑틴 씨, 사랑하고 있느냐고 물으시는군요! 발랑틴 씨, 우선 백작님께 당신이 얼마나 막시밀리앙 씨를 사랑하고 있는지 말씀드려 주세요!」

백작은 심장이 부풀어오르며 마음이 후련해지는 것을 느꼈다. 그는 팔을 벌렸다. 하이데는 환성을 지르며 백작의 품에 안겼다.

「그럼요, 사랑해요!」 하이데는 말했다. 「남들이 아버지와 오빠와 남편을 사랑하듯, 저는 당신을 사랑해요! 사람들이 생명을 사랑하듯, 하느님을 사랑하듯, 저는 당신을 사랑해요! 당신은 제게 이 세상에서 가장 훌륭하고, 가장 선하고, 가장 위대한 분이시니까요!」

「천사 같은 하이데, 그럼 네 뜻대로 하자!」 하고 백작은 말했다. 「나를 적과 대항하게 하여 승리를 거두게 해주신 하느님은, 그래, 나는 알 수 있어, 승리의 끝에 내가 회한에 사로잡히길 원치 않으시는 거야. 나는 나 자신을 벌하려 했다. 그러나 하느님께서 나를 용서해 주시는구나. 그래! 하이데, 나를 사랑해 다오! 하이데의 사랑으로 나는 잊어야 할 모든 것을 잊어버릴 수 있게 될지도 모른다」

「그게 다 무슨 말씀이세요?」 하이데가 물었다.

「너의 한마디가 기나긴 삼십 년 동안 내가 얻었던 온갖 지식보다 훨씬 더 내 눈을 밝혀주었다는 얘기야. 하이데, 내겐 이 세상에 너밖에 없다. 하이데가 내게 있음으로 해서 나는 살 수도 있고, 괴로워할 수도 있고, 행복해질 수도 있어」

「발랑틴 씨, 들으셨어요?」 하이데는 좋아서 소리쳤다. 「제가 있어야 괴로워하실 수 있대요! 백작님을 위해 목숨까지 바치려 하는 제가 있어야만 말이에요!」

백작은 잠시 생각에 잠겼다.

「나는 과연 진실을 접한 것일까?」하고 그는 말하였다. 「아니! 그런 건 문제가 되지 않아! 그 결과가 좋든 나쁘든, 보상이든 처벌이든, 나는 이 운명을 받아들이겠다. 이리 와, 하이데, 이리로……」

이렇게 말한 그는 하이데를 한쪽 팔로 안고, 발랑틴에게 악수를 한 다음 방에서 나갔다.

그로부터 한 시간쯤 지났다. 그동안 발랑틴은 숨을 죽이고 목소리도 내지 않고 막시밀리앙만 계속 바라보며, 그의 곁에 앉아 있었다. 이윽고 발랑틴은 죽은 듯하던 막시밀리앙의 심장이 다시 뛰며, 입술로 가는 숨결이 새어나오는 것을 보았다. 그리고 다시 살아났음을 알리는 가벼운 떨림이 연인의 온몸에 흐르기 시작했다.

마침내 그는 다시 눈을 떴다. 처음에는 눈동자가 움직이지 않아, 꼭 미친 사람의 눈 같았다. 그러다 이내 또렷하고 생기 있는 시력이 되돌아왔다. 그리고 시력에 이어서 감정이, 다시 감정에 이어서 아픔이 되살아났다.

「하!」청년은 절망한 듯 소리쳤다. 「아직도 살아 있다니! 백작이 날 속였구나!」

그는 탁자 쪽으로 손을 뻗어 단도를 잡았다.

「막시밀리앙」발랑틴은 귀여운 미소를 띠며 말했다. 「정신차려요. 그리고 이쪽을 좀 보세요」

막시밀리앙은 크게 소리를 내질렀다. 그리고 자신의 눈을 믿을 수 없다는 듯, 천상의 환영에 정신을 나간 듯, 그대로 털썩 무릎을 꿇었다.

이튿날 새벽에 새날의 첫번째 햇살을 맞으며 막시밀리앙과 발랑틴은 서로의 팔짱을 끼고 해안을 산책했다. 그때 발랑틴은 그에게, 몬테크리스토 백작이 자기 방에 나타났던 일, 자기에게 모든 비밀을 가르쳐준 일, 범죄가 저질러졌다는 것을 구체적으로 알려준 일, 그리고 자기를 죽은 것같이 보이게 해놓고 그 다음에 다시 기적적으로 구해 낸 일 등을 이야기해 주었다.

그들은 동굴의 문이 열려 있는 것을 알고서 밖으로 나왔던 것이다. 쪽빛 새벽 하늘에는 아직도 밤의 흔적인 마지막 별들이 빛나고 있었다.

그때 막시밀리앙은 바윗덩어리들이 있는 컴컴한 곳에서, 누군가가 이쪽으로 오기 위해 신호를 기다리고 있다는 것을 알아차렸다. 그는 그 사실을 발랑틴에게 일러주었다.

「어머나, 자코포 아니에요?」하고 여자가 말했다. 「요트의 선장이에요」

그리고 그녀는 두 사람 쪽으로 오라고 손짓했다.

「우리에게 할말이 있으십니까?」막시밀리앙이 선장에게 물었다.

「백작께서 이 편지를 전해 드리라고 하셔서요」

「백작께서?」젊은 남녀는 동시에 중얼거렸다.

「예, 읽어보십시오」

막시밀리앙은 편지를 펴서 읽기 시작했다.

　　친애하는 막시밀리앙 씨

두 분을 위해서 돛단배 한 척을 마련해 놓았습니다. 자코포에게 두 분을 리보르노까지 모셔드리라고 일러놓았습니다. 거기 가시면, 누아르티에 노인께서 두 분의 결혼식에 앞서, 발랑틴 양에게 축복을 내리기 위해 당신들을 기다리고 있을 겁니다. 이 동굴 안의 모든 것과 샹젤리제의 저택 그리고 트레포르의 조그만 내 집은 모두, 에드몽 당테스가 옛날 선주셨던 모렐씨의 아드님께 드리는 결혼 선물입니다. 발랑틴 양은 그 선물의 반을 받아주십시오. 그것은 정신을 놓아버린 그녀의 부친과, 지난 구월 새어머님과 함께 죽은 동생으로부터 받게 되실 전 재산을, 파리의 가난한 사람들에게 기증해 주셨으면 하는 뜻에서 드리는 것입니다.

막시밀리앙 씨, 앞으로 당신의 인생을 보살펴줄 천사에게 이렇게 말해 주십시오. 때로는 악마처럼 자신과 신이 대등하다고 생각하기도 했으나, 오직 신만이 지고의 힘과 무한한 지혜를 가지고 있음을 확인한 한 사나이를 위해 가끔 기도해 달라고 부탁하더라고요. 그 기도는 분명 그의 가슴속 깊이 사무친 회한을 위로해 줄 수 있을 것입니다.

그리고 막시밀리앙 씨, 내가 왜 당신에게 그렇게 행동했었는지 그 비밀을 가르쳐드리겠습니다. 이 세상에는 행복도 불행도 없습니다. 오직 하나의 상태와 다른 상태와의 비교만이 있을 뿐입니다. 그러므로 가장 큰 불행을 경험한 자만이 가장 큰 행복을 느낄 수 있을 겁니다. 막시밀리앙 씨, 산다는 것이 얼마나 멋진 일인지 알기 위해서는 한번 죽으려고 해보는 것도 필요합니다.

내가 진심으로 사랑하는 두 분은 부디 살아서 행복해지십시오. 그리고 신이 인간에게 미래를 밝혀주실 그날까지 인간의 모든 지혜는 오직 다음 두 마디 속에 있다는 것을 잊지 마십시오.

기다려라! 그리고 희망을 가져라!

당신의 친구, 에드몽 당테스

몬테크리스토 백작

이 편지들을 읽는 동안 전혀 모르고 있던 아버지의 실성(失性)과 동생의 죽음을 알게 된 발랑틴은 얼굴빛이 창백해지고 가슴에서는 괴로운 한숨이 새어나왔다. 그리고 고통스러운 눈물이 소리 없이 뺨 위로 주르르 흘러내렸다. 그녀는 행복해지기는 했지만 그렇게 되기까지의 희생이 너무나 컸던 것이다.

막시밀리앙은 불안한 듯이 주위를 둘러보았다.

「그렇긴 하지만」 하고 그는 말했다. 「사실 백작께선 친절이 너무 지나쳤던 것 같아. 발랑틴은 얼마 안 되는 내 재산으로도 만족했을 텐데. 백작님은 어디 계십니까? 그분이 계신 곳으로 나를 데려다주시오」

자코포는 손으로 수평선 쪽을 가리켰다.

「네? 그게 무슨 뜻이에요?」 발랑틴이 물었다. 「백작님은 어디 계시죠? 하이데 씨는요?」

「저길 보십시오」 자코포가 가리키는 수평선 쪽으로 두 사람은 시선을 모았다. 저 멀리 하늘과 지중해를 갈라놓고 있는 짙푸른 수평선 위로 갈매기 날개 만한 흰 돛이 눈에 띄었다.

「떠났구나!」 막시밀리앙은 소리쳤다. 「떠나버렸구나! 안녕히 가시오, 친구여! 안녕히 가십시오, 아버지!」

「떠나셨군요!」 발랑틴이 중얼거렸다. 「잘 가요, 내 친구! 잘 가요, 언니!」

「우리가 다시 만날 날이 올까?」 막시밀리앙은 눈물을 닦으며 말했다.

「막시밀리앙」 하고 발랑틴이 말했다. 「백작님께서 그러시지 않았어요? 인간의 지혜는 이 두 마디 속에 있다고요. 〈기다려라, 그리고 희망을 가져라〉」

〈끝〉

옮긴이의 말

알렉상드르 뒤마와 그 시대적 배경

『몬테크리스토 백작』의 작가, 알렉상드르 뒤마 Alexandre Dumas는 프랑스 사회가 대혁명을 겪으면서 일대 변혁의 소용돌이에 휘말려 있던 시기에 활동한 인물이다. 구체제 타파 후 시민들은 기존의 가치를 거부하면서 새로운 정신의 자유를 요구하게 된다. 그 시대 정신을 앞장서 개화시키고 대변했던 것이 바로 낭만주의 문학이다. 역사적으로 프랑스 대혁명의 발발 시점을 1789년으로 잡는다면, 프랑스 낭만주의는 대략 그 시기로부터 1850년까지 활발하게 전개되었던 문학 사조였던바, 프랑스 낭만주의를 문학의 대혁명이라고 표현하는 것도 무리는 아니다.

뒤마의 생애(1802-1870)는 프랑스 낭만주의 문학의 성쇠와 궤를 같이한다. 그는 1802년 7월 24일, 빌레르코트레라는 작은 마을에서 태어났다. 뒤마의 아버지인 토마 알렉상드르 다비 드 라 파예트리는 프랑스 귀족과 산토도밍고 출신의 흑인인 마리 세세트 뒤마 사이에서 태어난 사생아였다. 그는 대혁명 전에는 일반 병사에 불과했으나, 1786년에 뒤마로 이름을 바꾸었고, 나폴레옹 군대에서는 장군이 되었다.

1806년 아버지가 죽자, 뒤마 가족은 경제적 어려움을 겪게 된다. 어린 뒤마는 제대로 교육받지는 못했지만, 『로빈슨 크루소』나 『아라비안 나이트』와 같은 작품을 읽으며 읽고 쓰는 능력을 길러나갔다. 성인이 된 뒤마는 생계를 꾸려나가기 위해 파리로 간다. 파리에서 그는 1823년 오를레앙 공작(후에 루이 필립 왕) 가문에서 일자리를 얻게 되지만 곧 연극계로 뛰어들었다.

앞에서도 말했지만 대혁명 이후 프랑스 사회는 과거를 정리하고 새로운 가치를 창조해야 한다는 다급한 과제를 안고 있었다. 따라서 문학에서도 그동안 고전주의라는 사조가 엄격하게 지켜왔던 절제와 조화의 틀을 깨고, 주관성과 장르의 혼합을 시도하는 변화가 일어난다. 주제 면에서도 보편적 주제에서 사료 조사를 바탕으로 해서 개인의 상상력을 발휘하는 드라마로 관심이 선회한다. 이러한 요구가 구현될 수 있는 무대가 바로 극장이었고 셰익스피어 연극은 그 좋은 모델이 되었다.

1820년대 말에서 1830년대 초는 이와 같은 시대적 요구가 패기 넘치는 젊은 뒤마에게 작가로서의 장래를 보장해 준 매우 중요한 시기였다. 그는 1828년에 화려한 문체로 프랑스 문예 부흥기를 묘사한 『앙리 3세와 그의 궁정 Henri III et sa cour』을 완성하였다. 이 희곡은 시간, 장소, 행동의 3일치라는 고전주의 규칙을 무시하고 운문이 아닌 산문으로 씌어진 전형적인 낭만주의 작품이었다. 1829년 이 작품은 공연 첫날부터 대성황을 이루었다. 뒤마를 후원한 루이 필립은 매우 흡족해했으며 한때 극단적인 왕당파였던 빅토르 위고도 격찬을 아끼지 않았다.

이후 이십여 년 동안 뒤마는 빅토르 위고, 알프레드 비니와 더불어 가장 인기 있는 극작가로 활약했다. 특히 뒤마는 짧은 시간에 상당히 많은 작품을 썼다.

극장은 관객들의 반응이 즉석에서 전달되는 곳인 만큼 관객의 반응이 가장 중요하다. 따라서 작가는 그들의 요구를 〈매우 빠르게〉 작품에 반영해야 했다. 뒤마는 바로 이러한 극장에서 문학의 〈기초〉를 배웠기 때문에 많은 작품으로 대중의 인기를 얻는 데 성공할 수 있었다.

한편 1820년대에는 많은 신문과 잡지가 창간되면서 연재 소설이 등장하였다. 뒤마는 연재 소설을 쓰는 데 매력을 느껴 차츰 극작품보다는 소설을 더 많이 쓰기 시작했다. 특히 당시 가장 인기 있는 장르였던 역사 소설을 주로 썼다.

뒤마의 작품 세계

뒤마가 살던 시기는 위대한 천재들의 시기이기도 했다. 그들은 저마다 왕성한 작품 활동으로 시대 정신을 이끌어갔고 그들의 삶 또한 창작 활동만큼이나 정력적이었다. 뒤마 역시 발자크의 초인적인 에너지와, 그 시대 작가들 사이에 유행처럼 번져 있던 이국에 대한 열정이 그의 삶과 작품 활동의 근간이 된다.

그는 일에 대해서만큼이나 자극적인 생활에 탐닉했다. 평범한 일상 생활에서 오는 권태를 모면하기 위해 그는 연애, 음식, 잠, 쾌락, 여가, 운동 등 여러 방면에서 자극을 원했다. 그중에서도 그가 가장 좋아한 것은 여행이었다. 이탈리아 여행에서 뒤마는 여자, 오페라, 그리고 지중해에 대한 애정을 키웠다. 1835년에는 항구 도시 나폴리와 시칠리아 섬, 팔레르모를 방문했고 1841년에는 피렌체에 머물렀다가 1843년에 다시 시칠리아 섬을 여행했다. 그런 가운데 그의 대작들이 잉태되어 여행에서 돌아온 이듬해인 1844년에 리슐리외 시대의 모험담인 『삼총사 Les trois mousquetaires』를, 이어서 『몬테크리스토 백작 Le comte de Monte-Cristo』을 세상에 내놓았다. 특히 『몬테크리스토 백작』은 출간 즉시 엄청난 성공을 거두었으며, 번역되고 차용되고 표절되는 등 한마디로 그 시대 최고의 〈인기 소설〉이 되었다.

『삼총사』와 『몬테크리스토 백작』이 성공한 후에도 그는 『20년 후 Vingt ans après』(1845)에 이어서 『10년 후 Dix ans plus tard ou le vicomte de Bragelonne』(1848-50), 『검은 튤립 La tulipe noire』(1850) 등의 작품을 발표하여 당시의 가장 인기 있는 작가로서의 입지를 굳혔다. 그러나 그의 사생활은 날로 황폐해져 가고 있었다. 사치스런 생활에 빠져 여기저기서 돈을 끌어다

썼고 채권자들에게 돈을 갚기 위해 그는 발자크처럼 날마다 더 많은 글을 써내야 했다. 어쩌면 그 때문에 발자크처럼 방대한 양의 작품들을 후세에 남기게 되었는지도 모른다.

뒤마에게는 또한 자신의 문학적 재능을 이어받은 뛰어난 작가 아들이 있었는데, 그가 바로 『춘희 La dame aux camélias』(1848)의 작가로 널리 알려진 뒤마 2세이다. 이들 부자(父子) 작가는 각자의 이름 뒤에 아버지와 아들을 표시한 필명을 썼다.

아버지 뒤마의 사생아로 태어난 아들 뒤마는 아버지의 피를 이어받아 유능한 작가가 되었지만, 작품의 경향은 전혀 다르다. 아버지의 무책임한 사랑 놀음으로 불우한 환경에서 자란 아들 뒤마는 결혼의 신성함을 강조한 작품을 많이 썼다. 아들 뒤마가 쓴 흥미로운 희곡으로는 『사생아 Le fils naturel』(1858)와, 자신의 아버지의 성격을 나름대로 해석해 극화한 『방탕한 아버지 Un père prodigue』(1859)가 있다.

독자들은 왜 『몬테크리스토 백작』에 매혹되는가?

빅토르 위고의 『레 미제라블』이 그러하듯이 뒤마의 『몬테크리스토 백작』은 그 시대가 낳은 작품이다. 뒤마는 프랑수아 피코라는 실제 인물의 삶에서 소재를 얻었다고 한다. 파리 경찰의 기록 보관소에서 뒤마가 찾아낸 그 사건의 경위는 대략 다음과 같다.

1807년, 남프랑스 출신의 피코라는 한 청년이 영국의 스파이라는 누명을 쓰고 감옥에 갇혔다. 카페를 경영하던 마티외 루피앙이 피코와 그의 약혼녀 마르가리타와의 사랑을 시기한 나머지, 친구인 피코를 모함한 것이다. 그리하여 피코는 피에몬테에 연금되었다가, 프네스트렐에 있는 성에 감금되었다. 거기서 피코는 어떤 이탈리아 사람을 섬겼는데, 가족에게 버림받은 채 죽게 된 그 사람은 피코에게 숨겨둔 보물이 있는 장소를 일러주었다. 1814년 나폴레옹의 몰락으로 자유를 찾은 피코는 이름을 조제프 뤼셰르로 고치고 보물을 찾은 후, 파리로 돌아왔다. 마르가리타는 이미 루피앙과 결혼한 뒤였다. 피코는 변장을 하고 체포 당시의 상황을 잘 알고 있던 알뤼라는 인물에게 접근하여 거액의 다이아몬드를 주면서 자신을 파멸시킨 장본인들과 그 음모의 전말을 알아냈다. 그리하여 그는 한 명씩 자신의 적들에게 복수한다. 그러나 복수의 과정에서 그에게 음모의 전말을 알려준 알뤼와의 불화로 그에게 죽임을 당한다. 1818년, 알뤼는 임종하면서 이 모든 사실을 털어놓았다.

뒤마는 신문의 사회면 기삿거리나 될 법한 이 특이한 사건에서 소재를 얻어, 프랑스 혁명의 와중에 정치적 음모에 휘말린 한 청년의 사랑과 모험과 복수라는 대서사극, 『몬테크리스토 백작』을 탄생시켰다. 그 극적인 탈바꿈이 독자들을 매혹시킨 데는 다음과 같은 몇 가지 요소들이 작용한 것 같다.

화려한 상상력
하나의 범죄 사건을 이처럼 화려하게 탈바꿈시킬 수 있었던 것은 시대적 배경을 정치적 음모와 사회적 혼란이 팽배했던 프랑스 대혁명기에 연루시켰기에 가능했다. 당시 프랑스 시민들이 엄청난 변화 속에서 아직 방향을 잡지 못하고 해방감만 분출시키고 있을 때 이 작품이 펼쳐내는 화려한 상상력은 얼마나 멋진 자극이었겠는가! 이제서야 비로소 자유를 획득한 시민들은 상상력의 날개를 활짝 폈고 새로운 세상 어딘가에서 일어날지 모를 모험에 대한 기대감으로 행복해했다. 이제까지 모르고 있던 보물이 새로운 세상 어디엔가 숨겨져 있을지도 모르며, 소설 속의 주인공처럼 행운의 여신만 만나는 날에는 예상치 못하던 극적 인생을 맞이하게 되리라. 어떤 미래가 다가올지 그 누가 알겠는가.

독자들의 상상은 부지불식간에 소설의 주인공이 되어 끝없이 찬란하게 펼쳐진다. 분명 몬테크리스토 백작이 된 에드몽 당테스는 그 시대, 아니 모든 시대 독자들의 꿈을 대리 이행하고 있는 것이다.

이국을 향한 동경

뒤마는 소설의 첫 무대를 파리가 아닌 마르세유로 잡았다. 마르세유는 프랑스 남단의 항구 도시로서 지중해에 접해 있다. 그리고 소설은 곧 지중해로 그 무대를 넓혀간다. 물론 대부분의 사건이 파리에서 일어나긴 하지만, 바다는 주인공의 삶을 극적으로 반전시키는 운명의 무대라고 볼 수 있다. 탈출과 자유의 획득이 모두 바다를 통해 이루어진다. 바다는 가능성이며 동시에 불확실한 미래이다. 그 바다를 무대로 지중해 연안 출신의 인물들을 다수 등장시킴으로써 뒤마는 끊임없이 이국적인 상상을 불러일으킨다. 이러한 이국적인 정취는 당시 프랑스에서 작가와 예술가들뿐 아니라 일반 독자들까지도 매료시켰다. 지중해는 유럽과 동양의 문화가 만나는 지점이다. 게다가 1821년 그리스에서는 오스만 제국에 저항하는 혁명이 일어났고, 1830년에는 무역 안정화를 구실로 프랑스가 알제리를 점령하는 등 일련의 역사적 사건들로 인해, 당시 지중해는 유럽 사람들의 최대 관심사 중 하나였던 것이다.

『몬테크리스토 백작』에는 이처럼 지중해를 사이에 두고 동양과 이탈리아, 그밖의 여러 나라의 이국적인 풍물들이 도처에 넘쳐난다. 그것은 독자들의 마음속에 동경과 함께 새로운 세계를 제시하는 매혹적인 그림이 된다.

추리 소설적인 묘미

주인공 에드몽 당테스는 자신을 시기하는 친구들의 모함으로 무시무시한 지하 감옥에 갇힌다. 십사 년간의 고통스런 감옥 생활 후 그는 그곳에서 만난 죄수 파리아 신부의 도움으로 극적인 탈출에 성공한다. 세상에 다시 모습을 드러낸 주인공은 신분을 감추고 마치 신의 대리인이라기도 한 듯 자신의 적들에게 처벌을 가한다. 여기서 특기할 만한 뒤마만의 독창성은, 그가 몬테크리스토를 단순히 사사로이 복수하는 자로 그리고 있지 않다는 점이다. 악인들은 에드몽을 감옥에 보낸 죄만이 아니라 과거에 저지른 또 다른 죄가 드러나면서 파멸하게 된다.

한편 몬테크리스토는 진실을 밝힘으로서 악인을 벌하는 자, 즉 탐정으로서의 역할을 수행하는데 그 수법은 현대적 추리소설의 수법과 맥을 같이한다. 실마리를 추적하는 과정은 에드거 앨런 포의 작품(『모르그 가의 살인 사건』, 『병 속의 수기』, 『황금 풍뎅이』)과도 유사한 점이 많다. 이를테면 보물의 위치를 찾아내는 과정에서 파리아 신부가 보여주는 암호 해독 방식이나 당테스의 분석 방법 등이 그러하다. 물론 파리아 신부가 셜록 홈즈와 같은 탐정이라는 것은 아니다. 하지만 그의 분석력과 추리력에서 독자들은 명탐정의 면모를 엿볼 수 있다. 보물에 대한 망상에 사로잡혀 미친 사람 취급을 받던 신부가 일러준 대로 당테스가 어마어마한 보물을 찾아 그 실체를 눈앞에 들이댔을 때 독자들의 놀라움과 쾌감은 얼마나 강렬한 것인가!

1829년에 보물을 찾아낸 당테스는 아버지와 메르세데스의 소식을 들은 후, 모렐에게 빌린 돈을 갚고서는 다시 구 년간 자취를 감춘다. 그후 새롭게 등장한 〈몬테크리스토 백작〉이라는 인물은 의문으로 가득 찬 인물로서, 처음에 독자는 그가 사용한 〈신드바드〉라는 가명을 통해 당테스와 동일 인물일 것이라고 추측만 할 수 있을 뿐이다.

몬테크리스토 백작은 음울한 성격에다 감정을 겉으로 드러내지 않는 냉정한 인물로 설정되어 있다. 뚜렷한 과거나 신분도 없이, 정해진 역할을 뛰어넘어서 윌모어 경, 부소니 신부 등으로 신속하게 탈바꿈하여 정의와 복수를 실행하는 이 유령 같은 인물은 당시 프랑스에서 유행하던 낭만주의적 인물, 바이런이나 돈 후안, 뱀파이어 등의 특성을 한데 모은 듯하여 사람들에게 매우 멋진 인물로 부각되었다.

위에서 살펴본 바와 같이 『몬테크리스토 백작』이 사람들에게 강한 호소력을 발휘할 수 있었던 것은 이 소설이 낭만주의

적 요소를 완벽하게 갖춘 작품이었기 때문이다. 시대의 새 바람 속에 풍부한 상상력으로 꾸며진 줄거리, 이국적인 배경과 풍물, 신비스러운 오리엔트 문화, 다채롭지만 잔인하고 퇴폐적인 서구 문명의 이면, 흥미진진한 추리 과정 등이 뒤마 자신의 오랜 여행 경험과 해박한 지식에 힘입어 독자들의 기대와 환상을 충족시켜 준 것이다. 한마디로『몬테크리스토 백작』에는 그 시대 독자들이 요구하던 모든 낭만주의적 요소가 집약되어 있다. 뒤마는 대중적인 극장 문화에 기반하여 역사와 현실을 소재로 한 낭만주의적 이야기를 극적으로 구성해 냄으로써, 점점 수가 늘어나던 일반 독자들을 매료시킬 수 있었던 것이다.

『몬테크리스토 백작』의 등장과 그 이후

『몬테크리스토 백작』은 원래 1844년 8월부터 1846년 1월까지 신문《논단 *Journal des Débats*》에 연재되었던 작품이다. 이어서 열여덟 권 분량으로 출판된『몬테크리스토 백작』은 같은 해에 4쇄까지 인쇄되었으며, 무수한 해적판이 돌아다녔다. 그리고 지금까지도 수없이 쇄를 거듭하고 있다. 영국에서는 1845년《에인즈워스 매거진》에 연재되었고, 이듬해에 영국과 미국에서 출판되었다. 덴마크에서는 1845년에, 스위스에서는 1846년에, 이탈리아에서는 1847년, 스페인에서는 1858년, 노르웨이에서는 1881년, 독일에서는 1902년에 번역되었다. 그리고 지금까지 전세계 사람들에게 애독되고 있으며 또한 세계 여러 곳에서 연극과 텔레비전 드라마로는 물론이고 축약본이나 만화 등으로 끊임없이 재생산되고 있다. 미국(1908, 1913, 1934, 1975, 2002)과 프랑스(1914, 1942, 1953, 1961)에서는 영화로도 제작되었다.

『몬테크리스토 백작』이 그 방대한 분량에도 불구하고 이렇게 수많은 매체, 수많은 언어로 끊임없이 다시 소개되는 이유는 바로 이야기 자체의 매력 때문이다. 배신, 억울한 감금, 부활 그리고 복수라는 중심 테마가 너무나 강렬하기 때문에 이 작품은 중간에 부수적인 줄거리가 생략되더라도 그 생명력이 꺾이지 않으며, 시간과 공간의 제약을 뛰어넘었다.

올해는 뒤마 탄생 200주년이 되는 해이다. 200주년 기념으로 세계 여러 곳에서 기념 사업이 추진되고 있으며 미국에서는 2002년판 영화「몬테크리스토 백작」이 새롭게 제작되었고 그 영화가 우리나라에서도 소개된다고 한다. 옮긴이로서는 이처럼 화려하고 웅대한 뒤마의 작품에 우리의 독자들이 즐겁게 몰입하여 저마다 풍요로운 삶의 활력소를 얻을 수 있기를 바랄 뿐이다.

마르세유 앞바다에 보이는 작은 섬에는『몬테크리스토 백작』의 주인공 에드몽 당테스가 갇혀 있었다는 감옥 이프 성이 깍아지른 듯한 벼랑 위에 서 있다. 그리고 그 성(감옥) 안에는 당테스가 갇혀 있던 토굴과 파리아 신부의 토굴, 그리고 두 사람이 오가던 비밀 통로와, 당테스가 시신을 넣는 부대에 담긴 채 바다로 던져졌던 감옥 문도(바다 한가운데 서 있는 그 벼랑 끝의 감옥문은 영화 「빠뻐용」의 감옥과 아주 흡사하다) 있다. 뒤마의 나라 프랑스에서 소설 『몬테크리스토 백작』의 무대를 그럴듯하게 꾸며놓은 것이다. 소설을 읽은 독자라면 마르세유에 가게 되었을 때 항구에서 약 이십 분쯤 걸리는 이프 성에 한번쯤 들러보는 것도 의미 있을 것이다.

이 책의 완간을 도와주신 민음사 여러분과 이 긴 소설을 끝까지 읽어주신 독자 여러분께 감사드린다.

2002년 3월
옮긴이 오증자

오증자

서울대 불문과와 같은 과 대학원을 졸업하였다. 서울여대 불문과 교수를 역임하였다.
역서로는 『고도를 기다리며』, 『바다의 침묵』, 『에밀』, 『미라보 다리』, 『위기의 여자』 등이 있다.

몬테크리스토 백작 5

1판 1쇄 펴냄 2002년 3월 25일
1판 27쇄 펴냄 2025년 5월 19일

지은이 알렉상드르 뒤마
옮긴이 오증자
발행인 박근섭, 박상준
펴낸곳 (주)민음사

출판등록 1966. 5. 19. (제16-490호)
서울특별시 강남구 도산대로1길 62(신사동) 강남출판문화센터 5층(우편번호 06027)
대표전화 02-515-2000 / 팩시밀리 02-515-2007
www.minumsa.com

ⓒ 오증자, 2002. Printed in Seoul, Korea

ISBN 978-89-374-0390-3 04860
ISBN 978-89-374-0385-9 (전5권)

* 잘못 만들어진 책은 구입처에서 교환해 드립니다.